Impressum:

1. Auflage 2023
Copyright: „Die Wortelfen"

Einbandgestaltung, Fotos, Illustrationen, Korrektorat, Lektorat, Buchsatz:
Stones, Books and Pictures Scatoelfen – Anita E. Dobes
Hauptstraße 14, A – 4802 Ebensee

Herausgeber:
„Die Wortelfen" – alias Anna Schachinger und Anita E. Dobes
Hauptstraße 14, A – 4802 Ebensee

Texte:
Siehe die jeweiligen Autoren*innen und „Die Wortelfen"

ISBN: 9783757902315

Herstellung und Druck über tolino media GmbH & Co. KG,
Albrechtstr. 14, 80636 München. Printed in Germany.
Fragen zu Produktsicherheit an: gpsr@tolino.media.

Die zauberhafte Bibliothek

herausgegeben

von

Die Wortelfen

Inhaltsverzeichnis

Vorwort

Die ersten Worte in diesem Buch möchten wir unseren Autor*innen widmen. Ihnen gilt unser größter Dank! Sie haben uns so unfassbar tolle Geschichten geschickt, mit ihnen die Bibliothek gefüllt und somit dieses Projekt ermöglicht. Danke für eure Geduld und euer Vertrauen, dass ihr uns die Zeit gegeben habt, dieses Projekt in genau dieser Weise verwirklichen zu können.

Unser erster Streich und es ist nicht der Letzte.

Nun aber viel Spaß beim Lesen!

Eure Wortelfen
Anna und Anita

Prolog

Zwei Bibliothekare sollen es sein, das sei gewiss. Egal welchem Volk sie angehören, die beiden gehören zusammen wie Gut und Böse. Doch ist keiner der beiden Gut noch Böse, sie sind eins. Sie sind die Wächter. Die Hüter der Magie, der Bücher, der Kräfte, der Bibliothek.

Nicht weniger dürfen es sein und können es sein, denn einer verkörpert die dunkle Seite, der andere die Helle. Sie halten sich die Waage, sie ergänzen sich. Weiß und Schwarz, Yin und Yang, in welcher Weise auch immer.

Alle Arten der Magie müssen sie kontrollieren können und mindestens eine Dekade werden sie dienen, oder 10 oder 20, oder mehr. Immer zu zweit, nie weniger, nie mehr. Kommt der eine, kommt der andere, geht der eine, geht der andere.

Wer würdig ist entscheidet die Bibliothek, daran ist nichts zu ändern. Erteilt sie ihren Auftrag, wird er angenommen.

Dagegen kann sich keiner entscheiden.

Genau so und nicht anders steht es geschrieben und ist nicht zu ändern.

Bist du der nächste Wächter?

Bist du würdig, die Aufgabe zu übernehmen?

Kapitel 1

Mit lautem Knall schwang die rechte Tür des uralten, ver-schnörkelten, Barockkastens im Pausenraum der Bibliothek auf. Zuerst geschah nichts und die geöffnete Tür gab den Blick auf eine in schwarzweiß gehaltene, geradlinige Küche frei. Leise hörte man schlurfende Schritte und Lenya tauchte im Ausschnitt der Tür auf.

Mit einer riesigen, dampfenden Kaffeetasse bewaffnet, nur mit einem seidenen schwarzen Morgenmantel bekleidet, völlig zerrupften Haaren und noch komplett verschlafen, zwängte sich die Schattenelfe mit Gegrummel durch ihr Portal in die Bibliothek.

Sie hob den Blick und sah auf den direkt dem Kasten gegenüberliegenden, mannsgroßen Spiegel. Dort begann sich ein Bild zu manifestieren und gab den Blick auf eine wunder-schöne, Blumen bewachsene Lichtung in einem freundlichen Wald frei. In der Mitte stand ein kleines gemütliches Häuschen, aus dessen Kamin sich leicht Rauch kräuselte. Davor sah man eine kleine Elfe auf einem weißen Einhorn Richtung Spiegel galoppieren.

Der Spiegel war das Portal ihrer Kollegin Lucia, die wenige Augenblicke später fröhlich hopsend in den Pausenraum sprang.

„Guten Morgen! Hast du gut geschlafen? Was steht heute an? Ich glaube da sind jede Menge neue Bücher die einzusortieren sind. Sollen wir dann gleich an die Arbeit gehen?"

Als Antwort bekam sie lediglich ein, „Hmm!", welches sie als eindeutige Zustimmung wertete. Voller Elan hüpfte sie in ihre fröhlich bunte Arbeitskleidung und strahlte fertig angekleidet ihre Kollegin an, die noch immer verschlafen an ihrem Kaffee schlürfend am Tisch saß und ihr kopf- schüttelnd zusah. Es war immer wieder faszinierend für sie, wie Lucia morgens so fit sein konnte.

Nachdem Lucia die Arbeitsmappe für den Tag fertig vorbereitet hatte, Lenya es endlich schaffte, sich aus ihrem schwarzen Morgenmantel zu schälen und in eine schwarze Hose, ein schwarzes Oberteil und ihren schwarzen Umhang zu schlüpfen, konnten sie loslegen.

Ihr erster morgendlicher Weg würde sie in die Eingangs- halle führen. Schließlich mussten sie ihren einzigen weiteren von der Bibliothek geduldeten Arbeitskollegen ablösen. Azrael, der große, magische Wachhund der Bibliothek hatte sozusagen immer Nachtschicht und war nachts dafür zuständig, dass niemand hinein kam und auch keines der Bücher den Weg hinaus fand. Tagsüber durfte er es sich im Haus von Lenya gemütlich machen und sich am vorbereiteten Futter satt fressen.

Als die beiden Bibliothekarinnen die große Halle betraten, erwartete sie ein papierenes Schlachtfeld. Azrael lag seelen- ruhig inmitten eines in alle Einzelteile zerstörten Buches und hob lediglich den Kopf, als die beiden eintraten. Lenya fand schnell den vorderen Teil des Einbundes und las den Titel.

Magische Befehle für magische Wachhunde.

Sie zog eine Augenbraue hoch und sah den Hund an.

„Echt jetzt?“

Unbeeindruckt erhob er sich langsam und trottete Rich- tung Pausenraum und Barockkasten, um seine Pause an- zutreten. Kopfschüttelnd begann Lenya die Einzelteile auf- zusammen und Lucia trug in ihre Arbeitsmappe einen neuen Punkt für den Tag ein.

Zerrissenes Buch zusammenflicken und wiederher- stellen.

Mit den zerfetzten Einzelteilen des Buches am Arm folgte Lenya ihrer Kollegin in den Raum der Schriften. Hier wurden die Schriftrollen gelagert, die quer über die verschiedensten Länder, Kontinente und Welten gefunden und gesammelt wurden.

Ein spitzer, erschrockener Schrei ließ sie ihre Schritte beschleunigen. Lucia umklammerte ihre Arbeitsmappe und blickte nach oben. Ihrem Blick folgend sah Lenya auch schon den Verursacher des Schreckes. Eine Schriftrolle flatterte munter durch die Gegend. Plötzlich hielt sie in ihrem flatterhaften Tanz inne und steuerte direkt auf Lenyas Gesicht zu. Diese warf sämtlich Einzelteile des zerrissenen Buches erneut verstreuend von sich und schnappte sich mit einer schnellen Bewegung die Schriftrolle aus der Luft.

Mit einem resignierten Blick auf den Boden stellte sie fest: „Na toll, jetzt kann ich nochmal alles einsammeln. Aber lass uns zuerst schauen, ob du den Aufwand wert bist."

Sie entrollte die noch immer zappelnde Schriftrolle und begann zu lesen:

Die Federn wurden erhoben

von Julia Abel

Es gab nichts.
Alles war still und leer.
Kein Hauch eines Lichts,
Bis der Knall erschuf das Meer.

Licht und Schatten waren nun entstanden,
Zu einem sich verbanden.
Viele Welten sie erschufen,
Alles kam wie gerufen.
Eine Macht so voller Kraft,

Durch Worte wurde sie entfacht.
Nichts ergab wirklich einen Sinn,
Und doch gehörte alles hier hin.
Jeder fand so seinen Platz,
Niemand blieb mehr ohne Schatz.

Feuer, Wasser, Erde, Luft,
Jeder wurde gelockt von süßem Duft,
Doch auch das Dunkle erwachte in seiner Gruft.
Eins gab es, was ein jeder begehrte,
Die eine Macht, die jeder verehrte,
Freude, zu schreiben, sie allen bescherte.
Somit wurden die Federn erhoben,
Alle Finger durchgebogen.
Die Worte wurden niedergeschrieben,
Und das Nichts für alle Zeit vertrieben.
Die Fantasie erwachte nun zum Leben,
Niemand ließ sich das entgehen.

Doch erzählen möchte ich nur von einer,
Eine Geschichte, die so kennt wirklich keiner:

Eine Prinzessin war Teil dieser Welt,
Der charmante Prinz war ihr Held.
Doch auch das Böse blieb nicht fern,
Denn der Teufel wollte das Mädchen gern.
Die Hölle war sein Zuhaus',
Dort lebte er in Saus und Braus.

Prinz und Prinzessin wollten in Frieden leben,
Der Teufel, er war dagegen,
Wollte sie für sich allein,
Dafür brach er jedes im Wege stehende Bein.

16

Der Prinz liebte die Prinzessin sehr,
drum gab er sie niemals her.
Doch des Teufels Wille war zu stark,
Er baute des Prinzen Sarg.

So nahm die Geschichte ihren Lauf,
Beide nahmen alles in Kauf.
Beide wollten sie gewinnen.
Niemand konnte dem Schicksal entrinnen.
Jeder erhob seine Waffen,
Um den anderen dahinzuraffen.

Der Prinz suchte des Lichtes Gunst,
Während der Teufel sich verschaffte des Schattens Kunst.
Ein Lichtblitz dort,
Der Teufel parierte sofort.
Die Erde befleckt von Blut,
Doch noch lange kämpfte Bös' gegen Gut.

Jeder Leser gespannt auf die nächsten Worte,
Wem öffnete sich wohl die Siegespforte?
Ein jahrelanger Kampf um das Mädchen,
In wessen Hand lag das richtige Fädchen?

Ein Schlag dort, ein Hieb da,
Der Sieg war noch lange nicht nah.
Doch wie heißt es so oft? -
Gut besiegt Bös' – so war es jedenfalls erhofft …

Der Prinz hob das Schwert zum letzten Schlag,
Den Hass gegen das Bös' er nicht verbarg.
Der Teufel rasend vor Wut,
Die Prinzessin wollte er als Hab und Gut.
Es folgte der letzte Angriff,

Einer betrat das Totenschiff.

Doch war es nicht des Teufels letzte Stund',
Des Mädchens Augen vor Trauer kugelrund.
Der Prinz, er war tatsächlich der Tote.
Die Hochzeit mit dem Teufel der Prinzessin drohte.
So nahm der Dämon ihre Hand,
Zum Altar sie schritt im schwarzen Gewand.

Tränen zierten ihr Gesicht.
Doch ihm zu dienen, war nun ihre Pflicht.
So wurde die Prinzessin des Teufels Braut.
Sie war dem Prinzen nun geklaut.

Der schaute als Engel vom Himmel herab,
Sein Glück gefunden er hatte nur knapp.
Die Liebe seines Lebens hatte er verloren,
Die Freude in seinem Herzen war erfroren.

Ein Jeder war entsetzt,
Tränen sammelten sich, selbst in der Spinnen Netz'.
Der Prinz weinte nun fortan,
Die Prinzessin gefangen in des Teufels Bann.
Fliehen konnte sie nicht,
Denn zu sehen war nicht mal der kleinste Funken Licht.

Doch das Ende war noch lange nicht geschrieben,
bis dass sie sich ineinander verliebten.
Denn der Teufel gewann schließlich ihr Herz,
Sodass dem Prinzen wuchs der Schmerz.
Kinder bekamen die beiden viele,
Des Schattens böse Triebe.

Das Licht verlor zum ersten Mal,

Es war nicht mehr weiß, es wurde fahl.
Das Dunkle jubelte voller Freud',
Und hielt an, von damals bis heut.

Doch der Prinz, er war voll Neid,
Zur Gewalt er war bereit.
Die großen Engel stimmten ihm zu,
Und so kam es zum Krieg im Nu.

Himmel und Hölle waren jetzt Feinde,
Ein jedes Kind vor Angst nun weinte.
Blitze zuckten,
Flammen spuckten,
Denn der Himmel verlangte bittere Rache,
Doch der Teufel nicht an Niederlage dachte.

Blut beherrschte die Welt,
Rote Meere überzogen selbst das kleinste Feld.
Am Ende wusste niemand,
Wem der Krieg war verdankt.
Er dauerte zu lange an,
Bis ein jeder sich eines Besseren besann.

Sie wollten den Krieg beenden,
Denn Blut klebte an allen Händen.
Alle drei Leben mittlerweile vorbei,
Himmel und Hölle vom Krieg endlich frei.

Böses zu schreiben wurde verboten,
Doch für jeden war dies gelogen.
Kein Leser wollte Langeweile,
Das wurde für jeden Autor zur Titelzeile.

Denn Fantasie in jedem sich verbirgt,

Von allen, dieser Zauber wirkt.
Jeder erhob seine Feder,
Alle Worte wie ein starker Kleber.
Elfen, Trolle und Bösewichte
Alle fanden ihre eigenen Gedichte.

Viele schrieben wundervolle Zeilen,
Von denen sich auch manche reimen.
So gibt es viele weitere Geschichten,
Gefolgt von Unmengen an tollen Gedichten.
Dies war nur der Beginn einer Galaxie,
Mit der größten Fantasie.

„*W*as für ein wunderschönes Gedicht, wer ist diese Julia Abel?*", fragte Lucia.*
Lenya fackelte nicht lange.
„Sehen wir nach. Da steht es ja. Sie wurde Anfang 2007 geboren. Unglaublich, das heißt sie ist noch unglaublich jung! Von ihr haben wir sicher noch viel zu erwarten. Sie schreibt im Moment an ihren Debütroman der im Frühjahr 2023 veröffentlicht werden soll und es schwirren noch viele andere Ideen für Bücher in ihrem Kopf. Ganz eindeutig ein Naturtalent. Ich bin völlig hin und weg. Ihre Eltern müssen unglaublich stolz auf sie sein. Auf alle Fälle war es den Aufwand wert, dass ich nun nochmal die einzelnen Teile des zerfetzten Buches aufheben muss."
Lucia nickte zustimmend.
„Das stimmt. Warte, ich helfe dir."
Vorsichtig rollte sie das Pergament wieder zusammen.

20

„*Ich bin unglaublich neugierig, was von Julia noch so kommt. Hoffentlich noch viel und sobald ihr Debütroman veröffentlicht wird muss ich es haben. Ich möchte das unbedingt für die Bibliothek bestellen. Doch nun sollten wir endlich an die Arbeit gehen.*"

In Gedanken noch immer bei dem wundervollen Gedicht marschierten die beiden endlich in den großen Bibliotheks- raum. Dort warteten bereits viele Bücher und Schriftrollen darauf von ihnen an ihren Platz gebracht zu werden.

Lucia schnappte sich auch prompt beim Eintreten das erste Buch und las den Einband: „Das rote Kleid – Wovon das wohl handelt?"

Stirnrunzelnd sah ihr Lenya zu: „War so klar, dass du genau dieses Buch als erstes in die Hand nimmst. Es ist gefühlt das mit Abstand am Verschnörkeltste im ganzen Raum."

Grinsend schlug Lucia am Weg zu ihrem Schreibtisch das wundervoll verzierte Buch auf, welches sofort zu plappern begann. Schnell schlug sie das Buch erstaunt wieder zu.

„Was war das jetzt? Liest sich das Ding selbst vor?"

Langsam und vorsichtig öffnete sie das Kunstwerk erneut und das Buch begann vorzulesen:

Das rote Kleid

von Stefanie Schneider

Grollend trieb das nahende Gewitter die letzten Sonnen-strahlen vor sich her und verschlang sie im nächsten Moment endgültig. Schwarze Wolken senkten sich über die Stadt und die wenigen Bürger Luans, die noch auf den erhitzten Straßen waren, eilten nach Hause. Erste schwere Tropfen lösten sich aus den dunklen Wogen.

Die sonst so geschäftige Stadt schien den Atem anzuhalten.

Die Stadtbewohner warteten auf die willkommene Abkühlung und hofften trotzdem, dass bis zum nächsten Tag die Sonne zurückkehren würde. Das Sommernachtsfest und die Freudenfeuer standen bevor.

Mira arbeitete oft beim spärlichen Licht einer Öllampe, so auch in dieser Nacht. Stich für Stich ließ sie ihre Liebe in die Kleidungsstücke einfließen.

Das Kleid, an dem sie derzeit arbeitete, war jedoch anders. Tagelang hatte sie es nur angestarrt, ohne die Kraft aufzubringen, einen einzigen Stich zu setzen. Die feine Handarbeit erinnerte sie an ihren Vater und seinen zu frühen Tod. Das letzte Meisterstück ihres Vaters zu beenden, lastete auf ihr. Sie hatte noch eine Nacht, dann sollte es fertig sein, oder die bisherige Arbeit ihres Vaters wäre umsonst gewesen. Tief durchatmend begann sie den Saum zu vollenden und ließ zu, dass Erinnerungen und Gedanken an ihren Vater, mit seinem gütigen Lächeln, sie einnahmen.

Als kleines Mädchen war sie durch die Nähstube getanzt und hatte sich in bunte Stoffreste gewickelt. Als sie alt genug war, hatte ihr Vater sie die Kunst gelehrt, Wärme, Geborgenheit, Schutz und Träume in die Kleidung zu zaubern.

„Für manche mag es nur Stoff sein, der einen bedeckt, doch mit jedem Stich nähen wir unsere guten Gedanken ein."

Sie hatte die Stimme ihres Vaters im Ohr, während sie die schillernde Seide und zarte Spitze durch ihre Finger gleiten ließ. Mit jeder schönen Erinnerung ließ das Zittern ihrer Hände nach.

Sogar schwer krank war alles, was er kreierte ein Meisterstück. Genauso wie das Ballkleid für seine Tochter, an dessen Vollendung sie nun saß. Mira hatte alles von ihm gelernt, fühlte sich aber nicht bereit sein Erbe anzutreten. Dennoch wusste sie, dass sie mit der Fertigstellung seines letzten Werkes es nicht entweihte. Viel mehr schien sie mit der Vollendung des Kleides auch ihre Trauer teilweise zurücklassen zu können. Das Atmen fiel ihr mit jedem Stich leichter.

Ein mächtiger Blitzschlag zerriss die Dunkelheit der Nacht. Peitschender Donnerknall ließ die offenen Scheiben des Fensters klirren. Erschrocken fuhr Mira hoch. Gerade hatte sie den letzten Faden abgeschnitten und konnte im letzten Moment die scharfe Schere von dem zarten Stoff zurückziehen, bevor sie vor Schreck ein Loch hinein stach. Zu versunken in ihre Gedanken und die Arbeit, hatte sie das Gewitter bis jetzt nicht wahrgenommen.

Blinzelnd kam Mira ins Hier und Jetzt zurück während sie zum Fenster eilte. Der Wind hatte den Regen längst bis ins Innere geweht, sodass er sich in einer kleinen, kalten Pfütze auf dem Boden gesammelt hatte. Mit bloßen Füßen trat sie hinein und hielt inne. Das erste Mal seit Tagen nahm sie mehr als den Schmerz der Trauer wahr. Das kalte Wasser unter ihren Füßen. Das kühle Nass, das ihr Gesicht benetzte. Der Wind, der an ihrem Haar zupfte.

Tief sog sie die frische, vom Gewitter gereinigte Luft ein. Ein leises Schluchzen entkam Mira, als sich die Regentropfen mit ihren heißen Tränen mischten, denen sie nun endlich freien Lauf ließ. Der Damm, den sie innerlich um ihre Trauer errichtet hatte, war gebrochen und ließ sich nicht mehr flicken. Weinend schlang sie die Arme um ihren Leib und gab sich den Tränen hin.

Das Unwetter spülte den Staub der Sommertage von den Straßen Luans und nahm dabei auch eine Last von Miras Schultern. Während ihre Tränen versiegten und das Gewitter weitertrieb, drehte sie sich zu dem Kleid. Im sanften Licht der Öllampe schimmerte die Seide in einem tiefen Rot. Rot wie das Leben und die Glut der Freudenfeuer, die zur Sommernacht brennen würden. Das letzte Geschenk ihres Vaters. So viel mehr als ein Ballkleid. Mit feuchten Fingern wischte sie sich über die Wangen und lächelte.

„Es ist fertig, Vater. Und morgen werde ich es tragen. Euch zu Ehren, um das Leben zu feiern. Für dich. Für Mutter. Für uns."

Götter! Mira war nervös. Als ein Page ihr aus der Kutsche half, konnte sie gerade noch dem Drang widerstehen, die feuchten Hände an ihrem Kleid abzuwischen. Mit ihrem Vater hatte sie das Schloss einige Male aufgesucht, um Aufträge anzunehmen. Zum Sommernachtsball des Grafen hatte man sie jedoch noch nie geladen. Bis jetzt hatte sie diese magische Nacht immer an einem der Freudenfeuer vor der Stadt verbracht. Einem von vielen, wie sie in dieser Nacht über das ganze Land verteilt zu finden waren. Gemeinsam wurde das Leben in seiner Fülle gefeiert. Um die Feuer wurde getanzt, bis die Füße schmerzten und die Stimmen rau vom Lachen waren.

Der Ball begann wie die anderen Feierlichkeiten bereits am späten Nachmittag, doch würde es dort kein Freudenfeuer geben. Keine Kinder, die zwischen all den Tanzenden hin und her liefen, um die Sidhe zu suchen, von denen die Geschichten erzählten. Langsam atmete Mira aus, ehe sie die seidene Augenmaske mit den feinen Stickereien zurechtrückte. Jeder Ballgast trug in dieser Nacht eine Maske. Sie waren ein Zeichen dafür, dass auf diesem Fest alle gleich waren. Egal ob Adeliger oder Kaufmann, es waren Feiernde unter vielen.

Langsam durchquerte Mira das Foyer. Unbewusst legte sie ihre Hand auf ihren Brustkorb, als müsse sie ihr wild pochendes Herz daran hindern, aus der Brust zu springen. Prächtige Blumenbouquets luden dazu ein, betrachtet zu werden, während einem der Geruch von exotisch gewürzten Speisen in die Nase stieg. Ein Page bot Mira prickelnden Schaumwein an, den sie leicht kopfschüttelnd ablehnte. Beschwingte Melodien aus dem Ballsaal zogen sie magisch an. Die Tanzfläche war ein einziges Meer aus Farben und Formen. Ein Meer, in welches Mira eintauchen wollte. Die Fülle an Eindrücken raubte ihr den Atem und begeisterte sie zugleich.

„Lebe, liebe und lache jeden Tag", murmelte sie und trat auf das Parkett zu.

Worte, die ihre verstorbene Mutter, ihr mit auf den Lebensweg gegeben hatte. Ihr Vater wollte sie zu ihrem ersten Tanz führen, doch ...

Ehe sich Schwermut über sie legen konnte, trat ein Herr auf sie zu. Seine dunkelblaue Maske erinnerte sie an tiefste Nacht. Mit vollendeter Eleganz verbeugte er sich vor ihr.

„Milady, würdet Ihr mir die Ehre dieses Tanzes erweisen?"
Charmant lächelnd hielt er ihr seine Hand entgegen.

Geschmeichelt senkte sie den Blick, als sie tief knickste und ihre Finger in die dargebotene Hand legte. Mit einem leichten Nicken ließ sie sich zum Tanz führen.

Von einem Tanz zum Nächsten wurde Mira von dem einnehmenden Tanzpartner geführt, während er sie mit seiner Aufmerksamkeit umschmeichelte. Wenn sie nicht zusammen über die Tanzfläche schwebten und lachten, tranken sie vom süßen Wein, der den Gästen gereicht wurde. Leicht außer Atem vom letzten Tanz, nippte sie an einem weiteren Glas. Sich ihr entgegen lehnend, ließ der elegante Herr, die Finger über den Teil ihrer Wange streichen, der nicht von der Maske bedeckt war. Als sein süßer Atem über ihre Lippen strich, weiteten sich ihre Augen. Hitze stieg ihr ins Gesicht und Mira hoffte, dass die Maske die Röte verbarg, die sich unweigerlich auf ihrem Gesicht auszubreiten schien. Entschuldigend lächelnd, trat sie etwas zurück und knickste.

„Bitte verzeiht. Ich benötige einen Moment für mich."
Er richtete sich wieder zu seiner vollen Größe auf, ehe er ihre Hand nahm und an seine Lippen führte, um einen angedeuteten Kuss darauf zu hauchen.

„Verzeiht meine Dreistigkeit.", sagte er mit einer dezenten Verbeugung. Die Verwunderung in der Stimme konnte er nicht verbergen. Einen Augenblick lang hielt er ihre Hand noch fest, ehe er Mira entließ und sie auf die offene Tür zu der ausladenden Schlossterrasse ging.

Rosenduft empfing sie, als ein lauer Sommerwind über ihre erhitzten Wangen strich.

Das Gewirr aus Stimmen und Melodien rückte in die Ferne. Zögerlich blickte sie über die Schulter zurück auf der Suche nach ... Nun, was suchte sie eigentlich? Vielleicht hätte sie den Kuss doch zulassen sollen. Mittlerweile war ihr klar geworden, dass ihr eleganter Tanzpartner der Graf persönlich war. Ein kleines Lächeln zupfte an ihren Mundwinkeln, als sie den Kopf schüttelte und sich dem Geländer der Terrasse zuwandte.

Liebend gern hatte sie ihrer Mutter gelauscht, wenn sie Geschichten über diese magische Nacht erzählte. Alte Legenden besagen, dass ein Kuss des wahren Geliebten in der Sommernacht, das Paar auf ewig aneinanderband.

Gedankenverloren legte Mira die Hände auf den warmen Stein der Brüstung und ließ den Blick über den nahen Wald schweifen. Die Sonne war hinter dem Horizont versunken und hinterließ sanftes Dämmerlicht.

Vor einigen Jahren hatte sie in der Sommernacht einen unerwarteten Kuss bekommen. Sie war nicht mehr als ein Mädchen gewesen, das mit den anderen Kindern rund um das Freudenfeuer getollt war. Mit dem Bäckersjungen war sie lachend im Kreis gesprungen. Ihr schönes Kleid längst von Grasflecken bedeckt. Schmatzend hatte er ihr einen viel zu feuchten Kuss auf die Lippen gedrückt und verkündet, dass sie nun die Braut sei, die er heiraten würde. Fluchend wie ein Rohrspatz war sie davongelaufen, nachdem sie ihn unwirsch von sich gestoßen hatte.

Leise lachend schüttelte sie den Kopf. Er war nicht der wahre Liebste, dem ihr Herz für immer gehören sollte.

Irgendwann würde es jemanden geben.

Langsam ließ sie den Blick über die leicht erhöht liegende Terrasse schweifen. Rechts führten ein paar Stufen in den Garten hinab und zu einem Heckenlabyrinth. Durch die leichte Erhöhung konnte man den Eingang beobachten. Bunte Laternen erleuchteten bereits jetzt das Labyrinth und würden zur späteren Stunde alles in mystisches Licht tauchen und so manchen, jetzt noch tanzenden Gast anlocken. Aber vorerst war Mira noch alleine und genoss den Moment für sich.

Ein Hornstoß aus Richtung des Waldes drang an Miras Ohren. Während der Himmel immer dunkler wurde, strahlte der aufgehende Vollmond umso deutlicher herab und tauchte alles in ein mysteriöses Zwielicht. Vermutlich hatte der Graf für manche Gäste eine Jagd veranstaltet, die nun zu Ende ging.

Mira ließ den Blick über den Weg schweifen, der vom Wald, am Labyrinth vorbei, um das Schloss führte. Von der Erhöhung der Terrasse aus konnte sie den von Fackeln beleuchteten Verlauf erkennen. Ein einzelner Reiter schälte sich aus dem Dunkel des Waldrandes und lenkte sein Pferd in Richtung des Schlosses. Etwas an der Gestalt des Reiters irritierte sie. Etwas, das sie nicht greifen konnte. Langsam löste sie sich von dem Geländer und näherte sich der Treppe, die zum Weg um das Schloss hinab führte. Von der obersten Stufe aus beobachtete sie, wie die Gestalt immer näher kam.

Ein weiterer Hornstoß erklang und ließ die feinen Härchen in ihrem Nacken zu Berge stehen. Das Geräusch klang in ihren Ohren wie eine dunkle Drohung. Obwohl der Reiter noch viel zu weit entfernt war, konnte sie das Trommeln der Hufe erahnen. Hufe! Mira schnappte nach Luft. Die Gestalt konnte kein Reiter sein! Sie hatte einfach angenommen, dass es ein Jäger auf seinem Pferd sein musste, der in ihre Richtung hastete, aber dem war nicht so. Es war nicht einmal ein Pferd. Es war eine Gestalt auf zwei Beinen. Zwei Beine, die schnell und kraftvoll über den Kiesweg donnerten.

Die Röcke raffend eilte sie über die glatten Marmorstufen hinab, dorthin, wo der Weg vorbeiführte, nur um auf ein Holzgatter zu treffen, das sie stoppte.

Hatte man das Wesen erwartet? Oder war die Absperrung nur eine Sicherheit, sodass die Gäste nicht in den Weg der Jagdgesellschaft kam, dessen Horn sie gehört hatte?

Einem Impuls folgend, griff Mira nach den Latten der Absperrung und rüttelte daran. Mira war egal, ob man das Gatter zu ihrem oder dem Schutze der Ballgäste errichtet hatte. Pure Verzweiflung griff nach ihr, ohne dass sie wusste weshalb.

Leise drang die Musik aus dem Ballsaal an ihre Ohren und mischte sich mit dem Donnern ihres Herzens. Niemand interessierte sich für das, was außerhalb des rauschenden Festes passierte. Wahrscheinlich hatte sich Mira das Ganze ohnehin nur eingebildet. Sie hatte Wein getrunken, die letzte Nacht war lang und sie hatte wenig Schlaf. Sicherlich hatte ihr Verstand sie in die Irre geführt und einen Streich gespielt. Vermutlich würde gleich ein Reiter an ihr vorbeistürmen, der als Erstes von der Jagd zurückkehrte.

Sich konzentrierend, atmete sie langsam tief ein und wieder aus. Das Schwelgen in Erinnerungen hatte sie in ihre Kindheit versetzt. Eine Kindheit voller Märchen und Geschichten über zauberhafte Wesen, die sich in den Wäldern tummelten.

Beinahe hätte Mira über sich selbst gelacht, als sie sich im Hier und Jetzt den Treppenstufen zur Terrasse wieder zuwandte. Hinter ihr knirschte Kies, unter sich schnell bewegenden Hufen

Miras Herz setzte für einen Moment aus. Leise keuchend schlug sie sich die Hand vor den Mund, kaum dass sie sich zur Absperrung umgedreht hatte. Es war keine Einbildung! Keine verdrehte Fantasie! Ihr Verstand vermochte es nicht zu begreifen, doch das Licht der nahen Fackeln verlieh einem verästelten Geweih eine rötliche Färbung und ließ braunes Fell, das den Kopf bedeckte, schimmern.

Ungläubig stolperte sie einen Schritt auf das Gatter zu, ehe sie Halt suchend die Hand an das Holz legte. Sein Gesicht, halb menschlich, halb tierisch, war von weichem und seidig wirkendem Fell überzogen.

Leise schnaubend trat es ... trat er näher. Schwer hob sich ein menschlicher Brustkorb, der frei von Fell war. Schweißperlen liefen über die von Narben gezeichnete, von der Sonne gebräunte Haut.

„Was? Wer bist du?"

Miras Stimme erschien ihr selbst fremd, als sie die Worte hauchte. All das konnte nur ein Traum sein. Ein bizarrer Tagtraum. Animalisch schnaubend schrägte er den Kopf und betrachtete Mira aus tiefbraunen Augen. Für einen Moment schien es, als würden sich seine Lippen zu einem leichten Schmunzeln kräuseln. Vermutlich konnte er das Hämmern ihres Herzens hören und amüsierte sich darüber.

Von der Hüfte abwärts war sein Körper ebenfalls von seidigem Fell bedeckt. Starke Beine bebten von der wilden Hatz. Unruhig scharrte er mit einem Huf im Kies. Ihre Vernunft hätte sie zur Flucht anhalten sollen. Die Stufen empor und weg von der Kreatur, die sie aus Geschichten kannte. Eines jener Wesen, die in der Sommernacht Mädchen mit sich nahmen, um ihnen die Herzen zu rauben.

Stattdessen blieb sie wie gebannt stehen und streckte bebende Finger durch den Zwischenraum der hölzernen Absperrung. Der Abstand war gerade groß genug, dass sie ihren schlanken Arm hindurch strecken konnte. Der süße Sommernachtswein, die bebenden Rhythmen der Musik und der Rausch der Tänze mussten ihr den Verstand geraubt haben.

Wahrscheinlich würde sie morgen in einer kahlen, kalten Höhle, mitten im Wald erwachen. Die hirschähnlichen Ohren des Sidhe zuckten leicht, als er nähertrat. Er war eindeutig einer der legendären Sidhe der dunklen Wälder, ein Wächter des Waldes.

31

Langsam streckte er seine Hand in ihre Richtung. Erneut, nun deutlicher, zupfte ein Schmunzeln an seinen Lippen. Seine gebräunte Haut stand im starken Kontrast zu ihrer. Beinahe wäre Mira doch zurückgewichen, als seine Finger ihre berührten. Das Gefühl winziger Blitze, die über ihre Haut zuckten, ließ sie bis ins Innerste erzittern. Die Zeit und Welt schienen zum Stillstand zu kommen. Kein knirschender Kies, kein Jagdhorn, nicht einmal die Ballmusik drang noch zu ihr durch.

Gebannt sah sie auf die Hände. Ihre Eigene und die Seine. Hell und dunkel. Groß und rau, klein und zart. Sie hob den Blick, als der Sidhe näher an die Absperrung trat.

Er war unwirklich schön, wie in all den Geschichten beschrieben. Seine dunklen Augen schienen sie in einem Bann gefangen zu halten. Als er seine Finger um ihr Handgelenk legte, zuckte sie leicht zusammen. Langsam hob er ihre Hand etwas an.

„Kannst du sprechen?"

Am liebsten hätte sie sich für die Dummheit dieser Frage geohrfeigt. Das leichte Neigen seines Kopfes war die einzige Antwort, die sie erhielt, ehe er sacht an ihrem Handgelenk zog und ihre zittrigen Finger an seine Wange führte.

„Roe.", hauchte sie den Namen, der ihr in den Sinn kam. Die Brauen des Sidhe zogen sich leicht zusammen und sein Mund öffnete sich, als würde er sprechen wollen, ehe er schnaubend von ihr zurücksprang.

„Nein, nicht!", flehte Mira und riss den Arm zurück, als er wild den Kopf herumwarf.

Dort wo er eben noch gestanden und ihre Hand gehalten hatte, ragte ein Pfeil aus dem Holz. Ein weiterer Pfeil drang mit einem dumpfen Geräusch tief in die Barrikade.

„Nein ... nein ... NEIN!"

Ihre Stimme überschlug sich fast.

„Lauf! Verschwinde, du musst fliehen, bitte!"

Viel zu schnell näherte sich die Gefahr.

„Lauf!", schrie sie ihn an, als er keine Anstalten machte die Flucht zu ergreifen.

Ihre Reaktion schien ihn mehr zu erschüttern als die Pfeile, die mit Wucht in das Holz getrieben worden waren. Endlich wandte er sich schnaubend ab und floh.

Außerstande etwas zu tun und vor Schreck gelähmt, stand Mira an dem Gatter und sah zu, wie das Wesen aus alten Geschichten den Weg in Richtung Schloss eilte. Weg von ihr! Weg von den Verfolgern, die aus dem Wald kamen.

„Nein! Lasst ihn! Verschont ihn!"

Verzweifelt griff sie erneut an das Holz und rüttelte daran. Sie versuchte, gegen das Donnern der Hufe der heranpreschenden Jagdgesellschaft anzuschreien.

Wenn sie nur die Aufmerksamkeit der Reiter erlangen konnte, vielleicht würde sie dem Sidhe damit einen Vorsprung verschaffen. Es war ihre Schuld. Ohne ihre Anwesenheit hätte er mehr Abstand zwischen sich und den Verfolgern. Er hätte sicher bereits einen Ausweg gefunden, wäre sie nicht die Stufen hinabgekommen.

Könnte sie nur die Absperrung überwinden und auf den Weg dahinter gelangen. Sie würde sich den Reitern in den Weg werfen, um sie aufzuhalten.

Feine Holzsplitter rissen ihre Finger auf, während sie flehte und schrie. Das silberne Mondlicht und der Fackelschein ließen die Jäger unwirklich erscheinen. In diesem Moment waren sie die Monster aus dem dunklen Wald, vor denen die Kinder gewarnt wurden. Monster die nicht auf sie reagierten und mit fliegenden Hufen an ihr vorbeirasten. Mira fühlte sich, als würde man ihr den Boden unter den Füßen wegreißen. Sie konnte nichts tun, außer machtlos zuzusehen wie sie hinter dem Sidhe her preschten.

Ein verzweifelter Schrei entrang sich ihrer Kehle, als sie die Marmortreppe hochstürmte und beinahe gefallen wäre.

Im Schloss musste es jemanden geben, der helfen konnte. Und wenn sie den Grafen auf Knien anflehen musste.

Eine lachende Gruppe von Gästen trat auf die Terrasse, als Mira auf die Türen zulief.

„Bitte! Ich brauche Hilfe, bitte!"

Maskierte Gesichter schenkten ihr nicht mehr als abschätzige Blicke, ehe die Leute weiter in Richtung des nun in allen möglichen Farben beleuchteten Labyrinthes gingen.

Vorbei an einer weiteren ignoranten Gruppe schob sie sich in den Ballsaal. Die schöne Musik war ihr nun zu laut. Die Tänzer eine wirre Masse die sich zu schnellen, pochenden Rhythmen drehten. Verzweifelt suchte Mira nach jemanden, der ihr helfen konnte. Plötzlich wurde sie gepackt und in den Wirbel aus Tänzern gezogen.

„Nein, nicht, ich brauche Hilfe!"

Im Rausch der ausgelassenen Fröhlichkeit ging ihre Stimme unter. Nun zeigten die Personen, die sie so bewundert hatte, ihr wahres Gesicht. Für die Gäste schienen nur noch das Feiern und die Ausschweifungen zu zählen. Was für Mira zuvor wunderschön war, glich nun einem Strudel aus Egoismus und Gleichgültigkeit.

Von Tänzer zu Tänzer wurde sie geschoben, ohne das sie sich aus deren Griff befreien konnte. Als wäre sie nicht mehr als eine Frau, die dem Wein zu sehr zugesprochen hatte, wurden ihre panischen Worte ignoriert. Jedes Mal wenn sie sich aus den Armen des Einen wandte, trat ein Anderer an seine Stelle und zog sie an sich. Erneut drückte sie sich von einem Tänzer weg und holte mit der Faust aus, um gegen den Brustkorb des nächsten Mannes zu trommeln, der sich ihrer annehmen wollte.

Sanft, aber bestimmt legten sich starke Finger um ihr Handgelenk und hielten sie fest. Ihre Faust an seinen Brustkorb drückend, stand ein weiterer Mann direkt vor ihr. Frustriert und wütend wollte sie ihn anschreien. Hilflosigkeit drohte sie zu überrumpeln. Warum hörte ihr denn niemand zu? Zornige, empörte Worte formten sich auf ihrer Zunge und sollten wie ein Sturm über ihn hereinbrechen.

Doch ehe der Sturm über ihn kommen konnte, lehnte er sich ihr entgegen.

„Roe.", raunte der Fremde den Namen, der ihr zuvor über die Lippen gekommen war.

Dieser eine Name ließ sie innehalten und ihren Blick heben. Schmunzelnd legte er den freien Arm um Miras Taille und zog sie an sich. Inmitten eines Meeres aus bunten Stoffen und aufgepeitschten Melodien versank sie in dem tiefen Braun seiner Augen.

Die Geräusche und Bewegungen um sie rückten in den Hintergrund. Sie ließ zu, dass er ihr Handgelenk höher zog und einen Kuss auf ihre zur Faust geschlossenen Finger hauchte. Es war Roe! Es war der Sidhe! Nur dass er nun als Mann, als Mensch vor ihr stand. Doch diese Augen erkannte sie.

„Roe", wisperte sie. „Ich wollte Hilfe holen. Ich wollte es verhindern."

Ungläubig streckte sie ihre Finger aus, um über seine Wange zu streichen. Über weiche Haut.

„Wie ist das möglich?"

Sein starker, um sie geschlungener Arm, hielt sie auf den Beinen, die vor Erleichterung nachgeben wollten. Sein angenehm dunkles Lachen brachte die feinen Härchen in Miras Nacken zum Stehen. Seine Lippen senkten sich zu ihrem Ohr und er flüsterte: „In der Sommernacht ist nichts unmöglich. In dieser Nacht heben sich die Schleier und wir Anderweltwesen können Teil deiner Welt werden."

Hatte er seine Sidhe-Gestalt abgelegt, um den Verfolgern zu entkommen? Wussten sie das die Kreatur, die der Graf anscheinend jagen ließ, mitten unter ihnen war? In Miras Kopf schwirrten unzählige Fragen umher, doch die sorgenvolle Schwere in ihrer Brust wich einem aufgeregten Flattern. Er würde ihr sicher alles erklären können, doch gerade zählte nur eines. Der Sidhe war in Sicherheit. Er war hier. Er, Roe, hielt sie in seinem Arm.

„Möchtest du tanzen?"

Die offenen Fragen rückten für den Moment in den Hintergrund, als Mira kaum merklich nickte. Roe begann sich in leichtem Schritt zu wiegen. Langsam drangen die Melodien wieder an sie heran. Mit jedem Tanzschritt breitete sich das Flattern in ihrer Brust mehr aus, bis ein gelöstes Lachen über ihre Lippen kam. Roe war in Sicherheit und zog sie noch enger an sich. In diesem Moment und in seinen Armen, fühlte Mira sich wie etwas Besonderes.

Die ganze Nacht verbrachten sie damit, zu tanzen, zu reden und wieder zu tanzen.

„Seit jeher kommen wir Sidhe an die Feuer der Menschen."

Mit jedem Wort schien seine raue Stimme etwas weicher zu werden, als würde er sich daran gewöhnen zu sprechen.

„Unerkannt und in menschlicher Gestalt, bringen wir den Segen der Anderswelt zu euch."

Während sie sich eng umschlungen zur Musik bewegten, erklärte Roe, dass der Graf um die Anderswelt und die Sidhe wisse. Jedes Jahr wurde ein Wächter des Waldes ausgewählt, um den Ball zu segnen. In diesem Jahr war es Roe, der diesen Platz einnehmen sollte. Etwas worüber er erfreut war, wie er ihr gestand. Er erzählte ihr von einem ihm unerklärlichen Ziehen, das er gefühlt hatte, als würden die Götter selbst ihn zu diesem Ball führen.

„Es war meine eigene Dummheit, dass ich der Jagdgesellschaft in die Quere kam."

Schräg lächelnd strich er ihr eine Strähne hinter das Ohr:

„Nur die Tatsache das man die Ankunft eines Sidhe erwartete, konnte mich vor ihnen retten. Noch ehe sie mich einholten, sorgte ein Page dafür, der um mein Kommen wusste, dass ich mich verstecken konnte."

Nun verstand sie. Zumindest im Ansatz. Denn es war ihm nicht möglich, ihr die Magie zu erklären, die dafür sorgte, dass er nun als Mensch vor ihr stand. Aber er erzählte ihr von seiner Heimat, seiner Welt und brachte sie damit zum Staunen und Lachen.

Stunde um Stunde verging, bis sie irgendwo dort an der Schwelle zwischen Tag und Nacht wieder auf der Terrasse standen und dem ersten Zwitschern der Vögel lauschten. Roe senkte seine Stirn an ihre und schloss die Augen.

„Die Sommernacht, sie endet und die Schleier werden sich senken..", erklärte er. „Ich muss aufbrechen."

Mira hatte es geahnt. Irgendwann musste diese Nacht zu Ende gehen und er in seine Welt zurückkehren. Ihr Traum fand nun ein Ende. Nur einen Moment noch wollte sie ihn bei sich halten und den Augenblick des Abschiedes hinauszuzögern. Schon jetzt brannte die Sehnsucht in ihrer Brust.

„Werde ich dich wieder sehen?"

Langsam löste er sich von ihr.

„Magie hat mich zu dir geführt."

Roes Lippen senkten sich auf ihre und liebkosten sie. Alles in ihr wollte ihn festhalten, um diesen Kuss für die Ewigkeit fortzusetzen, während der Himmel sich von einem blassen Grau zu einem zarten Blau färbte. Schon bald würde die Sonne die Nacht endgültig vertreiben.

„Bald werde ich zu dir kommen", versprach er und hauchte einen weiteren Kuss auf ihre Fingerspitzen. „Bald, Mira."

Etwas in ihre Hand legend, schloss er ihre Finger darum und trat von ihr zurück.

„Bald."

In einer animalisch anmutenden Bewegung warf er den Kopf herum und blickte kurz zum östlichen Horizont, wo sich die ersten Sonnenstrahlen zeigten. Mit einem bitteren Lächeln auf den Lippen verbeugte er sich tief vor ihr und eilte davon, noch ehe sie ein letztes Wort an ihn richten konnte.

Die Morgensonne fiel auf Miras Gesicht, als sie die Hand öffnete. Im warmen Licht schimmerte die Schale einer fast schwarzen Walnuss. Mit einem traurigen Lächeln drückte sie das unerwartete Geschenk an ihren Brustkorb.

Die Tage nach dem Ball glichen einem Traum ohne Anfang und Ende. Manchmal wusste sie nicht, ob sie schlief oder wach war. Immer wieder ertappte sie sich dabei, wie sie nach Roe Ausschau hielt oder mit klopfenden Herzen aus der Nähstube eilte, kaum dass sie die Türglocke vernahm.

Vergebens. Roe kam nicht. Einzig die seltsame, immer warme Walnuss erinnerte sie an den Ball und das Wesen. An den Mann, der sie über Stunden gehalten hatte. Sein Geschenk bewies Mira, dass es kein Traum war. Tage wurden zu Wochen. Wochen zu Monaten.

In manchen Momenten überkamen sie Traurigkeit und eine Sehnsucht, die sie nie für möglich gehalten hatte, aber auch Enttäuschung. Enttäuschung darüber das er immer noch nicht zu ihr gekommen war. Es gab so viel mehr dort draußen, als das, was offensichtlich war.

An dunklen Tagen ließ sie immer wieder die Finger über die Walnuss gleiten. Ihr ständiger Begleiter, Zeugnis für die Wahrheit hinter so mancher Geschichte. Ihr Talisman.

Der Sommer ging in den Herbst über, und dieser in den Winter. Bereits im Frühling wurde sie mit Aufträgen für den kommenden Sommernachtsball überhäuft.

Ihr rotes Seidenkleid hatte Mira auf eine Schneiderpuppe drapiert, von wo aus es den Verkaufsraum ihrer Schneiderei zierte. Das Kleid war ebenfalls ein Anker für sie geworden. Für den kommenden Ball erhielt sie ebenfalls eine Einladung. Egal wie oft sie diese in die Hand nahm und las, sie konnte sich nicht entscheiden, ob sie der Einladung folgen sollte oder nicht. Je näher der Sommer und damit der Ball rückte, desto mehr Zweifel kamen Mira. Zweifel und Ängste. Würde sie fröhlich tanzen können? Oder würde sie nur auf der Terrasse stehen und nach Roe Ausschau halten? Was wenn der Herr des Waldes einen anderen Sidhe schicken würde?

Bald hatte er versprochen und doch wartete sie jetzt schon ein ganzes Jahr auf ihn. Ein winziger Hoffnungsfunken, dass sie den Sidhe wieder sehen würde, glomm immer noch in ihr. Und wenn er in der Sommernacht nicht kam? Sie fürchtete, diesen winzigen Funken auch noch zu verlieren, sollte sie auf den Ball gehen und ihn doch nicht wieder sehen.

Am Tag vor der Sommernacht saß sie, wie schon im Jahr zuvor, in der Schneiderstube und arbeitete noch spät an ihrem Kleid für den Ball. Auch wenn die endgültige Entscheidung noch ausstand, das Kleid wollte sie fertig haben, sollte sie sich doch für den Ball entscheiden. In dieser Nacht fand sie kaum Schlaf. Ein Gedanke jagte den Anderen. In einem Moment malte sie sich aus, wie wunderbar es wäre, Roe wieder zu sehen, selbst wenn ihre gemeinsame Zeit auf die Stunden der Sommernacht begrenzt sein sollten. Im nächsten Augenblick wurde ihr das Herz schwer aus Sorge um ihn. Ein Jahr war vergangen, viele Monate, in denen ihm etwas zugestoßen sein könnte.

Als die Sonne am Tag des Balles aufging, hatte sie einen Entschluss gefasst. Nie hätte sich Mira verziehen, wäre sie aus Angst vor einer Enttäuschung nicht auf den Ball gegangen und hätte womöglich die Gelegenheit verpasst, ihren Sidhe wieder zu sehen.

Den Tag würde sie ihrer Arbeit widmen. Aber der Abend sollte dem Leben gehören. Mit einer Leichtigkeit, die sie selbst überraschte, machte sie sich an ihr Tagewerk. So mancher Kunde würde noch etwas benötigen, ehe sie die Türe verriegeln konnte. Während sie in der Stube für Ordnung sorgte, glitt ihr Blick zu ihrem Ballkleid. Zarte, rankenförmige Stickereien auf grüner Seide.

Gedankenverloren hatte sie Roes Walnuss in die Hand genommen. Später würde sie diese in die kleine Tasche stecken, die sie extra eingenäht hatte. Das Klingeln der Glocke über der Schneidereitür riss sie aus ihren Gedanken.

„Einen Moment bitte."

Blinzelnd trat sie in den von der Nachmittagssonne durchfluteten Geschäftsraum. Die Nuss fest von ihren Fingern umschlossen.

„Was kann ich für Euch tun, werter Herr?"

Ein warmes Lächeln und tiefbraune Augen empfingen sie.

„Roe!"

Vor Freude aufschluchzend warf sie sich in die ausgebreiteten Arme des Sidhe und ließ dabei die Walnuss fallen, die sich knackend öffnete und das wahre Geschenk offenbarte.

Ein zarter Ring aus goldenen Ranken kullerte hervor und schimmerte im Licht der Sonne, während Mira ihren Roe immer und immer wieder küsste.

Lucia war ganz angetan von dem Sidhe und wollte unbedingt mehr von der Autorin wissen.

Lenya suchte die Infos und las vor: „Stefanie Schneider, geboren 1983 im Salzburger Land, bekam ihr Interesse an Büchern erst als Jugendliche. Von da an waren Fantasy Romane ein gern gesehener Begleiter, genau wie die Geschichten die sie für sich selbst zusammengesponnen hatte. Doch erst jetzt hat sie den Mut gefunden der Welt zu zeigen was sie kann und etwas zu veröffentlichen."

„Ich hoffe da kommt noch ganz viel, ICH WILL MEHR!!!", rief Lucia entzückt.

Lucia saß schmachtend in ihrem Schreibtischsessel und streichelte noch immer das verschnörkelte Buch.

„Wahnsinn so schön. Ich möchte den Sidhe auch kennenlernen."

Kopfschüttelnd aufgrund der Sentimentalität ihrer Kollegin stand Lenya an einem Bücherregal und sah, dass eines der Bücher falsch eingeordnet war. Sie zog es heraus, um es umzuplatzieren. Bevor sie es aber ganz in der Hand hatte, flutschte es wieder zurück an seinen Platz.

„He, was soll das!"

Sie zerrte wieder daran und je mehr sie versuchte es aus dem Regal zu ziehen, desto mehr wehrte es sich.

„Verflixt nochmal, jetzt komm da heraus. Das kann ja wohl nicht sein!"

Im Hintergrund sah ihr Lucia amüsiert zu.

„Vielleicht solltest du es einfach mal höflich fragen, ob es herauskommen möchte."

„Was!? Ich bitte doch kein Buch aus dem Regal zu kommen!"

Diesmal war es Lucia, die den Kopf schüttelte und Lenya setzte genervt an: „Liebes Büchlein, könntest du bitte, bitte herauskommen, damit ich dich an deinen richtigen Platz stellen kann? Ich werde dir auch meine Aufmerksamkeit widmen und nachsehen worüber du handelst."

Zögerlich rutschte das Buch nun in die Hand der Bibliothekarin und diese begann zu lesen:

Lieben heißt loslassen

von Lisa Wagner

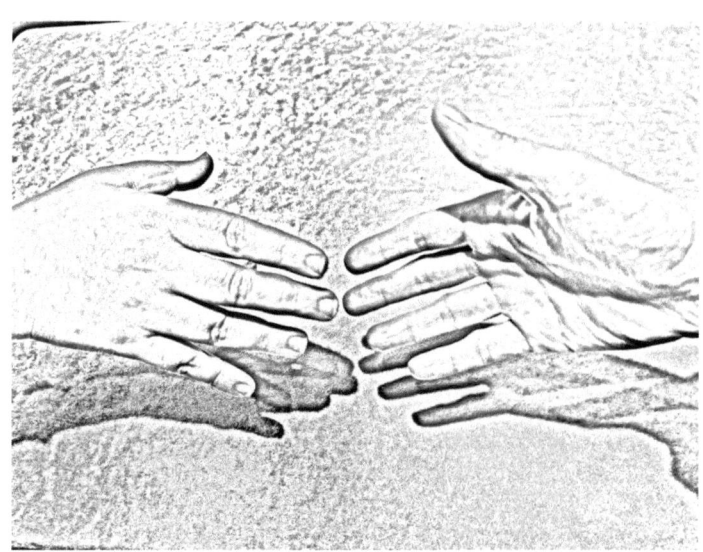

Es begab sich zu einer Zeit, als die Erde noch jung war und die Götter gerade erst begannen sie für ihre Zwecke zu gestalten, dass zwei von ihnen im Streit aufeinandertrafen. In jener Zeit hielten ihr weiser Anführer und großer Kriegsherr Varkyr und seine Ehefrau und gütige Heilerin Ulmra noch regelmäßig rauschende Feste für ihre Brüder und Schwestern ab, an denen damals auch noch die besonders Auserwählten unseres Volkes teilnehmen durften.

Auf vielen dieser Götterfeste waren sich Nirnya, die Schutzherrin des Waldes und Rohgrimm, der Herrscher über Berge und Steine schon begegnet. Doch obwohl sie beide von dem großen All-Einen dazu erschaffen worden waren die Geschöpfe der Natur zu hüten, fand keiner der beiden den anderen Gott besonders anziehend.

Wie es schien, teilten sie keinerlei Gemeinsamkeiten.

Nirnya galt als eine zurückhaltende und sehr bedachte Göttin unter ihren Geschwistern. Nur wenn das Wohl des Waldes und seiner Geschöpfe bedroht war, hörte man sie leidenschaftlich und laut ihre Stimme für sie erheben. Ansonsten zog sie es vor, im Hintergrund zu bleiben, wenn ihre Brüder und Schwestern sich ihre üblichen Wortgefechte lieferten. Ein freundliches Wort hatte sie jedoch für jeden von ihnen übrig, wann immer sie die seltene Zeit fand, aus der Wildnis herauszukommen, um ihre Geschwister zu besuchen. Ihr Anblick galt als angenehm, auch wenn sie keine Schönheit in herkömmlichem Sinne war. Ihr Körper befand sich im Einklang mit den Jahreszeiten im steten Wandel. So war sie im Winter von magerer Gestalt mit schneeweißem Haar, während im Sommer alles an ihr üppig war, ihre Formen ausladend und das Haar so schwarz wie frische nasse Erde. Sie galt als scheue, doch allseits mit Wohlwollen betrachtete Göttin.

Rohgrimm stattdessen beharrte stets auf seiner Meinung und war ein grimmiger Außenseiter von boshaften Wesen, der es vorzog sich abseits der anderen zu betrinken und finster vor sich hinzustarren. Selbst Ulmra mit ihrem liebreizenden Wesen hielt sich von ihm fern. Der Steinmann, so lautete sein abfälliger Spitzname unter den anderen Göttern. Hart und leblos, wie Stein war sein Wesen und wie aus Fels gehauen sein Leib, der viel zu groß und kantig erschien.

Im Spätherbst, als das Farbenspiel der Blätter bereits zu einem eintönigen Braun abgeklungen war, machte Rohgrimm bei seinen Grabungen in den Bergen einen Fund, der sein Leben für immer ändern sollte. Nicht jedoch so, wie er es sich augenblicklich erhoffte.

Mit einem grimmigen Lächeln trug er stolz die Kohle, die er geschürft hatte, an den Rand der Berge und türmte sie zu einem großen Haufen am Rande des Waldes auf. Sein Bruder Batost, der Meisterschmied, wollte sie am nächsten Tag für sein Schmiedefeuer abholen. Er hatte Rohgrimm im Gegenzug dafür zwanzig Fässer des edelsten Mets versprochen.

Obendrein wollte Batost Rohgrimms Lieblingswaffe, eine wuchtige Keule, mit Eisenbeschlägen versehen.

Doch zum Abschluss ihres Handels sollte es nie kommen. Des Nachts zog ein starkes Gewitter über die Berge hinweg und entfachte einen gewaltigen Sturm, der viele Bäume entwurzelte und loses Geröll von den Hängen der Berge mit tosendem Krachen in die Tiefe stürzen ließ.

Während Rohgrimm am Eingang seiner Höhle stand und mit lautem Lachen der Naturgewalt zuprostete und sich am Bier berauschte, durchlebte Nirnya eine unruhige Nacht voller Ängste. Verzweifelt begleitete sie im Wald den Überlebenskampf ihrer Schützlinge und versuchte so viele Bäume wie möglich vor einer Entwurzelung zu bewahren und tunlichst alle Tiere vor den faustgroßen Hagelkörnern zu beschützen, die auf sie mit todbringender Wucht niedergingen. Den Meisten von ihnen konnte Nirnya in jener Nacht das Leben retten. Doch nicht allen, denn der Winter würde bald hereinbrechen und Nirnya spürte bereits, wie ihre Kräfte sie immer mehr verließen. Dennoch war sie zufrieden mit ihren Bemühungen, als sich das Gewitter in den frühen Morgenstunden aufzulösen begann.

Nirnya wollte sich gerade zur Ruhe begeben, als ein letzter Blitz sich aus den türmenden Wolkenbergen löste. Mit tosendem Donnerschlag schlug er genau in den Kohlehaufen ein, den die Göttin kurz zuvor noch misstrauisch begutachtet hatte, da er so nah am Rande des Waldes aufgehäuft worden war. Als sich die dunkelgrauen Wolken lichteten und die Sonne am Horizont emporzusteigen begann, entfachte sich wie zum Hohn gleichzeitig ein riesiges Feuer. Genährt von längst vergangenen Leben, die in dem schwarzen Gestein eingeschlossen waren, breiteten sich die Flammen voll ungezügelter Kraft aus, bis sie schließlich auch auf die jungen Eichen übersprangen, die in der Nähe des Kohlehaufens wurzelten.

An jenem Tage sollte ein Waldstück so groß wie zehn Dörfer, mitsamt aller Lebewesen darin niederbrennen. Erst als Nirnya bittere Tränen vergoss, gelang es ihr damit die Flammen zu ersticken und viele weiterer ihrer Schützlinge vor einem grausamen Feuertod zu bewahren.

Als ihre Tränen versiegten und sie erschöpft durch die abgebrannten, verkohlten Reste ihres Waldes taumelte, begann sie erst wirklich zu begreifen, was geschehen war. Wer dafür verantwortlich gemacht werden konnte. Ein so großer Zorn bemächtigte sich ihrer Seele, dass es sie am ganzen Leibe zu schütteln begann und sie aus ihrer lähmenden Trauer riss. Rohgrimm, dieser tumbe Steinmann war schuld an dem Leid ihrer Schützlinge! Nun musste er dafür gestraft werden!

Nirnya schwor inmitten der Todeslandschaft verbrannter Baumleiber bittere Rache an dem Gott der Berge. Noch am selben Tag zog sie mit ihren sechs großen Wölfen, die ihre treusten Kampfgefährten waren, aus, um ihren Schwur zu erfüllen.

Als sie an der einfachen Höhle ankam, die Rohgrimm sein Heim nannte, forderte sie ihn voller Zorn zu sich heraus.

„Rohgrimm!", schrie sie mit lodernder Wut.

„Komm heraus und verantworte dich vor mir! Wegen deiner Dummheit brannte der Wald mitsamt all seiner Bewohner nieder. Ich fordere Wiedergutmachung von dir. Du musst bezahlen für die Leben, die du mit deiner Nachlässigkeit vernichtet hast! Komm heraus, Steinmann! Rohgrimm!"

Schon kurz nachdem sie ihm zum zweiten Mal bei seinem Namen gerufen hatte, da trat Rohgrimm aus seiner Höhle heraus.

Drohend ruhte seine wuchtige Keule auf seinen massigen Schultern, während der Gott der Berge mit seinen zornfunkelnden Granataugen abschätzig auf sie herabblickte. Als er zu sprechen begann, donnerte seine Stimme einem Steinschlag gleich auf sie herab: „Weib, du kommst hierher und wagst es Forderungen an mich zu stellen? Herrsche ich etwa über das Wetter? Verschwinde zurück in dein Gestrüpp und klage dein Leid jemanden den es interessiert!"

Voller Zorn über seine Unverfrorenheit so respektlos mit ihr zu sprechen, schüttelte Nirnya ihren Kopf, sodass ihr feuerrotes Haar, in denen sich bereits viele weiße Strähnen mischten, um ihr blasses Gesicht peitschte.

„Versuche bloß nicht mich mit Ausreden abzuspeisen, Steinmann! Es war dein Kohlehaufen, der am Rande meines Waldes lag und abbrannte! Nicht der meine! Ich fordere von dir, dass du die Verantwortung übernimmst für das Leid, welches du nicht nur mir verursacht hast!"

Da brach Rohgrimm in lautes Gelächter aus.

Es war ein kaltes, grausames Lachen, welchem jegliche Fröhlichkeit fehlte. Ohne ein weiteres Wort an Nirnya zu richten, rief er seine vier Bären zu sich heraus. Sie waren seine Höhlenwächter, die er als Babys ihrer Mutter geraubt hatte, während diese Zuflucht in seiner Höhle gesucht hatte. Nun glichen sie scharf abgerichteten Wachhunden, die er ganz seinem Willen unterworfen hatte. Die Stahlbänder, die um ihre Hälse lagen, zeugten von ihrer erfolgreichen Unterwerfung.

Als Nirnya dies sah, mischte sich in ihren Zorn eine tiefe Trauer um ihre gefangenen Kinder. Ohne auf eine weitere Verhöhnung von ihm zu warten, beschwor Nirnya dornige Ranken, die aus dem Boden brachen und sich um Rohgrimms Beine und Arme wickelten und ihn fesselten. Doch die Dornen brachen an seiner steinernen Haut und Rohgrimm stieß ein weiteres verächtliches Lachen aus.

Es brauchte nur ein Fingerzeig von ihm und schon stürzten sich seine Bären ihrer eigentlichen Herrin entgegen. Die Göttin des Waldes hatte Mitleid mit diesen armen Geschöpfen und wollte ihnen kein weiteres Leid zufügen. Sie leistete keinen Widerstand, als die Bären sich in ihren Gliedmaßen verbissen und ihr blutige Fleischwunden rissen. Ein leiderfülltes Stöhnen entwich ihrer Kehle und mit diesem Schmerzenslaut entglitt ihr zugleich die Kontrolle über die Ranken, die Rohgrimm noch immer fesselten. Mit einer Handbewegung und einem verächtlichen Schnauben riss er sich das lästige Gestrüpp ab.

„Begrabe sie mit deinem Leib.", befahl Rohgrimm seinem Berg mit wutbebender Stimme.

Der Berg gehorchte seinem Meister mit einem schaurigen Grollen. Die Göttin des Waldes wurde der Gefahr trotz ihrer Schmerzen rechtzeitig gewahr.

Faustgroße Steine begannen auf sie herabzustürzen. Aus Nirnyas Rücken brach ein Rankengeflecht hervor, das sich, dornigen Flügeln gleich, auszubreiten begann. Doch anstatt sich selbst mit ihnen einzuhüllen, breitete sie ihre dornigen Schwingen über ihre Wölfe aus. Auch den Bären, die aufgehört hatten, gegen sie zu kämpfen, gewährte Nirnya ihren Schutz. Ohne auch nur eines der Tiere zu treffen, prallten die Steine an den Ranken ab.

Viele der Geschosse gingen mit dumpfen Schlägen auf den ungeschützten Leib der Göttin nieder, die nur ihren Kopf mit den Armen bedecken konnte.

Als die Schmerzen ihrer unzähligen Wunden, die die Steine ihrem Körper zufügten, zu groß wurden, sank Nirnya in tiefer Bewusstlosigkeit nieder. Nachdem der Steinschlag vorüber war, lösten sich die Rankenschwingen von ihrem Rücken und zerfielen zu feinem Staub.

Rohgrimm stand einige Zeit nur da und starrte das Weib an, welches so töricht gewesen war, ihn herauszufordern. Sein

Zorn war so schnell vergangen, wie er gekommen war und nun ergriff ihn eine Verwirrung, die er zuvor noch nie gefühlt hatte.

Irgendwann löste er sich aus seiner Erstarrung und er stieg zu der besiegten Göttin hinab. Er hielt jedoch ungläubig inne, als seine Bären ihm den Weg zu Nirnyas ohnmächtigem Leib versperrten und sich drohend auf die Hinterbeine stellten. Er kümmerte sich nicht um das warnende Knurren von Nirnyas Wölfen, waren sie doch ihre Geschöpfe, doch seine Bären waren ihm bisher treu ergeben gewesen. Was hatte sie dazu bewogen, seinen Zorn zu riskieren und sich offen gegen ihn zu stellen? War es wirklich das törichte Verhalten dieser Göttin gewesen? Doch warum fühlte er keinen Stolz über seinen Sieg? Ehe er auch nur eine dieser Fragen beantworten konnte, ertönte plötzlich eine weiche Stimme hinter ihm, die vor Entsetzen zu beben schien.

„Rohgrimm, was ist geschehen?"

Als er sich umwandte, erblickte er Ulmra, die ihn mit ihren sanften rehbraunen Augen sorgenvoll anblickte. Sie wartete seine Antwort nicht ab, sondern eilte sofort an ihm vorbei, um neben Nirnyas leblosem Leib niederzuknien. Keines der Tiere, die zuvor noch ihn bedroht hatten, hinderten sie daran.

Vorsichtig fuhr sie mit ihren zierlichen Händen über den verletzten Körper ihrer Schwester und heilte das zerschundene Fleisch ihrer unzähligen Wunden. Erst als jede sichtbare Verletzung verschlossen und Nirnyas blasser Leib vom Blut gereinigt war, wandte sich Ulmra mit unnachgiebiger Stimme an Rohgrimm: „Erkläre dich."

Der Gott fügte sich, denn es war der Zweifel an seiner eigenen Tat, der seine sonst so scharfe Zunge im Zaume hielt. Er berichtete ihr in knappen, aber präzisen Worten, was geschehen war. Während er sprach, verdunkelten sich Ulmras rehbraune Augen zur tiefschwarzen Nacht.

„Sie ist in einen tiefen Schlaf versunken, um nicht an ihren Wunden zugrunde zu gehen. Wunden, die du ihr geschlagen hast."

Rohgrimm erwiderte ihren zornigen Blick ruhig. Sie sprach schließlich die Wahrheit aus. Es gab keinen Grund für ihn seine Augen zu senken.

„Du wirst sie zu dir nehmen und pflegen, bis sie erneut erwacht.", befahl sie ihm.

Nun zeigten sich doch tiefe Furchen des Unwillens auf seiner Stirn. Sie sprach weiter: „Und wage es nicht mir zu widersprechen!"

Nun ging sie doch zu weit.

„Warum sollte ich das tun? Sie war es, die diesen Streit mit mir begonnen hat." Dunkel erklang seine Stimme und tief war sein Zorn, als er sich zur vollen Größe aufrichtete und fest den Griff seiner Keule packte. „Sprich nicht so mit mir, als ob du über mich gebieten würdest."

Unbeeindruckt reckte Ulmra ihr Kinn und sah ebenso zornig zu Rohgrimm auf. „Das stimmt. Aber mein Mann Varkyr hat dich schon einmal besiegt, Bruder. Er wird sich wieder dem Kampfe mit dir stellen, wenn du dich mir verweigerst. Und bedenke, selbst, wenn meine Schwester den Kampf begonnen hat, so hatte sie sicher gute Gründe dafür. Schließlich gehören zu einem Streit immer mindestens zwei. Es lag also auch in deiner Macht diesen Kampf jederzeit zu beenden."

Ein wütendes Grollen brach aus Rohgrimms Kehle hervor, doch zeigte die Drohung Ulmras Wirkung.

Varkyr war der Einzige seiner Brüder, dem Rohgrimm widerwilligen Respekt zollte.

Er war der Einzige, der Rohgrimm je im Zweikampf besiegt hatte.

„Verschwinde.", knurrte er Ulmra schließlich finster an.

Die Heilerin schenkte ihm noch ein süßes Lächeln, ehe sie seinem Blick entschwand.

Rohgrimm, der Herrscher der Berge und Steine, kniete nieder und legte seine Keule beiseite, um die Göttin des Waldes mit seinen kräftigen Händen emporzuheben. Ohne seine untreuen Bären noch eines weiteren Blickes zu würdigen, trug er die Göttin in den Schutz seiner Höhle. Dort an seinem Feuer, das ewig brannte, würde er sich der Aufgabe widmen müssen, sie gesund zu pflegen.

Als der Herbst zu Ende ging und die letzten Blätter, sich im Todestanze drehend, zu Bode fielen, färbten sich Nirnyas Haare schlohweiß. Doch die Göttin schlug ihre Augen nicht auf. Der Winter brach an und bedeckte das Land mit Schnee und Eis. Sein frostiger Atem reichte bis in Rohgrimms Höhle und so musste der Gott Nirnya näher an sein Feuer ziehen, damit ihr abgemagerter Leib nicht weiter auskühlte. Gebettet auf seinen kostbarsten Fellen und zugedeckt mit den dicksten Wolldecken, die er finden konnte, lag sie nun in wohliger Wärme da. Die Göttin erwachte noch immer nicht.

Gewiss hatte Rohgrimm seine aufgezwungene Pflicht gerade zu Beginn nur auf das Notwendigste beschränkt und die Göttin mehr als einmal, abgelenkt durch seine täglichen Aufgaben, vergessen. Wer übernahm schon gerne die tägliche Pflege eines fremden Körpers? Jedoch mit ihrem zusehenden Verfall, vor dem er seine Augen nicht mehr verschließen konnte, waren seine Bemühungen um sie mit jedem Tag gestiegen. Rohgrimm würde es niemals Sorge nennen, aber je länger der Winter andauerte, desto öfters am Tag überkam ihn der Drang nach der schlafenden Göttin zu sehen. Auch wenn es ihm zuerst missfiel, so begann er sich an ihre schweigende Präsenz zu gewöhnen.

Schließlich wartete er nicht mehr ungeduldig darauf, dass die Göttin erwachte, um ihn endlich von seiner Pflicht zu befreien, sondern fand sogar Gefallen daran heimzukehren, um sich an ihr Lager zu setzen und in ihr vertrautes Antlitz zu blicken. Als der Winter dem Ende zuging, der Schnee schmolz und die ersten Frühblüher durch die harte Erde brachen, schlug Nirnya ihre Augen wieder auf.

Rohgrimm saß bei ihr, als sie erwachte. Er hatte es sich zur Angewohnheit gemacht an ihrem Lager den Steinen zu lauschen, die tief im Leibe des Berges ruhten. Jetzt, wo er sich die Zeit nahm, ihnen zuzuhören, lernte er viel von seinen Schützlingen.

Erst als Nirnya plötzlich zu sprechen begann, schrak er zusammen und richtete gebannt seine Granataugen auf das abgemagerte Weib, welches sich zaghaft unter seinen Fellen regte.

Ihre Sorge galt aber nicht ihr selbst und so waren ihre ersten Worte nach dem Erwachen: „Meine Freunde die Wölfe ... und deine Bären! Hast du sie getötet?"

Ausdruckslos starrte Rohgrimm die Göttin des Waldes an, während in seinem Inneren ein Sturm aus Empörung und Scham tobte. Sie dachte wohl wirklich sehr gering von ihm. Er fletschte mit den Zähnen, als er ihr schließlich antwortete.

„Nein Weib. Ich habe sie nicht getötet. Deine Wölfe warten am Höhleneingang auf dich, seit du in Ohnmacht gefallen bist. Und meine untreuen Bären."

Rohgrimm schnaubte verächtlich auf. Doch als er die Angst in den tiefblauen Augen der Göttin sah, hielt er inne.

„Ich habe sie freigelassen. Ich habe keine Verwendung mehr für ungehorsame Diener. Sie warten ebenfalls auf dich. Und ehe du fragst, ja, ich habe ihnen allen Obdach während des Winters gewährt."

Erleichtert sank Nirnya zurück auf ihr Lager und nahm sich dann erst die Zeit die Umgebung zu betrachten, in der sie erwacht war. Schließlich siegte Rohgrimms Ungeduld über seinen Stolz und er brach zuerst das Schweigen zwischen ihnen. Es störte ihn, dass er es überhaupt als unbehaglich empfand.

„Du fragst mich gar nicht danach, warum du hier erwacht bist."

Nirnya hörte den Vorwurf in seiner Stimme, doch ging sie nicht darauf ein.

„Das muss ich auch nicht.", antwortete sie ihm sanft. „Ich habe gespürt wie du dich um mich gekümmert hast. Und dafür möchte ich dir danken. Du warst sehr fürsorglich."

Das Lächeln, welches sie ihm schenkte, hielt Rohgrimm zurück ihren Dank unwirsch abzuweisen. Stattdessen warf er ihr nur einen weiteren abwägenden Blick zu. Diesmal war er es, der nicht auf ihre Worte eingehen wollte.

„Was also forderst du zur Wiedergutmachung für den abgebrannten Wald von mir? Nur deshalb hast du mich überhaupt erst aufgesucht, oder nicht?"

Nirnya hörte keinen grollenden Zorn mehr in seiner rauen Stimme. Doch auch keine Reue. Nur eine tiefe Bitterkeit. Trotzdem spürte auch sie keine Wut mehr in sich brennen. Dieses Feuer war während ihres tiefen Winterschlafes restlos niedergebrannt.

Zaghaft tastete sie nach ihrem Haar und hielt sich eine der Strähnen vor die Augen. Sie waren trotz des beginnenden Frühlings, den sie mit jeder Faser ihres Körpers spürte, noch immer schlohweiß. Eigentlich hätten sie schon längst die Farbe des Weizens annehmen müssen. Sie war immer noch sehr schwach. Ihre Schützlinge litten also ebenfalls noch.

„Du hilfst mir bei der Wiederaufforstung des Waldes.", nannte Nirnya schließlich ihre Bedingung. „Du hast dich schon einmal bei der Pflege eines hilflosen Geschöpfes bewährt, nun kannst du es wieder tun."

Rohgrimm widersprach ihr nicht. Nein, er stimmte sogar ihrer Forderung zu, obwohl er keine große Lust dazu verspürte. Allerdings hatte der Gott der Berge diesen Winter über eines gelernt, es hatte auch Vorzüge sich um ein anders Lebewesen zu sorgen.

So kam es, dass mit dem Erwachen des Frühlings, auch die beiden Götter begannen gemeinsam junge Bäume in dem niedergebrannten Tal, direkt vor Rohgrimms Berg, zu pflanzen. Während Rohgrimm den steinigen, frostigen Boden umgrub, fand Nirnya die geeigneten Stellen, um die jungen Triebe sicher zu verwurzeln.

Nirnya war noch immer sehr schwach und kränklich, aber Rohgrimms Felle, die sie um ihren dünnen Winterleib geschlungen trug, spendeten ihr die fehlende Wärme.

Es überraschte die Göttin, als Rohgrimm seine Aufgabe mit einem Ernst und Bedächtigkeit ausführte, die sie nie zuvor in dem grobschlächtigen Mann vermutet hätte. Es schien wirklich so, als würde ihm die Aufforstung des Waldes am Herzen liegen.

Es kam nie ein geringschätziges Wort über seine Lippen.

Auch um ihr Wohlergehen schien er sich zu sorgen, denn es war immer er, der vorschlug eine Pause einzulegen. Rohgrimm schien sofort zu bemerken, wann immer die Erschöpfung sie innehalten ließ.

Während der Frühling voranschritt und mit ihm die goldenen Strahlen der Sonne an Wärme gewannen, wuchs auch ihre Zuneigung zueinander. Sie arbeiteten schon längst nicht mehr in Schweigen gehüllt nebeneinander und wenn es denn einmal doch so geschah, dann war es eine angenehme, friedvolle Stille.

Spät im Frühjahr begannen dann endlich Nirnyas Kräfte wiederzukehren. Ihr Körper nahm wieder an Gewicht zu und ihre Haarfarbe färbte sich mit zunehmender Sonnenkraft in helles Weizenblond.

Der Sommer brach herein.

Aus ihrer gegenseitigen Wertschätzung wurde Zuneigung und schließlich begann zarte Liebe in ihren Herzen zu gedeihen.

Rohgrimm, dem dieses neue Gefühl in seiner sonst so kalten Brust unbekannt war, zögerte dennoch nicht, es als wahrhaftig anzuerkennen. Schon immer war es ihm das höchste Gut gewesen, treu zu sich selbst zu stehen und sein Herz auf der Zunge zu tragen, auch wenn er damit seinen Brüdern und Schwestern gegen sich aufbrachte.

Er zauderte auch diesmal nicht und begann offen um Nirnyas Liebe zu werben. Doch die Göttin des Waldes wusste um sein finsteres und zorniges Wesen und deshalb blieb sie trotz seiner Bemühungen zurückhaltend und scheu.

Schließlich kam der Tag, an dem Rohgrimm seine unerhörte Liebe nicht mehr länger ertragen konnte. In den Abendstunden, als sie sich zu einem gemeinsamen Mahl in seiner Höhle niederließen, drängte er sie um eine endgültige Antwort, um ihn endlich von seinem Leid oder seinen Hoffnungen zu erlösen.

Ihm war es gleich, solange Nirnya nur eine Entscheidung traf. Nachdem ihr Rohgrimm dies gesagt hatte, kehrte lange Stille zwischen ihnen ein, in der Nirnya um Worte rang.

Dann begann sie zu sprechen.

„Dein Werben und deine Worte berühren mich. Und ich kann nicht leugnen, dass ich dich in den vergangenen Wochen in mein Herz geschlossen habe.", antwortete sie ihm zögerlich, während die sonst so mutige Göttin, seine Augen mied.

„Aber ich weiß auch um deine jähzornige und grausame Seite. Außerdem herrschst du nur über totes Gestein. Ich bin mir nicht sicher, ob du meine tiefe Liebe zu den lebendigen Bäumen und Tieren des Waldes je begreifen, ja sogar teilen könntest. Sie sind mir das Kostbarste in meinem Leben und wenn ein Mann diese Liebe nicht fühlen kann, dann glaube ich nicht, dass wir wirklich füreinander bestimmt sind."

Nirnya erwartete, dass Rohgrimm nun wutentbrannt toben würde. Stattdessen wurde er ganz still. Erst als sie es wagte, ihn wieder anzublicken, sah sie eine Verletzlichkeit in seinen rauen Gesichtszügen, die ihr nie zuvor aufgefallen war.

„Du verstehst nicht."

In seiner Stimme lag eine Dringlichkeit, eine stumme Bitte, die Nirnya, wenn es nicht der unnahbare Herrscher der Berge gewesen wäre der zu ihr sprach, als ein verzweifeltes Flehen verstanden hätte. Rohgrimm würde niemals so eine Schwäche zulassen, oder?

„Du verstehst nicht.", wiederholte er erneut und stand dann auf, um ihr entschlossen seine Hand hinzuhalten.

„Komm mit. Du musst es selbst hören um es wirklich zu begreifen."

Nirnya zögerte nicht einen Augenblick, so viel war sie ihm schuldig. Sie ergriff seine ausgestreckte Hand und ließ sich von ihm hochziehen. Dann führte Rohgrimm sie tiefer in sein Heim hinein, welches sich als ein weit verzweigtes Höhlensystem offenbarte, das der Gott tief in den Berg gegraben hatte.

Inmitten eines Tunnels, von dessen Decke lang gewachsene Stalaktiten wuchsen, blieb Rohgrimm stehen.

Das stetige Tropfen des Wassers, welches sich an ihren Spitzen sammelte und auf den Boden fiel, bildete einen beruhigenden Klangteppich von Echos, die an den steinigen Wänden widerhallten.

Als er sich zu ihr umwandte und ihre Hand losließ, griff er plötzlich an seinen Hosengurt und zog einen Dolch hervor. Ehe Nirnya begreifen konnte, was geschah, hatte er schon die scharfe Klinge an sein linkes Ohr gelegt und schnitt es mit einem einzigen kräftigen Hieb ab.

Nirnyas erschrockener Aufschrei verebbte in ihrer Kehle, als sie sah, dass kein Blut aus der Wunde floss. Noch mehr staunte sie, als das Ohr in seiner Hand zu grauem Stein erstarrte. Auffordernd hielt Rohgrimm ihr seine sonderbare Gabe hin.

„Hab keine Angst.", sprach er sanft zu ihr. „Halte es an dein Ohr."

Nirnya tat, worum er sie gebeten hatte und es eröffnete sich ihr eine verborgene Welt.

Sie hörte den Berg singen.

Jedoch nicht nur er hatte eine Stimme. Tausend weitere ertönten und flochten eine ganz eigene betörende Melodie, aus zartem, hellen Gesang, kehligen Sprechchören und zartem Flüstern.

Die Göttin begriff. Tränen sammelten sich in ihren himmelblauen Augen, während sie den Klängen lauschte, die ihr dank Rohgrimms Geschenk nun offenbart wurden.

„Sie sind lebendig. Sie alle. Der Berg, die Steine! Ich kann sogar das Wasser wispern hören. Ich hatte ja keine Ahnung."

Zum ersten Mal zeigte sich ein kleines Lächeln in Rohgrimms verhärtetem Gesicht. Allerdings war es ein Wehmütiges.

„Du nicht. Und die anderen Götter auch nicht. Nur ich kann ihre Stimmen hören und mit ihnen sprechen."

Dann hielt er inne und seine roten Augen glühten, als er ihren Blick suchte.

„Ich verstehe also sehr gut, wovon du sprichst. Auch wenn mein Körper aus dem Felsen geboren wurde und sie mir nachsagen, dass mein Herz aus Stein ist, so kennst du nun die Wahrheit. Auch ein Stein kann lebendig sein und fühlen was Liebe ist."

Es brauchte keine weitere Erklärung mehr. Ergriffen von seinem Opfer, damit auch sie seine Schützlinge hören konnte und der Tiefe seiner Gefühle, trat Nirnya vor und legte eine Hand zärtlich auf seine Wange.

„Ich danke dir für dieses kostbare Geschenk. Und auch wenn ich meine harten Worte nicht ungeschehen machen kann, so hoffe ich doch sehr, dass du noch immer um mich werben willst. Es wäre mir eine Ehre noch mehr Zeit mit dir verbringen zu dürfen."

Rohgrimm schwieg. Er legte seine große Hand um die ihre und hielt sie fest. Das war Antwort genug für sie.

Es begann eine Zeit der Fülle. Während die Wärme der Sonne auch den letzten Bodenfrost vertrieb, wuchs das Leben unter ihrem kräftigen Licht.

Die Bäume trugen wieder dunkelgrüne, kräftige Blätter, während die neu ausgetriebenen Blumen, wie im tiefsten Dankgebet, ihre Köpfe der Sonne entgegenstreckten.

Auch die Göttin des Waldes hatte nun wieder ihre alte Stärke erreicht und hüllte ihren fülligen Körper in die prächtige Seide, die ihr Rohgrimm als Beweis seiner Liebe schenkte.

Zum Dank führte sie Rohgrimm hinaus in die Wälder und zeigte ihm ihr Reich und gemeinsam feierten sie die Liebe, die sie in einem feurigen Band miteinander verband.

Als der Sommer seinen Höhepunkt überschritten hatte, begann Rohgrimm am Fuße seines Berges ein Steinhaus für ihre gemeinsame Zukunft zu bauen. Auch wenn Nirnya nicht verstand, warum er so besessen von dieser Idee war, so ließ sie ihn gewähren. Wann immer sie das Fundament betrat, legte sie Rohgrimms Steinohr an das ihre und lauschte den flüsternden Steinen ihres entstehenden Hauses.

Nirnya aber zog es immer wieder hinaus in den Wald, um in langwährenden Streifzügen nach ihren Schützlingen zu sehen. Es lag, in ihrer wilden Natur in warmen Sommernächten gemeinsam mit den Wölfen zu jagen und an windigen Tagen in Gestalt eines Adlers hoch am Himmel zu fliegen, um der Freiheit im wilden Tanze zu huldigen.

In diesen Zeiten blieb sie tagelang Rohgrimms Höhle fern. In ihrer Freude am Dasein bemerkte sie nicht Rohgrimms Ärger darüber, dass sie ihn immer wieder verließ. Er war der Hüter der Steine und Berge und es war unmöglich, für seine Schützlinge sich seiner Sorge zu entziehen. So verstand er es auch nicht, warum sich Nirnya immer wieder seiner Fürsorge entzog. War ihre Liebe zu ihm etwa doch nicht so stark, wie sie ihm oft beteuerte?

Er war allerdings auch ein stolzer wortkarger Mann, also behielt er seine Ängste und den Zorn über Nirnyas treuloses Wesen für sich.

Es ist der Kreislauf der Welt, der auch die Zeiten des Wachstums und Gedeihens einmal enden lässt.

Als sich die ersten Blätter in einem letzten Aufbäumen gegen die Vergänglichkeit in sattes Rot und strahlendes Gelb zu färben begannen, fingen auch wieder Nirnyas Kräfte an zu schwinden. Zusehends verlor sie wieder an Gewicht und ihr glänzendes schwarzes Haar durchzogen erste Strähnen feurigen Rotes. Für die Göttin war es der natürliche Verlauf des Jahres, der auch diesen Herbst wieder Einfluss auf ihren Körper nahm.

Doch Rohgrimm ergriff eine tiefe Furcht, als er den stetigen Verfall seiner liebgewonnenen Gefährtin täglich mit ansehen musste. Anders als Nirnya erinnerte er sich nur zu gut daran, wie sie im vergangenen Winter gelitten hatte, und übersah dabei, dass er es gewesen war, der ihr dieses Leid zugefügt hatte.

Gefangen in seinem Wahn, der aus stärkster Liebe und Angst geboren war, fasste er mit der Fertigstellung des Steinhauses einen Plan, der Nirnya für immer an ihn binden würde. Er beschloss in seiner blinden Eitelkeit, wenn sie sich selbst nicht beschützen konnte, dann würde er es für sie tun. Dann würde er sie endlich auch ganz für sich haben können.

An einem sonnigen milden Herbsttag war es so weit. Gerade hatte er Nirnya noch voller Stolz sein Steinhaus präsentiert, welches nun fertig gestellt war, schon kniete Rohgrimm vor seiner Liebsten nieder. Leidenschaftlich bat er sie darum sein Weib zu werden.

Nirnya, die nichts von seinen finsteren Gedanken ahnte und deren Liebe zu dem Gott der Berge mit dem fortschreitenden Jahr noch gewachsen war, stimmte augenblicklich zu.

Sie tauschten einen innigen Kuss, ehe Nirnya nach der Hand ihres Geliebten griff und ihn freudestrahlend in ihr gemeinsames Haus geleitete. Drei Tage und drei Nächte lang verließen sie das Haus nicht mehr, um ihre Verlobung zu feiern und sich einander hinzugeben.

Erst am Morgen des vierten Tages, als die warmen Sonnenstrahlen sie weckten, beschloss Rohgrimm, dass es an der Zeit war seinen Plan in die Tat umzusetzen.

Noch ehe Nirnya vollständig aus ihrem tiefen Schlaf erwacht war, hatte Rohgrimm ihr bereits eine bindende Halskette aus Stein umgelegt.

Die Göttin des Waldes spürte Rohgrimms zornige Magie, die in diesen Steinen eingewoben war und schrak sogleich erschrocken empor. Voller Furcht sprach sie ihren Verlobten an, der mit verschränkten Armen vor ihrem Bett stand und grimmig auf sie herabschaute.

„Was ist das für eine bedrohliche Kette, welche mir die Brust einengt?"

Ohne Mitleid erwiderte er den Blick aus ihren angstgeweiteten Augen. Im Gegenteil. Ihm gefiel, was er sah. Endlich schien sie ihn wieder wahrzunehmen als das, was er war.

„Mein Verlobungsgeschenk an dich, Göttin des Waldes. Wenn du mein Weib sein willst, dann erwarte ich von dir, dass du mir gehorchst. Ich bat dich einige Male nicht zu gehen und doch bist du jedes Mal aufs Neue losgezogen. Wie soll ich dich behüten, wenn du deinen Platz an meiner Seite immer wieder verlässt? Mich verlässt? Nein. Von nun an wirst du in meinem Haus bleiben. Hier kann ich dich beschützen. Zur Not auch vor dir selbst."

Erzürnt sprang Nirnya vom Bett empor und wollte die Kette von ihrem Hals reißen. Je mehr Kraft sie anwendete, desto schwerer schienen die Steine auf ihrer Brust zu werden. Schließlich sank die Göttin auf den kalten Steinboden und rang verzweifelt nach Luft. Sogleich verlor die Kette an Gewicht und sie konnte wieder atmen. Mühsam richtete sich Nirnya auf und stieß ihren Verlobten erfüllt von wilden Zorn heftig vor die Brust. Überrascht von der unerwarteten Stärke ihres Schlages kam Rohgrimm ins Taumeln und wich schnell vor ihr zurück.

„Nimm sie mir ab!", forderte Nirnya ihn wütend auf, während sie einen weiteren drohenden Schritt auf ihn zutrat.

„Es ist zwecklos, Weib!", stieß Rohgrimm ebenso zornig aus. „Keiner außer mir kann die Kette abnehmen. Dafür habe ich gesorgt! Sieh doch ein, dass du hier bei mir glücklicher sein wirst, als du draußen im Wald je sein kannst!"

Fassungslos schüttelte Nirnya den Kopf über seine Kurzsichtigkeit.

„Du legst mich in Ketten, wie einen Hund! Du glaubst mich so beschützen zu können? Vor meinen Schützlingen etwa? Sie brauchen mich, Rohgrimm! Ich fordere dich noch einmal auf. Nimm sie ab! Lass mich frei!"

Als Nirnya diesmal sprach, bebte ihre Stimme vor Verzweiflung.

„Das willst du also sein? Frei von mir? Du sagtest, dass du mich liebst. Wenn das wirklich stimmt, dann halte auch dein Wort und verlass mich nicht!"

Einen Augenblick lang flackerte Angst in Rohgrimms Augen auf, als ihm gewahr wurde, wie flehend seine Stimme klang.

Doch es war zu spät. Nirnya hatte nicht nur seine Worte vernommen. Diesmal hatte sie ihn wahrgenommen. Noch schlimmer, in seine Augen geblickt und die Wahrheit in ihnen gesehen. Seine Furcht gesehen. Das Schweigen dehnte sich zu einer unüberwindbaren Kluft zwischen ihnen aus, während Nirnya ihn mit tränennassen Augen anblickte und ihn zum ersten Mal wirklich sah.

„Liebster."

Sie sprach mit sanfter Stimme, doch Rohgrimm zuckte vor dem Schmerz, den sie mit sich trug, zurück, als hätte die Göttin ihn erneut geschlagen.

„Nun begreife ich, warum du so handelst. Aber ich warne dich, deine Liebe zu mir ist aus Angst geboren, weil du glaubst mich besitzen zu können. Ich jedoch bin frei. Immer. Diese Freiheit kannst du mir nicht rauben. Selbst wenn du mich in Ketten legst, damit ich ganz dir gehöre. Das einzige was du damit erreichen wirst, ist, dass deine ängstliche Liebe mich langsam töten wird. Ich bitte dich ein letztes Mal, nimm mir die Kette ab!"

Rohgrimm trat einen weiteren Schritt zurück und schüttelte betrübt den Kopf, als er sah, wie die Göttin des Waldes zu weinen begann.

„Dafür ist es nun zu spät.", antwortete er ihr knapp, ehe er sich abwandte, um vor ihrem Leid zu fliehen. „Wenn ich dir die Kette nun abnehme, wirst du mich endgültig verlassen."

Von dieser Stunde an lebte Nirnya in Rohgrimms eigens für sie errichtetem Haus, das für die Göttin nun nur noch ein Gefängnis darstellte. Der Mann, in den sie sich einst verliebt hatte, war ihr Wärter geworden. Trotz seiner Bemühungen ihr es so angenehm wie möglich zu machen, indem er sie mit köstlichen Speisen und Geschenken überhäufte, entlockte Rohgrimm ihr kein einziges Lächeln mehr. Obwohl sie seit jenem Morgen auch nicht mehr im Zorn ihre Stimme gegen ihn erhoben hatte, so verfiel die Göttin zusehends vor seinen Augen.

Noch immer hörte Nirnya den Ruf des Waldes. Es war ihr nicht möglich, ihm nachzugeben oder sich vor ihm zu verschließen. Beides hatte sie oft genug versucht, wann immer Rohgrimm verschwand, um seinen Aufgaben nachzukommen.

Mit dem fortschreitenden Herbst nahm auch ihr Leid weiter zu. Ihre Haare, die in dieser Jahreszeit sonst in einem dunklen Rot erstrahlten, wurden frühzeitig weiß. Das wovor Rohgrimm sie dringlich hatte schützen wollen, trat ein. Sie wurde immer schwächer und magerte ab, bis sie nur noch ein Schatten ihres selbst war. Immer häufiger fand Rohgrimm seine Verlobte am Fenster sitzend vor, sehnsüchtig in den Wald hinaus starrend. Sie schien kaum noch etwas Anderes wahrzunehmen.

Rohgrimm begriff schließlich, dass ihre Warnung an ihn keine leere Drohung gewesen war. Seine Liebe für die Göttin war ein schleichendes Gift, das sie langsam umzubringen schien.

Damit begann Rohgrimms härtester Kampf, den er je zuvor mit jemanden geführt hatte. Sein Gegner war er selbst. In seinem Inneren tobte seine Selbstsucht gegen seine Sorge an. Sein Hass verbündete sich mit der Verlustangst, gegen seine Liebe zu Nirnya. Doch dann erinnerte sich Rohgrimm wieder daran, wie Nirnya sich für ihre Schützlinge im Kampf gegen ihn geopfert hatte. Das war offensichtliche Dummheit gewesen. Aber würde er jetzt nicht das gleiche für Nirnya tun? War das etwa wahrhaftige Liebe? Sich selbst zu verletzen, um einen anderen vor Schaden zu bewahren? Die Fragen beendeten den Krieg in seinem Inneren. Als er ihre Antworten fand, wusste Rohgrimm, dass er von ihnen besiegt worden war.

Nirnya vernahm weder seine Schritte, noch seinen schweren Atem, als der Gott der Berge hinter sie trat. Tief in ihrem Geist entflohen, rannte sie gemeinsam mit den Wölfen durch den nächtlichen Wald, mit ihren treuen Gefährten, die sie solange nicht mehr gesehen, geschweige denn ihr weiches Fell berührt hatte. Nur nachts, hörte sie noch ihr wehklagendes Heulen, wenn sie nach ihrer Göttin riefen.

Auf einmal legten sich raue, große Hände um ihren Hals. Ergeben schloss Nirnya ihre Augen. Was auch immer er ihr nun antun würde, sie war bereit loszulassen. Es gab nichts mehr, was Rohgrimm ihr in seinem Wahn noch rauben konnte. Ihr Wesenskern jedoch blieb unberührt. Diesen Teil von ihr, würde er ihr niemals stehlen können. Dann spürte sie einen kräftigen Ruck an ihrem Hals und hörte, wie viele kleine Steine leise klackernd auf den harten Boden zu ihren Füßen aufschlugen. Sie hielt ihren Atem an, als die Last seiner dunklen Gefühle mit einem Schlag von ihr abfiel.

„Du hattest Recht, Weib." Rohgrimms Stimme durchfuhr ihren Leib, wie kalter Stahl. „Ich herrsche nur über Stein. Unbeweglichen harten Stein, wie das Herz in meiner Brust. Ich kann nicht länger verleugnen was ich bin. Ich teile deine Liebe nicht. Nicht so, wie du sie von mir verlangst."

Nirnya drehte sich zu ihm und war erschüttert über das wütende Glühen seiner Augen, als er finster auf sie herab starrte.

„Ich gebe dir bis zum Abend Zeit aus meinem Haus zu verschwinden, Weib. Wenn ich wiederkehre, dann wage es bloß nicht noch hier zu sein."

Kein Wort kam über ihre Lippen, als die Göttin des Waldes zusah, wie er wutbebend davon stürmte.

Noch nie war es Rohgrimm so schwergefallen sein Haus zu verlassen, wie an jenem Morgen. Er ließ die Tür offen für sie stehen, als er zügigen Schrittes davon schritt. Er wagte es nicht, noch einmal zurückzublicken.

Rohgrimm hielt sein Wort und kehrte erst am Abend wieder zurück.

Er brauchte das Steinhaus nicht zu betreten, um zu wissen, dass Nirnya nicht mehr dort war. Dennoch durchwanderte er jeden Raum, auf der Suche nach ihr. Erst als er sich sicher war, dass sie ihn wahrhaftig verlassen hatte, gab er sich seinen Gefühlen hin. Von seinem Jähzorn und seiner Trauer überwältigt brüllte er seinen Schmerz heraus und schlug mit seiner Keule alles im Haus kurz und klein. Zwei Tage wütete er wie ein Berserker und schließlich war das Steinhaus den Erdboden gleichgemacht.

Er ertrug den Verlust seiner Geliebten nicht. Wie im Wahn begann er neue Höhlen in seinen Berg zu graben. Durch seine unbeherrschten Schläge begannen sich große Risse in der Flanke des Berges zu bilden. Aus diesen Spalten trat immer mehr Gebirgswasser hervor, das die Erde weiter lockerte und aufweichte. Schließlich schwoll das Wasser zu einem wilden Strom heran und quoll wie Blut einer tiefen Wunde aus dem Leib des Berges heraus. Das Wasser strömte in einer riesigen Flut ins Tal hinab und ertränkte die jungen Bäume, die Rohgrimm und Nirnya zusammen gepflanzt hatten. Dort im Tal, wo zuvor ein junger Wald zu gedeihen begonnen hatte, bildete sich nun ein großer See aus getrübtem rostfarbenen Wasser.

Nun, da alle Zeichen seiner Liebe zur Göttin des Waldes getilgt worden waren, beruhigte sich Rohgrimm wieder. Doch so wie sein linkes Ohr für immer fehlen würde, so verharrte auch der Schmerz in seiner Brust und die Sehnsucht nach seiner geliebten Nirnya.

Ein langes Jahr verging, in dem Rohgrimm sich in die Einsamkeit seines Berges flüchtete. Dennoch konnte er nicht mehr an sein altes Leben, bevor er der Göttin des Waldes begegnet war, anschließen. Die Sehnsucht nach seiner Geliebten trieb ihn immer wieder nach draußen, hinein in den Wald in der törichten Hoffnung nur einen Blick auf sie zu erhaschen.

Wann immer er nun bei seinen ziellosen Wanderungen ein verwundetes Tier fand, nahm er es mit in seine Höhle um es dort gesund zu pflegen und sofort wieder in die Freiheit zu entlassen, sobald es genesen war.

Jeder einzelne seiner einsamen Streifzüge durch Nirnyas Reich endete am See, den er unabsichtlich erschaffen hatte. Dort verharrte Rohgrimm lange Zeit und starrte auf das Wasser hinaus, das im Laufe der Zeit seine Trübung verlor und immer klarer wurde, bis er sein Spiegelbild darin sehen konnte. Von diesem Zeitpunkt an mied er es noch einmal zum See zurückzukehren.

Als ein weiteres Jahr anbrach und der tiefe Schmerz um den Verlust seiner Verlobten noch immer wie ein Stachel in seinem Fleische saß, begann Rohgrimm in rastloser Suche nach Erlösung seinen Berg mit jungen Eichen zu bepflanzen. Er konnte den Anblick der kahlen Felsen nicht mehr ertragen.

Als die Hitze des Sommers über das Land hereinbrach und die zarten Sprösslinge unter der Dürre litten, überwand Rohgrimm seinen Selbsthass und stieg wieder ins Tal herab, um aus dem See Wasser für die kleinen Eichen zu holen und sie täglich zu wässern. Im Winter suchte erneut eine Bärin mit ihren Kindern Zuflucht in seiner Höhle. Diesmal jedoch gewährte ihr Rohgrimm seine Obhut und ließ sie während ihres Winterschlafes an seinem Feuer schlafen. Als sie im Frühling seine Höhle verließen, ließ er sie ziehen, auch wenn er sich an ihre Gesellschaft gewöhnt und sie schmerzlich vermissen würde. Er erfreute sich stattdessen an den jungen Bäumen, die den kargen Winter überstanden hatten und ihre ersten zarten Knospen trugen.

Im Sommer des dritten Jahres, als Rohgrimm an einem besonders heißen Tag, die neu gepflanzten Eichen am Eingang seiner Höhle mit dem Wasser seines Berges wässerte, stand sie plötzlich vor ihm. Nirnya. Mit prächtigem langen schwarzen Haar, das ihre rosigen Wangen umspielte. Sie stand in einem schlichten weißen Gewand, welches ihre kurvige Gestalt umschmeichelte, vor ihm und lächelte sanft.

Eine lange Zeit verging, in der sie sich gegenüberstanden und einander betrachteten, ohne dass einer von ihnen es wagte, zuerst zu sprechen. Manche Momente waren zu kostbar, um sie mit einem unbedachten Wort zu zerstören. Während sie in den Augen des jeweils anderen versanken, erkannten sie einander zum ersten Mal wirklich. Als der Tag zu Neige ging, war es schließlich Rohgrimm, der zuerst sprach. Er stellte ihr nur eine einzige Frage. „Wirst du eine Zeit lang bei mir bleiben?"

Ihr strahlendes Lächeln war Antwort genug. Sie erwiderte liebevoll: „Ja, weil du mich hast gehen lassen."

Seitdem leben Nirnya, die Schutzherrin des Waldes und Rohgrimm, der Herrscher über Berge und Steine in glücklicher Ehe zusammen. Auch wenn Nirnya immer wieder für lange Zeit Rohgrimms Seite verlässt, um mit ihren Schützlingen durch die Lande zu ziehen, so kehrt sie jedes Mal zu ihrem Mann zurück. Als Zeugnis ihrer Liebe füreinander gedeihen seit dem Tage ihrer Vermählung Bäume und Sträucher auf jedem noch so felsigen Berge.

„Oh da kommt ja eine fantastische Geschichte nach der anderen. Was macht den Lisa so?", fragte Lucia.

Sofort hatte Lenya die Antwort: „Lisa Wagner, geboren 1992 in Hoyerswerda, begann schon in jungen Jahren zu schreiben. Diese anfängliche Spielerei mit Worten vertiefte sich zu einer wahren Leidenschaft, als ihr Gedicht „Winterschein" in der Frankfurter Bibliothek veröffentlicht wurde. Seitdem hat sie zahlreiche Gedichte und Kurzgeschichten geschrieben und eine Auswahl von ihnen unter ihrem Pseudonym Hilla auf der Internetseite Fanfiktion.de veröffentlicht.

Die studierte Geologin lebt derzeit in Cottbus."

„Es ist unglaublich wieviele Menschen und ihre Geschichten wir täglich entdecken können. Ich mag unseren Job wirklich gern!", freute sich Lucia.

Lenya nickte zustimmend und sie gingen weiter an die Arbeit.

Kapitel 2

„*Hörst du auch dieses Läuten?* ", *fragte Lucia durch den Raum schleichend.*

„*Wovon sprichst du?* "

Lenya sah ihre kleine Kollegin irritiert an.

„*Pssst! Leise! Da ist es wieder. Ein Läuten. Das kommt sicher irgendwo aus einer der Schriften.* "

Lucia ging leise auf den Stapel Schriften zu, der darauf wartete gesichtet zu werden.

Lenya, die Schattenelfe war von hinten an sie herangetreten, sah ihr über die Schulter und lauschte.

„*Ha, jetzt hab ich es auch gehört. Du hast recht, das kommt aus dem Stapel der Schriften.* "

Lucia begann die einzelnen Zettel durchzusehen. Eine der Schriften rutschte heraus. Sie war die läutende Übeltäterin. Die beiden Bibliothekarinnen beugten sich über das Blatt, um es näher zu betrachten.

Totengeläut

von Alex C. Weiss

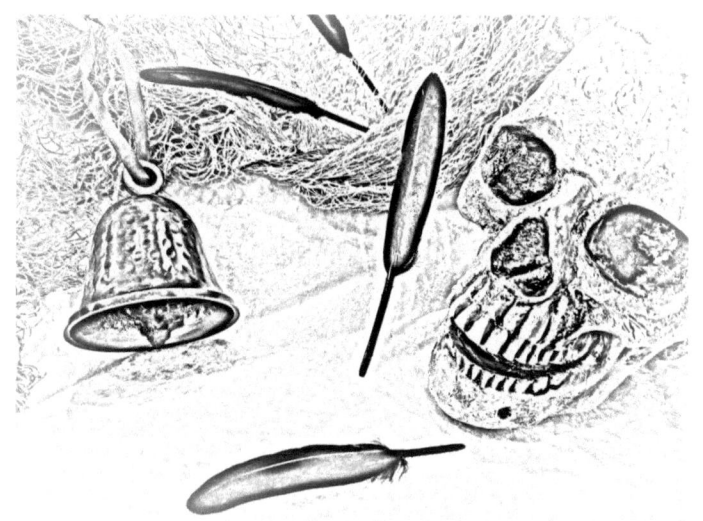

Alles weiß, alles leer,
Keine Glücksmomente mehr.
Whiteout senkt sich über die Welt,
Stille nun über mich fällt.
Diabolische Totenglocke,
Der Lärm einer fallenden Schneeflocke,
Extrahiert sich zum Todesschrei,
Ist nun alles schon vorbei?
Totengeläut, schwarzes Licht,
Du bist tot, ich bin es nicht.

„Ach Gedichte lieb ich sowieso, ich schau gleich mal nach, wer Alex so ist."

Lucia begann zu suchen.

„Da haben wir es ja. Sie lebt mit ihrer Familie im Chiemgau. Es war Erich Kästner, der die Liebe zum Schreiben bereits in ihrer Kindheit weckte, als er in *Emil und die Detektive* berichtete, wie es ist Schriftsteller zu sein.

Schon früh begann sie erste Gedichte und Kurzgeschichten zu schreiben, ehe sie sich dem Genre Fantasy und damit dem intensiven Worldbuilding widmete.

Für Fantasy und Poesie schlägt ihr Herz, denn damit kann man Träume einfangen und jede Facette des Lebens widerspiegeln.", las Lucia.

„Wer weiß, vielleicht begegnet sie uns ja noch das ein oder andere Mal.", meinte Lenya.

*L*ucia kam langsam und vorsichtig aus den Tiefen der Bibliothek. Sie hielt ein unscheinbares Buch auf den Handflächen, möglichst weit von sich gestreckt. Lenya beobachtete sie fragend und ging auf sie zu.

Bevor ihre Kollegin eine Warnung aussprechen konnte, griff sie beherzt zu dem Buch in deren Händen, um ihr zu helfen. Gleich darauf hörte man ein lautes Klappen, dann einen schmerzerfüllten Schrei und dann einen resignierenden Seufzer durch die Bibliothek schallen.

Lenya hüpfte das Buch an der Hand hängend und derb fluchend durch den Saal. Zwischen ihren Beinen tänzelte Lucia in dem Versuch, ihr zu helfen.

„Ich wollte dich noch warnen, aber du warst zu schnell. Ich war damit gerade auf dem Weg in den Gefahrenraum. Halt still. Warte. Nein nicht weghüpfen. Moment. Halt jetzt endlich still."

„Stillhalten!? Wie? Es tut verdammt weh. Das elende Buch hat sich in meine Hand verbissen, wie soll ich da still halten. Ist das Blut? Ich blute, es hat mich blutig gebissen. Echt jetzt. Ich kann doch kein Blut sehen. Verflixter Papierhaufen, du solltest von Azrael in kleinste Teile zerrissen und dann im Kamin verbrannt werden. Deine Asche streu ich in den Fluss hinter der Bibliothek und spucke hinterher."

„Ist ja schon gut. Jetzt beruhige dich mal wieder. Ich hab es ja schon. Sieh nur, nun ist es ganz friedlich und schnurrt.", schmunzelte Lucia.

„Binde es sofort zusammen! Ich will nicht wissen was darin steht.", knurrte Lenya zwischen zusammengebissenen Zähnen hervor. Die Hand an den Körper gedrückt.

Die Kleinelfe jedoch las den Titel und stellte an die Schattenelfe gewandt fest: „Ich glaube diese Geschichte ist allerdings etwas für dich. Die wird dich sicher interessieren. Hör

zu, bevor wir es zubinden und sicher für die Allgemeinheit ver-
wahren lese ich sie dir vor. "

Bevor Lenya etwas einwenden konnte, setzte sich Lucia auf
den Boden und begann zu lesen:

Lehrjahre sind keine Herrenjahre

von Morgane A. Tusk

Nervös stand ich am Tor und biss auf meiner Unterlippe herum. Den Blick über die Ebene lenkend suchte ich irgendein Zeichen, welches die Rückkehr meiner Schwestern ankündete. Ich wartete jetzt schon seit Stunden, in denen ich das erste Mal das Gefühl hatte, dass ich etwas verpasste.

Endlich entdeckte ich sie. Diese bläulich, grünen Lichter am Himmel, die aussahen, als hätte jemand mit einem Pinsel Farbe ans Firmament gemalt. Kurz darauf blitzte und glänzte es am Horizont, wie eine Welle aus Metall, die rasch näher kam.

Ich stieß mich vom Tor ab und sah über die Schulter. Wie von Geisterhand öffnete sich die riesige Tür langsam und es würde dauern, bis die schweren Flügel ganz aufgeschwungen waren. Ich wich seitlich aus und schob mich halb hinter eine dicke Säule, damit man mich nicht gleich entdeckte.

Mit lautem Gebrüll, welches Kampfgeschrei glich, rasten meine Schwestern auf die Festung zu. Jede von ihr wurde von mindestens einem Krieger begleitet. Entweder saß er vor ihr auf dem Pferd, wurde neben dem Ross im Arm gehalten oder lag quer vor ihr auf dem Widerrist. Ein abstruses Bild, welches sich ganz einfach erklärte. Diese Männer waren tot.

Vorsichtig wich ich weiter zurück und schmiegte mich an den Stein, der eine wohltuende Kälte an meinen erhitzten Körper ausstrahlte. Auch wenn ich es nicht wollte, schlug mein Herz jetzt schneller und ich wurde von innen, wie in freudiger Erwartung, mit Hitze geflutet.

Ich wusste, was in wenigen Augenblicken passieren würde. Und so sehr ich es auch verabscheute, brachte es jedes Mal eine Faszination mit sich, die mich in ihren Bann zog.

Kurz vor dem Tor bremsten die Reiterinnen ihre Pferde, stießen gellende Schreie aus und rissen ihre Waffen, die aus Sperren und Bögen bestanden, in die Luft. Die Toten, die sie mit sich brachten, ließen sie wie abgeschlachtetes Vieh auf den Boden knallen. Nichts zeugte mehr von der zuvor liebevollen Umarmung. Wie nutzlose Kadaver lagen die Leichen der tapferen Krieger nun vor dem Tor, während meine Schwestern in einem Kreis um sie herum ritten, die Waffen mittig in der Luft zusammenführten und schrien, als gäbe es kein Morgen mehr.

Es widerte mich an. Wie sie sich an ihrer Beute ergötzten und schon jetzt zu feiern schienen. Dabei machte es auch nichts aus, dass ihre Leiber mit dem Blut der Toten verschmiert waren und den Glanz der Walküren besudelten.

Wie besessen, als seien sie in einem Rausch, trieben sie die Pferde um die Gefallenen, nahmen kaum darauf Rücksicht, ob ein Huf einen Krieger erwischte oder nicht. Sie waren ja eh schon tot. Ekelerfüllt wandte ich mich um, drückte den Rücken an die Steinsäule und schloss die Augen, wartete, dass ihr Kreischen in Gesang umschlug. Dass diese Grausamkeit endete und das Wunder passierte.

Länger als sonst wartete ich darauf. Es musste eine große Schlacht gewesen sein, die dort gefochten worden war. Der Sinn darüber leuchtete mir immer noch nicht ein. Warum taten die Menschen das? Schlachteten sich ab, für wenige Hektar Land oder weil einem die Nase des anderen nicht passte? Gut. Gäbe es diese Kriege nicht, hätten meine Schwestern nichts mehr zu tun.

Endlich holte mich die Melodie aus den quälenden Gedanken, auf die ich ohnehin keine Antwort fand. Hart ausatmend schob ich den Kopf so weit um die Säule, dass ich alles beobachten, selbst aber in Deckung bleiben konnte. Erneut schlug mein Herz höher, als würde die Magie auch nach mir greifen. Noch immer berührten sich die Spitzen der Waffen über dem Haufen von Toten, doch hatten die Walküren ihre Pferde zum Stehen gebracht und waren gemeinsam in einen Gesang gefallen, der so lieblich klang, dass er jedes Herz berührte.

Langsam hoben sie ihre Speere und Bögen an und noch, bevor diese ihren Platz an ihren Seiten gefunden hatten, regte sich der Leichenberg. Nach und nach bewegten sich die Krieger, schlugen die Augen auf, sogen die Luft in ihre Lungen und erhoben sich. Einer nach dem anderen erwachte wieder zum Leben, stand auf und sah sich zutiefst berührt um. Meine Schwestern stiegen von den Pferden, traten an die Krieger heran, die sie her gebracht hatte, und hauchten jedem Einzelnen einen Kuss auf die Stirn.

Dann führten sie die Kämpfer, die eben wieder zurück ins Leben gefunden hatten, durch das große Tor in die Halle. Kaum war der Letzte von ihnen eingetreten, schloss sich das Tor und sperrte das aufkommende Lachen und Johlen ein.

Vorsichtig verließ ich mein Versteck und ging zu der Stelle hinüber, an der die Pferde grasten. Die Spuren von Blut waren unübersehbar, ebenso der Geruch von Schweiß und anderen Körperflüssigkeiten.

So sehr es mich auch würgte, ging ich in die Hocke, wischte mit den Fingern über das Gras und besah mir die Blutschlieren, die sich auf meinen Fingerkuppen abzeichneten. Mit dem Daumen wischte ich darüber und mit einem Mal verblasste das Rot, bis es vollkommen verschwunden war.

Auch auf dem spärlichen Grün und den sandigen Stellen zeigte sich nun kein Hinweis mehr, was dort eben passiert war.

„Es fasziniert dich doch."

Erschrocken fuhr ich empor und wandte mich ruckartig um.

„Svafa.", presste ich heiser hervor und sah in das grinsende Gesicht einer meiner Schwestern, die durch das ganze Blut auf ihrer Haut, grausig aussah.

„Sieh an. Sieh an. Unser Mauerblümchen interessiert sich für unsere Arbeit."

Sie verschränkte die Arme vor der Brust und zog eine Braue nach oben.

„Hör auf so zu reden.", meinte ich missmutig, was Svafa auflachen ließ.

Sie trat an mich heran und legte ihren Arm um meine Schultern, was mir äußerst unangenehm war. Aber ihre Geste war so klammernd, dass ich es nicht einmal versuchte, mich daraus zu befreien. Sie sah mit mir auf die Stelle, wo zuvor noch die Toten lagen, und seufzte laut.

„Was mach ich nur mit dir? Vater hat mich dir zugeteilt. Ich soll dich zur Vernunft bringen.", meinte sie genervt.

Ich sah sie erschrocken an, während sie sich von mir löste.

„Ja was denkst du denn? Es ist an der Zeit, dass du endlich deiner Bestimmung nachkommst."

Die Stirn in tiefe Falten gelegt sah ich zu den Pferden, an denen noch immer fremdes Blut klebte.

„Meine Bestimmung.", wiederholte ich murmelnd.

„Ja, deine Bestimmung!", meinte Svafa schärfer. „Es wird Zeit, dass du mit uns nach Midgard ziehst und das tust, wofür du geschaffen wurdest!"

Ich wandte ihr bockig den Rücken zu.

„Du kannst natürlich auch versuchen, mit Vater zu sprechen. Ihm deine ach so guten Gründe vortragen. Aber ich verspreche dir, du wirst keine überzeugenden Argumente finden!"

Ohne sie anzusehen, streichelte ich einem Pferd über die Nüstern.

„Reicht es nicht, dass es mich anwidert, was ihr macht?"

„Du vergisst, dass es wichtig ist, was wir tun. Außerdem war es schon immer so."

„Jaja, schon immer so", äffte ich sie nach, wobei ich den Kopf kindisch hin und her wog.

„Herje! Es reicht!" Zorn schwang nun in Svafas Stimme mit, was mich meine unbedachten Worte sofort bereuen ließ.

„Ich denke es ist genug für heute. Geh in deine Kammer und denk drüber nach, was du als Nächstes zu tun gedenkst."

Ich sah sie entsetzt an. Normal war es üblich, dass ich der Feier, die zu Ehren der Neuankömmlinge ausgerichtet wurde, beiwohnte. Wenn auch mit einigem Abstand und nicht mitten drin. Während sich meine Schwestern um ihre Krieger kümmerten, ihnen Bier einschenkten und sich sogar hier und da mal ans Hinterteil fassen ließen. Aber es gab mir das Gefühl, doch dazu zu gehören und dass man mir meine Art, die oft als schwierig bezeichnet wurde, verzieh.

Nun schien es schlagartig damit vorbei zu sein und ich musste mir eingestehen, dass es für mich wie ein Schlag ins Gesicht war.

Das Johlen und Lachen drang sogar durch die geschlossene Tür meines Zimmers. Mitternacht war längst vorbei, doch an Schlaf war für mich nicht zu denken. Nicht nur wegen des Lärmes. Ich wandte mich von einer Seite zur anderen, fand aber keine geeignete Schlafposition, starrte in die fahle Dunkelheit meiner Kammer und versuchte, die Gedanken zu sortieren. Aber anstatt es besser zu machen, wurde der Wirrwarr in meinem Kopf nur noch größer. Irgendwann zog ich die Decke bis über beide Ohren und bevor ich dann doch endlich einschlief, machte sich Angst in mir breit. Angst vor den Träumen, die mich diese Nacht wohl ereilen und auf den richtigen Weg führen würden.

Ich träumte nichts. Jedenfalls konnte ich mich nicht daran erinnern, als ich unsanft geweckt wurde.

Svafa stand an meinem Bett und schüttelte mich an der Schulter, bis ich aus dem Schlaf emporfuhr und sie verwirrt anstarrte. Draußen war es noch dunkel. Ich konnte nicht lange geschlafen haben. Meiner Schwester erging es wohl nicht anders, auch wenn man ihr den Schlafmangel und die Feier in der Nacht kaum ansah.

„Auf auf!", triumphierte sie, während sie mir meine Kleidung aufs Bett warf. „Wir haben was vor!"

Leise grummelnd zog ich das Hemd zu mir. Es wäre wohl unklug, ihr nach dem gestrigen Ärger zu widersprechen.

Außerdem würde es nichts bringen. Noch war ich ihr unterstellt und so lange ich mich gegen meine Natur wehrte, würde sich das auch nicht ändern.

Ich unterdrückte sämtliche Kommentare um des Friedens Willen und tat, was sie sagte. Wenig später führte ich mit ihr zwei Pferde aus dem Stall und stieg in den Sattel. Reiten war bisher das, was ich am Liebsten erlernt hatte. Obwohl es nur dem Zweck diente, von hier nach Midgard zu kommen.

Ohne mir zu sagen, wo es hinging, ritt Svafa voraus und ich folgte ihr.

Unsere Welt ist riesig. Jedenfalls stand es so in den Überlieferungen. Ich selbst hatte mir noch kein Bild davon machen können, spielte sich der Großteil meines Lebens doch in Walhall und dem Götterpalast Valaskjalf ab. Was wohl mein eigenes Verschulden war.

Svafa führte mich hinaus in diese Welt. Es raubte mir fast den Atem. Nicht, dass ich noch nie einen Sonnenaufgang gesehen hätte. Aber weit weg von Asgard tauchte das Morgenlicht die angrenzenden Berge in eine Farbe, die die Felsen fast glühen ließen. Es war nur ein Sonnenaufgang, aber ich hatte noch nie etwas so Schönes gesehen. Midgard zog an uns vorbei und noch bevor die Sonne ihren höchsten Stand erreichte, näherten wir uns den Wurzeln Yggdrasils. Entfernungen waren für Walküren ein Kinderspiel.

Svafa hatte die ganze Zeit geschwiegen. Ich wusste nicht, ob sie noch böse auf mich war oder mich einfach in Ruhe lassen wollte.

Nahe eines riesigen Waldes bremste sie ihr Pferd und schwang sich aus dem Sattel. Auch ich stieg ab und sah besorgt in den Wald, der sich schwarz vor uns erstreckte. Obwohl die Sonne weiter am Himmel ihren Weg verfolgte, schien in diesem Wald ewige Nacht zu herrschen. Wir banden die Pferde an einen Baum und ich folgte Svafa ohne eine Frage in den Forst. Es war mühselig, dort voranzukommen. Entweder versperrten Wurzeln, so dick wie Baumstämme den Weg oder der Pfad war so mit Büschen zugewuchert, dass man fast eine Sax brauchte, um sich den Weg frei zu schlagen. Aber Svafa ließ sich nicht beirren. Sie fand einen Weg durch dieses dichte Unterholz.

„Ich habe mit Vater gesprochen.", sagte sie plötzlich und bog einen Zweig zur Seite, damit ich an ihr vorbeigehen konnte.

Ich sah sie nur kurz an und antwortete nicht.

„Wir sind der Meinung, dass du uns die Schuld gibst."

Perplex blieb ich stehen und sah sie an. „Wie meinst du das?"

Svafa trat neben mich, da der Weg endlich breiter wurde, und schob mich mit der Hand am Rücken weiter. „Du denkst doch, dass wir für den Tod der Krieger verantwortlich sind?"

Ich stockte kurz. So konnte man das nicht sagen. Sie profitierten vielleicht von deren Tod. Aber schuld waren sie, glaubte ich, selbst.

„Ich bin mir nicht sicher.", gestand ich schließlich.

Svafa begann zu lächeln, womit ich überhaupt nicht gerechnet hatte. „Siehst du. Deswegen sind wir hier."

Sie griff an mir vorbei und bog eine Staude zur Seite, die den Blick auf einen Bach frei gab, der munter durch den Wald gluckste. Er entsprang unweit von uns aus einem Felsen und nahm schnell an Breite zu.

Aber das war es nicht, was Svafa mir zeigen wollte. Sie nickte in eine Richtung, während sie ihren Zeigefinger auf ihre Lippen legte und mir so anzeigte, dass ich mich ruhig verhalten sollte. Ich folgte ihrer Geste mit dem Blick und erstarrte.

Am Ufer des Baches saßen drei Frauen, die emsig beschäftigt schienen. Sie spannen mit einer Handspindel, was ich sehr wohl aus Valaskjalf kannte. Allerdings hielt nicht jede von ihnen eine in der Hand. Eine drehte die Spindel, die andere bereitete den Faden vor und die Dritte hielt eine große Schere in der Hand und überprüfte das gesponnene Garn.

„Die Nornen.", flüsterte ich und sah zu Svafa, die nickte.

Natürlich wusste ich, wer die Nornen waren. Auch was sie taten. Ihnen nun aber gegenüber zu stehen, war komplett anders.

„Warum sind wir hier?", wisperte ich meiner Schwester zu.

„Damit du begreifst."

Ich sah fragend zu den Nornen zurück und beobachtete, wie die Älteste von ihnen die Schere beiseitelegte, sich erhob, eine

Schüssel zur Hand nahm und damit Wasser aus der Quelle schöpfte.

Dann sah sie direkt zu mir herüber, was mich erschrecken ließ und deutete mit einer Handbewegung an, zu ihr zu kommen.

„Geh nur.", meinte Svafa lächelnd und schob mich das Bachbett hinunter.

Nachdem ich den Fluss durchquert hatte, blieb ich vor den Nornen stehen. Die Älteste, Skuld, nahm die Schere wieder zur Hand und ließ den Faden durch ihre knochigen Finger gleiten. Es war beeindruckend, wie geschickt die drei mit Spindel und Faden umgingen, der ruckzuck länger wurde.

Dann nickte Skuld Richtung Schüssel, die neben mir auf dem Boden stand. Erst erkannte ich nur das klare Quellwasser darin. Doch nach und nach kam Bewegung in das Gefäß, welches das Spiegelbild der riesigen Wurzeln, die überall um uns waren, verzerrte.

Dann tauchte plötzlich ein Gesicht inmitten des kleinen Strudels auf. Ein junger Mann, der irgendwo auf dieser Welt seinem Tagwerk nach ging. Ruckartig sah ich zu Skuld, die langsam die Schere anhob und diese öffnete. Sie zog den Faden mit der anderen Hand hoch in die Luft, schob die Klingen um das Garn und sah mich dann fest an. Ihre Lippen bewegten sich, doch verstand ich kein Wort, da es in meinen Ohren zu rauschen begonnen hatte. Als würde ich jeden Moment in Panik verfallen oder ohnmächtig werden. Tief in meinem Innersten wusste ich, was als Nächstes geschah. Und ich konnte es nicht verhindern.

Das leise Geräusch, wie sich die Schere schloss und so den Faden wie nichts zertrennte, dröhnte in meinen Ohren und ließ mich kläglich keuchen. Ich riss den Blick wieder in die Schüssel, in der mich der Mann nun einen Moment panisch ansah, bevor sein Bild verschwamm und letztendlich ganz verschwand.

Bevor ich etwas sagen konnte, tauchte auf dem Wasser ein neues Gesicht auf. Das eines Säuglings. Urd zog erneut den Faden aus, den Verdandi um die Spindel schlang und diese sich wieder munter drehen ließ. Skuld zog am Faden, brachte ihn auf eine Stärke und ließ ihn von Verdandi aufwickeln. Die todbringende Schere lag auf ihrem Schoß.

„Es ist der Kreislauf des Lebens. Ein Kommen und Gehen. Und es ist gut so."

Ich zuckte zusammen und fuhr herum, bevor ich Svafas Hand auf meiner Schulter spürte, die hinter mich getreten war. Sie ging neben mir in die Hocke und hob die Schüssel an. „Die Frage nach dem Warum ist unnütz. Niemand kann es ändern. Aber wir können etwas tun, damit es nicht mehr so schmerzt."

Sie hielt mir die Schüssel hin und ich hatte Angst, hinein zu sehen. Angst davor, dass ich zusehen musste, wie dieses kleine Kind starb. Aber Skuld nahm die Schere nicht zur Hand, vorerst schien es sicher.

Ich überwand mich und sah in die glitzernde Flüssigkeit, die mir nun ein anderes Bild zeigte. Erneut sah ich das Gesicht des Mannes, der mich eben noch flehend angestarrt hatte. Er schien durch eine pechschwarze Nacht zu schweben, in der es keinen Halt gab. Dann tauchte ein grauer Fleck auf, der rasch größer wurde. Bald erkannte ich ein Pferd, welches nur drei Beine hatte. Bevor ich eine Antwort darauf fand, wie das überhaupt möglich war, schwang sich eine Frau aus dem Sattel, riss den toten Körper an sich und wandte den Blick direkt auf mich, was mich erstarren ließ. Der Teil ihres Gesichtes, der sich mir nun zu drehte, war im Gegensatz zu der anderen, hübschen Hälfte verwest und schien auseinanderzufallen.

Ich konnte nichts sagen. Svafa übernahm das für mich: „Die Hel. Sie holt die Alten und Kranken."

Ich wich einen Schritt zurück und schloss die Hände zu Fäusten.

Seelenruhig begann Svafa die Schüssel leicht im Kreis zu bewegen, was das Bild der Hel in einem Strudel verschwinden ließ. Mein Blick glitt zu den Nornen, die unberührt von dem, was da passierte, weiter den Faden spannen. Das Wasser in der Schüssel beruhigte sich wieder und gab nach und nach ein neues Bild preis. Ein Drachenboot, welches auf dem Meer in einen Sturm geraten war. Wie eine Nussschale wurde es in den Wellen hin und her geworfen, bis einer der Seeleute über Bord ging. Ich erkannte, wie er nach Hilfe zu brüllen schien, hörte aber keinen Laut. Immer wieder ging er unter, kam japsend an die Oberfläche, bevor er erneut in die Wellen gezogen wurde. Wieder überkam mich das Gefühl, helfen zu müssen.

Aber wie sollte das gehen? Ich hatte keine Ahnung, auf welchem der vielen Meere er sich befand. Und selbst wenn, würde ich wohl viel zu spät eintreffen.

Eben hatte er es wieder an die Oberfläche geschafft und klammerte sich an ein Brett, welches vor ihm herum trieb und holte tief Luft, als hinter ihm etwas aus den Wellen schoss. Zwei wunderschöne, nacktbusige Frauen, deren Unterleiber Fischschwänze waren. Sie öffneten ihre Münder und wo ich zuvor nichts gehört hatte, drang nun dieses ohrenbetäubende Kreischen zu mir. Instinktiv riss ich die Hände an die Ohren, um sie zu schützen.

Die Wellen um den Seemann wurden höher, bevor er, umschlungen von algenbehangenen Armen, in die aufgewühlte See gezogen wurde.

„Die Töchter der Ran. Sie holen die Ertrunkenen.", kommentierte Svafa ruhig, schwenkte die Schüssel und stellte sie dann auf den Boden.

Als sie sich erhob, sah sie mich über die Schulter an. „Und wir holen die Gefallenen. So hat jeder seine Aufgabe."

Hart schluckend sah ich auf das Gefäß, in dem es ruhig geworden war. Ich verstand, was sie mir damit sagen wollte.

„Es ist der Lauf des Lebens. Jedem ist sein Schicksal vorher bestimmt. Und wenn Skuld den Lebensfaden durchschneidet, macht es keinen Unterschied mehr, ob sie krank oder alt sind, ob sie in den Fluten sterben oder mit einem Schwert in der Hand. Dann ist es unsere Aufgabe, sie ihrer Bestimmung zu zu führen. Und wir holen die Krieger nach Walhall, damit sie erneut bei Ragnarök kämpfen. Wir schenken ihnen quasi ein zweites Leben."

Auf dem Heimweg war ich es, die nicht mehr reden wollte. Mir gingen die Bilder der Todesgöttinnen nicht mehr aus dem Kopf und was Svafa gesagt hatte. Ich hatte es gehört, denke aber, dass ich nie daran glauben wollte. Nun, da ich Beweise hatte, war der Gedanke, sich mit meiner Natur zu beschäftigen, nicht mehr so leidvoll. Ändern konnte ich zwar noch immer nichts, aber nach und nach begriff ich, dass ich es zuvor auch nicht geschafft hatte und es nie schaffen würde. Das machte die Rückkehr nach Valaskjalf etwas leichter.

Es vergingen Monate, bis Svafa an mich herantrat und mir zum ersten Mal meine Rüstung reichte. Oft hatte ich mir diesen Moment vorgestellt. Doch die erhoffte Euphorie blieb aus. Aber etwas hatte sich verändert. Weder lief ich weg, noch protestierte ich. Mit einem Hauch von Stolz nahm ich die Rüstung entgegen, die perfekt passte.

Als ich mit meinen Schwestern auf das Pferd stieg, schienen alle Zweifel von mir abzufallen. Ich wusste nicht, was mich erwartete. Aber ich hatte verinnerlicht, dass es wichtig war, was wir taten.

Bevor wir losritten, trat unser Vater in unseren Kreis und hauchte jeder einen Kuss auf die Wange. Ich kannte dieses Ritual. Schließlich hatte ich es oft genug beobachtet. Zu mir kam er als Letztes und ich fragte mich, was ich mir wohl anhören musste. Aber anstatt Ermahnungen oder Ratschläge, ich solle mich bloß zusammen reißen, empfing auch ich diesen

Kuss von Odin, ein sanftes Lächeln und seinen intensiven Blick mit den Worten, dass er stolz auf mich sei.

Es legte sich wie Balsam auf mein nervöses Herz und ich nahm ehrfurchtsvoll meine Waffe, einen Bogen, entgegen.

Dann galoppierte ich meinen Schwestern hinterher, in Richtung Midgard.

Den Grund für den Kampf erfuhren wir nicht, da es nicht von Belang war. Kurz verschwendete ich einen Gedanken daran, doch dann wurde ich vom Tun meiner Schwestern so mitgerissen, dass ich gar nicht mehr genug Zeit hatte, mir darüber den Kopf zu zerbrechen. Ich hielt mich an Svafa, ritt dicht an ihrer Seite über die Wolkenberge, bis das Schlachtfeld zu sehen war. Jede von uns bremste ab, machte sich ein Bild der Lage und donnerte dann in die verschiedensten Richtungen davon.

Svafa und ich verharrten noch weit über dem Feld, von dem stellenweise schwarze Rauchsäulen aufstiegen.

Von unten drang Kampfgeschrei, Schreie in Todesangst zu uns und jagte mir Gänsehaut über den Körper. Nun war ich endlich hier und doch fühlte ich mich hilflos. Ich wusste nicht wirklich, was als Nächstes zu tun war, geschweige denn, wie ich jemals so einen starken Krieger auf mein Pferd bringen sollte.

Wenigstens schien dieses euphorischer als ich. Es stieß die Luft dunkel schnaubend aus den Nüstern und trat von einem Huf auf den anderen, als würde es jeden Moment explodieren.

Ein Tosen und Brausen schwoll unter uns an, als sich die Wolken unter uns verdichteten und man kaum noch etwas sah.

„Was soll ich tun?", schrie ich Svafa entgegen und hatte kaum Hoffnung, dass sie mich hörte, da mir der Wind die Worte von den Lippen riss.

Ich erschrak, als sie den Kopf zu mir wandte und mit der Hand nach unten deutete. Sie hatte sich verändert. Ihr Blick war so anders, als hätte sie jemand in Trance versetzt. Ihre

Haut schimmerte nun mit der Rüstung um die Wette und das Pferd unter ihr stieß schwarze Wölkchen aus, während seine Augen zu glühen begannen.

„Die Stärksten!", donnerte sie mir entgegen, bevor sie dem Pferd die Sporen gab und im nächsten Moment nach unten in den Wolken verschwand.

Mein Ross wieherte auf und versuchte, hinterher zu preschen. Ich konnte es gerade noch durch beherztes Reißen an den Zügeln daran hindern. Der Wind, der nun zu einem Sturm heranreifte, fuhr unter meine Rüstung und hinterließ Gänsehaut auf der erhitzten Haut. Mir fegten die offenen Haare ins Gesicht, sodass ich noch weniger sah.

Nun allein, wusste ich, dass ich meinen Schwestern folgen sollte.

Ich gab die Zügel frei und ohne einen Schlag in die Flanken galoppierte das Pferd los, durch die Wolken, hinunter zum Schlachtfeld. Das Bild, welches sich mir präsentierte, als ich aus dieser dicken Wolkenwand brach, lähmte mich für einen Moment. Überall lagen Menschen. Viele starrten schon mit totem Blick in den Himmel. Andere wandten sich im Todeskampf und wieder andere stiegen über flehende Kämpfer, um ihnen das Leben mit einem gekonnten Schwerthieb ganz zu nehmen.

Der Wunsch zu brüllen, dass sie damit aufhören sollten, gor in mir auf und machte das Atmen schwer. Sie würden nicht aufhören. Nie. Egal was man zu ihnen sagen, egal was man tun würde, sie würden nicht aufhören. Für mich belanglose, irrwitzige Gründe wogen bei den Menschen zu viel, ließen sie nicht sehen, was sie da eigentlich taten. Dass sie sich selbst damit zerstörten, nichts besser machten, schienen sie nicht zu erkennen.

Das Bild der Nornen flammte vor mir auf, wo Skuld emsig damit beschäftigt war, einen Faden nach dem anderen zu durchtrennen.

Sie schien es einfach zu tun, ohne einen Gedanken daran zu verschwenden, was es nach sich zog. So war es schon immer, das war der Kreislauf des Lebens.

Hektisch ließ ich den Blick über das Schlachtfeld gleiten, auf der Suche nach meinen Schwestern. Es gelang mir, ein paar in dem Getümmel aus Kämpfenden, Schwertern und Schilden auszumachen. Doch erkannte ich nicht, was sie genau taten. Vielleicht war ich auch zu abgelenkt im Versuch, mein Pferd ruhig zu halten, welches unter mir zuckte und vibrierte. Ich kam mir so fehl am Platz vor, wie noch nie.

Panisch suchte ich Svafa, in der Hoffnung, dass sie mir zeigen würde, was zu tun war. Aber ich konnte sie in all diesem Wirrwarr nicht ausmachen.

Ein markerschütternder Schrei ließ mich den Kopf herum reißen. Wie in Zeitlupe sah ich, wie sich zwei Männer gegenüberstanden, der eine sein Schwert hob und zum Schlag ausholte. Der andere, viel Jüngere, war nicht in der Lage zu parieren. Deutlich erkannte ich, wie die Klinge das Hemd des Getroffenen aufschlitzte, hörte das Geräusch von reißender Haut und dieses dunkle, langgezogene Keuchen, als er auf die Knie sank. Wankend kniete er vor seinem Gegner, der sein Schwert erneut hob, um ihm den Todesstoß zu versetzen.

Ich begann zu kreischen, was aber von keinem der beiden gehört wurde. Wie ferngesteuert riss ich den Bogen von der Schulter, hatte, bevor ich mir dessen wirklich bewusst war, einen Pfeil eingelegt und schickte diesen auf die Reise. Ich hatte auf den mit dem Schwert gezielt, verfehlte mein Ziel aber um Zentimeter. Der Pfeil pfiff zwischen den Kämpfenden hindurch und verschwand in dunklem Rauch.

Ich atmete hart aus, während ich versuchte, mir zu erklären, warum ich nicht getroffen hatte.

Bisher hatte ich bei den Übungen immer getroffen!

Langsam senkte der Krieger das Schwert, sah pikiert auf sein Opfer herab und spuckte ihm ins Gesicht, bevor er sich abwandte und eiligen Schrittes davon lief, hinein in den Kampf.

Während ich mich aus dem Sattel schwang, hängte ich mir den Bogen wieder über die Schulter und eilte zu dem Verwundeten. Noch immer hockte er auf den Fersen, die blutverschmierten Hände auf den Oberschenkeln und hielt das Kinn auf der Brust, aus der nun ein unstillbarer Blutstrom floss, der die Farbe seines Hemdes fast in Schwarz änderte.

Vor ihm kam ich zum Stehen und suchte nach Worten. Ich musste doch was sagen, verdammt! Ganz ohne Worte bekam der Krieger mit, dass ich vor ihm stand. Langsam hob er den Kopf, was ihm offensichtlich Schmerzen bereitete. Sein glasiger, leerer Blick fand mich, während ich mich anspannte.

Ein junger, hübscher Kerl, dem die verklebten Haare im Gesicht hingen und der leicht vor mir hin und her wippte, während alles Leben aus ihm heraus floss.

Dann geschah etwas, was mir nie jemand gesagt hatte. Sein Blick klärte sich, als würde er mich jetzt erst richtig erkennen. Er richtete den Oberkörper etwas mehr auf, hob das Kinn an, an dem getrocknetes Blut klebte und begann zu lächeln. Ein Schauer rollte durch meinen Körper. Wie konnte er, so nah an der Schwelle des Todes, lächeln? Schwerfällig hob er die linke Hand und streckte sie mir zitternd entgegen. Ich fragte mich, ob ich sie umschließen durfte. Aber seit wann hielt ich mich an Regeln? Vor ihm in die Hocke gehend, schob ich meine Hand unter die seine und erst jetzt fiel mir auf, dass auch meine Haut schimmerte, als wäre sie mit Goldstaub überzogen.

Diese simple Geste zog nach sich, dass der Krieger vor mir leicht in sich zusammensank und leise schluchzte. Es verwirrte mich und ich war daran, die Hand zurückzuziehen, doch er legte seine Zweite dazu und hielt mich so klammernd fest.

Dann hob er erneut den Blick in mein Gesicht, was mir den Atem stocken ließ.

Tränen füllten seine Augen und ich erkannte nicht mehr einen Hauch von Schmerz oder Angst. Sein Blick war ruhig geworden und strahlte nur eins aus, Dankbarkeit. Er öffnete die aufgesprungenen Lippen und hauchte kaum hörbar: „Du bist ... Es ... Es war nicht umsonst ..."

Ich schluckte hart, schüttelte den Kopf und schenkte ihm ein Lächeln.

„Mein Schwert ...", presste er hervor, bevor er hustete und mir Blut entgegenspuckte.

Zu meiner Verwunderung widerte mich das nicht an. Ich sah mich um, hangelte mit der freien Hand nach der Waffe, welche knapp neben ihm lag und legte es in seine zitternden Hände. Kaum hatte er es wieder, drang erneut ein Zucken durch seinen Körper und er sah mich abermals an, wobei sich Tränen aus seinen Augenwinkeln lösten. „Mein Leben lang habe ich ..."

Ihm blieb keine Zeit, den Satz zu vollenden. Wie ein nasser Sack brach er vor mir zusammen und ich schaffte es gerade noch, ihn an den Schultern zu mir zu ziehen, damit er auf meinen Schoß sank und nicht auf den dreckigen Boden. So hielt ich ihn, eng umschlungen, bis er seinen letzten Atemzug tat. Die Schlacht um uns herum ging weiter, nur war alles sehr fern. Wie durch einen Nebel drangen die Kampfgeräusche und Schreie zu mir, aber es interessierte mich nicht mehr.

Als mein Pferd neben mich trat, als wolle es mich zum Aufbruch bewegen, erhob ich mich, ohne die Umarmung mit dem Krieger zu lösen.

Wo ich mir zuvor noch Gedanken gemacht hatte, wie das Alles gehen sollte, war es ein Leichtes, mit ihm in den Sattel zu steigen. Nicht wie ein erlegtes Tier legte ich ihn quer vor mich. Nein, er saß vor mir, den Kopf an meine Schulter gelehnt und ich hielt ihn mit den Armen umschlungen dicht bei mir. Ich wandte das Pferd und trieb es im Schritt voran, weg von der Schlacht.

Es blieb nicht meine einzige Schlacht. Ich hatte begriffen, wie wichtig es war, was wir taten. Nicht nur für uns. Nicht nur für die Götter oder Ragnarök.

Hauptsächlich taten wir es für die Menschen. Für jene, die fest an uns glaubten und die nie die Hoffnung aufgaben ...

... dass es nicht umsonst war.

Lucia wischte sich eine kleine Träne aus dem Gesicht.

„Was ist mit dir los?", fragte Lenya.

Lucia sah sie an.

„Sie hat mich einfach voll erwischt. Ich muss unbedingt wissen, wer sie ist. Lass uns schauen. Morgane ... wie cool ist denn der Name ... wurde 1977 geboren und lebt mit ihrem Mann und Sohn im Donau-Ries. Seit gut zehn Jahren geht die gelernte Hotelfachfrau der Selbstständigkeit nach.

Sie greift alte Handwerkstechniken auf und stellt Waren für Mittelaltermärkte her.

Die gebürtige Allgäuerin war schon immer eine leidenschaftliche Schreiberin. Mit einigen Kurzgeschichten hat sie es in verschiedene Anthologien geschafft, die sich hauptsächlich um ihr Lieblingsthema, die nordischen Götter, drehen. Derzeit sitzt die begeisterte Bogenschützin über ihrem ersten Fantasy-Roman. Er soll dem kleinen Kochbuch, *Fabel- und Magiewesen lecker zubereitet* welches mit einem Augenzwinkern betrachtet werden sollte, im Selfpublishing folgen."

„Mich hat die Geschichte auch tief berührt und wir sollten uns diesen Roman unbedingt sichern, sobald er erschienen ist, aber lass uns jetzt trotzdem weiterarbeiten."

Ach so und ich will das Kochbuch haben. Unbedingt!"
Mit diesen Worten ging Lenya zu den Regalen.

Lenya schielte im Vorbeigehen zu den Regalen auf ihre am Boden sitzende Kollegin und fragte sich in Stillen, was sie da machte. Sie hatte ein Buch auf dem Schoss liegen und fummelte daran herum.

Wenig später ging die Schattenelfe wieder vorbei und Lucia saß noch immer an der gleichen Stelle.

Lenya schnappte sich den nächsten Stapel Bücher, um ihn wegzuräumen.

Als sie das dritte Mal an ihrer kleinen Kollegin vorbeimarschierte, blieb sie stehen und sah ihr einige Augenblicke zu, bevor sie fragte: „Was genau machst du da eigentlich? Versuchst du das Buch zu beschwören, oder was wird das?"

Ohne den Blick zu heben, antwortete die Kleinelfe: „Nein, ich versuche schon die ganze Zeit es zu öffnen, aber es weigert sich. Der Titel hat mich interessiert und ich wollte hinein sehen. Nicht einmal die Zaubersprüche von Arimeäs funktionieren."

Lenya sah sich das Buch näher an und begann zu lächeln. Sie murmelte ein paar Worte und verschmolz mit den Schatten. Typische Schattenelfenmagie. Mit ihr war auch das Buch verschwunden und kurze Zeit darauf konnte Lucia die Stimme ihrer Kollegin aus den sie umgebenden Schatten hören.

Sie begann ihr das Buch vorzulesen:

Der Nebel

von Rhya Wulf

Prolog:

Der Mann betrachtet die Uhr in seiner Hand. Es handelt sich um eine Taschenuhr.

Sicher, er hätte auch auf diese seltsamen neumodischen Teile, die heute scheinbar jeder trägt, ausweichen können.

Smartwatches, Digitaluhren und wer konnte schon wissen, was noch alles. Nein, ihm gefällt die Taschenuhr. Er mustert sie eingehend. Seine Augen glühen in blauem Licht und kleine Funken stieben davon.

Einem Betrachter wäre jetzt aufgefallen, dass die Uhr weder über ein Ziffernblatt, noch über etwas anderes verfügt.

Jetzt hebt der Mann den Kopf und nickt knapp. Er greift in die leere Luft und hält einen weiten schwarzen Mantel, augenscheinlich aus Leder, in der Hand. Er wirft ihn sich über und sieht sich um.

Was er da zu sehen glaubt, bleibt sein Geheimnis, denn ein außenstehender Betrachter könnte vor lauter Dunkelheit die Hand vor Augen nicht erkennen. Einzig das blaue Leuchten hat die Schwärze kurz mit Licht erfüllt.

Wieder streckt der Mann die Hand aus und nun materialisiert sich ein schwerer schwarzer Gehstock mit einem Griff aus fein bearbeitetem Silber. Der Mann geht los.

*

Hey, Leute! Schätze, ich sollte mich vorstellen, immerhin erzähle ich euch jetzt meine Geschichte. Na ja, und SEINE. Aber streng genommen geht es um mich.

Okay, wo anfangen? Wie fängt man eine Geschichte an? Vermutlich am Anfang.

Nein, keine Panik, das wird jetzt keine Abhandlung über den Anfang aller Zeiten und die Schöpfung. Liegt mir eh nicht. Meine Grandma hätte dazu allerhand zu sagen gewusst.

Oh Moment! Gute Überleitung.

Grandma, oder Granny wie ich sie nannte. Granny Ó Kelly, oder wie sie gesagt hätte, Granny Ó Ceallaigh. Das ist die gälische Variante des Namens und meine Granny bestand stets auf solche Dinge.

Ihre Tochter, meine Mutter hielt sie zwischendurch für etwas, sagen wir, überspannt. Ich hingegen war gerne dort zu Besuch. Ihr müsst wissen, meine Familie ist sehr alt und lebt bis heute im Norden der Provinz Leinster in Irland in einem winzigen Kaff.

Ach ja, mein Name ist übrigens Ciaran Mac Dougall. Meine Eltern und ich sind vor Jahren weggezogen, wegen der Arbeit. Und weil Granny starb! Da muss ich so dreizehn oder vierzehn Jahre alt gewesen sein. Dad sagte, ihre Zeit war einfach gekommen. Sie starb nicht, weil sie krank war, das war sie zeitlebens nie, sie starb einfach, weil das Alter sie geholt hat.

Da schießt mir ein Gedanke durch den Kopf. Am Vorabend ihres Todes haben wir ein echt seltsames Geräusch gehört. So eine Art Schrei, nur viel fieser, schwer zu beschreiben. Ich weiß noch, dass ich mich bis in die Knochen erschrocken hab. Die Blicke, die meine Eltern wechselten, halfen auch nicht. Granny hatte uns alle angesehen. Und mich angelächelt.

Ich fragte sie völlig verwirrt: „Granny, hast du das eben auch gehört?"

Mir ist nicht entgangen, wie dick die Luft auf einmal wurde. Wie angespannt. Granny hatte den Kopf geschüttelt: „Nein, mein Süßer, ich habe nichts gehört. Aber das ist in Ordnung. Immerhin bin ich bereits 86, nicht wahr? Alles endet einmal, musst du wissen."

Ich hab sie einfach nur angestarrt. Sie lächelte immer noch.

„Ich geh schlafen", erklärte sie uns, „bis bald."

Seltsam, dachte ich damals.

Am nächsten Morgen war sie tot. Eingeschlafen und nicht mehr aufgewacht. Ich erinnere mich nicht mehr an viel aus der Zeit danach, aber ein Wort habe ich behalten. Banshee!

Wir sind dann nach Dublin gegangen, wo ich heute lebe und wo meine Geschichte beginnt.

Ich bin Anwalt und verdammt gut in dem Job. Konnte einen hübschen Batzen Kohle machen. Strafverteidigung.

Meinetwegen sind ein paar echt üble Burschen nochmal mit einem blauen Auge davongekommen.

Ich kann gerade sehen, hören, riechen und schmecken, dass ihr mich verurteilt. Was soll ich sagen? Ist nun mal mein Job. Jeder hat das Recht auf eine gute Verteidigung.

Macht mich das zu einem schlechten Menschen? Denke nicht. Geld ist heutzutage alles. Muss man nicht mögen, ist aber eine Tatsache. Außerdem will ich meiner Freundin Jen demnächst die Frage aller Fragen stellen. Da will ich, dass sie und ich abgesichert sind. Jen ist 28 und ich 34. Wird auch langsam Zeit, würde Mom sagen.

Übrigens, heute ist der 31. Oktober, also Halloween. Wobei meine Granny Samhain gesagt hätte. Sie glaubte fest daran, dass in dieser Nacht die Tore zur Anderswelt offenstehen. Und, dass man sich da lieber von den Straßen fernhielt. Denn wenn man dann Schritte hinter sich hören und sich umdrehen würde, dann könnten SIE einen sehen. SIE, die Abgeschiedenen, Wiedergänger, Geister, Spukbilder. Granny war überzeugt von diesen Dingen. Ich allerdings bin es nicht. Ich halte es da lieber mit der Wissenschaft.

Jen glaubt tatsächlich auch an den ganzen Kram. Soll sie. Kann`s eh nicht ändern.

Dieser 31. Oktober fällt auf einen Dienstag. Und das bedeutet für mich, Zeit fürs Gym. In der Hinsicht habe ich einen genauen Plan. Dienstag, Donnerstag und Sonntag geht`s ins Studio. Ich halte das seit Jahren so. Also auch heute. Jen hat Einwände vorgebracht. Aber na ja, sie ist halt abergläubisch.

Es ist meine Routine, mein Abschalten vom Arbeitstag. Außerdem lege ich eine Menge Wert auf mein Äußeres. Jen zieht mich damit immer auf. Aber ich weiß, eigentlich steht sie drauf. Also verabschiede ich mich gegen 17 Uhr und latsche los.

*

Der Mann sieht sich um. Blickt wieder auf die leere Uhr. Ah ja, dort also.

*

Puh, viel los auf den Straßen. Ist vor Halloween immer so. Da werden Supermärkte und Baumärkte gestürmt. Warum? Na ja, Futter bunkern und Zeug zum Zäune flicken, verstärken oder aufstellen kaufen. Ist so ein Brauch an Halloween. Um jene von dort vom hier fernzuhalten. So jedenfalls hat Granny es mal erklärt. Meinen Segen haben sie.

So, jetzt die Ampel, dann noch zwei Blocks und ich bin da. Ich gehe immer zu Fuß. Klar, mit dem F-Pace (mein neuer SUV von Jaguar) bin ich schneller, aber der Spaziergang hin und zurück gehört für mich zum Ritual. Ich bekomme den Kopf gut frei.

Ach Mist, jetzt fängt es auch noch an zu regnen. Tja, wie es scheint, ist aus meinem gemütlichen Spaziergang mal eben ein Sprint geworden. Ich hechte also los, nur um vor der roten Ampel wieder zu stoppen. Genervt trete ich von einem Bein aufs andere. Wird das endlich mal grün, bevor ich komplett aufgeweicht bin? Ah, jetzt! Ich renne los und genau in dem Moment kommt ein Mercedes mit einem Affenzahn um die Ecke gebogen.

Ich denke noch, spinnt der?

Ich höre quietschende Reifen, kann sogar den Geruch von Gummi wahrnehmen und mache einen riesen Satz zur Seite. Gut, dass ich in Form bin, denn ich rolle mich geschickt herum und -zack- stehe ich wieder.

Ich starre empört auf den Scheiß-Mercedes. Was macht dieser Arsch von Fahrer? Der fährt weiter! Einfach weiter. Steigt nicht aus und fragt, ob alles ok ist, oh nein. Der verpisst sich einfach. Ich glotze ihm entgeistert hinterher und brülle schließlich: „Dämlicher Wichser!"

Was echt sinnlos ist, denn der Typ kann mich ja nicht hören. Tut aber gut, sich Luft zu machen. Ein paar Leute, um mich herumscheinen meiner Meinung zu sein, denn hier und da höre ich: „Kann doch nicht wahr sein!", „Rücksichtsloser Penner!".

Ach was soll`s, denke ich.

Da fällt mir was ein.

Rasch checke ich meine Sportklamotten. Wenn die Schaden genommen haben, dann raste ich aus. Die Teile sind allesamt von Nike und waren sauteuer.

Sieht aber gut aus, nichts passiert. Na wenigstens was. Ich beschließe jetzt, meine Wut in Energie umzusetzen und im

Gym mal ein paar Pfund mehr zu stemmen. Guter Plan. Nichts wie hin. Ohne mich noch einmal umzudrehen, laufe ich los.

Der Mercedes-Typ hat schon genug Aufmerksamkeit bekommen, meine kriegt er jedenfalls nicht mehr.

*

Der Mann im schwarzen Mantel zieht jetzt eine Kapuze auf. Vermutlich gegen den Regen. Er steht auf der Straße und blickt dem Mercedes-Fahrer nach. Er hebt die Hand und schnippt. Irgendwo weiter vorne hört man plötzlich ein Krachen und Scheppern, gefolgt von aufgebrachten Stimmen: „Ey Alter, kannst du nicht aufpassen?! Du hast meine Beifahrertür weggefräst. Was stimmt denn mit dir nicht?"

Der Mercedes steht in einem Haufen Mülltonnen. Der Fahrer steigt völlig verwirrt aus.

„Ich, ich weiß auch nicht.", stottert er.

„Egal.", knurrt der andere. „Ich ruf jetzt die Bullen. Schatz, mach ein Foto vom Kennzeichen."

Schatz, eine hübsche, rothaarige Frau, zückt ihr Handy und knipst drauflos.

Bald sind Sirenen zu hören. Der Mann im schwarzen Mantel lächelt kurz.

*

Angekommen.

Ich angel nach meiner Mitgliedskarte und betrete den Vorraum. Am Empfang ist gerade niemand, also zucke ich mit den Schultern und gehe durch das Drehkreuz. Dann direkt zum Bereich mit den freien Gewichten. Auch hier eine Menge los, aber das kenne ich schon. Offenbar gibt`s noch andere wie mich, die nach der Arbeit ein bisschen runterkommen wollen.

Ich suche mir eine freie Hantelbank. Cool, denke ich, die Langhantel ist passend bestückt. Ok, so cool ist das jetzt auch wieder nicht, passiert nämlich recht häufig. Aber ich erfreue mich gerne auch an den kleinen Dingen.

97

Ich vergewissere mich noch mal. Ja, zehn Kilo mehr als meine üblichen dreißig. Also dann, wandeln wir ein wenig Wut in Energie um. Ich packe es tatsächlich. Drei Sätze, je fünfzehn Wiederholungen. Danach bin ich platt, aber auch stolz.

Der Typ auf der Bank neben mir kann es auch nicht fassen, so ungläubig, wie der mich anglotzt. Ich setze mich auf.

Plötzlich tippt mir jemand auf die Schulter. Ich guck ihn fragend an.

„Bist du neu hier?", fragt der Kerl.

Ich stutze und guck ihn genauer an. Etwa mein Alter, nur kleiner, blond, Brille. Nicht allzu auffällig.

Ich muss kurz grinsen, als ich an mein Spiegelbild denke. Groß, muskulös, schwarze dichte Haare, gepflegter kurzer Vollbart. Kein Vergleich zu dem Bubi da, aber gut.

„Nein.", antworte ich. „Aber dich hab ich hier noch nie gesehen. Komische Frage."

Der Typ nickt langsam.

„Ah ok", meint er nur. Und geht.

Ich bleibe zurück mit nem riesen Fragezeichen im Gesicht.

Was zur Hölle ist heute nur los? Liegt es etwa wirklich an Halloween?

Was wenn Granny recht hatte? Anderswelt, Gruselgestalten, offene Tore und solches Zeug?

Ich schiebe den Gedanken sofort weg. Schwachsinn, abergläubisches Gerede.

Ich mache mich jetzt doppelt energisch über die anderen Geräte und Kurzhanteln her. Eine ganze Zeit geht das so, dann schaue ich auf meine Breitling. Das Ding ist stehengeblieben. Ich fasse es nicht. Wie kann eine 3.000 Euro Uhr einfach so stehenbleiben? Die verarschen mich doch alle. Ich gucke auf die Uhr an der Wand. DIE geht immerhin. Zwei Stunden habe ich rum, also Zeit zu gehen. Zwei Stunden mache ich immer.

Ich beschließe, gleich morgen früh zum Juwelier zu gehen. Meine Sekretärin soll dem Mandanten absagen. Donnerstag reicht für den Vogel allemal. Ich muss das mit der Uhr klären, das ist doch scheiße.

Bei der Gelegenheit könnte ich direkt einen Ring für Jen aussuchen. Ich wette, ich kann wegen der Uhr einen satten Rabatt aushandeln. Etwas zufriedener verlasse ich das Gym und mache mich auf den Heimweg. Immerhin, es regnet nicht mehr.

Dafür zieht Nebel auf. Na toll. Aber irgendwie auch nicht weiter verwunderlich. Also dann.

Ich gehe eine Zeitlang, bis mir eine Frau entgegenkommt. Sie rennt, als ob der Leibhaftige hinter ihr her ist. Sie kommt genau auf mich zu. Ich traue meinen Augen nicht, will die mich umrennen? Rasch trete ich beiseite und sie zischt an mir vorbei. Rücksichtslos, das ist das passende Wort. Ihr wäre es egal, wenn sie mich umgerannt hätte. Schon das zweite Mal heute. Langsam hab ich die Schnauze voll. Kopfschüttelnd marschiere ich weiter. Der Nebel wird dichter. Dabei fällt mir ein, dass ich Nebel echt nicht leiden kann, keine Ahnung warum.

Granny hat mir mal erklärt, dass ich mich im Nebel oben in den Mooren verlaufen hätte. Sie haben mich wohl drei Tage lang gesucht. Wie alt war ich da? Hmm? So etwa vier oder fünf. Ich erinnere mich jedenfalls nicht daran. Am Ende haben sie mich gefunden. Logisch! Sonst könnte ich euch diese Geschichte nicht erzählen. Mom und Dad hatten sich bei meinem Anblick wohl sehr erschrocken. Und zwar deshalb, weil ich ganz genauso aussah, wie drei Tage zuvor. Jeans, Superman T-Shirt, Sneakers, Batman Kapuzenjacke. Ich stand damals auf Superhelden. Aber das Ding war, alles hübsch sauber, nix zerrissen!

Und ich selbst? Verwirrt und ängstlich. Aber nicht hungrig, oder dehydriert. Granny hatte mich ganz seltsam angesehen, das weiß ich noch. Irgendwie wissend, oder so. Doc Murphy, der Arzt in unserem Kaff, war jedenfalls ratlos. Sie haben sogar den Reverend ... wie hieß der noch, ach ja, Killian, Reverend Killian, hinzugezogen. Dann weiß ich noch, wie Granny mit den beiden gesprochen hat.

Habe aber nur Wortfetzen mitbekommen.

„Tor."

„Anderswelt."

„Zeitverschiebungen."

Ich fand das ziemlich gruselig.

Habe mir das Hirn zermartert, aber bis heute komme ich nicht dahinter, was da geschehen ist. Kann mir nicht helfen, aber Granny wusste es.

Ich bleibe stehen.

Überfallartig steigt eine weitere Erinnerung ins Tageslicht meines Bewusstseins.

*

Ich saß im Schneidersitz vor Granny.

Sie in ihrem Schaukel- stuhl, das weiße lange Haar zu einem Knoten aufgesteckt, eine Art altertümliche Schürze umgebunden und eine komische Brosche auf der Schulter. Sie strickte.

Ich dachte: „Der Nebel ist so gruselig, aber warum nur?"

Und dann sagte Granny: „Das ist so, mein Süßer, weil sich im Nebel bisweilen Dinge, die nicht von dieser Seite der Welt stammen, verbergen können. Weil der Nebel ein Tor sein kann."

*

Versteht ihr? Ich habe das nur gedacht! Aber sie antwortete laut auf meine Frage!

Ich fahre mir nervös über das Gesicht.

Was war da los damals? Hat Granny meine Gedanken gelesen? Aber das ist unmöglich, oder?

Scheiße, dieser Abend macht mich fertig. Ich will jetzt echt nach Hause.

Ich sehe mich um. Moment mal, wo zur Hölle bin ich hier? Dublin, ja klar. Aber sonst? Das hier ist nicht meine Route.

Habe ich mich verlaufen? Das kann nicht wahr sein. Mist, kein Plan, wie lange ich hier schon herumirre, aber ich sollte Jen anrufen. Sie macht sich immer sehr schnell Sorgen. Also lange ich in die Hosentasche und flippe aus. Das Handy ist nicht da. Ich trage es immer in der Hosentasche, ob nun Anzughose, Jeans oder Sweathose, wie jetzt. Immer.

Irrationalerweise klopfe ich hektisch meine anderen Taschen ab, aber nichts zu machen. Das scheiß Handy ist weg. Vermutlich aus der Tasche gefallen, als ich dem Mercedes – Penner ausgewichen bin. Das wird ja immer besser. Laut fluchend stapfe ich in irgendeine Richtung. Irgendwann wird schon ein Straßenschild, eine Haltestelle oder Gott weiß, was in Sicht kommen.

Plötzlich höre ich eine Stimme.

„Hey Mann, hast du ein paar Münzen übrig?"

Die Stimme klingt zittrig, beinahe gebrechlich. Zögerlich gehe ich ein Stück weiter. Und tatsächlich, da hockt ein alter Mann neben einer Mülltonne. Er ist viel zu dünn angezogen, kein Wunder, dass er friert. Außerdem besteht er nur noch aus Haut und Knochen. Irgendwie tut er mir leid. Mechanisch taste ich in meinen Taschen herum. Meine Finger landen auf zwei Münzen. Immerhin besser als nichts, denke ich. Ohne mich weiter darum zu kümmern, gebe ich sie dem Alten.

Dann weiter.

*

Der Mann im schwarzen Mantel mustert den alten Bettler. Er steht neben ihm und betrachtet die beiden Münzen.

„Die sehen alt aus.", haucht er. „Sind bestimmt wertvoll."

Hoffnung schwingt in der Stimme mit.

Der Mann im schwarzen Mantel nickt bestätigend. Und geht wortlos weiter. Der Bettler kratzt sich nachdenklich am Kopf und senkt ihn.

„Oh!", macht er, als er sich selbst am Boden liegen sieht.

Zwei alte Münzen bedecken seine Augen.

*

Alter, wo bin ich? Und wieso wird dieser verfluchte Nebel immer dicker? Das wird langsam echt lächerlich.

Da ich jegliche Orientierung verloren habe, beschließe ich jetzt einfach nur noch geradeaus zu gehen. Entweder komme ich irgendwo an, oder ich knalle gegen eine Häuserwand.

Tja. Nichts davon geschieht. Dumm gelaufen. Wobei, die erste Option passt schon, allerdings nicht so, wie ich das gerne hätte. Ich finde mich in einem Wald wieder. Ein Wald! Und das Beste, die Sonne scheint! Von Nebel keine Spur! Regen gibt`s auch nicht. Ich lache laut los. Werde ich langsam verrückt?

Dann erstarre ich. Vor mir steht ein schwarzes Pony mit glühend roten Augen. Ketten hängen von seinem Rücken. Ich blinzle ein paarmal, was nicht viel bringt, das Pony ist noch da. Es legt den Kopf schief und sagt: „Na sieh mal an."

Das Ganze ist so surreal, dass ich schon wieder loslache.

Das Pony fragt jetzt: „Willst du reiten? Wie damals? In den Mooren?"

Schlagartig verstumme ich. Mein Hals fühlt sich staub-trocken an.

Ich stottere: „Was? Wer? Was bist du? Was geht hier vor?"

Das Pony kommt näher. Diese Augen! Ich kann nicht anders, als hineinsehen.

„Púca nennen sie meine Art. Aber das solltest du eigentlich noch von deiner Granny kennen."

Mir schwirrt der Kopf. Púcas. Wesen aus der Anderswelt. Gestaltwandler. Jedes Aussehen ist möglich, aber bevorzugt treten sie als Ziege oder Pony auf.

Ich höre Granny sagen: „Sie sind nicht immer gefährlich. Bisweilen warnen sie die Menschen vor drohenden Gefahren, aber wenn sie gefährlich sind, dann ist Vorsicht geboten. Ihre Magie ist sehr zwingend. Sie laden dich auf einen Ritt ein, die Ketten wickeln sich um dich und du kannst nicht mehr entkommen. Dann werfen sie dich über einem Fluß, See oder Moor ab."

Das kann alles nur ein Witz sein, denke ich.

Vielleicht drehen sie gerade versteckte Kamera, oder so. Auch möglich ich hab mir irgendwie den Kopf angeschlagen und träume den ganzen Mist.

Diese Augen! Wieso gehe ich jetzt auf das Pony zu?! Ich kann nicht anhalten. Was passiert hier? Ich will schreien, aber selbst das klappt nicht. Ich bekomme keinen Ton heraus.

*

Der Mann hebt den Kopf und sieht in eine bestimmte Richtung. Er wölbt eine Braue und stampft mit dem Gehstock dreimal auf die Erde.

*

Ich falle beinahe hin. Was ist nun wieder los? Ein Erdbeben? Nein, kann nicht sein, nur drei Stöße, aber was für welche! Das Pony starrt mich intensiv an.

Plötzlich löst sich der unheimliche Druck von mir. Das Pony tritt zurück und sagt: „Verstehe. So einer."

Dann dreht es um und galoppiert in den Wald hinein.

Ich atme ein paarmal tief durch. Dann sehe ich mich misstrauisch um. Nichts zu entdecken. Es ist halt ein Wald. Und wenn ich meinen botanischen Fähigkeiten trauen kann, sogar ein Urwald. Üppige Vegetation überall. Eichen, Buchen, Föhren, Eschen und was weiß ich was noch. Moose, Gras, Farne, Büsche und Laub. Wald halt.

Ok und jetzt? Es kann doch wohl nicht wahr sein, dass ich tatsächlich im Nebel durch eine Art Tor ... Und dann in der Anderswelt ... Aber was soll das hier sonst sein, außer einer mega Halluzination?

Ich straffe mich und entscheide mich dafür, mich mal genauer umzusehen. Granny sprach von gewissen Landmarken, auf die man achten konnte. Ein Moor, ja. Nebel sowieso. Ein See, eine Quelle, ein Wasserfall, ein irgendwie seltsames Waldstück.

Da es hier außer Wald nichts anderes aus der Liste gibt, denke ich, ich suche mal nach einem unheimlichen Stück Wald. Ach, keine Ahnung. Das klingt so bescheuert, dass ich beinahe wieder laut loslache. Ich gehe also los. Was bleibt mir auch anderes übrig?

*

Der Mann in Schwarz wölbt eine Braue und geht ebenfalls los. Nach einigen Schritten schnippt er und ein Riss im Gefüge der Realität entsteht. Es sieht aus, als hätte jemand die leere Luft vor ihm mit einem sehr stumpfen Messer aufgeschnitten.

Jetzt vergrößert sich der Riss. Lichtstrahlen fluten hindurch und treffen auf den Mann. Wenige Augenblicke später betritt der Mann das eben geschaffene Tor.

*

Wald. Verdammter Wald.

Ich war ein Fan von diesem wilden Grünzeug und das hier macht es nicht besser.

Ich bleibe abrupt stehen. Und starre auf meinen Atem, der kondensiert. Es ist kalt. Wieso ist es plötzlich so verdammt kalt? Ich spüre, wie mir ein eisiger Schauer über den Rücken rinnt.

Plötzlich weiß ich, dass jemand oder etwas hinter mir ist. Ich schlucke den Kloß in meiner Kehle herunter und drehe mich langsam um.

„Ach du scheiße.", platzt es aus mir heraus.

Vor mir steht, nein, ragt ein Mann auf. Er trägt einen weiten schwarzen Mantel, der seinen Körper beinahe vollkommen verbirgt. Eine Kapuze hat er tief ins Gesicht gezogen, sodass ich auch in der Hinsicht nicht viel sehe. Wie groß ist der Typ? Ich meine, ich bin 1,85m, aber der Kerl ist nochmal einen Kopf größer als ich. In der rechten Hand hält er einen Gehstock mit silbernem Knauf. Verrückt, denke ich, was will der damit?

„Komm mit.", höre ich seine Stimme.

Ehrlich gesagt klingt es nicht so, als würde er sie oft benutzen. Schwer zu beschreiben. Tief und dunkel, aber auch rau.

Ich blinzle: „Was? Mitkommen? Wer bist du? Was soll das alles hier?"

Er dreht sich um und marschiert kommentarlos davon. Ich starre ihm nach und denke schließlich, was soll`s. Schlimmer kann es eigentlich nicht mehr werden. Was für ein Irrtum.

Rasch habe ich den Fremden eingeholt und pralle beinahe gegen seinen Rücken, als er anhält.

„Was?", stammele ich und halte sofort die Klappe als ich sehe, was nun passiert.

Der Typ blickt sich kurz um und nickt. Dann schnippt er und, tja, keine Ahnung, in der Luft erscheint eine Art Riss oder so. Das Teil wird größer und helles, goldenes Licht fällt hindurch. Kalt ist es allerdings immer noch. Macht der Fremde diese Kälte?

„Ja.", sagt er knapp.

Moment, ich habe keine Frage laut gestellt. Oh Mann, wie bei Granny damals, schießt es mir durch den Kopf. Bevor ich den Gedanken zu Ende denken kann, geht er durch den Riss, der jetzt keiner mehr ist, sondern Ähnlichkeit mit einem Tor aufweist.

Ok, denke ich, dann mal los. Mir ist echt mulmig zumute, aber was soll ich machen? Hier in diesem Wald verrotten? Keine Chance. Ich betrete das Tor und finde ich mich ganz eindeutig in Dublin wieder. Allerdings ist etwas anders. Ich sehe mich um.

„Was?", beginne ich. „Wie spät ist es?"

Klingt vielleicht seltsam, aber das ist es, was ich mit anders meine. Die Uhrzeit passt nicht. Ich bin so gegen 17:00 Uhr aufgebrochen, war ungefähr zwei Stunden im Gym und dann irgendwie, irgendwann in diesem dämlichen Wald gelandet. Wenn ich also alles zusammenzähle, dann komme ich locker auf 20:00 Uhr. Also müsste es bereits langsam dunkel werden, tut es aber nicht.

Der Fremde steht plötzlich neben mir.

„17:11 Uhr.", sagt er schlicht.

Ich glotze ihn nur an und versuche, im Gesicht etwas erkennen zu können. Dank der Kapuze sehe ich aber nur Schemen.

„Was soll das heißen? Willst du mich verarschen?"

Langsam werde ich sauer. Was ist das nur für ein Tag? Vermutlich wache ich gleich auf und habe alles nur geträumt.

Er dreht den Kopf zu mir: „17:11 Uhr. Der Zeitpunkt deines Todes."

Mir fällt die Kinnlade herab. Jetzt reicht es aber wirklich. Ich bin nicht mehr sauer, ich bin verdammt wütend.

„Hör auf, so eine Scheiße zu labern.", zische ich.

Und dann schubse ich ihn kräftig. Alter, ist der Typ aus Stein, oder was? Bewegt sich keinen Millimeter. Als wäre rein gar nichts geschehen, deutet er mit dem Gehstock in eine bestimmte Richtung. Mein Blick folgt dem Stock unwillkürlich. Gefühlt wird es plötzlich noch kälter. Dann erstarre ich.

Ich liege auf der Straße und sehe gerade noch, wie der Mercedes-Typ davonfährt.

„Kann doch nicht wahr sein", „Rücksichtsloser Penner", höre ich von den Leuten.

Gefolgt von: „Ich habe den Notarzt verständigt." Irgendeine Frau.

Ich erinnere mich an die ersten beiden Sprüche, aber nicht an den Notarzt. Was geht hier vor?

„Nun, dein Tod erfolgte überaus plötzlich. Nicht aus meiner Sicht, allerdings aus deiner. Dein Verstand, oder besser, dein Unterbewusstsein hatte noch keine Zeit, diese neue, höchst beunruhigende Information so zu verpacken, dass dein Ich es verkraften würde. Daher blendest du alles aus, was mit deinem Ableben zu tun hat. Weil du es weder sehen kannst, noch willst."

Ich starre auf meinen Körper und dann auf den Typen.

„Aber das kann nicht sein.", widerspreche ich störrisch. „Ich bin ausgewichen. Hab noch nach meinen Klamotten geguckt. Und dann bin ich weg."

Er nickt: „In der Tat. Du glaubst, du bist ausgewichen. Du hast dich nicht mehr umgeblickt, erinnerst du dich?"

„Ja klar. Das Arschloch hat meine Aufmerksamkeit nicht verdient."

„Ausrede. Hättest du dich umgeblickt, so wärst du gezwungen, die Wahrheit zu sehen, nämlich deinen leblosen Körper."

Ich schüttele den Kopf.

„Das kann nicht sein. Das ist ein Trick. Irgendein scheiß fauler Zauber."

Er hebt die Hand und schnippt. Von einem Augenblick auf dem anderen sind wir in meinem Penthouse. Im Wohnzimmer. Ich sehe Jen. Sie sitzt auf der Couch. Ich blicke zur Uhr an der Wand. 16:55 Uhr. Da komme ich aus dem Schlafzimmer. Hatte mich gerade umgezogen. Ich gehe zu ihr, küsse sie und sage: „Bis später Baby!"

„Bis später und viel Spaß. Bleib aber nicht zu lange. Du weißt, es ist Samhain."

Ich höre mich seufzen: „Schon klar, Baby, schon klar."

Ich gehe los. Jen bleibt zurück.

Plötzlich schreckt sie auf. Ein Schrei. Aber kein Gewöhnlicher. Schrill, gellend, hässlich, unmenschlich. Nacktes Entsetzen und Panik stehen Jen ins Gesicht geschrieben. Mir stellen sich die Nackenhaare auf. Ich will auf sie zugehen, aber der Kerl in Schwarz hält mich am Arm fest. Der Griff ist wie ein Schraubstock.

„Sie hat etwas gehört.", erklärt er. „Etwas, das du allein nicht hören konntest. Daher habe ich es für dich erlebbar gemacht. Du hast dergleichen schon einmal erlebt. Damals, als deine Granny starb."

„Was ist los?! Du willst mir einreden, das damals war eine Banshee und das eben auch?"

„Nein. Das war nicht eine Banshee, es war und ist eure Banshee. Und sie hat deinen Tod angekündigt. Leb damit."

Wieder ein Schnippen und wir landen im Gym. Ich wirble zu ihm herum.

„Ja!", rufe ich triumphierend. „Gute Idee. Ich habe hier jemanden getroffen und mit ihm gesprochen. Und ich hab trainiert!"

Na bitte, denke ich.

„Wir ändern den Blickwinkel und sehen, was die Anderen in Bezug auf deine Person wahrgenommen haben."

Er deutet mit dem Stock auf den Typen, der mich angequatscht hat. Ich weiche zurück. Der Kerl ist durchscheinend. Er tippt mir auf die Schulter. Ich sehe mich selbst, aber von hinten. Ich bin ebenfalls durchscheinend.

Ich höre das Gespräch.

„Bist du neu hier?"

„Nein.", antworte ich. „Aber dich hab ich hier noch nie gesehen."

Komische Frage. Der Typ nickt langsam. „Ah ok."

Er geht. Und verschwindet. Einfach so. Ich bleibe zurück.

Ich sehe meine geisterhafte Gestalt an den Langhanteln herumfummeln. Plötzlich fallen zwei 10 kg Scheiben von der Hantel. Der Kerl neben mir starrt fassungslos in meine Richtung. So wie beim ersten Mal, als ich dachte, ich hätte es voll gerockt.

Ich spüre, wie mein Herz in meiner Brust hämmert. Angst. Einfach nur Angst. Verzweifelt such ich nach einem Strohhalm, da fällt mir die Frau ein, die mich fast umgerannt hätte.

Der Kerl in Schwarz schnippt.

Wir sind draußen auf der Straße. Ich sehe mich, wieder oder immer noch durchscheinend. Die Frau kommt auf mich zu gerannt. Sie läuft durch mich durch!

„In der Tat. Du bist nicht ausgewichen, du glaubtest es lediglich, um die Lüge am Leben zu erhalten."

„Aber, aber ...", stottere ich nur.

Dann fällt mir der alte Bettler ein.

„Da war irgendwann ein Penner. Alter Mann, ganz dünn und durchgefroren. Hat mich nach Geld gefragt. Hab ihm dann zwei Münzen gegeben. Moment."

Ich stutze. Der Mann in Schwarz wartet geduldig.

„Das waren alte Münzen! Sowas besitze ich überhaupt nicht. Und in meinen Sportklamotten hab ich die schon gar nicht."

„Nun. Der Mann hat dich gesehen, weil er selbst an der Schwelle des Todes stand. Die Münzen habe ich hinzugefügt. Sie sind für den Fährmann. Jedenfalls entsprach das der Glaubenswelt des alten Mannes. Ich versuche stets, den Leuten ihre Welt zu geben."

Wieder ein Schnippen.

Die Straße, mein Körper. Plötzlich biegt Jen um die Ecke. Sie stürzt sich auf mich und rüttelt an mir. Ich höre sie weinen und schluchzen. Es zerreißt mir das Herz. Ein paar Leute holen sie behutsam von mir weg.

Inzwischen ist der Notarzt eingetroffen. Schweigend beobachte ich, wie er mich untersucht. Inzwischen kenne ich das Ergebnis. Ich bin nicht überrascht, als er den Kopf schüttelt. Jen schluchzt laut auf.

Der Mann in Schwarz mustert mich. „Gut. Du bist so weit. Zeit zu gehen."

„Warte noch, bitte! Was ist mit Jen? Meinen Eltern?"

„Sie werden dich beerdigen. Und trauern. Jen wird vier Jahre später einen neuen Mann treffen. Sie heiraten und bekommen zwei Kinder. Jen wird glücklich sein."

Ich senke den Kopf. „Das ist nicht fair. Das hätte mein Leben sein sollen."

„Gerechtigkeit hat damit nichts zu tun. Deine Zeit war schlicht um. Dein Lebensfaden ist beendet."

„Alles nur wegen dem Mercedes-Typ. Das ist doch echt scheiße."

„Auch er wird bestraft. Dafür habe ich gesorgt. Teil meiner Aufgaben."

„Auch? Heißt das, ich werde bestraft?"

„Ja. Du wirst wiedergeboren. Und vielleicht nutzt du diese Chance und änderst dein Leben."

„Wohin gehen wir?", frage ich resigniert.

Nebel kommt auf, düsterer dichter Nebel. Der Mann in Schwarz deutet auf den Nebel. „Dorthin."

Epilog

Der Mann in Schwarz steht an einem Strand. Wellen branden ans Ufer. Im Hintergrund toben die Elemente. Eine Frau tritt neben ihn.

„Es tut mir leid für ihn.", sagt sie. „Er ist kein schlechter Mensch."

„Ich weiß."

Die Frau seufzt leise. Langes blondes Haar bedeckt ihre Schultern.

„Ich wünschte, er hätte besser zugehört. Oder geglaubt. Oder beides. Ich habe es versucht, wirklich. Habe ihm die alten Geschichten erzählt. Habe versucht ihm die Sagen und Mythen unserer Vorfahren nahezubringen. Aber vermutlich dachte er, seine Granny sei etwas merkwürdig. Dabei weiß ich nur zu gut, dass die Geschichten keine Geschichten sind, sondern Wahrheiten. Ich war immerhin eine Druidin."

„In der Tat. Aber es ist wie es ist. Gehen wir? Du hast es geschafft. Du bist in Mag Mell."

„Ja. Gehen wir heim."

(Mag Mell, oder Moy Mell. Irisches Paradies. Nirvana. Die elysischen Felder)

*„**U**NFASSBAR! Nur tolle Geschichten hier!"*

Lucia war begeistert.

„Natürlich, wir sind ja auch eine Qualitätsbibliothek! Nur die Besten dürfen ihre Geschichten hier unterbringen. So wie diese Autorin.

Rhya Wulf ist Volljuristin, Psychologin und jetzt endlich Autorin.

Ihr Thema ist die irisch-keltische Mythologie gekoppelt mit Fantasy, was sich auch in dieser Kurzgeschichte zeigt. Sie liebt Helden, die psychologisch relevante Schwächen aufweisen, welche aber gleichzeitig durch erstaunliche Stärken ausgeglichen, kompensiert oder ergänzt werden.

Mit der Zeit entstand der erste Teil einer Trilogie, die genau so einen Helden thematisiert: Cathbad der Zauberer. Teil 1 wird als Neuauflage herausgebracht.", erklärte Lenya.

„Wahnsinn! Spannend! Hoffentlich dauert es nicht mehr all zu lang, bis das Buch neu heraus gegeben wird. Und Teil 1 bedeutet da kommt noch mehr. Das sollte auch auf die Vorbestellliste der Bibliothek. Was meinst du?", rief Lucia.

Lenya schmunzelte: „Ich bin ganz deiner Meinung. Vor allem weil ich schon sehnsüchtig auf Band 2 warte. Die Erstversion kenne ich ja schon und ich liebe sie. Vor allem den Dicken und ... Nein, mehr sollte ich wohl nicht verraten. Auf, auf zur nächsten Geschichte!"

Kapitel 3

„**K**önntest du bitte das Licht einschalten. Irgendwie ist es heute düster hier drinnen", bat Lenya ihre Kollegin, die gerade am Schalter stand.

„Klar doch!", kam die prompte Antwort.

Sie griff hinter sich und drückte auf die Taste. Die Schattenelfe drehte sich wieder zum Regal und fuhr fort, ihre Listen abzuchecken. Das Licht ging wieder aus.

„Was war das jetzt? Ist die Birne ausgebrannt?"

Lucia drückte noch einmal den Schalter und das Licht ging wieder an. Kaum war ihre Aufmerksamkeit wieder auf ihre Arbeit gerichtet, ging das Licht auch schon wieder aus.

„Na aber Hallo. Was ist denn da los? Erlaubt sich da jemand einen Scherz mit uns?", fragte sie an die Schattenelfe gerichtet.

Diese zuckte nur mit den Schultern. Die Kleinelfe schaltete die Deckenlampe wieder ein und drehte sich weg. Schnell aber wirbelte sie wieder zurück und sah, wie ein kleines Buch am Schalter vorbeihuschte und das Licht wieder ausknipste.

Schnell sprach sie einen Lähmungszauber aus und das Buch schien wie von Zauberhand in der Luft zu schweben.

„Na du Kleines, warum möchtest du es denn finster haben?"

Lucia nahm es vorsichtig in die Hände. Der Titel alleine sprach schon Bände:

112

Dunkelheit

von Richard Häfner

Alter Abgrund, schwarzer Schlund,
Tust du mir Erlösung kund?
Sehnend senk ich meine Seel hinab
In die weiche Wiege, oder kaltes Grab?
Voller Angst und Unsicherheit
Begegne ich der Dunkelheit.

Wenn einsame Herzen klagen
Und endlose Schmerzen plagen,
Wag ich's? Darf ich's wagen?
Mich dir völlig hinzugeben,
Dem neuen, wahren Leben
Voll seichter Sicherheit,
Geborgenheit in Dunkelheit.

Dunkle Schatten, weiche Nacht,
Wahre Freunde, mir vermacht
Als Zuhause, das über mich wacht.
Dräuen düster durch dankbares Denken,
Möcht mich in ihrer Weisheit versenken.
So lebe ich endlich, verehr in Ewigkeit
Die Herrlichkeit der Dunkelheit.

Aus dem Leben in Schwäche und Ignoranz
Befreite mich der süße Schattentanz.
Nun sind sie mein Eigen, erfüllen mich ganz und gar,
Lehren mich ihr Lied so wunderbar.
Ihrem wundervollen Reigen bring ich mich dar
Und lös schwelgend mich auf in der Schönheit,
Der Heiligkeit, der Dunkelheit.
Bis nichts mehr ist, wie es war.

Denn ich vertraue auf die Macht der Nacht
Und hülle mich in ihre schwarze Tracht
Auf dass sie meine Seele vollends entfacht,
Entmenschlicht, entschwächlicht, entledigt
Und befreit vom verblendenden Licht.
Von Düsternis ergriffen und voll Dankbarkeit
Für Veränderung durch Dunkelheit.

In meiner dunklen Düsternis zertrümmert
Verwest nun Schwäche, die niemanden mehr kümmert.
In mir ist nichts mehr, was noch wimmert.
War eine törichte Seele. Bin ein beseelter Schatten
Und verlach die Farce, die wir zu leben hatten!
Schwarz geschwärztes hartes Herze, bin bereit
Für Vollkommenheit dank Dunkelheit.

Narren voller schlechter Schwäche,
Mit jeglicher Vergangenheit ich breche
Doch ohne zu vergessen, ich zahl die Zeche!
Ich geb zurück was ihr mir gebracht
Und zerstöre eure Perversion von Pracht!
Ihr seid euer eignes größtes Leid,
Begrüßt die Zeit der Dunkelheit.

Alter Abgrund, schwarzer Schlund.
Nur er tat mir Erlösung kund.
Dankbar send ich meinen Gruß hinab
In die weiche Wiege, denn sie gab
Mir Freunde, Schutz und Sicherheit.
Meine Ewigkeit in Dunkelheit.

„Unglaublich das ging unter die Haut. Ich hab richtig eine Gänsehaut. Von wem stammt das Gedicht?", fragte Lenya.
„Ich bin doch schon beim Suchen."
Mit diesen Worten blätterte Lucia geschäftig mit der einen Hand, während sie sich mit der anderen die Nase rieb.
„Da ist es ja. Richard L. Häfner, Jahrgang 1990, lebt mit seiner Frau, seiner Tochter, sowie dem Familienhund in Jena. Seit seiner Jugend genießt er es, die verborgenen Facetten unserer Welt und unserer Psyche zu entdecken und zusammen mit Autoren und Testlesern an seien Schreibtechniken zu feilen.

So leben seine bislang leider unveröffentlichten Dark-Fantasy-Abenteuer von Elementen aus Grusel, Naturromantik, Spiritualität und entführen den Leser in eine Welt, die wilder und spannender kaum sein könnte."

„Hmm, ich bin gespannt was noch von diesem Autor kommt. Haben wir noch weitere Bücher von ihm?", fragte Lenya.

Lucia runzelte die Stirn: „Keine Ahnung, kann sein. Ich lasse es dich wissen, wenn ich etwas finde."

*W*ie immer hatte Lenya zehn verschiedene Sachen gleichzeitig vor sich auf dem Schreibtisch liegen. Es war schon Mittag und so stopfte sie sich ein Stück Kuchen in den Mund. Wie immer ein perfekt gesundes Essen. Ironie aus.

Ihre Kollegin war im Pausenraum verschwunden, um ihr Yoghurt mit Früchten und eine Gemüsesuppe zu verzehren.

„War ja klar, dass die wieder den Moralapostel spielt.", murmelte die Schattenelfe lächelnd und nicht ernst gemeint vor sich hin.

Während sie also an zehn Dingen gleichzeitig arbeitete und auch noch ihr Mahl verzehrte, schickte sie mit einem Zauberspruch ihre nicht ganz ausgereiften telekinetischen Kräfte aus, um sich ein Buch aus den Regalen zukommen zu lassen. Die Nase tief in die Unterlagen vor sich gesteckt, achtete sie nicht darauf, dass dieses prompt angeflogen kam, zielsicher mitten in ihr Gesicht klatschte und sie damit fast vom Stuhl riss.

Genaueres Zielen mit der Telekinese üben, wäre wohl noch von Vorteil.

In diesem Moment kam Lucia aus dem Pausenraum zurück und sah das Missgeschick.

Lenya ruderte auf dem Stuhl herum, um nicht umzufallen, und Lucia brach vor lauter Lachen wegen des Anblicks der sonst so eleganten Schattenelfe fast zusammen. Es war einfach zu komisch.

Schnell hob sie den Übeltäter auf. Er war es eindeutig wert gelesen zu werden. So etwas kam nicht alle Tage vor. Ein Buch, dass die Deckung der kriegerischen Schattenelfe durchbrach.

Mit einem fetten, roten Abdruck im Gesicht kam nun auch Lenya auf sie zu und musste über sich selbst lachen. Sie nahm Lucia den frechen Angreifer aus der Hand und blätterte sich durch sein Inneres:

Im Angesicht des Todes

von A. Elfe D.

Mit letzter Kraft schleppte sich Kirana vorwärts.

Weg vom Kampfort. Fort von diesen fremden Wesen.

Sie stolperte durch kalte Schneewehen, fiel hin, stand auf, fiel wieder hin. Ihr Blut färbte den Schnee rot und zog eine Spur durch die weiße Landschaft. Die Bergmenschen, gegen die sie gekämpft hatten, ließen sie ziehen, ohne ihr nachzusetzen. Ihnen war genauso klar, wie es Kirana bewusst war, dass sie mit diesen Verletzungen und ihrer Lebensenergie beraubt, in dieser eisigen Welt, keine Überlebenschancen hatte.

Sie konnte die zahlreichen Schnitte und Wunden fühlen. Spürte, wie ihr Blut warm von der aufgeplatzten Lippe übers

Kinn rann und zu Boden tropfte. Sie musste lächeln. Welch Ironie, dass ihr das Blut ihrer Lippe auffiel, obwohl die anderen Verletzungen viel schlimmer waren. Sie hatte nur einen kleinen Blick an ihre Seite gewagt. Da war überall Blut. Ihr Blut. Fest drückte sie die Hand auf die Stichwunde in ihrem Unterleib und schleppte sich weiter. Wenn sie schon sterben sollte, dann nicht in der Nähe dieser, dieser ... Ja was eigentlich? ...Wesen, Menschen, Unwürdigen. Wären sie so unwürdig, hätten sie sie nicht im Kampf geschlagen. Auch wenn sie zahlenmäßig weit überlegen gewesen waren.

Kirana und ihre beiden Schattenelfengefährten waren von einem Trupp von über zwanzig Bergmenschen entdeckt und überrascht worden. Auch wenn die Chancen der drei Schattenelfen gegen die Menschen zu gewinnen nur gering gewesen war, hatten sie ohne zu zögern angegriffen. Ihr Auftrag lautete, die Welt außerhalb des magischen Walls auszukundschaften. Der Wall, der das Tal der Vergessenen, das unsichtbare Gefängnis von Kiranas Volk, vom Rest der Welt trennte. Sie sollten aber auch ihr Leben geben, um eine Entdeckung zu vermeiden.

Sie hatten jämmerlich versagt. Troston und Lonra waren tot und Kirana selbst würde es mit großer Wahrscheinlichkeit auch nicht mehr weit schaffen. Schon gar nicht mehr bis zum Wall. Das wäre die einzige Hoffnung auf ein Überleben. Von dort könnte sie vielleicht noch jemand retten.

Die vielen Jahre der Vorbereitung durch die Magier ein Tor durch den magischen Wall zu schaffen, waren umsonst gewesen. Keinerlei Informationen würden zurück ins Tal gelangen und entdeckt waren sie auch noch geworden. Es war nur eine Frage der Zeit bis die Lichtelfen davon erfahren würden, dass einige Schattenelfen außerhalb des Walls gesichtet worden waren.

Kirana schleppte sich weiter. Fiel wieder hin. Mit Hilfe ihres Schwertes kämpfte sie sich erneut hoch.

Die größte Sorge der Schattenelfe galt Sorion, ihrem Zwillingsbruder. Was würde nun mit ihm geschehen? Er war doch so ein zartes Wesen. Sie war die Kriegerin und er war der Magier der Zwillinge. Schwach, liebevoll und ein beliebtes Opfer ihrer Tante, die zugleich ihr Vormund war. Sie hatte einfach ihr Leben weggeworfen, ohne darüber nachzudenken, was er nun machen würde. Und das alles nur, weil sie in diese unergründlichen, dunklen Augen gesehen hatte.

Diese Augen. Noch immer konnte sie sie vor sich sehen. Ein Schauder rann ihr über den Rücken. War es wegen der Erinnerung, oder wegen der versiegenden Lebenskraft?

Bei den Gegnern war ein junger Halbelf gewesen. Er hatte eine schwere Wunde davongetragen. Nicht durch die Schattenelfen. Nein! Es war durch die Unachtsamkeit von einem seiner eigenen Gefährten geschehen. Dieser hatte eine Axt nach Kirana geworfen und ihn dabei getroffen.

Allerdings war sie sich nicht sicher, ob er nicht doch einfach dazwischen gegangen war und die Axt mit seinem Körper abgefangen hatte.

Vielleicht war er aber seinen Begleitern egal, oder sogar ein Dorn im Auge. Ein Halbelf! Wahrscheinlich hatte auch er es nicht leicht in seinem Leben.

Wie auch immer, als er getroffen wurde, war der junge Mann in ihre Arme gesunken und als er vor ihr am Boden lag und sie in seine Augen sah, diese unergründlichen, dunklen Augen, konnte sie nicht anders. Sie heilte seine Wunde mit ihrer eigenen verbleibenden Lebensenergie so weit, dass er eine, wenn auch nur geringe, Chance zum Überleben hatte. Sie hatte einfach nur gehandelt. So wie sie es immer gelernt hatte.

Der Satz, *Nicht denken, nur handeln!* war ihr in Fleisch und Blut übergegangen. Allerdings hatte sie nicht gedacht, dass er ihr zum Verderben werden konnte. Es war der Leitsatz ihres Mentors und Lehrmeisters. Der beste Krieger der Schattenelfen neben dem großen Lord. Die Beiden kannten sich bereits seit über tausend Jahren und standen sich in nichts nach.

Seltsam welche Gedanken einem durch den Kopf gingen, wenn einen der Lebenssaft immer mehr verließ.

Sie musste wieder an diese Augen denken. Irgendetwas in diesem Blick hatte sie gefesselt. Leise hatte er ihr noch ein Danke und seinen Namen zugeflüstert, bevor er in Ohnmacht fiel und sie ihre sinnlose Flucht antrat.

Auf ihr Schwert gestützt stemmte sie sich ein weiteres Mal hoch aus dem kalten Weiß und setzte torkelnd ihren Weg fort. Sie wäre nicht bei den Jägern, der Kriegerelite der Schatten-elfen, wenn sie jetzt aufgeben würde. Solange noch ein Funken Leben in ihren Gliedern zu finden war, würde sie weiterkämpfen.

Fest entschlossen zumindest in die Nähe des Treffpunktes zu kommen, schleppte sie sich Schritt für Schritt vorwärts. Sie wollte die anderen warnen. Ihnen sagen was geschehen war. Ihnen sagen, dass sie versagt hatten.

Ein mühsamer Schritt nach dem anderen führte sie seit gefühlten Stunden durch die weiße Welt. Ein Blick über ihre Schulter sagte ihr, dass es noch nicht so lange sein konnte.

Weit entfernt sah sie, wie sich bewegende Punkte, der Berg-menschentrupp, immer weiter von ihr wegzogen.

Kirana schleppte sich weiter durch den Schnee, bis rund um sie nur noch Schnee und Felsen zu sehen waren. Der einzige Zeuge ihrer Anwesenheit war die blutige Spur, die sie hinter sich herzog. Falls die Bergmenschen sich doch noch entschei-den sollten, sich ihrer zu entledigen, um sicherzugehen, hatten sie leichtes Spiel. Doch es war ihr gleichgültig.

Es begann zu schneien. Der einzige Zeuge würde nun auch ausgelöscht werden.

Die junge Schattenelfe konnte fühlen, wie Schritt für Schritt der Rest ihrer Kräfte aus ihr hinaus floss. Wie Kälte in ihre Glieder kroch.

Sie begann jämmerlich zu frieren. Und sie war müde. So unendlich müde. Schmerzen hatte sie keine. Es waren einfach zu viele Wunden, um auch nur eine von ihnen zu fühlen. Außerdem hatte sie in ihrer Ausbildung gelernt, mit Schmerzen umzugehen. Sie beiseitezuschieben.

Der Schneefall wurde heftiger und der Wind blies ihr die eisigen Flocken in die Augen. Wie kleine Nadeln bohrten sie sich hinein und machten sie nahezu blind. Weiter. Einfach weiter gehen. Doch blind vom Schneefall und verlassen von ihren Kräften stolperte sie mit einem Mal über einen kleinen Felsen und fiel der Länge nach hin.

Kirana scheiterte kläglich bei einem letzten Versuch aufzustehen und rollte sich zu einem Bündel zusammen. Sie wollte die letzten Atemzüge in dieser Welt mit schönen Gedanken genießen. Ihr Bruder und diese Augen kamen ihr wieder in den Sinn.

Sie hatte keine Schmerzen. Die Kälte rund um sie beraubte sie jeglichen körperlichen Gefühls. Sie lies ihren Gedanken freien lauf und dachte zurück an ihr gesamtes Leben. Und an diese dunklen, unergründlichen Augen. Langsam verblassten die Gedanken und wärmende Schwärze umgab sie. Ein letzter Gedanke mach sich in ihr breit: „So ist es also zu sterben!"

*

Schnuppernd näherte sich Odrons kleine Gefährtin dem auf dem Boden im Schnee zusammengekauerten Bündel.

Fast wären sie daran vorbei gelaufen, aber die Nase der Kleinen hatte sie direkt zu dem Wesen vor ihnen geführt. Ohne Scheu tapste sie näher und stupste den reglosen Zweibeiner an. Keine Reaktion.

Sie waren, wie immer, auf der Suche nach Beute. Plötzlich waren sie auf eine Blutspur gestoßen und ihr gefolgt. Schließlich lag dieser mit Schnee bedeckte Hügel vor ihnen. Odron war misstrauisch. Er kannte den Geruch von Zweibeinern und diese waren immer gefährlich. Er knurrte, doch der kleine Welpe, sein Findelkind, zeigte keinerlei Angst, nur Neugier.

Eigentlich hatte er sie gelehrt einen großen Bogen um diese Wesen zu machen, aber in ihrer Unbedarftheit ignorierte sie ihn mal wieder. Ganz im Gegenteil rückte sie immer näher an den Zweibeiner heran und legte sich dann auch noch direkt zu ihm hin. Aus welchem Grund auch immer, versuchte sie den Zweibeiner zu wärmen.

Ach herrje, das war mal wieder typisch. Odron verdrehte resignierend die schwarzen Schneewolfaugen. Nachdem der große Wolf erkannte, dass tatsächlich keine Gefahr von dem Bündel am Boden ausging, kam er nun auch etwas näher.

Irgendwie ging ein vertrautes Gefühl von diesem Wesen da am Boden aus. Er konnte es nicht näher bestimmen, aber es veranlasste ihn, es seiner jungen Gefährtin gleich zu tun und schmiegte sich wärmend an den kalten, kaum noch lebenden Körper vor ihm. Die Magie der Schneewölfe begann zu wirken und wenn auch nur langsam, kehrte Lebensenergie in die Schattenelfin zurück. Die Wunden begannen sich zu schließen.

Noch hatte Odron keine Ahnung, aber diese Begegnung sollte erneut eine große Wende in seinem Leben herbeiführen. Obwohl nicht nur in seinem. Auch in Kiranas Leben.

„Ich bin größter Fan. Kann ich bitte einen Fanclub gründen!!! Ich bin hin und weg. Hör mal, die Autorin begann bereits im Alter von zehn Jahren ihre ersten Geschichten zu verfassen. In ihrem Leben hat sie schon viel gemacht. Sie machte die Matura zur Tourismus-Kauffrau, leitete ein Hotel

und eine Restaurantküche, machte dann aber eine Ausbildung zur Hauptschullehrerin in Deutsch und Kunst.

Sie war Hundeführerin und Einsatzleiterin bei einer Securityfirma, Musikjournalistin für ein Onlinemagazin und ist Hundetrainerin.

Auch mehrere Schicksalsschläge konnten sie nicht klein bekommen und mittlerweile hat sie ein eigenes Heilsteinegeschäft (Stones, Books and Pictures), arbeitet als selbstständige Berufsfotogafin, zeitlich begrenzt immer wieder beim Film und widmet jede freie Minute dem Schreiben. Sie hat bereits die ersten beiden Teile ihrer Fantasy Reihe – Scato Elfen Saga, namens *Die Jägerin* und *Der Ausbruch* herausgebracht.

Außerdem hat sie schon drei Bände einer Foto-/Sprüchebuchreihe – Magische Momente Stadt, Wasser und Nacht, ein Kochbuch und gemeinsam mit ihren Kindern ein Kinderbuch *Brummelgrummel erkundet die Farben* veröffentlicht.

Weiter ist sie in zahlreichen Anthologien mit verschiedensten Kurzgeschichten zu finden."

Lucia hüpfte in der ganzen Bibliothek herum vor Begeisterung.

„Ja die ist schon ganz cool, aber bleib mal auf dem Teppich, wir müssen weiter machen."

Lenya versuchte mit diesen Worten, die wie ein Gummiball springende Lucia unter Kontrolle zu bringen.

In Gedanken noch bei der letzten Geschichte hängend, saß Lenya zurückgelehnt in ihrem Schreibtischsessel und beobachtete wie Lucia ein magisches Lasso schwingend hinter einem fliegenden Buch herlief.

Jeder Versuch, es zu fangen, ging daneben, da es wendig und schnell dem Lasso auswich. Lucia verschwand keuchend hinter den linken Regalen. Kurz darauf tauchte sie noch immer laufend zwischen den mittleren Reihen auf und verschwand wieder bei den rechten Regalen. Immer knapp hinter dem Buch herhechtend und doch um ein kleines bisschen zu langsam.

Nachdem ihr Lenya einige Zeit zugesehen hatte und Lucia mit hochrotem Kopf, nach Luft schnappend noch immer hinter dem Buch her lief, fragte sie süffisant: „Brauchst du Hilfe?"

Lucia blieb schwer atmend stehen und antwortete den Unterton ihrer Kollegin ignorierend: „Sieht fast so aus. Das wäre total nett von dir! Du bist um einiges schneller und vor allem größer als ich."

Sich weiterhin nicht bewegend schloss Lenya die Augen.

„Warum bewegen, wenn es Telepathie gibt", antwortete die Schattenelfe.

In Gedanken befahl sie dem Buch, mit scharfem Ton sich endlich fangen zu lassen. Das Buch stoppte erschrocken und ließ sich sanft und schutzsuchend in Lucias Hände schweben.

„Na also, siehst du, ist überhaut nicht schlimm.", sagte diese in begeistertem Tonfall zu dem Buch und blätterte sofort darin herum.

Noch immer schwer atmend begann sie zu lesen:

Schattenkabinett

von Nicole Hobusch

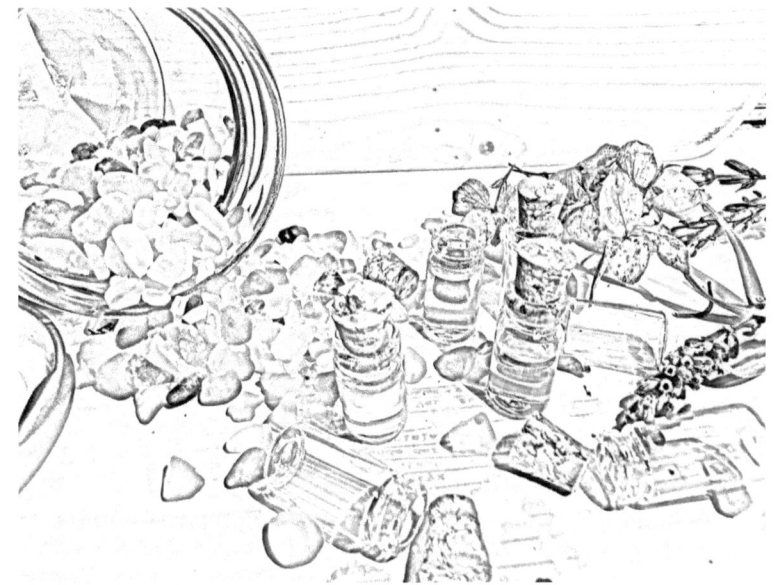

*G*rauer Himmel, Nieselregen. Ich werfe mir die imposante Kapuze über den Kopf und ziehe sie tief in die Stirn, bevor ich den Supermarkt verlasse. Mit traumwandlerischer Leichtigkeit tänzle ich zwischen den Pfützen hindurch über den Gehweg, immer darauf bedacht, keine nassen Schuhe zu bekommen.

Die Sohlen sind dünn geworden, eine hat ein Loch. Kaltes, schmuddeliges Wasser ist nicht nach meinem Geschmack.

Niemand kommt mir zu nah, niemand rempelt mich an, niemand stellt sich an den Ampeln dicht neben mich. Es ist, als wäre da eine nicht wahrnehmbare Mauer, die mich schützt. Nicht wahrnehmbar, das trifft es.

Es dämmert bereits und in meinem grauen Mantel verschmelze ich mit der Umgebung.

Wenn ich nicht bemerkt werden will, blicken sie durch mich hindurch. Dennoch halten sie Abstand, ohne zu wissen wieso. Ich lächle still. Besser so für sie.

Als ich aus dem größten Trubel raus bin und mein Viertel betrete, atme ich auf. Meine Schritte werden langsamer. Ich bewege die Schultern, um meine verkrampfte Haltung zu entspannen.

Hier fühlt sich die Welt besser an, hier sind Menschen nicht erwünscht. Willkommen im Elfen-Ghetto. Es mag nicht so makellos und gepflegt sein wie der Ort, von dem meine Vorfahren stammen, aber daran erinnert sich ohnehin kaum einer. Die Zwangsumsiedlung unseres Volkes war vor so langer Zeit, dass sie fast in Vergessenheit geraten ist.

Der unverkennbare Geruch von Tsoll dringt in meine Nase, als ich an der Wohnung einer Erdelfen-Familie vorbeigehe. Mein Magen knurrt. Meine Mutter hat ewig keinen Tsoll mehr gekocht, es ist ihr zu aufwändig. Vielleicht kann ich Oma überreden. Ich könnte ihr helfen. Ich lege mir meine salbungsvollen Worte gedanklich zurecht und biege in unsere Straße ab.

Dann sehe ich den schwarzen SUV. Er ist auch nicht zu übersehen. Ein motorisierter Koloss auf vier Rädern mit getönten Scheiben, der auf drei Parkplätzen gleichzeitig steht, genau vor unserem Geschäft.

Jeder Gedanke an Tsoll verschwindet auf der Stelle. Ich bleibe wie angewurzelt stehen. Nur einer parkt so. Luan. Er versteht es, bereits mit seinem Auto Furcht zu verbreiten.

Warum ist er hier? Die nächste Lieferung steht erst in einer Woche an. Sind wir in Schwierigkeiten? Moment. Mama ist heute Morgen zu einer Zusammenkunft gefahren. Oma ist ganz alleine. Weiß er davon? Will er die Gelegenheit ausnutzen? Lässt er uns etwa beobachten?

Energisch, getrieben von wachsender Empörung, marschiere ich los. Einer von seinen Leuten steht vor der Eingangstür, genau unter dem goldenen Schriftzug »Schattenkabinett«.

Ein Prickeln huscht über meinen Rücken, als ich die Gestalt im Türrahmen mustere. Er ist sicher zwei Meter groß und gebaut wie ein massiver Eichenschrank. Dass er dort nicht in seiner wahren Erscheinungsform steht, fällt wahrscheinlich sogar einem Menschen auf. Etwas an seiner Haltung wirkt falsch. Er hat keine Übung. Was ihn reizbar machen könnte. Ungünstig.

Ich atme tief durch, setze einen Fuß vor den anderen und marschiere zielstrebig auf ihn zu. Ich bin eine Schattenelfe aus der Familie Sièdriél. Mir jagt man nicht so leicht Angst ein. Das wiederhole ich wie ein Mantra mit jedem Schritt. Er sieht mich mit Sicherheit schon von weitem. Doch macht er sich erst die Mühe, mich zu beachten, als ich so nah vor ihm stehe, dass ich ihn anstupsen könnte. Seine Augen sind gelb, sein Blick bohrend. Zarte Schweißperlen glänzen auf seiner Stirn.

Ja, er ist zweifelsohne ein Neuer und es sieht Luan ähnlich, ausgerechnet so einen als Posten vor unsere Tür zu stellen. Ein bissiger Wachhund.

Ich lächle möglichst besänftigend: „Hallo, mein Name ist Lin. Ich wohne hier."

Er sieht mich stumm und unverwandt mit seinem stechenden Blick an und reagiert nicht. Überlegt er, ob er mich fressen will? In Gedanken überschlage ich sämtliche Verteidigungszauber.

„Lass mich bitte vorbei, okay?"

Keine Reaktion. Ich denke an Oma, die hoffentlich noch nichts Dummes gemacht hat. Mein Tonfall wird ungeduldiger. „Verstehst du mich? Kannst du sprechen?"

Hinter dem Koloss im schwarzen Anzug öffnet sich klimpernd die Tür und eine tiefe Stimme gibt ein paar unartikulierte Silben von sich. Kommentarlos bewegt sich der

Gigant vor meiner Nase zur Seite und bietet mir freien Blick auf seinen Kollegen. Den kenne ich. Er ist immer dabei. Luans rechte Hand.

„Hallo Cyrill. Darf ich endlich rein?"

Er macht eine übertrieben einladende Geste.

„Du kommst spät."

„Oh, hätte ich geahnt, dass ihr uns die Ehre erweist, hätte ich die Schattengeister angefleht, mich so schnell wie möglich herzutragen." Ich verdrehe die Augen. „Aber woher sollte ich das wissen?"

Er wirft mir einen Blick zu, als besäße ich nur drei Gehirnzellen.

„Du hättest es dir denken können. Glaubst du, du könntest etwas vor ihm verheimlichen?"

Ich unterdrücke das flaue Gefühl in der Magengegend.

Das wird kein Spaziergang, sondern eine taktisch geschickte Höchstleistung. Zum einen muss ich dafür sorgen, dass Oma keinen Krieg mit der berüchtigtsten Gang der ganzen Region beginnt. Sie ist nicht gerade friedfertig und diplomatisches Talent hat sie schon gar nicht. Auf der anderen Seite muss ich Luan, Kopf besagter berüchtigter Gang, gekonnt anlügen.

Ich weiß nicht, welche der Möglichkeiten unkomplizierter ist. Glückwunsch an mich.

Oma steht mit verbissener Miene hinter der Ladentheke, das Gesicht finster, die Arme vor der Brust verschränkt. Sie würde am liebsten jedem der Männer hier die Leviten lesen. Niemand hat so mit ihr umzugehen.

Leider handelt es sich bei diesen Männern nicht um Elfen, was sie jedes Mal zu vergessen scheint.

„Da bist du ja endlich, Kind.", wettert sie. „Tür zu, es zieht."

Ich betrete das Ladenlokal. Die dritte Diele knarrt wie jedes Mal unter meinen Füßen, als ich langsam auf die Theke zugehe und mich dabei umsehe. Überall auf dem Boden liegen Bücher.

Die meisten von ihnen zerfetzt. Sie stammen aus den Regalen, die umgekippt sind. Teure Bücher. Ich sehe ein rotes mit goldener Aufschrift. Über tausend Euro Ladenpreis! Es enthält eine ungeheure Menge an Wissen.

Es riecht merkwürdig, weil einige Tränke zerbrochen sind. Meine Tränke, die ich hergestellt habe. Stunden von Arbeit. Sie haben ganz offensichtlich randaliert. Wie unnötig.

Zu viert stehen sie strategisch geschickt verteilt im Ladenlokal. Cyrill an der Tür, einer an der Theke, einer zwischen den Überresten der Bücherregale. Und Luan, der wie ein König auf dem roten Sessel am Fenster thront, abseits des Geschehens, dennoch der Mittelpunkt. Er lächelt flüchtig, als mein Blick über ihn huscht.

Mit einem Mal werde ich wütend, eine eher untypische Reaktion. Schattenelfen ergehen sich nicht in Gefühlsausbrüchen, sie handeln. Ich beiße die Zähne fest aufeinander, ignoriere ihn und konzentriere mich auf meine Großmutter. Eins nach dem anderen.

„Etwas ist mit der letzten Lieferung, deshalb sind sie hier.", sagt sie mit schneidender Stimme in unserer Sprache.

Es wirkt, als würde sie mit mir schimpfen, aber ihr Blick drückt tiefste Sorge aus.

„Er wagt es, uns mit Feuer zu drohen."

„Genug."

Luan erhebt seine Stimme nicht einmal, dennoch verstummt Oma sofort. Das schafft sonst keiner. Er steht auf und kommt auf mich zu geschlendert.

„Ihr seid hier nicht auf dem Markt. Ihr werdet euch in unserer Gegenwart vernünftig unterhalten, verstanden?"

Sein Blick wandert an mir auf und ab.

„Freut mich, dich zu sehen, Lin."

Ich setze mit erzwungener Ruhe die Kapuze ab.

„Was willst du?"

Er bleibt vor mir stehen und schaut auf mich herab.

„Ihr habt mir zu wenige Zauber geliefert."

Verdammt. Los Lin, lass dir was einfallen.

„Die Ressourcen liegen nicht auf der Straße ...", beginne ich, bevor er mich unterbricht.

„Ich mag es nicht, wenn man mich betrügt."

„Niemand will dich betrügen. Es ist alles teurer geworden!" Ich schüttle den Kopf. „Ich kann nur mit dem arbeiten, was wir bekommen."

Er sieht mich mit einem Blick an, als wäre ich ein Kind, dem er etwas sehr Einfaches erklären müsste.

„Ach, Lin. Sei nicht so dumm. Sie wollen euch hier nicht, weder die Elfen noch die Menschen. Ich passe auf euch auf, für eine mickrige Anzahl an Zaubern. Ich kann es auch sein lassen."

Hinter mir schnappt Oma nach Luft. Ich fahre herum und sehe Cyrill plötzlich neben ihr stehen, eine Hand an ihrem Hals. Eine große Hand mit langen Fingernägeln. Nein, Krallen. Unter seiner Haut schimmert es leicht, als würde seine menschliche Fassade langsam bröckeln.

Ich schließe für einen Moment die Augen und bemühe mich, meine Emotionen zu kontrollieren. Allerdings steckt mir der Supermarktbesuch noch in den Knochen. Ich bin etwas angespannt. Nein, das trifft es nicht ganz. Ich bin geladen. Ich habe keine Geduld. Die Luft schmeckt plötzlich nach Eisen, meine Fingernägel beginnen, bläulich zu glänzen. Unter Luans Männern bricht Unruhe aus. Es fehlt nur ein Funken.

„Reiß dich zusammen, Mädchen.", bringt Oma mit erstickter Stimme in unserer Sprache hervor. „Zeig ihnen nicht, wozu wir fähig sind, sonst gehen sie nie!"

Luan mustert mich kurz. Er lächelt. Klar, er hat es geschafft, mich zu provozieren. Sein liebstes Spiel.

„Wie lange wird es dauern, bis sie wieder bei euch einbrechen? Du weißt, ihr dürft gegenüber Menschen keine Magie einsetzen. Ihr seid vollkommen wehrlos ohne mich.", fährt er im

Plauderton fort. „Und was ist mit ihrer verdammten Politik? Wie oft drohen sie damit, euch abzuschieben?"

Ich werfe einen Blick auf Oma.

„Cyrill soll sie loslassen. Wir wollen keinen Ärger mit euch." Die nächsten beiden Worte kosten mich all meine Willenskraft. „Bitte, Luan."

Er sieht an mir vorbei und seufzt.

„Was bietest du mir an?"

Ich balle die Hände zu Fäusten und schweige eisern. Es ist klar, was er will. Sein Blick richtet sich auf mich und nagelt mich fest.

„Du hast mir etwas verheimlicht, Elfe."

Seine Augen, fährt es mir durch den Kopf. Niemand hat so grüne Augen.

„Du stellst bislang harmlose Zauber für mich her, aber ich habe gehört, dass du mehr kannst."

Einen Moment lang zieht sich mein Magen zusammen. Woher weiß er davon?

„Ich finde diese Idee sehr spannend. Tod und Zerstörung nur durch einen Zauber."

„Nein!", sagt Oma hinter mir. „Nein, auf keinen Fall, Lin. Das ist in seinen Händen eine viel zu gefährliche Waffe!"

Ich höre das Ticken der Uhr, als es still wird. Luan sieht mich abwartend an. Hinter mir starrt Oma in meinen Nacken.

„Aha.", sage ich gedehnt. „Du willst also einen Todeszauber?"

„Einen?" Er lacht. „Wohl eher hundert."

Jetzt muss auch ich lachen.

„Hundert? Hast du eigentlich eine Ahnung, wie kompliziert die Herstellung ist?"

„Dann strengst du dich lieber an."

„Weißt du, wie lange das dauern wird?"

Er seufzt. Seine Geduld neigt sich dem Ende entgegen.

„Ich muss nicht wissen, wie du Flüche herstellst oder beschwörst oder einen Tanz aufführst. Es reicht, wenn du es weißt, Elfe. Und du beginnst jetzt sofort mit hundert Zaubern, die du mir anschließend fein säuberlich abfüllst."

Ich wäge meine Möglichkeiten ab. Beide sehen nicht gut aus. Also wähle ich das kleinere Übel.

„In Ordnung."

Meine Stimme ist heiser. Ich weiß, ich breche hier gerade alle Prinzipien. Ich stelle hundert Todeszauber für den Feind her, der damit hundert Wesen töten kann, ohne dass man es mit ihm in Verbindung bringen könnte. Er könnte meine komplette Familie auslöschen, unser ganzes Viertel.

Auf der anderen Seite fackelt er sonst unseren Laden ab. Oder er lässt uns im Stich. Ich weiß nicht, was schlimmer wäre. Und ich habe schon lange vorher sämtliche Prinzipien gebrochen. Ich kann eigentlich nicht tiefer sinken.

Er macht eine Geste in Richtung Keller.

„Also los."

Ich rühre mich nicht einen Millimeter.

„Du kommst ganz sicher nicht mit."

„Ganz sicher doch."

Hinter der Theke höre ich Oma würgen. Ich gebe auf.

Mechanisch greife ich nach meiner Einkaufstasche. Wie praktisch, dass ich grade erst im Supermarkt war. Manch einer wäre überrascht, was man mit Seife und Nagellackentferner alles anstellen kann.

„Nach dir, Elfe."

Er macht eine galante Bewegung und deutet eine Verbeugung an, als ich an ihm vorbei auf die windschiefe, graue Holztür zugehen. Als ich höre, wie er mir folgt, schmettere ich sie hinter mir zu, in der Hoffnung, ihn damit zu treffen. Natürlich ohne Erfolg, er öffnet sie einfach kommentarlos erneut. Mit einem Klack schließt sich die Tür hinter uns. Wir sind allein.

Bevor ich die Treppe hinuntergehe, höre ich Oma noch brüllen: „Verdammte Drachen! Wir hätten euch vor tausend Jahren alle töten sollen, als wir die Gelegenheit dazu hatten!"

„Ihr werdet ihr doch nichts tun?", frage ich besorgt. „Sie ist politisch nicht korrekt."

„Stell einfach die Zauber her."

Ich verkneife mir jede Antwort. Das Licht schalte ich nicht an, sondern mache mich im Stockdunklen an den Abstieg. Die Treppe ist schmal und steil, vielleicht rutscht er ja aus und bricht sich alle Knochen. Nein, auch das passiert nicht. Er folgt mir so sicher und leichtfüßig, dass ich davon überzeugt bin, dass er ebenso wenig Licht benötigt wie eine Schattenelfe. Zu dumm.

Es ist ein komisches Gefühl, als er meinen Keller betritt, mein Refugium. Plötzlich kommt es mir ziemlich unordentlich vor. Ich sehe Spinnweben in den Zimmerecken und Krümel auf dem Boden.

Egal, es ist ein Keller, kein Tanzsaal. Wahrscheinlich haust er selbst in einer Höhle, wieso also mache ich mir überhaupt Gedanken?

Ich gehe zu dem großen Arbeitstisch mitten im Raum und kippe den Inhalt der Einkaufstasche aus. Dann ziehe ich meinen Mantel aus, bevor mir der Schweiß ausbricht. Hier wird es gleich sehr warm. Ich werde ein verdammt heißes Feuer brauchen, um diese irrwitzige Anzahl an Flüchen zu brauen. Er macht einen Schritt auf mich zu.

„Bleib, wo du bist."

Mein Tonfall ist wie ein Peitschenknall und überrascht mich selbst. Er scheint mir anzuhören, wie ernst ich es meine. Einen Moment lang entbrennt eine Art Kräftemessen mit Blicken, dann sagt er: „Fang an mit deinen Zaubern."

„Hundert Tränke. Das ist Wahnsinn, selbst für dich."

Ich gehe zum Vorratsschrank und suche zusammen, was ich benötige. Seife, Mundwasser, Nagellackentferner, Haarspray. Aus dem Kräuterregal Petersilie, Dill, Minze.

„Machst du einen Salat?"

Ich ignoriere ihn und lade alles auf dem Tisch ab.

„Ich nehme an, es soll ein Zauber sein, der auf die Entfernung tötet, oder möchtest du deinen Opfern gerne ins Gesicht sehen?"

Er lächelt.

„Dann benötige ich keinen Trank."

„Ach so, dann bist du dieses Mal also feige."

Einen Moment lang rechne ich mit einer Reaktion. Ich werde enttäuscht. Wie ändern Drachen eigentlich ihre Gestalt? Wahrscheinlich beißt er jedem, den er nicht mag, einfach den Kopf ab oder zerlegt ihn mit einem Prankenhieb.

Möglichst unauffällig mustere ich erst seinen Kiefer, dann die Hände. Anscheinend nicht unauffällig genug.

„Was genau willst du wissen, Lin?"

„Nichts."

Ich schüttle den Kopf und öffne die Seife.

„Was sollte ich wissen wollen? Denkst du, du würdest mich in irgendeiner Weise interessieren?"

Luan stützt sich mit den Händen mir gegenüber auf den Tisch. Ich greife zeitgleich nach dem größten Messer, das ich besitze. Ich habe vor, damit die Seife zu hacken, dennoch beobachtet er mich, als würde ich plötzlich eine ernste Gefahr darstellen.

„Du stellst diese Tränke für mich her und wir verschwinden wieder."

„Und vorher nehmt ihr noch unser Geld aus der Kasse."

„Natürlich."

Er greift nach meinem Handgelenk.

„Das ist nichts Persönliches, das weißt du. Ich ..."

„Fass mich bloß nicht an!"

Mit einem Ruck reiße ich mich los und bekomme das Messer wieder frei. Durch den Schwung halte ich ihm die Spitze plötzlich genau vor die Nase. Es hätte nicht viel gefehlt und ich hätte ihn getroffen. Seinem Blick nach zu urteilen, ist ihm das klar.

„Du bist selbst schuld."

Sein Blick ist kalt.

„Besser, du machst weiter."

„Habe ich eine Wahl?"

In mir beginnt es zu kribbeln, als ob sich die Magie ohne mein willentliches Zutun regt. Es liegt eine Spannung in der Luft, die ich nicht beschreiben kann.

„Brennt ihr sonst das Schattenkabinett nieder? Das machst du sicher gern. Wartest du die ganze Zeit auf diese Gelegenheit? Du beherrschst doch das Feuer, nicht wahr?"

Er atmet kurz durch.

„Stell diesen Trank her."

Achtlos werfe ich die Seifenstückchen in den großen Topf. Früher gab es einen Kessel, aber dort ist immer alles angebrannt und hat komisch gerochen.

„Wofür brauchst du so viele Tränke?"

„Das geht dich nichts an."

Ich schaue unwillkürlich auf, als sich sein Ton verschärft. Wieder spüre ich das Kribbeln. Als würde etwas warten. Als würden die Schattengeister mit einem Mal hellhörig. Er stößt sich vom Tisch ab und beginnt damit, im Keller auf und ab zu wandern. Nach kurzer Zeit geht es mir auf die Nerven.

„Kannst du aufhören? Du machst mich wahnsinnig."

„Kannst du weitermachen?", entgegnet er.

„Gerne. Je schneller du weg bist, umso besser."

Er bleibt stehen und lächelt mich an. Unsinnigerweise muss ich mich zwingen, nicht ebenfalls zu lächeln.

„Ach, Lin. Denkst du, du wärst mich dann los?"

„Wieso, lässt du dich jetzt regelmäßig hier blicken? Einmal im Monat."

Er zuckt mit den Schultern.

„Du kennst das Spiel."

„Normalerweise schickst du doch deine Lakaien.", stelle ich fest.

Er antwortet nicht, sondern sieht mir zu, wie ich das Mundwasser und die Dose Haarspray in den Topf werfe. Es gibt einen kurzen Knall und eine Stichflamme, die ich mit einem kleinen Zauber ersticke. Luan hustet leise und wendet den Kopf ab.

„Ach, ich vergaß. Du hast ja eine sensible Nase.", sage ich und nehme mir vor, beim nächsten Mal Stinkwurz zu verwenden. Man benötigt es nicht, aber es verströmt einen widerlichen Geruch. Er niest als Antwort und ich kann das breite Grinsen nicht länger aus meinem Gesicht verbannen.

„Machst du das extra?", fragt er.

Seine Augen sind gerötet, eins tränt leicht.

„Oh, das war noch gar nichts.", antworte ich. „Es tut mir leid, dass du so empfindlich bist."

Unvermittelt packt er mein rechtes Handgelenk und sieht mir direkt ins Gesicht.

„Wage es nicht, einen deiner Moderzauber einzusetzen."

„Ja, ja."

Ich reiße mich los. Meine Hände zittern leicht vor unterdrückter Wut, als ich nach dem Kochlöffel greife und das Gebräu im Topf umrühre. Nachlässig werfe ich die Petersilie und die Minze hinein. Sie dienen eigentlich nur dazu, den Gestank zu übertünchen. Der Dill sorgt zusätzlich für die grüne Farbe, damit der Trank schön giftig aussieht.

Ein Luftzug in meinem Nacken. Ich richte mich auf.

„Ich kann nicht arbeiten, wenn du mir dabei zusiehst."

„Soll ich die Augen schließen?", fragt er.

Ich kann regelrecht hören, wie er lächelt.

„Geh einen Schritt zurück."

„Wie du willst, Elfe."

„Danke, Drache."

Ich bemühe mich um innere Ruhe und vertiefe mich wieder in die Arbeit. Luan beginnt erneut, auf und ab zu laufen.

„Du gehst mir auf die Nerven.", sage ich und unterbreche erneut. „Wieso setzt du dich nicht und lässt mich arbeiten?"

„Hier gibt es keinen Stuhl.", stellt er fest.

„Oben gibt es einen Sessel.", erwidere ich.

Er lacht und schüttelt den Kopf.

„Denkst du, ich traue dir über den Weg, Lin?"

Ich lächle unwillkürlich.

„So dumm bist du wohl nicht."

„Siehst du."

Er kommt auf mich zu und bleibt so nah vor mir stehen, dass ich zu ihm aufsehen muss. Ich hasse es, wenn er das macht. Das weiß er ganz genau.

„Arbeite weiter."

Zähneknirschend drehe ich mich zum Tisch und kippe die drei Flaschen Nagellackentferner in den Topf zum grün gefärbten Gemisch. Ein durchdringender Geruch macht sich breit.

„Ich hoffe, das ist nicht schon wieder zu viel für deine Nase."

Ich zucke leicht zusammen, als er plötzlich wieder hinter mir steht und nah an meinem Ohr sagt: „Keine Spielchen, Lin."

Manchmal verstehe ich nicht, wie er sich so schnell bewegen kann.

„Schon gut, Luan, reg dich nicht auf."

Ich halte ihm das Glas mit den Essiggurken hin.

„Könntest du vielleicht ..."

Er berührt den Deckel kaum, da knackt es und ist offen. Ich schütte den Inhalt in den Topf und greife nach dem Pürierstab.

„Das ist ein merkwürdiges Rezept.", stellt er fest.

„Aber ein Wirksames.", kontere ich.

„Wirst du wieder versuchen, mich damit umzubringen?"

„Vielleicht."

Ich werfe ihm über die Schulter einen Blick zu.

„Wenn du weiterhin so dicht hinter mir stehst, lasse ich es drauf ankommen."

Er rührt sich natürlich keinen Millimeter.

„Mach weiter."

Ich versuche, mich zu sammeln, und schalte den Pürierstab ein. Er surrt laut und bahnt sich dann seinen Weg durch die Zutaten im Topf.

„Jetzt kommt der komplizierte Teil.", sage ich, als alles zu einer homogenen Masse vermengt ist.

„Ich muss mich konzentrieren."

Luan stellt sich neben mich und sieht in den Topf.

„Das ist mein Lieblingspart."

Ich werfe ihm einen genervten Blick zu, dann blende ich ihn aus. Ich sammle meine Kräfte und halte die Hand nah über den Topf. Das ist nicht so unkompliziert, wie es klingt. Die Magie will nämlich nicht immer gehorchen, aber sie lässt sich auch nicht zwingen. Man muss sie überzeugen.

Wie auf Kommando knackt das Feuer im Kamin lauter, die Flammen züngeln wilder. Mit all meiner Energie hauche ich dem stinkenden Gebräu Macht ein, eine tödliche Macht. Am Ende des Prozesses fühle ich mich ausgelaugt.

Er zeigt auf den Topf.

„Wie funktioniert es?"

„Ich fülle es in Reagenzgläser ab.", antworte ich zögerlich. „Wenn der Zauber zum Einsatz kommen soll, öffnest du den Verschluss und sprichst den Namen desjenigen aus, den es treffen soll."

Ich werfe ihm einen Blick zu.

„Niemanden aus meiner Familie."

„Füll es ab."

Ich seufze lautlos, während er wieder seine Wanderung durch meinen Keller aufnimmt und sich umsieht, als würde er den Anblick verinnerlichen wollen.

Mit Schwung hieve ich den Topf von der Herdplatte und trage ihn zur Abfüllanlage, die wohl sinnvollste Investition, die wir je getätigt haben. Als wir alles noch per Hand abfüllten, ist es immer wieder zu kleineren Unfällen gekommen. Einmal hat der Keller drei Tage lang gebrannt.

„Das dauert ein bisschen", sage ich und stelle die Geschwindigkeit ein.

Es wird wieder totenstill, nur ein leises Klirren verrät, dass hier gearbeitet wird. Eine seltsame Stimmung. Wie vor einem Gewitter, wenn die Natur den Atem anhält, um ihn danach in einer Explosion wieder zu entlassen. Als ich mich umdrehe, steht er vor mir.

„Dachtest du, es würde mir nicht auffallen?"

„Meine Güte, du stellst dich aber auch an."

Ich drängle ihn zur Seite.

„Wir hatten Kunden, die einen Zauber kaufen wollten, und die letzten Monate waren hart."

Fahrig räume ich den Tisch auf und höre, wie er mir näherkommt.

„Wir brauchen jeden Cent, sonst ..."

Ich verstumme, als er so nah hinter mir stehen bleibt, dass ich seinen Körper an meinem Rücken spüre. Seine Hände stützt er links und rechts von mir auf dem Tisch ab. Ich bin gefangen.

„Lin."

„Ja?"

„Dreh dich um."

Ich gehorche widerwillig.

„Du sollst mich nicht beklauen, das habe ich dir schon mal gesagt."

„Als ob es dir auffällt, wenn ein, zwei Zauber mehr oder weniger ..."

„Elfe!", unterbricht er mich barsch. „Wie soll ich dir vertrauen, wenn du mich belügst?"

„Ich dachte, du vertraust mir ohnehin nicht."

Ich versuche es mit einem Lächeln.

„Bist du jetzt sauer, weil du ein paar Zauber zu wenig bekommen hast oder bist du beleidigt, weil du meinst, ich würde dich belügen?"

Er sieht mich ausdruckslos an. Ich hasse diesen Blick.

„Wenn du noch einmal etwas nimmst, was mir gehört ..."

Die drei Punkte schwimmen wie Phantome von Wörtern durch den Raum. Drachen und ihr verdammtes, besitzergreifendes Wesen. Sie wollen einfach nichts abgeben.

Wenigstens ist Luan kein Vertreter seiner Art, der andauernd auf seinem Schatz hockt.

„Ist ja gut.", sage ich mit zusammengebissenen Zähnen.

„Und von nun an möchtest du spezielle Tränke?"

„Genau."

„Und du kommst jedes Mal persönlich her?"

Er lächelt.

„Woher soll ich sonst wissen, dass du es richtig machst?"

Ich lächle zurück.

„Jemand könnte misstrauisch werden."

„Bleib einfach weiterhin ganz du selbst."

„Wie meinst du das?"

„Du bist unfreundlich, feindselig, trampelst auf meinen Gefühlen herum."

Ich lache.

„Meine Güte, Luan. Hörst du dich selbst reden?"

„Du versuchst regelmäßig, mich zu töten."

Er verzieht das Gesicht.

„Irgendwann nehme ich das persönlich."

„Was erwartest du? Du erpresst uns. Du schüchterst meine Oma ein. Und meine Mutter."

Er zuckt mit den Schultern.

„Ihr seid Schattenelfen, euch kann man nicht trauen."

Als ich die Stirn runzle, fügt er hinzu: „Ihr seid bösartig. Frag die anderen Elfen. Sie werden es bestätigen. Sie haben Angst."

Ich drücke ihn von mir und will an ihm vorbeigehen.

„Genau wie vor euch. Die Feen nennen dich ein Monster."

Er greift nach meiner Hand und zieht mich zurück, so dass ich halb gegen ihn stolpere.

„Wie lange braucht deine Abfüllanlage?"

Ich zucke mit den Schultern.

„Eine Stunde vielleicht?"

Als er die Arme um mich legt, fällt die Mauer, die ich jedes Mal aufs Neue um mich herum errichte. Ein mühsamer Prozess, bei dem ich mich selbst belüge. Mein Herz macht einen stolpernden Satz, als wäre es über einen dieser Mauersteine gestolpert.

Ja, auch Schattenelfen haben ein Herz. Ich weiß, man behauptet oft das Gegenteil von uns.

Wir verlassen den Keller exakt 67 Minuten später, die klirrenden Reagenzgläser mit den todbringenden Tränken in der Einkaufstasche. Meine Lippen kribbeln und fühlen sich heiß an und ich hoffe, dass mein Gesicht nicht ebenso glüht. Ich atme durch, als wir das Ladenlokal betreten. Oma steht immer noch hinter dem Tresen, immer noch wütend, aber wenigstens ruhig.

„Wir kommen wieder.", sagt Luan.

„Seht zu, dass ihr bis dahin mehr Geld in der Kasse habt."

Er sieht mich an.

„Und du stellst dann zweihundert Tränke her, also bereite dich darauf vor."

„Zweihundert Todeszauber?", frage ich lakonisch.

Er hat den Verstand verloren, falls er ihn je hatte.

„Nicht unbedingt, ich überlege es mir noch."

„Aber wenn ich wüsste, was du willst, könnte ich schon vorher damit anfangen."

Er schüttelt den Kopf und lächelt.

„Ich sagte doch, dass ich dir nicht traue."

Es klingt freundlich, so als hätte er etwas Nettes gesagt, was mich anscheinend so irritiert, dass ich ebenfalls lächle. Vor allen Anwesenden. Es ist einfach ansteckend.

Einen Augenblick lang sehen wir uns an. Ich bekomme eine Gänsehaut. Es ist ein komischer Moment, der sich anfühlt, als würde die Zeit künstlich in die Länge gezogen werden.

Schließlich räuspert sich Oma umständlich.

„Sind wir dann fertig?"

„Ja." Luan nickt. „Wir fahren."

Wie auf Kommando, und das ist es wohl auch, setzen sie sich alle gleichzeitig in Bewegung. Ich sehe ihnen nach, bis der Letzte den Laden verlassen hat.

Kurze Zeit später brüllt der Motor des SUVs auf. Langsam gehe ich zum Schaufenster und blicke dem Wagen nach, bis die Rücklichter hinter der nächsten Kurve verschwunden sind.

Augenblicklich setzt dieses Gefühl ein. Ein Drängen und Sehnen, ein Ziehen. Es ist, als ob jemand mein Herz zusammenquetscht. Sein Besuch ist viel zu schnell vorbei und ich will, dass er wieder herkommt. Jetzt. Nein, nicht traurig sein. Immerhin weiß ich dieses Mal, wann wir uns wiedersehen. Bald.

Omas Schritte nähern sich. Sie stellt sich neben mich und sieht ebenfalls auf die Straße. Nach einer Weile des Schweigens räuspert sie sich. „Also wirklich, Kind. Ein Drache? Ausgerechnet ein Drache?"

Mir wird mit einem Schlag eiskalt.

„Was?"

Ihr Blick trifft mich wie ein vergifteter Pfeil.

„Du hast dich mit dem Feind eingelassen. Mit einem verdammten Drachen. Und es ist nicht irgendein Drache, es ist Luan. Also wirklich. Du dummes Mädchen."

Sie schnalzt tadelnd. Mir ist alles Blut aus dem Gesicht gewichen.

„Woher? Es ist nicht das, was du denkst!"

Das stimmt sogar. Ich habe mich nicht einfach nur mit ihm eingelassen, wir führen eine höchst verworrene, heimliche Beziehung voll widersprüchlicher Gefühle.

„Ich bitte dich."

Ihr Blick durchbohrt meinen.

„Räum den Keller auf, bevor deine Mutter wiederkommt. Hopp, hopp."

Ich atme hörbar aus, als sie zurück zum Tresen geht.

„Wirst du es verraten?"

„Nein."

Sie schnaubt wütend.

„Doch ich werde dich nicht mehr eine Sekunde aus den Augen lassen. Drachen-Pack."

Ich seufze tief und gehe zurück in den Keller. Mir steht eine anstrengende Zeit bevor, dabei ist mein Leben schon kompliziert genug. Als ich das Chaos sehe, muss ich automatisch lächeln. In einem Monat. Und niemand kann etwas dagegen unternehmen.

„SCHATTENELFEN, ich liebe Schattenelfen! Und das ENDE!", nun war es Lenya, die sich vor Begeisterung kaum bremsen konnte und gleich Infos über die Autorin suchte.

Begeistert begann sie zu lesen: „Nicole Hobusch, Jahrgang 1984, lebt im Bergischen Land. Sie macht beruflich *was mit Medien.* Abends erschafft sie Welten in Gedanken *und bringt sie auf Papier, in denen sich das Blatt ein ums andere Mal wendet.*

Ihre Kurzgeschichten sind in verschiedensten Anthologien und Magazinen erschienen."

Mit einem Seufzen ließ sie die Hände mit den Unterlagen in den Schoß sinken: „Ich will mehr! Ich will unbedingt mehr von ihr lesen! Und ich will wissen wie es mit den beiden weiter geht. Geht es weiter? Oh manno, so viele offene Fragen."

„Nun bleib du jetzt aber mal auf dem Teppich.", meinte Lucia grinsend.

War ja klar, dass sich die Schattenelfe über eine Story die von einer Schattenelfe handelt, freut. Vor sich hin lächelnd drehte sich Lucia um und widmete sich wieder ihrer Arbeit.

Kapitel 4

*W*ährend Lenya ihren Rundgang durch die Bibliothek machte, stupste sie ständig ein Buch von hinten an.

„Ja, ich verstehe dich schon. Lass dir noch etwas Zeit. Ich muss zuerst noch alles fertig kontrollieren, dann habe ich Zeit für dich."

Wieder kam das Buch von hinten und stieß sie sanft in die Kniekehle, dann in die Seite, dann an die Schulter und wieder von vorne. Diesmal war es Lucia, die das Geschehen beobachtete. Sie begann zu lachen, als sie sah, wie ihre Kollegin versuchte, das aufdringliche Buch wegzuscheuchen. Die Kleinelfe wusste ganz genau, wie sehr so etwas die Schattenelfe nervte. Dafür war sie heute richtig entspannt. Vielleicht lag es an der Geschichte, die sie vorhin gelesen hatten. Mit verklärtem Blick beobachtete sie die beiden weiter.

„Oh, das ist so niedlich! Sieh nur wie schüchtern es versucht deine Aufmerksamkeit zu bekommen."

Lenya ließ resigniert den Kopf hängen, dann aber musste sie mitlachen und sagte: „Ja gut, in Ordnung. Komm her, lass uns lesen."

Aufgeregt flatterte das Buch gleich richtig geöffnet in Lenyas Hände und diese begann vorzulesen:

Das Silbertal

von Alex C. Weiss

Es war einmal ein schönes Tal,
Als Silbertal bekannt.
Dort lebte eine alte Frau,
Die wurde einst verbannt.

Fern von den Menschen strebte sie
Dem eignen Glück entgegen.
Und dort im schönen Silbertal,
Konnte ihr manch Freud begegnen.

147

Sie teilte ihre Stunden nun
Mit Bächen und mit Bäumen,
Sie sang die Lieder, die sie liebte,
Den Tieren und den Träumen.

„*Ah, die Autorin kennen wir doch! Sie schreibt wirklich
wunderschöne Gedichte.
Auch dieses ist wieder absolut gelungen.*"

Lucia hatte endlich Zeit, ihre Unterlagen durchzusehen und zu ordnen. Mit Hilfe von Telekinese und einigen magischen Sprüchen würde es ihr schnell gelingen ihren Schreibtisch frei zu räumen. Durch das Herumflattern der Bücher und Unterlagen vor ihr wurde allerdings jede Menge Staub aufgewirbelt und so musste sie während einem ihre Sprüche kräftig niesen.

Lenya, die ebenfalls am Schreibtisch arbeitete, wünschte ihr Gesundheit und sah zum Tisch der Kleinelfe. Fragend die Augenbrauen zusammenziehend sah sie sich um und fand diese nirgends. Sie war doch vorhin noch da und das Niesen kam aus dieser Richtung. Nicht näher darüber nachdenkend widmete sie sich wieder ihrer Arbeit.

Plötzlich konnte sie Lucias Stimme hören. War das ein Hilfeschrei? Was war ihr denn nun wieder geschehen? Vorerst aber die Frage, wo war sie?

Die Schattenelfe stand auf und ging zum Arbeitsplatz ihrer Kollegin. Dieser sah völlig verwüstet aus und war unter jeder Menge Papier und Büchern, die chaotisch herumlagen, begraben. Die Schreie kamen irgendwo aus diesem Haufen.

Lenya begann zu graben und hatte schnell ein schreiendes Buch in der Hand, das sehr verdächtig nach Lucia klang. Sie blätterte es auf und sieh an, da waren Illustrationen mit dem Abbild ihrer kleinen Kollegin darin.

Die Schattenelfe musste lächeln. Da war wohl beim Niesen ein Spruch daneben gegangen.

Sie zeichnete schnell ein paar Runen in die Luft, die es ihr ermöglichten, in das Buch zu greifen. Ihre Hand und dann auch ihr Arm verschwanden auf der Seite mit Lucias Bild. Sie brauchte nicht lange zu warten, da konnte sie auch schon fühlen, wie sie jemand an der Hand nahm. Jetzt hoffte sie nur noch, dass es auch tatsächlich die Kleinelfe war und sie nicht irgendein mordlüsternes Wesen herauszog.

Der Druck in ihrer Hand wurde größer und so riss sie kräftig ihren Arm aus dem Buch, im Schlepptau eine völlig zerrupfte Kleinelfe die mit Wucht gegen Lenya knallte und mit zu Boden riss.

„Danke! Endlich, danke! Danke! Ich war seit Wochen in diesem Buch gefangen und hoffte, dass du mich irgendwann finden würdest. Fast hätte ich die Hoffnung aufgegeben."

Stirnrunzelnd schob die Schattenelfe ihre Kollegin von sich.

„Aber das waren nicht einmal fünf Minuten."

Lucia saß mit großen Augen vor ihr und ihrem Aussehen nach war sie tatsächlich mehrere Wochen unterwegs gewesen.

„Faszinierend. So sehr kann also die Zeit in einem Buch abweichen. Aber in welchem Buch bist du eigentlich gelandet?",
fragte Lenya und begann darin zu blättern:

Die Wesen des Zwielichts

von Anna Forest Dweller

„*W*as wäre, wenn deine Zeit begrenzt ist?

Was wäre, wenn dein Tag nicht 24 Stunden hätte?

Was wäre, wenn du weder die Dunkelheit der Nacht, noch das Licht des Tages kennen würdest?

Wie würdest du dein Leben verbringen, welche Geschichten würdest du erzählen?

Das ist meine Realität, ich bin eine Sarime, ein Zwischenwesen, das nur in der Dämmerung existiert. Und wenn wir uns treffen, irgendwo dort auf der Schwelle zwischen Tag und Nacht, teilst du dann deine Zeit mit mir? Würdest du hören, was ich zu sagen habe? Hättest du Angst vor mir oder würdest du mit mir tanzen? "

*

Zu einer Zeit, als das Wünschen noch geholfen hat, gab es am Rande eines kleinen Wäldchens ein Dorf. Die Menschen, die dort lebten, wurden ihr Leben lang von den Dorfältesten vor den Dämmerungsstunden morgens oder abends gewarnt. Die verbotenen Stunden wurden sie genannt.

„Egal was ihr macht, bleibt in den Dämmerungsstunden in euren Behausungen.", lautete die unumstößliche Regel die von den Dorfältesten tagein, tagaus gepredigt wurde.

Nach der Dämmerung, wenn es ganz dunkel war, kam meist wieder Leben in das Dorf.

Die Gefahr war gebannt und vor allem laue Sommernächte lockten die Menschen aus ihren Häusern. Dann wurde Holz herbeigeschafft und Lagerfeuer entzündet. Alle Bewohner des Dorfes versammelten sich um das Feuer. Es wurde gelacht und gesungen und Met floss in Strömen. Sie waren alle zusammen. Sie waren alle noch hier.

Eines Nachts erhob der Troubadour seine Stimme und erzählte: „Lasst mich euch ein Lied singen. Ein Lied über Sarime, zwielichtige Wesen, voller Tücke und List. Sie wurden wegen ihrer Hinterlist von der Welt verbannt. Doch durch das Tor der Dämmerung können sie ihr Gefängnis jenseits der Welt verlassen und wieder auf Erden wandeln.

Zweimal in einem Tageskreis, wenn die Nacht zum Tag wird und der Tag zur Nacht, steigen sie aus den Nebeln. Sie tauchen auf, auf Lichtungen im Wald, an Flüssen, am Fuße von Bergen.

Dann singen sie betörende Lieder, noch mehr als meine und drehen sich in wilden Tänzen. Alle Menschen die in der Dämmerung nicht von der Sicherheit ihres Heimes geschützt sind, werden von den unheilvollen Gesängen der Sarime angelockt und willenlos gemacht. Wer diesem Sog folgt, wird aufgefordert, mit ihnen zu tanzen.

Sei vorsichtig Mensch, denn fällst du ein in den Reigen, wirst du Teil ihres Gefolges werden. Keiner kann dich dann mehr retten und du verlässt diese Welt mit ihnen, sobald die Dämmerung dem Licht, oder der Dunkelheit weicht.

Kein Mensch der mit ihnen ging, kam je zurück. So sagen es die Legenden. Ewig verdammt nun mit ihnen zu tanzen. So schützt euch und eure Lieben und bleibt in den verbotenen Stunden in euren Heimen."

Nachdem er geendet hatte, begann er über diese Geschichten zu singen.

Alle lauschten den Worten und dem Gesang des Troubadours, als wäre er eines der Wesen selbst, die er besang.

Plötzlich meldete sich eine junge Frau zu Wort.

„Aber wenn nie jemand wieder zurückgekehrt ist, woher wollt ihr dann wissen, ob es sich wirklich so zugetragen hat?"

Edana, die junge Frau, sah dabei dem Troubadour unverwandt ins Gesicht. In ihrem Blick lag nicht Ehrfurcht und Angst, wie in den Augen der restlichen Dorfbewohner. Sie hörte die Lieder mit Neugier und Faszination.

Edana war mit einem wachen Geist und einem aufmüpfigen Wesen geboren worden. Ihre Bestimmung schien es zu sein, Fragen zu stellen, Ungesagtes bei Wörtern zu hören, zwischen Zeilen zu lesen und hinter Fassaden zu blicken. Doch diese Eigenschaften wurden im Dorf nicht gerne gesehen, und der Troubadour konnte es nicht ausstehen unterbrochen zu werden.

„Wer bist du, dass du wagst mich anzuzweifeln. Die Lieder die ich singe sind alt. Sehr alt.", entgegnete er unwirsch.

Diese Antwort stellte Edana nicht zufrieden, so erwidert sie: „Aber nur weil sie alt sind, müssen sie nicht unbedingt wahr sein. Kann es nicht sein, dass die Sarime, wenn es sie überhaupt gibt, gar nicht so böse sind, wie es erzählt wird? Vielleicht sind sie keine zwielichtigen Wesen, sondern einfach nur Wesen des Zwielichts."

Nun wurde es auch ihrer Mutter zu bunt und leise zischte sie Edana ins Ohr: „Hör auf unseren ehrwürdigen Troubadour zu beleidigen."

„Ich beleidige ihn nicht, ich frage doch nur.", brachte Edana ihrer Mutter entgegen.

„Schluss jetzt, diese Fragerei ist nun zu Ende. Wir ehren die alten Geschichten und hegen keinen Zweifel an ihrem Wahrheitsgehalt."

Mit diesen Worten setzte einer der Dorfältesten der Diskussion ein Ende.

Edana war nicht bereit, es auf sich beruhen zu lassen. Wenn sie hier ihre Antworten nicht bekam, würde sie sie eben woanders suchen. Die Geschichten und Lieder, die sie kannte, wurden von den Menschen erzählt. Das genügte Edana nicht. Sie wollte die Geschichten von den Sarime selbst erfahren, ihre Lieder hören, ihren Gesängen lauschen und ihren Tänzen beiwohnen. Sie wollte wissen, was hinter den Sagen und Legenden steckte. Wer die Sarime wirklich waren. Denn all das Wissen über dieses geheimnisvolle Volk kam aus diesen Liedern und Legenden. Kein menschliches Auge hatte sie je erblickt. Und doch waren diese Geschichten mächtig genug um Angst in den Herzen der Dorfbewohner zu schüren. Diese Angst hielt die Menschen in ihren Hütten. Obwohl niemand wusste, ob es sie wirklich, oder nur in den Herzen der Menschen gab.

Edana wollte nicht wie die anderen sein. Sie weigerte sich, vor einem Gespenst zu zittern, von dem keiner wusste, ob es tatsächlich existierte. Sie beschloss, dem ganzen auf den Grund zu gehen und die Sarime auf eigene Faust zu suchen. Ein sehr schwieriges Unterfangen, da es strengstens verboten war, während der Dämmerungsstunden im Freien zu sein. Sie baute auf die Hilfe ihrer besten Freundin Mealla.

Am nächsten Morgen machte sie sich auf die Suche nach ihr. Sie fand das Mädchen, Wäsche waschend am Bach, der am

Rande des Dorfes floss. Sie erklärte ihrer Freundin ihr Vorhaben. In den Dämmerungsstunden hatte sie geplant, sich aus dem Dorf zu schleichen und die Sarime zu suchen. Damit das gelang, wollte sie ihrer Familie gegenüber behaupten, dass sie bei Mealla in der Hütte die verbotenen Stunden verbrachte.

Anfangs zögerte Mealla, denn sie machte sich Sorgen um ihre beste Freundin. Aber sie kannte Edana gut genug, um zu wissen, dass sie es nicht schaffen würde, sie von ihrem Vorhaben abzubringen. Schließlich stimmte sie zu, Edana den Weg zu ihrem Abenteuer frei zu machen und ihre Lügen zu decken.

Als die Feuer niedergebrannt und alle in ihren Hütten verschwunden waren, schlich sich Edana davon, zu einer kleinen Lichtung im Wald. Sie versteckte sich im Gebüsch und wartete.

Als die ersten Anzeichen der Dämmerung die Finsternis der Nacht durchbrachen und die Welt in magisches Zwielicht tauchte, begann es. Zuerst konnte sie nichts sehen, nur ganz leise, drang Musik an Edanas Ohren. Zauberhafte Klänge, unverständliche Worte, die langsam immer näher kamen und lauter wurden. Es kribbelte unter Edanas Haut, als ob jedes Wort in sie hineinkroch und ihren ganzen Körper elektrisierte. Dennoch war sie sich immer noch ihrer Sinne gewahr.

Plötzlich teilten sich die Nebel und Edana hielt den Atem an. Endlich bekam sie die Sarime zu Gesicht. Lange weiße Kleider bedecken ihre fast durchsichtigen Körper. Über ihren Handflächen schwebten Laternen, die sie durch grazile Bewegungen führten. Unfähig die Augen abzuwenden, beobachtete sie ihren Tanz, der mehr ausdrückte, als Worte sagen können. Mal sanft wie Federn, mal wild wie Feuer, war der Reigen der fremdartigen Wesen. Es war ihr, als würde sie etwas ganz Besonderem beiwohnen.

Da geschah es! Plötzlich traf sie der Blick einer von ihnen. In diesem Moment schien alles in Edana zu erstarren. Es war ihr unmöglich, sich zu bewegen. Die ganzen Geschichten und die damit erzählte Angst, die sie ihr ganzes Leben lang gehört hatte, beschlichen ihr Herz.

Das Wesen sah sie an, lächelte, machte eine leichte Kopfewegung zur Seite und entfernte sich scheinbar unbemerkt von der Gruppe. Das Lächeln vertrieb die Angst und nun schien wieder Leben in Edanas Körper zurückzukehren. Fern von den Blicken der anderen, die unbeirrt ihren Tanz weiterführten, folgte sie der Sarime.

Diese wartete auf sie und noch immer lächelnd wandte sie sich an Edana: „Ich grüße dich, ich bin Twyla wie darf ich dich nennen."

Etwas zögerlich lächelte sie zurück.

„Mein Name ist Edana. Es freut mich deine Bekanntschaft zu machen."

„Du bist ein Menschenkind richtig?", fragte Twyla.

„Ja das stimmt. Ich komme aus einem Dorf nicht weit von hier.", bestätigte Edana.

„Es ist schon lange her, dass ich einen Menschen gesehen habe. Wie kommt das?", wollte Twyla weiter wissen.

Edana senkte den Kopf.

„Es gibt viele beängstigende Geschichten von euch und deshalb fürchten sich die Menschen."

Die Sarime runzelte die Stirn.

„Die Menschen fürchten immer, was sie nicht verstehen. Alles Fremde macht ihnen Angst. Aber du scheinst keine Angst zu haben. Wie kommt das?"

„Ich fürchte das Fremde nicht, ich möchte es verstehen."

Edanas Worte brachten das Lächeln in das Gesicht der Sarime zurück und sie nickte: „Gut, dann sollten wir uns kennenlernen und Verständnis wecken."

Edana wollte etwas erwidern, aber die Sonne war nun ganz aufgegangen und im selben Moment war Twyla plötzlich verschwunden. Edana blieb allein und mit vielen Fragen zurück.

Mealla wartete schon auf sie und war froh, dass ihre Freundin wohlbehalten zurückgekehrt war. Diese erzählte ihr alles, was geschehen war, und bat sie auch diesen Abend nochmal ihre Deckung, zu sein, denn sie wollte noch mehr über Twyla und die Sarime erfahren.

Auch dieses Mal und die Male, die noch folgen sollten, willigte Mealla ein, da ihre Freundin unversehrt zurückgekehrt war.

Als die Abenddämmerung nahte, machte sich Edana auf den Weg zur Lichtung, um die Sarime erneut zu sehen. Wieder tauchten sie auf und Twyla löste sich von der Gruppe, als sie Edana erblickte.

Edana überfiel Twyla gleich mit Fragen.

„Was ist heute morgen passiert?"

„Meine Zeit war um. Uns bleibt nur die Zeit der Dämmerung.", mit diesen Worten verschwand Twylas Lächeln.

Edanas Neugier wuchs.

„Wohin bist du dann verschwunden?"

„Nirgends! Wir gehen nirgends hin, wir lösen uns einfach auf. Es ist so ähnlich wie schlafen, nur ohne Träume. Wir sind dann ... Wie soll ich es beschreiben ... Nichts! Wir sind nichts. Einfach nicht vorhanden."

„Wie ist das möglich?", fragte Edana.

Die Sarime antwortete: „Wenn ihr Menschen schlaft, geht euer Geist auf reisen, doch eurer Körper bleibt hier wie ein Ankerpunkt, zu dem ihr immer wieder zurückkehren könnt. Wir haben keinen Körper. In der Dämmerung nimmt unser Geist Form an. Ist die Zeit vorbei, löst er sich auf. Wir haben keinen Ankerpunkt."

„Ihr taucht also auf, tanzt eure Reigen, erhebt eure Stimmen und dann vergeht ihr wieder."

„Ja, wir lösen uns auf im Nebel und setzen uns dann wieder zusammen."

Edana stellte nachdenklich fest: „Aber ganz verschwindet ihr nie, sonst könntet ihr euch doch nicht erinnern."

„Nein wir vergessen nicht, sonst wäre es wohl einfacher."

Ein dunkler Schleier legte sich über Twylas Augen, der Edana tief berührte. Eine Berührung, die viel älter war, als sie beide. Eine Berührung, als würde sie von einem bereits vergangenen Leben stammen. Aus diesem Leben mochte auch der Impuls stammen, Twyla zu fragen: „Wenn du einen Wunsch hättest, welcher wäre das?"

Twyla musste nicht lange überlegen: „Ich wünsche mir Zeit. Ich möchte die Sonne und den Sternenhimmel sehen. Ich möchte Abenteuer und Liebe. Ich möchte ein Leben. Ich wäre gerne ein Mensch."

Das waren die letzten Worte und dann war es vorbei. Die Welt war gänzlich in die Finsternis der Nacht getaucht und Twylas Zeit endete wieder bis zur nächsten Schwelle zwischen Tag und Nacht.

Edana beeilte sich, zurückzukommen, bevor ihr Verschwinden bemerkt wurde.

Die ganze Zeit ging ihr Twylas Schicksal nicht aus dem Kopf. Sie wollte ihr so gerne helfen und ihr ihren Wunsch erfüllen. Diese Gedanken ließen sie den ganzen Tag nicht los. Wenn sie ihre Augen schloss, sah sie immer wieder Twylas Lächeln vor sich. Sie hielt sie fest, als sie in der Küche half, sie hielt sie fest, als sie Feuerholz suchte. Auch als sie sich nach getaner Arbeit die Hitze des Hochsommertages mit ihren Freunden im nahen See abwusch, war sie in Gedanken bei ihr.

Sie dachte daran, was die Menschen hier im Dorf von den Sarime zu wissen glaubten, und dass sie sich so sehr vor ihnen fürchteten.

Doch das, was sie gesehen hatte, war so ganz anders. Nichts davon war hinterlistig oder gar gefährlich. Twyla war nichts von beidem.

Als sie am Abend wieder alle am Lagerfeuer zusammen-saßen, fragte sie die Ältesten, ob sie Legenden kannten, in denen Sarime zu Menschen wurden. Sie fragte einen nach dem anderen, doch alle hielten sich bedeckt und meinten nur, die Sarime seien seelenlose Wesen und verloren. Alle sollen sich von den Sarime fernhalten.

Argwöhnisch wollten sie allerdings wissen, warum Edana das so interessierte. Sie entgegnete, es sei ihre Aufgabe, Fragen zu stellen.

Fieberhaft suchte sie nach einer Möglichkeit, um Twyla zu helfen, ein Mensch zu werden. In ihrer Not wandte sie sich sogar an den Troubadour, obwohl sie das letzte Mal aneinan-dergeraten waren. Auch er hatte keine Antwort für sie. Er meinte nur, um Mensch zu sein brauchte man eine Seele und die Sarime hätten keine. Das konnte in Edanas Augen nur falsch sein, denn eines wusste sie, seelenlos waren die Sarime bestimmt nicht. Twyla jedenfalls hatte eine Seele.

So hing sie, sitzend unter einem Eichenbaum ihren Gedanken nach. Plötzlich setzte sich Minna, das Kräuterweib des Dorfes, neben sie.

„Warum bist du so interessiert an den Sarime?", fragte die alte Frau das Mädchen.

Edana überlegte eine Weile. Sie wollte nichts von Twyla erzählen, doch sie wollte nicht die Unwahrheit sprechen. So antwortete sie mit Worten, die ebenso der Wahrheit ent-sprachen: „Ich kann es nicht genau erklären, es ist als hätte ich einen inneren Auftrag Fragen zu stellen und den Legenden auf den Grund zu gehen."

Minna nickte und sprach: „Das klingt nach einer Seelen-aufgabe aus einem früheren Leben.

Also gut, lass mich dir etwas erzählen. Als ich jünger war habe ich meine Kräuterauszüge und Räuchermischungen auf Märkten verkauft. Dort hat ein Barde eine Geschichte erzählt. Eine sehr alte Geschichte, die kaum mehr jemand kannte. Sie besagte, dass es einen verzauberten Spiegel gab, mit denen man das Sonnen- und das Mondlicht einfangen konnte. Diese Legende besagte weiterhin, dass, wenn eine Sarime in diesen Spiegel sah, sich aus dem Sonnen- und dem Mondlicht ein Körper formen konnte. Sie so zu einem Menschen wurden. Aber dieser Spiegel ist verschollen. Ich kann dir auch nicht sagen, ob er überhaupt je existiert hat."

„Ich danke dir, dass du das mit mir geteilt hast, Minna.", erwiderte Edana mit Hoffnung in der Stimme.

Mit einem erneuten Nicken verabschiedete sich Minna und verschwand Richtung Wald, um Kräuter zu sammeln.

Es war nur eine vage Chance, aber Edana wollte sie nutzen. Sie konnte die Traurigkeit in Twylas Augen nicht vergessen, die auch dann nicht verschwand, wenn sie lächelte. Sie hatte Edanas großes Herz gerührt und sich darin festgesetzt. Eine unerklärliche Verbindung zwischen ihnen hatte Edana, schon als sie sich das erste Mal in die Augen geblickt hatten, gespürt. Vielleicht hatte es ja tatsächlich mit einem früheren Leben zu tun. Wo auch immer es herkam, nichts wollte sie mehr, als ihr zu helfen.

Die Frage war wo dieser Spiegel, mit dem sie das Sonnen- und Mondlicht einfangen konnte, zu finden war. Insofern er überhaupt existierte. Das galt es nun, herauszufinden.

In den nächsten Dämmerungszeiten davon zu schleichen war jedoch zu riskant. Mealla würde sie zwar niemals verraten, aber es würde auffallen, wenn sie die „verbotenen Stunden" gar nicht mehr bei ihren Eltern, sondern immer bei ihr verbringen würde. Die Dorfbewohner würden beginnen Fragen zu stellen. So blieb sie die nächsten Tage und Nächte unauffällig im Dorf und grübelte nach, wie sie den Spiegel finden könnte. Sie kam nicht weiter, weshalb sie Twyla in ihren Plan einweihen wollte. Vielleicht wusste sie mehr von dem Spiegel. Nachdem sie noch ein paar Tage gewartet hatte, schlich sie sich in den Morgenstunden abermals davon. Erneut versteckte sie sich zwischen den Bäumen und wieder entdeckte Twyla sie. Sie löste sich von der Gruppe und verschwand mit Edana im Wald.

Sie setzten sich auf zwei Baumstümpfe und dann brach Twyla das Schweigen: „Schön, dass du mich wieder besuchst."

„Ich habe unsere Begegnungen nicht vergessen und ich möchte dir gerne helfen menschlich zu werden.", sagte Edana.

Twyla war erstaunt und fragte: „Das ist sehr nobel von dir, aber warum möchtest du das für mich tun?"

Edana wurde etwas verlegen: „Ich kann es nicht genau erklären, es ist mir einfach wichtig."

Twyla nahm das so hin und fragte: „Wie soll das möglich sein?"

Darauf hatte Edana eine eindeutigere Antwort: „Ich kann dir nichts versprechen, aber laut einer Legende soll es einen Spiegel geben, der das Sonnen- und das Mondlicht einfangen kann und wenn eine Sarime in diesen Spiegel blickt, kann sie zum Menschen werden. Das Problem ist nur, dass anscheinend niemand weiß, wo dieser Spiegel ist. Hast du von diesem Mythos schon mal gehört?"

Twyla dachte nach und antwortete: „Nein bis jetzt noch nicht, aber ich werde mich umhören, vielleicht kann ich etwas in Erfahrung bringen."

Edana nickte: „Das ist eine gute Idee! Ich werde auch versuchen, noch etwas mehr herauszufinden und dich in ein paar Tagen wieder besuchen."

„Ich bin dir wirklich dankbar, dass du mir helfen möchtest."

Mit diesen Worten verabschiedete sich Twyla.

Die Dämmerung neigte sich dem Ende zu. Edana kehrte zurück und hoffte, Twyla etwas Hoffnung gegeben zu haben.

Sie suchte überall weiter nach Hinweisen zu dem Spiegel, doch niemand konnte ihr helfen. Twyla hatte mehr Glück. Den darauffolgenden Abend sangen sie und die Sarime ein uraltes Lied, das Twyla zuvor noch nie gehört hatte. Es besagte, dass, wenn ein Mensch sich dem Reigen der Sarime anschloss sich im Tanz der Spiegel offenbaren würde. Darum versuchten sie die Menschen mit ihren Stimmen zu ihrem Tanze zu locken. Aber da die Menschen Angst davor hatten, blieb der Spiegel verborgen und mit der Zeit war der Spiegel in Vergessenheit geraten.

Dass ein Mensch, der mit den Sarime tanzt einer von ihnen werden würde, war ein Mythos, der falsch war, besagte dieses Lied ebenfalls. Dies erzählte Twyla Edana bei ihrem nächsten Besuch.

Was wirklich Wahrheit und was Trugbild war, wusste niemand. Edana musste entscheiden, ob sie es wagen wollte. Sie überlegte nicht lange. Wenn es ihr Schicksal war, selbst durch den Tanz zur Sarime zu werden, dann sollte es so sein. Würde sich jedoch der Spiegel zeigen, war es umso besser.

Heimlich nähte sie ein weißes Kleid. Tag und Nacht saß sie daran.

Als es endlich fertig war, ging sie barfuß durch den Nebel in den Morgenstunden auf die Lichtung. Dieses Mal versteckte sie sich nicht mit Twyla im Wald, sondern ließ sich von ihr in die Mitte der Lichtung führen. Sie machte sich von ihren Ängsten frei, trat in den Kreis, schloss die Augen und ließ sich ganz auf die fremdartigen Töne ein, ließ die Gesänge ihren Körper erfüllen, ließ ihn sich bewegen, wie er wollte. Sie tanzte und tanzte und tanzte, wild, ekstatisch, ruhig, sanft, ganz wie es sich richtig anfühlte.

Im Einklang mit der Gruppe füllte sie ihren Platz im Kreis aus und doch war sie für sich. Befreit lachte sie. Das sollte es also gewesen sein, vor dem alle so viel Angst hatten? Sie lachte noch mehr. Alles Schwere, jede Begrenzung schien von ihr abzufallen. Mit jeder Drehung, mit jeder Bewegung wurde sie leichter und leichter. Sie zogen ihre Kreise und Edana schien jedes Gefühl von Raum und Zeit verloren zu haben. So, dachte sie, muss sich wohl Unendlichkeit anfühlen.

Sie tanzte weiter und weiter, bis die Sonne ganz aufgegangen war. Dann waren die Sarime verschwunden und sie blieb allein zurück.

Jedoch lag etwas in der Mitte des Kreises, indem sie gerade noch getanzt hatten. Edana kamen fast die Tränen, denn es war ein Spiegel. Sie lief zu ihm und drückte ihn an sich. In diesen Moment war sie völlig erfüllt mit Dankbarkeit.

Nach diesem Moment des Innehaltens riss sie ein Stück von ihrem Kleid ab, wickelte den Spiegel darin ein und schlich zurück ins Dorf.

Zurück in ihrem Bett schaffte sie es nicht, zu schlafen, denn die Sommersonne schien warm in ihr Gesicht.

Sie war erleichtert, dass die Angst die in ihnen allen geschürt worden war, nicht wahr war.

Begegnungen waren nicht gefährlich. Und auch nicht zusammen loszulassen und zu tanzen. Im Gegenteil, es legte das Werkzeug zur Befreiung frei. Den Spiegel! Den Spiegel, den Edana nun in den Händen hielt. Sie hatte ihn gefunden. Twylas Tor in die Menschenwelt.

Geduld! Noch ein bisschen Geduld, dann würde sie Twyla ihr Geschenk bringen können.

Am nächsten Tag zur Mittagsstunde, als die Sommersonne am höchsten stand und sie ihre stärkste Hitze auf die Erde schickte, hielt Edana der Sonne den Spiegel entgegen und fing die geballte heiße goldene Kraft der Sonne ein.

Zur Dämmerung war sie, wie es von ihr erwartet wurde zuhause, um keinen Verdacht aufkommen zu lassen. Als es dunkel war, ging sie erneut hinaus. In der lauen Sommernacht war die Hitze des Tages noch immer zu spüren. Ihr Weg führte sie zum Teich. Dort spiegelte sich der Vollmond in seiner vollen Pracht. Edana lächelte, ihr war ganz und gar entfallen, dass Vollmond war. Abermals reckte sie den Spiegel gen Himmel. Dieses Mal dem kalten, silbernen Licht des Mondes entgegen.

Es dauerte noch ein paar Tage, bis sie wieder die Gelegenheit hatte, sich aus dem Dorf fortzuschleichen, doch dann gab es kein Halten mehr. Edana lief zur Lichtung. Sie war spät dran und Twyla glaubte schon, sie würde erneut nicht kommen, aber als sie sie erblickte, gab es auch für Twyla kein Halten mehr. Sie lief Edana entgegen und in ihre Arme.

„Du bist zurückgekommen.", flüsterte sie.

Edana lächelte: „Natürlich bin ich das und ich habe ein Geschenk für dich."

Mit diesen Worten gab sie ihr den Spiegel. Mit zitternden Händen nahm Twyla den Spiegel und sah hinein.

Zum ersten Mal seit ewiger Zeit erblickte sie Sonnenlicht, spürte die Wärme auf ihrer Haut. War dies nur Einbildung?

Nein!

Es bildete sich tatsächlich Haut um ihren Geist.

Außerdem sah sie zum ersten Mal seit ewiger Zeit das Mondlicht. Es reflektierte sich in einer einzigen Träne, die über ihre Wange lief. Ihr Körper manifestierte sich immer mehr und plötzlich drang ein dröhnendes Pochen an ihr Ohr. Es war ihr Herz, das begonnen hatte zu schlagen.

„Eine tolle Geschichte jagt die nächste. Ich bin helllauf begeistert. Wie soll ich da meinen Job vernünftig machen, wenn ich ständig lesen muss, ok, oder will.", meinte Lenya grinsend.

„Lass uns mal sehen, was wir über diese Autorin finden. Anna, geboren 1983, ist in ihrem *Kuchenjob* Sozialpädagogin. Zusätzlich hat sie eine Ausbildung zur multimedialen Kunsttherapeutin.

Ihre Liebe zum Schreiben entdeckte sie schon sehr früh, jedoch dauerte es, bis weit in das Erwachsenenalter hinein bis sie mit ihrem Schaffen an die Öffentlichkeit ging. Seit 2020 steht sie als *Tiny Ann* mit ihren lyrischen Texten bei Poetry Slams auf der Bühne. Sie hat schon einige Kurzgeschichten in Anthologien veröffentlicht.

Ihr Debütroman *Geschichten aus Talam – Wechselbalg* ist bereits erschienen unter dem Namen Anna Forest Dweller und an einem Poesieband *Gedankentanz* arbeitet sie gerade, sowie an einigen anderen Projekten."

„Das klingt durchaus vielversprechend! Ich bin gespannt was da noch kommt!", meinte Lucia.

„Also ich freu mich auf mehr! Warte, ich setzte auch sie gleich auf die Vormerkliste für die Bibliothek. Hab ich eigentlich irgendwen noch nicht darauf gesetzt. Die sind einfach alle unglaublich gut.", stellte Lenya lächelnd fest.

„Aber nun sollten wir uns wieder den anderen Büchern widmen. Ich hab noch eine riesen Liste für heute, die erledigt werden sollte.", sagte Lucia in ungewohnt ernstem Tonfall.

Lenya zog die Augenbrauchen schmunzelnd hoch und wandte sich ebenfalls dem Papierhaufen auf ihrem Schreibtisch zu.

„Endlich einmal wieder eine Pause im Garten. Das war wirklich eine hervorragende Idee.

Die Sonne scheint so schön.", schwärmte Lucia.

Lenya grummelte etwas vor sich hin, setzte die Sonnenbrille auf und reservierte sich den Schattenplatz auf der Gartenbank. Schattenelfen gehörten in den Schatten, nicht in die pralle Sonne. Lucia freute sich hingegen, den Sonnenplatz zu bekommen, und setzte sich zufrieden seufzend neben ihre Kollegin auf die Bank. Nach einer schweigenden Weile stellte Lenya fest: „Jetzt reicht es aber mit deiner Seufzerei. Ist schon klar, dass du die frische Luft und die Sonne genießt, aber man kann auch übertreiben."

Lucia sah sie fragend an: „Wovon sprichst du? Ich hab nur einmal geseufzt beim Hinsetzen."

Die beiden sahen sich alarmiert an und blickten sich um.

Unter der Bank fanden sie ein Buch, das sich gemütlich in der Sonne rekelte und zufrieden vor sich hin seufzte.

„Na wie kommst du denn hierher. Lass mal sehen wer du bist."

Lenya holte das Buch unter der Bank hervor und begann zu blättern:

Unterm Park

von Helmut Blepp

Der Dichter Eike von Eikenpracht war dem Übernatürlichen ebenso abgeneigt wie dem Alltäglichen.

Sein kleiner Korridor auf dem Leidensweg des getriebenen Künstlers war stets eine verklärte Realität, die er bei Bedarf schlicht als gegeben postulierte.

Seine Dichtkunst, einem starken Willen zur Verfremdung unterworfen, blieb trotz aller Anwürfe der gewöhnlichen Welt eine hermetische und bot ihm existenzielle Gewissheit in einem permanenten Gegenwind aus zerfledderten Ideen, die nicht die seinen waren.

So war es denn ein kecker Streich des Schicksals, dass ausgerechnet ihn der Ball von Sila treffen musste.

Es war ein milder Morgen im Spätsommer, an dem Eike von Eikenpracht wie üblich im Stadtpark flanierte und den jungen

Tag wie auch seine Gedanken sortierte, als plötzlich etwas mit Wucht seine Stirn traf. Er schrie erschrocken auf, strauchelte kurz und rettete sich auf eine nahestehende Bank, auf die er sich halb betäubt fallen ließ.

Mit geschlossenen Augen vergewisserte er sich, dass er nicht blutete, und fühlte dabei unter der sich spannenden Haut über dem linken Auge eine sich bildende Beule. Der Schmerz allerdings war erträglich und ließ bald nach, so dass der angeschlagene Dichter bald wieder die Lider hob, nur um festzustellen, dass ein kleiner Junge vor ihm stand, der ihn aufmerksam musterte.

„Hast Du meinen Ball gesehen? Einen blauen, klein, aus Gummi?"

Eike von Eikenpracht erinnerte sich an eine kurz vor seinem Gesicht explodierende blaue Blüte, deren Blätter sanft zu Boden schwebten. Er schaute dem Jungen über die Schulter auf den Weg, dann auf den Boden zu seinen Füßen. Nein, da waren keine solche Blütenblätter, nur Sand und Split, vermischt mit dem üblichen Unrat, den die Leute ungezogenerweise fallen ließen.

„Du hast mich am Kopf getroffen, kleiner Mann.", sagte er vorwurfsvoll. „Das hätte böse enden können."

„Entschuldige.", erwiderte der Knirps zerknirscht.

„Ich habe ihn ein paar Mal gegen den dicken Baum da geworfen. Dabei ist er mir versprungen und flog weg. Das wollte ich wirklich nicht. Tut´s noch weh?"

„Halb so wild. Aber sag mal, mein Junge, wie heißt Du denn?"

„Sila Von."

„Sila ist ein schöner Name. Aber Sila von was?"

Der Junge schien verwirrt.

„Nur Von, Sila Von. Das ist mein Name. Und wer bist Du?"

Eike von Eikenpracht stellte sich vor.

„So, Dichter bist Du also. Schreibst Du auch Sachen für Kinder?"

„Eher selten. Kindergeschichten sind ziemlich schwer, weil sie so einfach sein müssen. Jetzt lauf aber und suche Deinen Ball. Deine Mutter wird sicher schon auf Dich warten."

„Meine Mutter wartet nicht.", sagte Sila knapp, und es klang sehr endgültig. „Und meinen Ball haben die bestimmt schon gefunden und nach unten gebracht."

„Die? Wer sind die?"

„Na, die richtigen kleinen Männer. Die sind doch hier überall. Sag bloß, Du hast sie noch nicht bemerkt?"

Eike von Eikenpracht sah sich etwas verunsichert um. Nein, natürlich gab es da keine kleinen Männer. Aber halt! War da nicht eine Bewegung gewesen am Rande seines Blickfelds, dort hinter der alten Eiche? Und war es wirklich nur der Wind, der die Blätter des Gebüschs gegenüber bewegte? Aber das waren doch nur Hirngespinste, oder?

„Ich sehe keine kleinen Männer.", stellte er unwirsch fest. „Soll das ein Spiel sein?"

„Klar, das ist doch mein Spielplatz hier. Und wenn ich müde werde, bringen sie mich wieder hinunter."

„Wohin, bitte?"

„In die Höhle."

„Nun lass aber mal gut sein! Es gibt hier keine Höhlen. Das weiß ich mit Sicherheit."

„Wetten?"

Sila streckte ihm sein schmutziges Händchen entgegen. Er zögerte und schlug dann doch ein. Noch leicht benommen erhob er sich und ließ sich von seinem aufgeregten Parkführer in die Richtung eines schattigen Seitenwegs ziehen. Nach wenigen Schritten bereits standen sie vor einer hohen Hecke.

„Hier müssen wir durch.", erklärte Sila.

„Dahinter ist die Höhle."

„Ich kenne mich hier aus, mein Junge. Deshalb weiß ich nur zu gut, dass diese Hecke lediglich eine öffentliche Toilette verbirgt."

Statt einer Antwort schob Sila die eng gewachsenen Zweige auseinander und zwängte sich hindurch zur anderen Seite. Mit einem tiefen Seufzer folgte ihm der Dichter. Aufgrund seiner Größe hatte er es dabei ungleich schwerer und war etwas außer Atem, als er schließlich neben dem Kind stand, das triumphierend auf eine schroffe Felswand wies.

„Zum Eingang müssen wir hier entlang."

„Aber das ist doch ..."

Kopfschüttelnd stolperte er Sila hinterher, der sich immer wieder, eifrig winkend, umschaute. Und tatsächlich – bald standen die beiden vor dem von einem tiefhängenden Steinbogen beschatteten Höhleneingang. Unbefangen lief Sila ins Dunkel und forderte seinen Begleiter auf, es ihm gleich zu tun. Zögernd trat nun auch Eike von Eikenpracht hinein, weit weniger enthusiastisch und auch ein bisschen ängstlich, wie er sich selbst eingestand. Nach wenigen Schritten schon umgab ihn undurchdringliche Finsternis.

„Weiter, weiter!", rief Sila und davon angespornt, setzte er vorsichtig einen Fuß vor den anderen auf dem abschüssigen Weg, der von losen Steinsplittern bedeckt war, bis er vor sich einen sanften Schimmer wahrnahm. Nun war seine Neugierde geweckt. Er lief schneller, um seinen kleinen Führer nicht zu verlieren, konzentrierte sich, den Blick nach unten gerichtet, auf den rutschigen Untergrund, so dass er völlig überrascht war, plötzlich in gleißendem Licht zu stehen.

Fassungslos starrte er auf das phantastische Panorama, das ihn schier blendete. Der sich mit einem Mal zu einem gewaltigen Felsendom erweiternde Höhlengang war geschmückt mit wie Stalagmiten geformten Kristallen, die hell erstrahlten wie die Sonne an einem Sommertag und empor zur Decke dieses Riesengewölbes strebten.

Sila packte seine Hand.

„Jetzt komm schon.", drängte er ungeduldig. „Wir dürfen sie nicht warten lassen."

Eike von Eikenpracht bereitete sich darauf vor, gleich den kleinen Männern zu begegnen, doch zunächst wurden seine Sinne durch eine weitere Überraschung gefordert. Der hinabführende Pfad gab schon bald die Sicht frei auf den Grund der Höhle. Dort lag in tiefer Ruhe ein See, dessen Oberfläche im Licht der Kristalle glitzerte.

Aber an seinem Ufer tummelten sich keine Zwerge mit Zipfelmützen, er schmunzelte kurz über seine eigene kindische Phantasie, sondern eine schlanke hochaufragende Gestalt, die ihnen ent- gegensah, und sich beim Näherkommen als wunderschöne junge Frau entpuppte. Fasziniert von ihrem schwarzen Haar, der weißem Marmor gleich schimmernden Haut und den tiefroten Lippen, die wie ein Blutfleck im Schnee aus diesem Gesicht hervorstachen, stand Eike von Eikenpracht wie gebannt da.

„Sie sind also der Dichter.", stellte sie statt einer Begrüßung fest.

Sie trat an ihn heran und betastete die Beule über seinem rechten Auge.

Von den Wänden ringsum erklang daraufhin ein Flüstern und Tuscheln von vielstimmigen unsichtbaren Beobachtern.

„Gnädige Frau," setzte er an, „Sie erlauben, dass ich mich vorstelle?"

„Namen gelten nichts in diesem kleinen Reich, mein Dichter.", fiel sie ihm ins Wort.

„Namen können reden und lügen, können von vorne, oder als Zauber von hinten gesprochen werden. Letztlich sagen sie nichts über uns aus. Wichtig ist doch nur, dass wir das Herz am rechten Fleck haben."

Bei dieser Feststellung lachte sie laut auf, worauf ein Chor von Gelächter aus allen Enden der Höhle einsetzte.

„Sie brauchen meinen Namen nicht.", fuhr sie fort. „Schauen Sie mich an, dann wissen Sie alles über mich und die Umstände."

Das letzte Wort betonte sie auffallend und wies zum Ufer hinter sich. Dort stand ein länglicher Kristallschrein, glatt-poliert und transparent wie Glas. Vor ihm lag ein angebissener Apfel im Sand, dessen Schale das gleiche Rot zierte wie das ihres Mundes.

„Heute ist mein Jahrestag, an dem ich fort und fort aus tiefem Schlaf erwache. Doch sobald die Kristalle dämmern, muss ich mich wieder zur Ruhe begeben. Ist das nicht traurig?"

Eike von Eikenpracht öffnete den Mund, um etwas zu erwidern, doch sie erwartete offenbar keine Antwort und sprach einfach weiter.

„In langen Träumen schien es mir, als sei eure Welt die unsere, aber das kann nicht wirklich sein, oder? Sie beschreib-en doch Wirklichkeit und legen großen Wert darauf. Würden Sie scheitern an der Wirklichkeit einer fremden Welt?"

„Nun, ich lege großen Wert darauf, die Realität abzubilden ..."

Wieder unterbrach sie ihn und fragte kokett: „Bin ich real?" Und gab sich selbst zur Antwort: „Natürlich bin ich es. Aber wenn ich mich vor den Kristallen tanzend spiegle, wer ist dann ich? Bewege ich diese Abbilder oder bewegen sie mich? Und würde ich mit Ihnen tanzen, wären wir dann beide real?"

Scheinbar verwirrt von den eigenen Gedanken, hielt sie kurz inne.

Eike von Eikenpracht nutzte diese Gelegenheit, um endlich auch etwas zu sagen. „Sie verwirren mich, gnädige Frau. Ich verstehe nicht, was hier vorgeht. Wie ist es möglich, dass ich hier bin? Und wozu?"

Hilflos ließ er die Arme hängen. Sie fasste aufmunternd seine Hände und mit einem milden Lächeln sagte sie: „Sie stellen die falschen Fragen, mein Dichter. Womöglich sollten

Sie die Dinge einfach hinnehmen anstatt sie ständig zu hinterfragen. Finden Sie unser Reich eigentlich schön?"

Irritiert von dem abrupten Themenwechsel, stammelte er: „Ja, und nochmals ja! Es ist zauberhaft!"

„Könnte es ein Sehnsuchtsort sein?"

„Das glaube ich wohl. Die Menschen lassen sich gern verzaubern. Ihr Leben birgt wenig Magie. Von solchen Orten träumen sie."

„Dann beschreiben Sie ihn doch. Verdichten Sie zu Traumbildern, was Sie hier sehen. Vielleicht können Sie so eine Brücke bauen. Von Spiegel zu Spiegel sozusagen. Kann man das wünschen? Eine Brücke, auf der Sila jederzeit und ohne Angst spielen könnte. Eine Brücke, die Sie nur zu überqueren bräuchten, um mich zu besuchen und das nicht nur zum Jahrestag."

Wieder beendete sie ihren kleinen Vortrag unerwartet.

„Es war schön, Sie kennenzulernen. Ich fürchte, es dämmert bald. Sie müssen gehen. Sila wird Sie nach draußen begleiten."

Eike von Eikenpracht wollte noch etwas sagen, doch da wandte sie sich schon ab, und er spürte, dass Sila fordernd seinen Arm drückte. Er gab ihm nach. Hand in Hand stiegen sie nach oben. Sobald sie endlich den Ausgang erreicht hatten, blieb Sila stehen. Er verabschiedete sich traurig von seinem neuen Freund, lächelte aber tapfer, als der ihm noch einmal sanft über den Kopf strich und schließlich den Weg zur Hecke nahm.

Der Junge wartete einen Moment. Dann ging er verstohlen hinterher. Er beobachtete, wie Eike von Eikenpracht sich anschickte, die Lücke im Geäst zu teilen. Eilig holte er jetzt einen weißen Gummiball aus seiner Hosentasche und warf ihn, so fest er konnte, in Richtung des Dichters. Er traf ihn am Hinterkopf.

Eike von Eikenpracht erwachte mit leichten Kopfschmerzen. Er saß auf einer Parkbank, konnte sich jedoch nicht erinnern, wie er dorthin gekommen war. Am Rande seines Bewusstseins trieb die Impression eines Sees, an dessen Ufer seltsamerweise ein roter Apfel lag, aber dieses Traumgespinst verflog alsbald.

Er erhob sich schwerfällig und empfand dabei ein leichtes Schwindelgefühl. Nachdem es abgeklungen war, machte er sich auf den Weg nach Hause. Vielleicht würde er am Nachmittag eine neue Geschichte beginnen. Ein See könnte darin eine Rolle spielen und ein Ball. Versonnen fasste er sich an die Brust und sog den lieblichen Duft der blauen Blume ein, die im Revers seiner Jacke steckte.

„Ich mag Geschichten die in verborgene Welten führen! Lass uns mal schauen wer diese erschaffen hat.", stellte Lucia versonnen fest.

Sie blätterte in ihren Unterlagen.

„Helmut wurde 1959 in Mannheim geboren. Er schloss ein Studium in Germanistik und politische Wissenschaften ab. Nun ist er selbstständig als Trainer und Berater für arbeitsrechtliche Fragen. Veröffentlicht hat schon vier Bücher (Kus Eldorado, Variationen über Suizid, Credo, Brüche) und zahlreiche Beiträge in Zeitschriften und Anthologien.

ÄHHHM Lenya hörst du mir überhaupt zu?", fragte Lucia als sie bemerkte, dass Lenya nicht mehr neben ihr stand.

„Jaja, natürlich! Was denkst du denn! Vier Bücher, Beiträge in Zeitschriften und Anthologien. Hab genau zugehört.", rief Lenya von drei Regalen weiter, ihrer Kollegin zu.

„*Mir ist nur gerade etwas zum Thema verborgene Welten eingefallen und das wollte ich nachsehen. Aber ich glaube, ich habe mich geirrt. Das muss doch wo anders stehen. Auf alle Fälle denke ich, wir sollten uns auch die anderen Bücher von Helmut näher ansehen. Wir könnten es für morgen notieren.*"

„*Geht in Ordnung, ist schon notiert.*", murmelte Lucia in ihr Klemmbrett für Notizen.

Kapitel 5

Weit oben in den Regalen sah Lucia ein Buch mit einem wundervollen Einband. Auf der Rückseite war ein verschnörkeltes Schwert eingeprägt, das sie sich näher ansehen wollte. Da die Leiter und Lenya nirgends zu sehen waren, webte sie einen Zauber mit der Hand, worauf das Buch leicht wie eine Feder in ihre Hand schwebte. Sanft strich die Kleinelfe über den kunstvollen Einband und machte sich auf den Weg zu ihrem Schreibtisch. Sie wollte es unbedingt näher betrachten und der Schattenelfe zeigen. Diese freute sich immer über Schwerter. Oder Messer. Oder Bögen. Oder sonstige Waffen.

Sie musste nicht einmal etwas sagen, denn als sie am Schreibtisch der Schattenelfe vorbeiging, sah diese auf und sah natürlich sofort das Schwert auf dem Einband. Schnell folgte sie der Kleinelfe, welche sich an ihren Schreibtisch setzte, das Buch aufschlug und ungefragt zu lesen begann:

176

Weltenbrechers Rache

von Alex C. Weiss

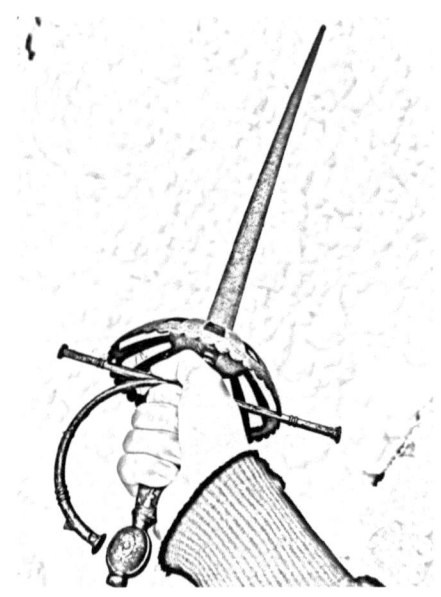

Der Weltenbrecher zieht sein Schwert,
Flamberge glänzt im Mondenschein.
Bleibt ihm die Rache wieder verwehrt?
Oder wird eine siegreiche Nacht es sein?

Sein Antlitz verdeckt nun der silberne Helm,
Geschmückt mit kristallisierten Engelstränen.
Weltenbrecher, der düstere Schelm,
Ging nie hausieren mit seinen Plänen.

Doch der Name seines Schwertes verrät seine Ziele,
Sternenfresser wird es genannt.
Mit Feuer verbrannte es schon so viele.
Als Sternenzerstörer ist es bekannt.

Die Dunkelheit soll die Erde befallen,
So hat Weltenbrecher es lange schon vor.
Sein Name soll einst durch die Dunkelheit hallen,
Und er steigt in die Hallen der Götter empor.

„*Und nochmal Alex C.Weiss. Sie hat so tolle Gedichte. Ich bekomme jedesmal eine Gänsehaut wenn ich sie lese. Gibt es von ihr auch einen Gedichtband? Wenn ja, sollten wir ihn auch in der Bibliothek auflegen.“*

Lucia zuckte mit den Schultern: „Ganz ehrlich, ich hab keine Ahnung. Aber ich bin sicher, das lässt sich herausfinden. Nun aber wieder an die Arbeit, die nächsten Bücher warten.“

Lenya nickte ihr zu und widmete sich wieder den Büchern auf dem Kleinen Wagen vor ihr.

Lucia ließ ein richtig dickes Buch vor Lenya auf den Schreibtisch knallen.

Die Schattenelfe zog die Augenbrauen hoch, sagte aber nichts.

„Schau mal was ich gefunden habe!", stellte Lucia triumphierend fest.

Noch immer kein Wort von Lenya.

„Willst du nicht näher schauen was es ist?"

Stille!

„Sag mal was ist denn mit dir los? Sprichst du nicht mehr mit mir?"

Langsam nahm Lenya einen Zettel zur Hand und begann zu schreiben. Als sie fertig war, drückte sie ihn Lucia in die Hand. Diese begann laut schallend zu lachen, nachdem sie ihn gelesen hatte.

„Du hast also Angst, dass du wieder aus Versehen Telekinese falsch benutzt und dir dieses Buch ebenfalls ins Gesicht knallt. Aber ja du hast recht, dieses könnte richtig schmerzhaft sein, so dick wie es ist."

Noch immer lachend ging Lucia rund um den Schreibtisch und stellte sich neben Lenya. Sie zog den dicken Schmöker näher heran und zeigte erneut auf den Autoren: *„Aber jetzt schau mal. Das ist auch von Richard. Ich hab dir doch versprochen, dass ich es dir sage, wenn ich wieder etwas von ihm finde. Hier. Bitte. Lass uns rein lesen."*

Die Miene der Schattenelfe hellte sich auf und sie nahm voller Freude das Buch und schlug es auf, um zu lesen:

Dunkle Schätze

von Richard Häfner

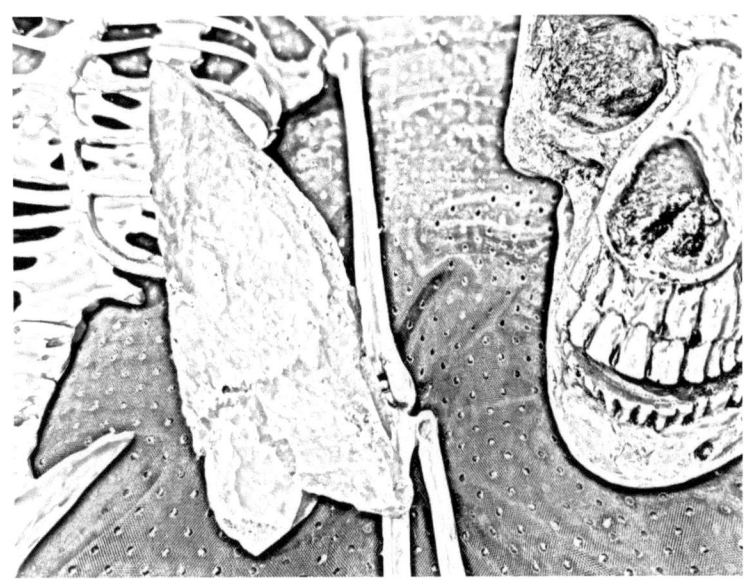

Dichte Schatten empfingen die Söldner, als sie endlich die unter Moosen und Flechten kaum noch erkennbare Holztür aus ihren rostigen Angeln gebrochen hatten und einen ersten Blick in den Stollen warfen.

„Was haben wir auch erwartet.", murmelte Gunnar.

Der kräftige, blonde Mann stieß die morschen Eichenbohlen ins Unterholz und musterte mit zusammengekniffenen Augen den Gang, der sich zwischen Mauergeröll und staubigen Spinnweben uneben ins Erdreich schlängelte. Ein paar Asseln flohen vor dem schwindenden Licht des Tages, das sich nach wenigen Fuß in trügerischer Dunkelheit verlor.

Sie standen am Rande eines kleinen Hügels inmitten einer sumpfigen Waldlichtung, die von dichten Gräsern und Nesseln überwuchert wurde.

Im heißen Licht der Mittagssonne schwirrten Fliegen und Mücken umher, doch die Söldner starrten hinab in ein lichtloses Dunkel, das wohl seit Jahrzehnten ungestört seine Geheimnisse verbarg.

Ihr Auftrag hatte sie an Städten und Dörfern vorbei nach Norden geführt. Holzfällerlager und Köhlerhütten hatten sie hinter sich gelassen und fernab aller Wege dieses versunkene Gemäuer tief in der gottverlassenen Wildnis gefunden. Wohl die Überreste eines untergegangenen Erdkellers oder Bergwerks, das die endlosen Mischwälder bis auf die Grundmauern verschlungen hatten. Wo einst Menschen ihrem Tagwerk nachgingen und den Widrigkeiten des Lebens getrotzt hatten, schwappten jetzt trügerische Grasballen auf uneinsehbar tiefen Wasserlachen. Jeder Schritt abseits der kaum noch erkennbaren Pfade konnte in diesem Sumpf der Letzte sein. Nur ein Eichelhäher krächzte in den herbstkahlen Wipfeln.

„Sieht jedenfalls nicht so aus, als hätten wir hier viel Konkurrenz.", merkte der Mann neben Gunnar an.

Herfried war der sehnige Anführer der Truppe und trug eine schwere Armbrust über der Schulter sowie drei volle Köcher Bolzen am Gürtel. Seine trockene Art hatte sie schon durch manche Gefahr gebracht. Schnalzend winkte er die anderen vier herbei, welche bisher die Umgebung gesichert und sich um die Pferde gekümmert hatten, die auf einem nahen Stück trockenen Grundes weideten.

„Lasst uns unser Glück versuchen!"

Ihr Glück suchte die sechsköpfige Gruppe schon seit Jahren. Doch außer, dass sie sich als Reißulfar oder Dienstwölfe einen Namen gemacht hatten und es dank Eskorten, Beschaffungen und diversen Kampfeinsätzen zu einem guten Leben reichte, hatten sie nur grausige Gefahren und verstörende Geheimnisse gefunden und mit einigen Narben und manchem Alptraum bezahlt. Doch sie hatten schon vieles gemeistert und hielten zusammen, was immer kommen mochte. Das war ihre Stärke.

Diesmal folgten sie dem Ruf eines recht verschrobenen Mystikers, dessen Studien von einem vergessenen Schatz sie tief in diese unwirtliche Einöde geschickt hatten. Seine Anzahlung war gut gewesen und ihm zufolge würden sie außer dem Gesuchten noch weitere nützliche Sachen finden.

Zu ihrer Erleichterung sah das alte Gemäuer auch nicht so aus, als sei in letzter Zeit jemand anderes hier gewesen. Die schweren Bohlen waren morsch und voller Grünzeug, ein altes Vorhängeschloss vollkommen verrostet, aber auf den ersten Blick intakt. Allerdings hatte Gunnar es schon beim ersten Ruck mit seinem Dolch auseinandergebrochen. Petur und die Brüder Bjarke und Kjell schlossen zu den beiden Männern am Eingang auf, während Asker sich noch einmal vergewisserte, dass in dem Stollen keine offensichtliche Gefahr lauerte. Dann stiegen sie einer nach dem anderen hinab ins Dunkel und ließen den Sumpf hinter sich zurück. Das beständige Summen von Fliegen und Mücken trat endlich in den Hintergrund und machte einer eigentümlichen Stille Platz.

Die Luft hier drinnen war warm und stickig. Aus dem Erdreich über ihnen baumelten Spinnweben, vergilbende Grasbüschel und Wurzelenden. Asseln und kleine Käfer flohen vor dem Licht.

Asker holte zwei Fackeln hervor und Gunnar entzündete sie mit ein paar Funken seines Feuerstahls. In dem knisternden Licht sahen sie, dass sie am Anfang eines aus groben, dunklen Steinen gemauerten Tunnels standen, der sich steil nach unten erstreckte. Hinter dem Hügel musste er dann unter dem Sumpf verlaufen.

Die Fackelträger gingen voran, und so betraten alle sechs Dienstwölfe das unterirdische Gemäuer. Ihre schweren Stiefel klangen dumpf auf dem steinernen Weg, der sie zwischen den brüchigen Wänden stetig abwärts führte. Die Nischen und Spalten waren voller Staub und Krümel und die undurchdringlichen Schatten flackerten im Takt der Flammen der Fackeln wie tanzende Kobolde. Die beiden dünnen Rauchfahnen zeichneten matte Rußspuren an die steinerne Decke. Hier und da glänzten die Steine feucht, und sie hofften, dass das Gemäuer auch weiterhin den Massen aus Schlamm und Wasser trotzte.

„Ist ja echt gemütlich hier.", brummte Petur und nahm seine schwere Zweihandaxt vom Rücken. Stellenweise schrammten seine Schultern an den Wänden, und die Aussicht, noch tiefer in dieses unwirtliche Gewölbe vorzudringen, verlor schnell seinen Reiz.

„Wenigstens keine Sumpfgase.", gab Herfried zurück und ging weiter voran.

Bald tauchte am Rande ihres Sichtfeldes eine weitere, diesmal schwarze Tür aus den dichten Schatten auf. Anders als die morsche Luke oben war sie jedoch in festes Mauerwerk eingefasst und mit einer dicken Schicht Pech vor Würmern und Feuchtigkeit geschützt.

„Passt mit den Fackeln auf.", raunte Gunnar seinen Gefährten zu.

Jetzt standen sie zwischen zwei Toren im Dunkel wie im Zwinger einer Burg, wie in einem Gefängnis. Gunnar musste unangenehme Erinnerungen abschütteln und beleuchtete vorsichtig die schweren Bohlen und Angeln.

„Ich seh keinen anderen Weg", meinte Herfried und winkte Petur zu sich.

Der jüngere und ungleich bulligere Söldner trat vor und ließ die Axt in der Hand wirbeln. Schnelle Hiebe mit der Rückseite zertrümmerten die Angeln. Rostige Stahlscherben klirrten zu Boden und ein paar Funken stoben in die Luft. Glücklicherweise reichten sie nicht aus, um das Pech zu entzünden, und so betraten die Söldner den nächsten Raum.

Hier umfing sie jetzt echtes Mauerwerk. Glatte, grauschwarze Steine mit Halterungen für Fackeln und Kerzenständer, sowie stählerne Klammern, die die Pfeiler und Platten zusätzlich zusammenhielten. Diese Stätte war zwar versunken, schien jedoch für die Ewigkeit gebaut.

An den Seitenwänden erstreckten sich zudem Säulen bis nach hinten, wo sie sich im Dunkel verliefen. Sie waren nötig, um die schwere Deckenplatte und all das Erdreich auf ihr zu halten.

Herfried mahlte mit den Zähnen. Das war kein alter Keller, wie man ihnen erzählt hatte! Dieses Gemäuer war absichtlich verschüttet worden. Ein Hügelgrab oder geheimes Verlies vielleicht, aber ganz sicher kein Teil eines untergegangenen Dorfes. Er sah seinen Männern an, dass sie dasselbe dachten. Die Brüder murrten nervös. Gunnar kratzte sich an seiner Narbe unter dem Lederwams. Ein Trollwolf hatte ihn das letzte Mal erwischt, als ein Auftraggeber ihnen nicht die ganze Wahrheit erzählt hatte. Nur Herfrieds Tapferkeit verdankte er sein Leben und das vergaß er ihm nie.

Doch sie ließen sich auch nicht so leicht abschrecken. Nicht nur lockte die zweite Hälfte der Bezahlung, auch war es in einer versunkenen Krypta wie dieser viel wahrscheinlicher, noch andere Schätze zu finden, als in einem eingefallenen Kartoffelkeller.

Zudem hatte Gunnar noch eigene Beweggründe, die er den anderen jedoch vorerst verschwieg. Herfried mochte es längst erraten haben, doch der hielt zum Glück den Mund.

Als die Reiþulfar in dem verschlafenen Dörfchen Quellenau angelangt waren und den Laden des Mystikers erreichten, hatte sich Gunnar zuerst um die Pferde gekümmert und sich dabei seine Gedanken gemacht. Runar hieß der alte Bücherwurm. Ob es sich hierbei um seinen Namen, einen Titel oder nur irgendeine Ausrede handelte, wussten sie nicht zu sagen.

Kaum dass sie da waren, kam ihm jedoch seine Tochter mit Heu und Äpfeln entgegen. Zusammen hatten sie sich um die Tiere gekümmert und dabei erste Blicke ausgetauscht. Yvanna war jung und schön, liebte das Leben und seine Geheimnisse und träumte davon, die Bücher weglegen und sie selbst erfahren zu dürfen. Gunnar hatte ihr Geschichten von seinen Reisen und Abenteuern erzählt, sie ihm von verzauberten Artefakten und verwunschenen Wäldern. Er hatte ihr die Navigation nach dem Mondlicht erklärt, sie ihm die Sternbilder und ihre Kraft auf die Menschen.

Er hatte den Auftrag angenommen, in der Hoffnung sie wiederzusehen. Das nächste Mal würde er nicht ohne sie gehen. Entweder würde er sie auf seine Fahrten mitnehmen, oder das unstete Leben hinter sich lassen und mit ihr irgendwo sesshaft werden.

Vielleicht sogar in ihrem Heimatdorf Quellenau oder dem nahen Forstental. Das hatten sie einander versprochen. Weder Wildnis noch Kellerruine würden ihn davon abhalten!

Mit diesen Gedanken im Herzen führte er seine Freunde ins Dunkel. Die Schatten wichen vor seiner Fackel zurück, während er aufmerksam die Mauern, Säulen und düsteren Nischen musterte und sich die wichtigsten Wegmarken einprägte. Bald würden sie, mit Schätzen beladen, wieder hier entlang kommen und einer glücklicheren Zukunft entgegenreiten. Seine Freunde folgten ihm dichtauf. Sie verließen sich auf seinen Spürsinn, da er vor seiner Zeit bei ihnen bereits Jahre durch die Wildnis gewandert war. Als Fallensteller und Schatzsucher war er hier in seinem Element. Auch Herfried berücksichtigte das.

Je tiefer sie in das alte Gemäuer vordrangen, desto weniger Spinnen und Asseln wichen vor dem Schein ihrer Fackeln zurück. Eine eigentümliche Stille machte sich breit. Der Staub von Jahrzehnten dämpfte ihre Schritte und rieselte aus den Fugen des alten Mauerwerks, wo immer ihre Schultern oder Waffen an den Wänden entlang schrammten.

„Wenigstens sehen wir, wo wir herkommen", brummte Gunnar.

Trotz der wabernden Dunkelheit würden seine Fähigkeiten als Spurenleser sie auch hier wieder herausbringen. Im Gänsemarsch folgten sie dem düsteren Korridor stetig abwärts, vorbei an runden Säulen mit ihren breiten, schmucklosen Sockeln und den schlichten Kopfstücken, die mit schrägen Stützstreben in das flache Deckengewölbe übergingen. Nirgends fanden sie ein Zeichen oder irgendeine Inschrift.

Die Luft wurde klammer und kühler. Es roch immer noch nach Steinen und sumpfiger Erde, doch langsam mischte sich auch der Geruch von Rost dazu, oder etwas Ähnlichem.

Plötzlich zerriss ein Geräusch die düstere Stille. Ein langgezogenes, trockenes Kratzen schabte über den Steinboden, irgendwo vor ihnen in den Schatten. Sofort huschten sie hinter Säulen und drückten sich in Nischen. Nur Gunnar und Asker blieben mit ihren Fackeln als Lockvögel in der Mitte, gedeckt von Herfrieds Armbrust und den Wurfäxten der zwei Brüder.

Ihre Blicke bohrten sich in das Dunkel vor ihnen, doch zwischen den flackernden Schatten der Säulen wogten nur dichte, dicke Schemen. Woher kam das Geräusch?

Plötzlich stürzte sich eine kreischende Bestie aus den Schatten auf sie.

Gunnar sprang zur Seite und gab dem wolfsgroßen Ungetüm einen Tritt, der es genau auf den bulligen Petur trieb. Der holte mit der Axt aus und schlug mit voller Kraft zu, doch die wuchtige Klinge blieb in fingerdicken Stacheln stecken, die den gesamten Rücken der Kreatur bedeckten. Fauchend ging sie in die Knie und schlug mit den Krallen nach Petur. Der ließ seine Waffe los und wich in letzter Sekunde aus. Voller Zorn fauchend richtete sie sich halb auf und sprang auf ihn zu. Diesmal war er nicht schnell genug. Unter grässlichen Schreien riss sie ihn in Stücke und ignorierte die Hiebe der entsetzten Freunde, als wären sie nur strampelnde Kinder. Ihre Klingen prallten einfach an dem Stachelpanzer ab und Herfrieds Bolzen blieben in ihrem dichten Bauchfell stecken.

Als sie mit Petur fertig war, setzte sie auf den nächsten an. Herfried befahl sofortigen Rückzug und zielte jetzt auf die giftgrünen Augen der Bestie.

Der erste Bolzen schlug scheppernd ins Gemäuer. Verfehlt! Knurrend wandte sie sich ihm zu. Ihre schwarzen Stacheln sträubten sich und zitterten wie wild.

„He da!", rief Gunnar und schlug ihr die Fackel über den Pelz.

Die Hitze versengte ihre Borsten. Fauchend fuhr sie herum und holte mit messerscharfen Klauen aus, da stieß er ihr die Fackel mitten in die Augen. Mit schrillem Kreischen fuhr die Bestie zurück, krümmte sich vor Schmerzen und fuhr sich schnaubend über die verletzten Augen. Schnell sprang er wieder vor und rammte dem Biest sein Breitschwert in die Kehle. Eine ziellose Klaue zerfetzte seinen Wams, doch er riss und drehte die Klinge umher und schlug eine fürchterliche Wunde. Gurgelnd und krächzend sank die stachelige Kreatur zusammen und übergoss die dunklen Steinplatten mit ihrem Blut. Der grüne Hass in ihren Augen erlosch, als sie ihr Leben aushauchte. Keuchend, hustend und fluchend kamen die Söldner zur Ruhe.

„Was in aller Welt!"

Während Herfried die Brüder zum Sichern ausschickte, verband Gunnar sich seinen Oberschenkel und versorgte danach Asker. Das Vieh hatte nach ihm geschnappt und ihm beinahe zwei Finger abgebissen. Für Petur kam jede Hilfe zu spät.

Gunnar trat an den Kadaver des stinkenden Scheusals heran. Behutsam, um sein verletztes Bein nicht zu überlasten, kniete er daneben nieder und untersuchte es. Die Bestie war so groß und bullig wie ein Wildschwein, doch die Füße waren anders.

„Unmöglich.", brachte er hervor.

„Was hast du?", fragte Herfried.

„Das ist ein Igel!"

Ungläubig bewegte er den Kopf mit seiner Klinge. Kleine, dunkle Knopfaugen, ovale Ohren und eine spitze Schnauze. Kein Zweifel, auch als er das Maul aufhebelte. Die anderen konnten das nicht glauben und kamen auch zu der Leiche. Sie hatte einen Stummelschwanz, krumme Beine und war voller Stacheln. Angewidert stocherte Gunnar mit einem zerbrochenen Bolzen zwischen den spitzen Auswüchsen herum. Er bewegte sie hin und her, hob sie an. Sie waren beweglicher als bei einem echten Igel und ihre Spitzen gebogen wie Dornen.

„Ich glaubs ja nicht", brachte Gunnar hervor.

Von morbider Neugier erfasst, beugte er sich vor.

Das waren keine Stacheln. Das waren Finger! Der ganze Rücken der Bestie war übersäht von hunderten Fingern, die eng und ohne erkennbare Ordnung nebeneinanderstanden. Steif und zäh gaben sie dem Druck des Bolzens nach. Er spürte deutlich die knochigen Gelenke und Sehnen unter der dünnen Haut.

Angewidert warf er den Bolzen weg. Welche Macht hatte dieses Wesen hervorgebracht? Einen gewöhnlichen Igel zu dieser Größe anwachsen lassen, ihm solch ein grausiges Stachelkleid gegeben und die Fähigkeit, sich aufzurichten? Keiner der Reiþulfar wusste darauf eine Antwort.

Nach einer Weile räusperte sich Herfried.

„Petur", sagte er tonlos.

Ihre Blicke wandten sich ihrem gefallenen Kameraden zu, und bitterer Schmerz senkte ihre Köpfe. Der kräftige, furchtlose Mann lag in seinem Blut und klammerte sich mit leblosen Fingern an seinen Dolch, den er noch ergriffen hatte. Seine weit aufgerissenen Augen starrten reglos, doch voller Entsetzen. Ein schneller, schmerzvoller Tod, das Schicksal vieler Söldner. Doch es schmerzte jedes Mal. Vor allem, wenn es in einem Kampf geschah, auf den sich niemand vorbereiten konnte. Traurig betteten sie seine Überreste am Fuße einer Säule in einer würdigeren Haltung.

Herfried war hin- und hergerissen. Sollte er den Auftrag abbrechen und den Mystiker zur Rede stellen? Ihnen fehlten entscheidende Informationen, die der alte Bücherwurm gehabt haben musste! Er stellte seine Bedenken in die Runde. Kjell und Bjarke waren für den Abbruch, Asker und Gunnar wollten weiter. Sein Wort war also entscheidend. Zähneknirschend wies er die Brüder an, die Nachhut zu bilden, und gab Gunnar Peturs Axt, die er sich auf den Rücken schnallte. Dann gingen sie mit einem letzten Abschied an ihren gefallenen Kameraden weiter. Auf dem Rückweg würden sie ihn mitnehmen und draußen bestatten. Er sollte nicht hier unten verrotten.

Die fünf Reiþulfar setzten ihren Weg durch das düstere Gemäuer fort, wieder angeführt von Gunnar und Asker mit den Fackeln.

Herfried hatte jetzt die Armbrust im Anschlag. So kamen sie nur noch langsam voran. Petur war ein feiner Kerl gewesen, tapfer und ungeschlagener Meister im Armdrücken, ein guter Zuhörer und treuer Freund. Wie Gunnar hatte er von einem eigenen Hof geträumt und wie Asker hatte er Familie, der er regelmäßig Geld und Geschenke zukommen hatte lassen. Den letzten Brief würde nun Herfried schreiben müssen.

Die Luft wurde rostiger, und mit einem Mal quiekte etwas. Sofort hielten sie inne. Nichts war zu hören. Sie verankerten die Fackeln in den Wandhalterungen, damit sich die Flammen beruhigten. Dann blieben sie still und lauschten. Wieder fiepte es leise zwischen den Säulen und weiter hinten im Dunkeln.

„Eine Ratte, hier?", flüsterte Kjell.

„Von irgendetwas muss das Igelmonster ja bisher gelebt haben", erwiderte Gunnar.

Wieder quiekte es, und Asker lachte leise.

„Leute, eine Ratte!"

„Du hast gesehen was hier für Igel sind!", fauchte Bjarke.

„Also halt den Mund!", setzte sein Bruder nach.

Sie rissen sich zusammen, packten Waffen und Fackeln fester und gingen weiter. Diese Bestie hatte sie kalt erwischt. Jedoch waren sie schon mit Schlimmerem fertig geworden. Sie hatten die Barbaren bekämpft, als die aus den Wilden Steppen in die westlichen Provinzen einfielen. Herfried hatte vor zehn Jahren die Algaldur im Krieg gegen die Sklavenjäger im Süden unterstützt und Gunnar hatte Trollwölfe überlebt. Sie konnten mit der Lage hier umgehen. Dennoch waren vor allem die Brüder vorsichtig, jedoch mehr aus Vorsorge denn aus Angst.

Auf ihrem Weg durch die Schatten wurden die Nischen immer wieder von kleinen Alkoven ersetzt, die hinter den Säulen niedrigen Tischen mit Kerzen und staubigen Räucherschalen Platz boten. Wie in einem Kloster oder an einem Schrein. Doch wollten sie wissen, zu wem hier gebetet worden war? In der Hoffnung, keine Gottheiten zu beleidigen, steckten sie sich ein paar Hände voll Kerzen ein. In diesem muffigen, staubigen Dunkel unter der Erde wollten sie nicht irgendwann ohne Licht dastehen.

Sie mussten die sumpfige Waldlichtung über ihnen längst verlassen haben und sich wieder unter den Wurzeln der Bäume befinden. Nichts wies darauf hin, dass sie sich ihrem Ziel näherten. Das sollte aus einer einzelnen Kiste oder einem Sarg bestehen, hatte der alte Runar gesagt. Seine Aufzeichnungen waren nicht eindeutig gewesen, sehr zum Frust der Söldner. Immerhin hatten sie eine grobe Vorstellung, wonach sie Ausschau halten mussten.

Der scheinbar endlose Korridor führte stetig abwärts, und die Luft wurde kühler, die Gerüche von Rost und Staub stärker. Die schwarzgrauen Wände und die Decke glänzten feucht. Stellenweise verklebte die Nässe den Staub zu einem glänzenden Schleim im Mauerwerk. Den anderen mochte das nicht auffallen, doch Gunnar stieg ein Geruch in die Nase, mit dem er nicht gerechnet hätte. So etwas wie krümeliger Kalkstein.

Moorboden roch eigentlich anders. Wie tief waren sie hier schon? Oder konnte dieses Gewölbe älter sein als die Sümpfe der Oberfläche?

Einmal war es ihm, als höre er wieder ein Schaben oder Schritte. Doch hinter seinen eigenen Schritten und denen seiner Freunde war es so leise, dass es genauso gut Einbildung sein konnte.

Nur nicht aufgeben, ging es ihm mit dem Bild der schönen Yvanna durch den Kopf. Einen Hof mit ihr führen, am Rande des schönen Dörfchens Quellenau, endlich ankommen. Sie hatte sich zwar Sorgen gemacht, wie ihr Vater dann zurechtkommen sollte, doch sein Lehrling Theomar war ein findiger Bursche. Ein Junge, wie Gunnar sich einen Sohn nur wünschen konnte. Vielleicht würde er mit Yvanna nach diesem Auftrag selbst eine Familie gründen.

Er knurrte, als er sich seiner Träumereien bewusst wurde, rief sich den Igel ins Gedächtnis und ging weiter durch den düsteren Korridor. Aus den wabernden Schatten vor ihnen schälte sich eine neue Wand hervor. Als sie sich näherten, erkannten sie eine Kreuzung. Die gewohnten Alkoven hinter den Säulen entpuppten sich als einmündende Gänge, die sich nach rechts und links ins Dunkel erstreckten.

Endlich machte Asker seiner Frustration Luft: „Das kann doch kein Keller mehr sein!"

Sein plötzlicher Ausruf zerriss die zeitlose Stille, und noch nach Sekunden hallte seine Stimme aus den Tunneln wider. Es war fast, als würden noch andere Stimmen in dem Dunkel wispern.

Die nervösen Söldner konzentrierten sich mehr auf die Zeit zwischen den Echos, um zumindest eine grobe Ahnung von dem Ausmaß dieser Katakomben zu bekommen. Aus beiden Richtungen dauerte es etliche Sekunden, ehe das letzte Echo wieder bei ihnen ankam. Der ferne Hall verebbte in den unterirdischen Schatten.

„Verdammt, ist das ein Verlies hier?", murrte Kjell.

Ein plötzliches Quieken und Kreischen erhob sich, überschlug sich mit Dutzenden, Hunderten raschelnder Trippelschritte und stob wie ein Windstoß durch die Gänge. Doch nichts war zu sehen. Der Tumult ebbte ab und hinterließ die Söldner in der alten, dunklen Stille im Schein ihrer Fackeln.

„Ratten im Gemäuer", stellte Herfried unzufrieden fest.

„Also überall", brummte Gunnar.

In seinem Kopf formte sich ein Bild, wie das Erdreich hinter den Wänden von tollwütigen Ratten nur so wimmelte. Ein Schauer lief ihm über den Rücken. Er fasste die Fackel fester.

„Wenn das auch solche Monster sind, kann's hässlich werden", sprach Bjarke aus, was alle dachten.

Dann erhob sich das quiekende Getrappel wieder, und diesmal näherte es sich und wurde rasch lauter.

„Macht mehr Fackeln an, jeder eine!", wies Herfried seine Leute an.

Feuer gegen eine Rattenarmee. Sie fluchten laut, jetzt waren sie ohnehin entdeckt. Eine Fackel nach der anderen loderte auf. Doch was sie sahen, als es endlich aus dem Schatten ihr Sichtfeld erreichte, ließ ihnen das Blut in den Adern gefrieren.

„Ein Rattenkönig!", brachte Herfried noch hervor.

Dann erhob sich die taumelnde und wabernde Gestalt zu voller Größe. Sie bestand aus unzähligen, verkrüppelten und verwachsenen Ratten. Übermannshoch baute sie sich vor ihnen auf. Dutzende hasserfüllte, grüne Augenpaare richteten sich auf die Menschen.

„Eindringlinge!", grölte es heiser aus Dutzenden Kehlen im Chor.

„Das Biest kann reden?!", entfuhr es Kjell, dem fast das Schwert aus der Hand fiel.

Das Herz wollte ihm aussetzen, doch nie würde er seine Leute im Stich lassen. Er biss die Zähne zusammen und machte sich kampfbereit. Zuckend bäumte sich der Rattenkönig auf und wand sich voran. Eine riesige formlose Masse aus Leibern, Beinen, Schwänzen, Köpfen und Augen.

„Eindringlinge!", grölte es wieder, lauter und tiefer als zuvor.

Aus der wimmelnden Masse löste sich eine langgezogene Gruppe und langte wie ein Arm aus Ratten nach dem erstbesten Söldner. Gunnar fackelte nicht lange, sprang zur Seite und schlug den Rattenarm einfach ab. Dumpf plumpste er auf die dunklen Fliesen, doch noch im Fallen formte er sich neu. Beine schoben sich nach außen und trugen ihn wie einen massiven Tausendfüßer zurück zum Hauptkörper, der nur lachte.

„Fressen!", frohlockte das Monstrum, als die Ratten sich wieder mit ihrem König vereinten und neue Auswüchse bildeten.

Die grünen Augen funkelten erfüllt von einer unheiligen, bösartigen Gier. Herfrieds Bolzen schlug genau in der Mitte ein. Die getroffene Ratte schrie auf und starb. Ihr Leib klemmte unlösbar an den anderen und außer, dass der Bolzen zwischen all die wabernden Rattenleiber hineingesogen und einfach aufgefressen wurde, bewirkte er genauso wenig wie Gunnars Schwerthiebe. Nur den Zorn des Rattenkönigs zog er auf sich. Als die erste Wurfaxt genauso schadlos in seinen Tiefen verschwand, setzte er sich wieder in Bewegung.

Bjarke stellte sich vor den Armbrustschützen, schlug und hackte, doch vollkommen ungerührt packte die Rattenhand sein Schwert. Wie zappelnder Schleim umfloss sie seine Hände mit immer mehr Ratten, die über ihn rannten, bissen, kratzten und in seine Kleider stürmten. Er schrie auf, riss sich los und warf sich auf den Boden, um die Tiere zu erdrücken, doch seine Schreie gingen in dem tobenden Quieken und Schmatzen unter. Zu Dutzenden bissen sie sich unter seine Haut, durchs Fleisch bis in sein Innerstes und fraßen ihn bei lebendigen Leib auf. Voller Entsetzen hackten seine Freunde auf den Rattenkönig ein, vollkommen umsonst. Einzelne Ratten starben, die das

Ungetüm einfach ignorierte. Die anderen Ratten fraßen ihre toten Artgenossen auf und wurden scheinbar noch wilder.

Endlich schoss Herfried einen brennenden Bolzen direkt in das Ungetüm, mitten in den verschleimten Kern aus Blut und Kot und stinkenden Gliedern. Die alptraumhafte Kreatur fing Feuer. Das Kreischen mischte sich mit seinem eigenen Echo zu einem scheußlichen Crescendo. Gunnar und Asker schlugen die um sich schlagenden Arme beiseite und steckten fliehende Teile in Brand. Dann bröckelten die ersten Ratten batzenweise aus dem Verbund und ein Gestank breitete sich aus, der ihnen gegen alle Angst und Aufregung die Mägen umdrehte. Herfried und Gunnar stampften einzelne Ratten einfach zu Brei, doch Asker erbrach sich beim Anblick der herausfallenden toten, brennenden und verunstalteten Ratten, denen Kot und Schmuck und angenagte Menschenschädel folgten. Kraftlos fluchend kauerte er in seinem Erbrochenen.

Kjell keuchte fassungslos. Bjarke! Würgend und hustend taumelte er zu seinem Bruder, kniete sich an der grausam zugerichteten Leiche nieder. Fleisch und Organe lagen offen, triefend von Blut und Darminhalt. Die Knochen ragten hervor. Nur noch Minuten und ein blankes Gerippe wäre das letzte Zeugnis seines großen Bruders gewesen. Was sollte er ihren Eltern sagen?

„Erst Petur", brachte Asker hervor, „jetzt Bjarke. Wer als nächster?"

„Keiner mehr. Wir hätten schon vorhin abbrechen sollen, das war mein Fehler", gab Herfried zu. „Tot nützt uns kein Geld der Welt mehr. Wir kehren um und knöpfen uns diesen Bücherwurm vor!"

„Was ist das da?", würgte Gunnar heraus.

Auch er kämpfte mit den Tränen, doch etwas zwischen den schwelenden Rattenleichen hatte seine Aufmerksamkeit erregt. Angewidert stocherte er darin herum, bis er einen grasgrünen

Stein hervorholte. Geschliffen in zahllosen Facetten und fast so groß wie seine Faust.

„Ist das ein Smaragd?"

Er glitzerte im orangenen Schein der Fackeln wie eine saftige Sommerwiese unter der Abendsonne, fremdartig in diesem Dunkel aus Blut und Ruß und Steinen.

„Was ist das alles hier?", fragte Kjell teilnahmslos.

Er war fertig.

„Denke mal", brummte Herfried, „damit haben wir unseren Schatz!"

Die Ähnlichkeit, des tiefen Grüns des Edelsteins mit den giftigen Augen der Bestien, entging ihm durchaus nicht. Doch er war überzeugt, bei den ersten Anzeichen einer Gefahr durch den Stein reagieren zu können und sich bis dahin nicht um den vielleicht einzigen wertvollen Fund zu bringen, den dieses Loch bereithielt. Nun hatten sie wenigstens etwas, das sie verkaufen konnten. Sie einigten sich ohne Widerworte, das Geld Peturs und Bjarkes Familien zu geben, die jetzt ohne Mann und Sohn dastanden.

Ein Leben als Söldner war nie leicht oder sicher, doch von Monstern gefressen zu werden, war kein Teil ihres Auftrags gewesen. Die Reißulfar kämpften mit Menschen und Bestien, doch mit Magie hatten sie nichts am Hut. Es gab andere umherziehende Kämpfer, wie die Geierbande, die sich auch mit Magie und Artefakten auskannten. Die Zeit lehrte allerdings, dass solcher Wagemut nie lange glückte. Es hieß, dass die Geier ihren eigenen Anführer verstoßen hatten, als die Gier nach magischen Schätzen ihren Verstand vernebelt hatte.

Herfried hatte von Anfang an eine klare Linie gegen derlei Verlockungen gezogen und so würde es auch bleiben. Während der Anführer den Smaragd einsteckte, versorgte Gunnar die Verletzten. Nur für Bjarke konnten sie nichts mehr tun. Er hatte nicht einmal mehr Augen oder Lider, die man ihm zudrücken konnte. Der blutige Schädel bot einen grausigen Anblick, der sie noch lange in ihren Träumen heimsuchen würde. Sein geschundener Körper würde auch keinen Abtransport mehr überstehen. Sie mussten ihn hierlassen. Kjell kämpfte mit sich. Er wollte seinen Bruder nicht zurücklassen. Nach endlosen Momenten des Haderns nahm er Bjarkes Schwertgurt an sich. Dann riss er sich los und schloss zu den anderen auf, die sich kaum weniger wehmütig von ihrem Freund und Waffenbruder abwandten.

Erneut standen sie an der Kreuzung. Wie ging es weiter? Herfried und Asker gingen voraus.

Gunnar presste die Lippen aufeinander. Ohne die Kiste, mit was auch immer darin, brauchte er gar nicht zu versuchen, um Yvannas Hand anzuhalten, aber er würde seine Freunde nicht nötigen weiterzugehen. Er selbst wollte das hier auch überleben! Vielleicht konnten sie sich anders einigen.

„Der Rattenkönig ist tot", setzte er an.

Sie wandten sich zu ihm um.

„Lasst uns wenigstens noch sein Nest plündern. Dann sind Bjarke und Petur nicht völlig umsonst gestorben. Was meint ihr?"

Gemurmel ging durch die verbleibende Runde. Keiner hatte Lust, auch noch das eigene Leben zu verlieren. Doch als ihr Pfadfinder und Wundarzt schätzten sie seinen Rat ebenso wie Herfrieds Befehle.

Da die letzten Ratten nur noch ziellos umherstoben, einigte man sich auf Gunnar als Anführer einer letzten, kurzen Erkundung. Dann würden sie zurück nach Quellenau reiten und den Mystiker zur Rede stellen. Mit gezogenen Klingen und lodernden Fackeln folgten sie den letzten fliehenden Nagern den Gang hinunter und stießen nach kurzer Zeit auf einen schmalen, völlig verrumpelten Seitengang.

Ein abscheulicher Gestank schlug ihnen entgegen. Massen von kotigen Steintrümmern, toten Ratten, morschen Brettern, und Bolzen, schmierigen Kerzenresten und schimmeligen

Grasbüscheln formte hier ein Durcheinander, das über Jahre hinweg ein würdiger Thron für das Monstrum gewesen sein musste. Doch ohne ihren König kannten die Ratten keine Loyalität mehr und flohen in lichten Scharen in die staubigen Schatten hinter dem Licht.

Angewidert hielten die Söldner Wache und ließen Herfried und Gunnar den Müllhaufen untersuchen. Außer Knochen und ein paar rostigen Scharnieren fanden sie jedoch nichts. Die meisten Gebeine stammten von Menschen. Manche davon konnten sie allerdings nicht zuordnen. Vielleicht von Igelwesen oder anderen Kreaturen, die es nicht geben dürfte. Unbefriedigt stieß Gunnar einen angenagten Schädel wieder zurück, und gab missmutig seine dünne Hoffnung auf, die beschriebene Schatzkiste doch noch zu finden.

Wenn sie wenigstens gewusst hätten, wo sie zu finden war! Oder dieses versunkene Gemäuer irgendeinem System folgen würde. Sie wussten nicht einmal, wie weit die Tunnel ins Erdreich führten und was hier noch alles lauerte. Sie benetzten ihre Fackeln noch einmal mit frischem Wachs und warfen in dem aufflackernden Licht einen letzten Blick in den Tunnel hinter dem Nest. Knochen über Knochen, ganze Gerippe lagen dort. Der Zahn der Zeit und die Zähne der Ratten hatten kaum mehr als vergilbende Überreste hinterlassen, deren dunkelrote Schlieren geronnenen Blutes vom Staub der Jahrhunderte begraben worden war.

Manche waren immer noch in Fetzen gekleidet, an anderen hingen noch einzelne Platten ihrer ehemaligen Rüstungen. Das waren wohl die Überreste anderer Abenteurer, die Bjarkes und Peturs Schicksal teilten. Es war ein grausiger Anblick. Wie mochten sie gestorben sein? Hatten die Ratten und ihr König sie gefressen? Oder die Igelbestie oder noch ein anderes Ungeheuer? Es mochten um die fünfzehn Skelette sein, wenn sie nur nach den Schädeln gingen. Wo kamen sie her, wie hießen sie, was hatten sie hier unten gesucht?

Man würde es nie erfahren. Ihre angenagten und von Staub, Kot und vertrockneten Sehnenresten krümeligen Gebeine würden hier in der Vergessenheit versinken. Mit betrübten Blicken zollten die Reiþulfar ihren Zunftgenossen Respekt, dann wandten sie sich ab. Hier gab es nichts mehr für sie. Sie wollten nicht einmal nach Waffen suchen, denn für etwaige Kämpfe mussten sie beweglich bleiben. Schweres Gepäck konnte sie den Kopf kosten.

Sie gingen den Weg zurück, den sie gekommen waren. In dem Staub waren ihre Spuren trotz der Düsternis gut zu erkennen. So konnten sie wenigstens sicher sein, sich nicht auch noch zu verlaufen. Die flackernden Fackeln leuchteten warm und hell in ihren Händen und spendeten ihnen etwas Trost in diesem kalten Verlies. Niemand sagte ein Wort. Jeder hing seinen Gedanken nach. Kjell kämpfte, in Erinnerungen an die glücklichen Tage mit seinem Bruder, mit den Tränen. Asker überlegte, wo sie einen Fehler gemacht hatten. Welcher Angriff, welche Bewegung nötig gewesen wäre, dass ihre Freunde nicht gefallen wären. Gunnar und Herfried hingegen dachten an die Zukunft. Vielleicht war das der Wendepunkt. Herfried wusste von Gunnars Hoffnung auf Yvanna. Allzu hart würde er mit Runar daher nicht ins Gericht gehen können, denn wenn Gunnar mit Yvanna sesshaft wurde, wer blieb da noch von den einst angesehenen Reiþulfar? Er hatte schon früher Kameraden verloren und ersetzen müssen, doch nie mehrere auf einmal. Es würde nie mehr so sein wie früher.

Als sie wieder zu der Stelle kamen, wo der Rattenkönig Bjarke getötet hatte, flohen immer noch kleine, grünäugige Ratten vor ihren Fackeln, und sie sahen besonders viele an der struppigen, verkohlten Leiche des Ungetüms. Sie trauerten wohl um ihren König oder fraßen ihn jetzt selbst. Vermutlich beides. Gunnar musste an den Igel vom Anfang denken, an seine giftgrünen Augen. Die gleichen Augen hatte der König gehabt. Welche Macht verdrehte gewöhnliche Tiere zu solchen

Bestien? Doch die Antwort auf diese Frage musste warten, denn eine viel Dringendere kam plötzlich auf.

„Wo ist Bjarke?", brachte Kjell hervor.

Seine Leiche war nirgends zu sehen.

Verstört blickten sich die vier Männer in dem finsteren Korridor um. Sollten die Ratten ihn bereits restlos aufgefressen haben? Vielleicht restlos, aber nicht spurlos!

„Scheiße!"

Schnell brachte Herfried sich wieder unter Kontrolle.

„Er ist eh weg, drüben, bei seinen Vorfahren. Soll sein Leib bleiben wo er will. Wir gehen."

Gunnar runzelte die Stirn. So schnell fraß kein Tier. Möglicherweise hatten die Biester die Leiche auch weggezerrt. Dachse und Marder taten das mitunter. Ratten zwar eigentlich nicht, aber Ratten hatten auch genauso wenig grüne Augen wie Igel und trugen auch keine Juwelen mit sich herum.

Er fluchte innerlich. Hier ging es nicht mit rechten Dingen zu, der Mystiker muss in seinen Schriften doch zumindest irgendetwas zu diesen Schrecken gelesen haben! Sie wagten nicht, den anderen Seitentunnel zu untersuchen. Weitere Igelbestien oder Rattenkönige würden sie nicht überleben. Herfried bestätigte ihre Gedanken.

"Wenigstens wir wollen hier rauskommen. Die Viecher hier sind nur Bestien. Rechenschaft soll der Bücherwurm ablegen. Seine Kiste kann er sich sonstwohin stecken!"

Asker und Gunnar konnten ihm nur zustimmen. Sie wollten nicht einmal wissen, was für ein Schatz den Alten animiert hatte, die Söldner zu bezahlen. Sie lösten ihre Augen und Gedanken von den blutigen Fliesen und setzten ihren Rückweg durch das verfluchte Gemäuer fort.

Eine Säule nach der anderen wanderte in dem flackernden Fackelschein an ihnen vorbei, als sie ihren eigenen Spuren folgten. Immer wieder sahen sie auch die trippelnden Spuren kleiner Rattenfüße direkt daneben, an der rissigen Mauer, hinter Säulen, in den alles umgebenden Schatten. Sie hatten sie bereits verfolgt und ihren König gerufen. Das war das Quieken gewesen.

Dann endlich kamen sie wieder an den Leichen von Petur und seinem Mörder an, dem Igel. Die bullige, stachelige Bestie lag in ihrem eigenen Blut. Gunnar hatte ihr die Kehle restlos zerfetzt und das Gesicht verbrannt. Leider zu spät.

Traurig traten sie an ihren ersten gefallenen Kameraden heran. Kjell unterdrückte ein ersticktes Schluchzen.

Hätten sie doch nur gleich kehrtgemacht! Dann wäre Bjarke noch am Leben. Herfried legte Kjell die Hand auf die Schulter. Er sagte nichts, doch in seinem Blick lag tiefe Reue. Er hasste sich für seine Entscheidung, den Weg doch noch fortzusetzen. Die Schuld lag bei ihm, doch der Schmerz bei Kjell.

Gunnar kniete an der Leiche nieder. Seine Glatze glänzte kalt von gerinnendem Blut. Wenigstens Petur würden sie hier herausschaffen und draußen bestatten. Er machte sich bereit, seine Beine zu nehmen, Asker fasste seine breiten Schultern. Als sie ihn anhoben, ging plötzlich eine unheimliche Regung durch den kalten Leib. Zum Schock seiner Freunde zuckte er, wand sich und riss die Augen auf. Wie sie noch fassungslos in das giftige Grün starrten, fuhr er herum und biss Asker in den Arm. Der schrie auf und ließ ihn los. Gunnar wurde förmlich weggetreten. Panisch suchte er nach seinem Schwert, der Axt oder der Fackel. Erst Herfrieds Hand riss ihn zur Vernunft zurück. Der Anführer schob ihn einfach beiseite und schoss einen Bolzen direkt in Peturs Brust.

Wirkungslos.

Asker hechtete zurück, Petur folgte ihm ungelenk, doch schnell. Wieder biss er zu, schnappte ins Leere. Seine Miene verzerrte sich zu ausdruckslosem, unmenschlichen Hass, als er mit gurgelndem Knurren die Zähne fletschte und nach Asker griff. Dieser konnte nicht einmal seine Waffe ziehen und schlug die Hände nur beiseite. Herfried schoss erneut und traf diesmal den Nacken, doch Petur ignorierte auch den zweiten Bolzen. In unmöglichen Winkeln und Renkungen kämpfte er sich voran. Blut und Geifer blubberten in seinem Mund.

Mit wütendem Kampfschrei stürzte sich jetzt Kjell auf den Untoten. Er kannte die Sagen, hatte seinen Bruder verloren und würde hier nicht abwarten, auch noch gefressen zu werden! In der Rechten sein Schwert, in der Linken das seines Bruders, setzte er auf Petur zu und stieß ihn mit einem Tritt in die Seite von Asker weg. Petur stürzte zu Boden, doch weder Schreck noch Schmerzen waren in seiner Miene, nur Gier. Er packte den Boden und zog sich voran, stand auf, verrenkte dabei die Glieder in unmöglicher Weise und glotzte mit blutigem Wahn im Blick seinen Angreifer in die Augen. Doch auch dieser kannte keine Angst mehr. Mit abwechselnden Schwerthieben schlug er dem angreifenden Untoten die Hände aus dem Weg und durchtrennte mit einem wuchtigen Hieb Peturs Unterarm-schutz. Fleisch riss, Knochen brachen, und die Hand klatschte dumpf auf den Boden. Der Armstumpf blutete. In triefenden Strömen ergoss sich der kalte Lebenssaft auf die staubigen Steine, doch ohne Unterlass drang Petur auf seinen alten Freund ein.

Das gurgelnde Knurren steigerte sich zu einem Brüllen, als er mit dem Armstummel zuknüppelte wie mit einer blutigen Keule. Gunnar griff ein und spaltete ihrem einstigen Gefährten mit dessen eigener Axt den Schädel. Das verlangsamte ihn endlich. Taumelnd kam er ins Stocken. In seiner Kehle gurgelte ein geiferndes Krächzen. Kjell rammte sein Schwert mitten in Peturs Brust und brachte ihn so zu Boden. Askers Hände und Arme waren mehrfach gebissen worden. Er hielt sich die blutenden Wunden und hoffte auf Gunnars Heilkunst.

Währenddessen riss dieser die Axt heraus, bereit erneut zu-zuschlagen. Die Leiche wollte nicht sterben. Zitternd, krampf-end versuchte er, sich zu erheben, doch seine Bewegungen waren zu ungelenk. Sein Krächzen trieb schleimige Brocken aus Blut und Erbrochenem in seinen Bart.

„Kjell, mach ihn fertig", gab Herfried dem wütenden Bruder den Freibrief, was der sich nicht zweimal sagen ließ.

Er drehte das Schwert bis Rippen brachen, schlug dem zappelnden Wiedergänger den anderen Arm ab und brachte sich dann in Position, ihm den gespaltenen Schädel vollends von den Schultern zu schlagen.

„Tut mir Leid, Petur", presste er durch zusammengebissene Zähne, „aber du bist da eh nicht mehr drin!"

Er hob sein Schwert und wurde von den Füßen gerissen. Fingerdicke fangarmartige Tentakel schoben sich aus Peturs Armstümpfen und packten Kjells Beine, zogen ihn heran und die sich schließenden Hälften von Peturs klaffendem Schädel formten jetzt ein riesiges Maul voller Zungen und Zähne, die sich ohne Zögern in Kjells Fleisch fraßen. Herfried erstarrte in blankem Horror, unfähig seine Armbrust zu bedienen. Also packte Asker mit blutigen Händen seinen Freund und riss ihn aus den Fängen der Leiche. Gunnar schlug die Greifarme ab und zog Kjells Beine weg. Dann zerrten sie ihn gemeinsam hoch und folgten Herfried, der rief: „Zurück! Raus hier!"

Sie stießen eine Fackel mitten in Peturs gespaltenen Schädel. Es zischte und kreischte, doch mit einem Ruck bissen die Kiefer zu und zermalmten die Fackel.

Die Kämpfer warteten diesmal nicht ab, was nun mit dem Untoten geschah, sondern stürmten an ihm vorbei und rannten zurück Richtung Eingang. Währenddessen brach ein Hagel von Tentakeln aus dem Untoten hervor und traf sie von hinten wie eine Pfeilwolke. Die Fangarme rissen die vier von den Füßen, schlugen ihnen Waffen und Fackeln aus den Händen und bohrten sich in ihre Haut. Die brüllende Leiche erhob sich. Ihr bis zum Hals gespaltener Schädel sabberte Schleim und Blut. Zwischen den Zähnen und Zungen der Kopfhälften lag das nackte Gehirn. Von Brandwunden war nichts mehr zu sehen, dafür öffneten sich nacheinander Augen in dem eiterweißen Gewebe. Fahle, kalte Augen ohne Lider. Sie ruckten nach vorn. Der ganze Körper pulsierte. Das, was einst Petur gewesen war, waberte jetzt wie ein Sack Würmer. Die ledrigen Ranken zuckten wie suchende Schlangen umher und spalteten sich der Länge nach. Immer buschiger wurden die Auswüchse und bildeten fleischige Baumkronen aus Fingern an den Armstümpfen. Er tappte voran, die Hirnaugen brannten in einer seelenlosen Gier, und mit einem gurgelnden Brodeln platzte sein ganzer Leib auf.

Panisch vor dem Horror kämpften sich die Söldner voran, wollten fliehen, doch kamen nicht weit. An allen Gliedern und Kehlen gepackt rissen die Tentakel sie mit solcher Gewalt nach hinten, dass sie wie Spielfiguren durch die Luft flogen und erst Dutzende Schritte hinter der Kreatur auf den staubigen Fliesen aufschlugen. Nur ihren Rüstungen verdankten sie ihre immer noch heilen Knochen.

Peturs breite Brust brach auf. Seine Rippen zappelten und knirschten wie Zähne. Beide Lungenflügel blähten sich, pfiffen, flatterten und grapschten nach Kjell. Wie eine Schnecke sich über einen Pilz wölbt, um ihn zu fressen, stülpte sich die nasse, kalte Lunge über den bewusstlosen Söldner und zerrten ihn in das riesige Maul.

Benommen von Schock und Schmerzen rappelte Herfried sich auf und packte Kjells Arme. Mit einem Ruck riss er ihn aus dem zähen Griff, Asker zog Gunnar hoch und zusammen rannten sie Hals über Kopf los. Noch tiefer in das Gewölbe. Sie hatten nur noch einen Gedanken. Weg hier!

Das schwankende Monster blieb grunzend in den Schatten zurück und wankte ihnen noch nach. Die Söldner rannten, was ihre Beine hergaben, vorbei an Säulen und Alkoven. Gunnars und Askers Fackeln tosten in der muffigen Steinluft und spiegelten sich flackernd in den blutigen Schmieren im Staub. Kjell rannte nur dank seiner Panik. Seine Beine waren fast gehäutet worden. Außerdem zog Herfried ihn mit sich. Immer noch hörten sie das Brodeln der Bestie hinter sich und kämpften mit ihrer Angst vor dem, was in diesem verfluchten Gemäuer noch lauern mochte.

Ehe aber Herfried vorschlagen konnte, das Ungeheuer irgendwie anders in Brand zu stecken, gab ohne Vorwarnung der Boden unter ihnen nach. Mit splitterndem Knirschen brachen sie durch die Steinplatten und stürzten in die Tiefe.

In tosendem Chaos stürzte der ganze Haufen Männer, Waffen und Trümmer im lodernden Schein ihrer Fackeln durch Schatten und Staubwolken und schlugen auf dem Boden auf. Herfried und Kjell landeten auf Gunnar und Asker, die schneller gerannt waren. Gunnar regte sich nicht mehr. Herfried kämpfte sich sofort hoch, griff sich beide Fackeln und spähte nach oben. Er keuchte, doch das blubbernde Knurren grollte nur noch in der Ferne. Wenigstens schien er ihnen nicht zu folgen.

Tief und panisch pfiff der Atem durch seine Kehle. Seine Eingeweide wandten sich angesichts des Schreckens, der ihm in den Knochen saß. Wie konnte das alles nur geschehen, was war hier los? Er kämpfte gegen Erinnerungen an sein letztes Abenteuer mit den Algaldur und war nahe daran, durchzudrehen. Er konnte sich das nicht leisten. Drei seiner Reiþulfar hatte er noch, und die würde er durchbringen! Er atmete tief durch und schürzte die Lippen. Er ging nicht davon aus, dass das Biest noch sonderlich viel denken konnte, doch zur Sicherheit verbarg er die Fackeln so unter den Trümmern, dass kein Licht nach oben drang. Im düsteren Zwielicht sah er nach den anderen.

Gunnar war voller Schrammen, blauer Flecken und blutete, aber Herfried sah, wie er sich wieder zu regen begann. Ein tapferer Mann! Froh, den Waldläufer noch an seiner Seite zu haben, zog er ihn in den Stand und umarmte ihn kurz. Ihre Blicke bedurften keiner Worte. Für Kjell kam jede Hilfe zu spät. Sein Bauch hatte sich weiter geöffnet, beide Beine waren gebrochen. Sie konnten nur mit ansehen, wie er kraftlos wimmernd erschlaffte und nun auch er starb. Heißer Schmerz trieb Tränen in die Augen des sonst so nüchternen Anführers. Gunnar lenkte sich ab, indem er Askers Wunden so gut behandelte, wie er konnte. Er hatte nur noch wenig Kräutersalbe und keine Binde mehr. Er riss einen Streifen von Kjells Ärmel und tat, was er konnte. Nachdem er auch seine eigenen Wunden versorgt hatte, standen die drei Männer am Rande der schattigen Trümmer und überlegten, wie es weiterging.

Feuer war wirkungslos. Aber wie konnte das sein? Wenn sie dieses Petur – Ungeheuer nicht umgehen konnten, mussten sie einen anderen Weg nach draußen finden. Beziehungsweise überhaupt erst einmal wieder nach oben gelangen! Über die Trümmer konnten sie nicht hinaufklettern und ohne Seile konnten sie nur hoffen, eine Leiter oder etwas Ähnliches zu finden. Herfried holte die Fackeln aus den Trümmern und verließ zuerst das Gebiet unter dem Loch in der Decke. Dann warf er einen Blick auf ihre neue Umgebung.

Soweit der Schein der Fackeln reichte, standen sie in einer großen, dunklen Halle. Wieder verloren sich in den Schatten mannstarke Säulen, die düsteren Baumstämme gleich die rissige Deckenplatte stützten, an deren dünnster Stelle sie durchgebrochen waren. Doch anders als bisher sah er hinter den Säulen keine Wände. Nicht einmal Alkoven waren am Rande der Schatten zu erkennen. Nur wogende Finsternis und aufgewirbelte Staubwolken, die sich langsam wieder zu ihrem zeitlosen Schlaf niederließen. Eine eigentümliche Stille machte sich breit. Sie wagten nicht zu sprechen. Sie fürchteten ein Echo in diesem unterirdischen Saal und was es anlocken mochte. Herfried erinnerte sich an das unheimliche Wispern, das sich schon einmal zusammen mit ihrem Echo erhoben hatte. Daran hatte er kein Interesse. Leise gingen sie voran, erkundeten die weitläufige, hohe Halle. Die Schatten wichen vor ihren Fackeln zurück und gaben den Blick frei auf riesige, steinerne Särge, die in ungewöhnlichen Mustern angeordnet im Raum standen. Sie mussten an die Schilderung des Mystikers denken, der zufolge der Schatz möglicherweise auch in einem Sarg ruhen sollte. Doch diesen Gedanken verwarfen sie, ohne darüber reden zu müssen. Ein Saal voller Särge war höchstens die Ablenkung, aber schwerlich die Schatzkammer selbst.

Die Sarkophage schienen ohnehin einem anderen Zweck zu dienen. Ihre schweren Platten boten abgebrannten Kerzen und Räucherschälchen Platz, wie auf den Alkoventischchen des oberen Ganges. Zwischen ihnen lagen jedoch auch eingestaubte Knochen menschlichen Ursprungs und von Wesen, deren Namen sie nicht wussten.

Ein seichtes Glänzen am Rande ihres Fackelscheins machte sie aufmerksam. Asker entdeckte auf einigen Särgen Kristalle. Große, klare Kristalle ebenso wie aufgebrochenes Gestein, in dessen Hohlräumen zahllose kleine Nadeln und Flächen in allen Farben glitzerten.

Allerdings dachte keiner an ihren möglichen Wert bei einem Goldschmied oder Alchemisten. Sie hatten kein gutes Gefühl bei der Vorstellung, die Steine aus ihrer auffallend sorgfältigen Anordnung zu bringen. Sie gingen weiter. Von Feuchtigkeit war hier keine Spur mehr. Scheinbar waren sie weit entfernt von dem Sumpf an der Erdoberfläche. Wie tief unten waren sie?

Herfried winkte die beiden anderen zu sich und teilte flüsternd seine Gedanken mit ihnen: „Wir sind durch die Decke gebrochen, aber es muss auch einen richtigen Weg geben, der hierherführt."

„Eine Treppe, oder Leiter", überlegte Gunnar leise.

Asker war noch etwas anderes aufgefallen.

„Da drüben hab ich Kisten gesehen."

Erfreut rafften sich die drei abgekämpften Männer auf und untersuchten die Truhen. Zwischen Särgen und Säulen standen sie in den Schatten aus festen Bohlen gezimmert und mit verrosteten Eisenbändern verstärkt. Sie hatten kein Schloss und ließen sich problemlos öffnen. In ihnen fanden sie uralte, zerfallende Decken, unleserlich vergilbte Pergamente und ein paar Münzen.

„Na, das hat sich ja gelohnt", murrte Asker verdrießlich. „Ein von Monstern verseuchtes Labyrinth, und nicht einmal ein Schatz."

„Wir haben immer noch den Smaragd", erinnerte ihn Herfried an den Fund bei dem Rattenkönig.

Er hatte den Stein in einer kleinen Tasche an seinem Gurt verstaut. Dort hing er immer noch.

In den anderen Kisten fanden sie immerhin Kleidung, mit denen Gunnar sich und Asker anständig verbinden konnte und Kerzen, mit denen sie ihre Fackeln auffrischten. Sie löschten jedoch bis auf eine alle, um sie für später aufzubewahren. Eine musste reichen.

Dann suchten sie den Ausgang aus dieser Halle. Gunnar ging wieder voran, Asker schleppte sich hinter ihm her und stützte sich an den breiten Säulen, an denen sie vorbeikamen. Immer wieder rutschte er weg oder stolperte über seine eigenen Füße. Wenigstens blutete er nicht mehr und malte sich bereits die Abreibung aus, die er dem Mystiker verpassen würde, wenn sie hier raus und wieder in Quellenau ankamen. Damit lenkte er sich von den brennenden Schmerzen ab, die sich durch seinen Körper krampften. Herfried bildete die Nachhut, kratzte sich unter seinem Wams und behielt den Überblick. Auch er hatte einiges eingesteckt und seine Armbrust bei dem Sturz verloren, aber einem Mann seiner Erfahrung machte das noch lange nicht wehrlos.

In einem der Alkoven schälte sich aus den Schatten eine schmale Tür, hinter der sich ein enger Gang ins Dunkel erstreckte. Die Luft hier war wärmer und stickiger als bisher und ihre Laute verklangen ohne Hall. Einer nach dem anderen schlüpften sie hinein und gingen im Gänsemarsch durch den schmalen Korridor. Der breite Asker hatte Probleme, mit den Schultern nicht an den Wänden entlang zu schrammen.

Bald erschien rechts neben ihnen die nächste Tür. Als die Männer sie leise öffneten, hielt sich die Dunkelheit hartnäckig und entpuppte sich als ein weiterer schmaler, einmündender Gang. Die beiden anderen schauten Gunnar besorgt an. Sie waren erschöpft und hungrig und ein unterirdischer Irrgarten war das Letzte, was sie hier brauchten. Der Waldläufer nickte vorsichtig beschwichtigend. Noch hatte er ihren Weg im Kopf, zudem klopfte er in regelmäßigen Abständen die Fackel gegen das Gemäuer und hinterließ Rußspuren, um notfalls denselben Weg wieder zurückzufinden.

Sie wanderten durch den Gang, bis er an einer weiteren Tür endete. Mit leisem Knarren öffnete sie sich, doch dahinter befand sich nur eine einsame, leere Kammer ohne weitere Ausgänge. In dem grauen Gemäuer waren keine Alkoven. Außerdem waren weder Kisten noch Fässer zu sehen. Lediglich ein einzelner Sarkophag stand in der Mitte des Raums, wie ein drohender Hohn ob ihrer verzweifelten Lage.

Missmutig machten sich Gunnar und Herfried in der Hoffnung auf nützliche Grabbeigaben an der schweren Sargplatte zu schaffen. Der dunkle Stein war fast armstark und mochte mehrere Zentner wiegen. Erst nach einer scheinbaren Ewigkeit hallte das schwere, trockene Kratzen, der sich langsam bewegenden Platte wie ein verdrießliches Murren in der engen Kammer wider. Ächzend schoben die beiden Dienstwölfe den Stein beiseite. Asker hielt die Fackel und spähte in den sich öffnenden Spalt. Nicht mehr als ein Haufen vergilbter Knochen bot sich ihrem Blick, dazwischen zerfallende Lumpen und rostige Rüstungsteile. Kalt und leblos grinste ihn das Skelett an, als lache es ihn aus.

„Ich ende nicht hier!", knurrte Asker verbissen und kehrte zurück in den Korridor.

Herfried nahm die Fackel und untersuchte in ihrem flackernden Schein den Sarkophag nach irgendwelchen Inschriften oder Aufzeichnungen. Ohne Ergebnis. Der Stein war glatt und eben. Nur auf dem flachen Sockel fanden sie einige Symbole. Sie erinnerten an Schlangen oder Peturs Tentakel. Es gab keine Hebel oder Schalter und mehr interessierte ihn nicht. Immer noch hallten Runars Worte durch seine Erinnerung, dass sich das Gesuchte in einer Kiste oder einem Sarg befinden sollte. Das Gerippe selbst wollte er lieber nicht bewegen, nicht, dass es sich auch noch zu einem monströsen Untoten erhob, wie Petur.

Als er wieder zu den anderen beiden aufgeschlossen hatte, die am Rande seines Fackelscheins warteten, wandten sie sich nach rechts und setzten ihren Weg durch den Korridor fort. Er schien in einem weiten Bogen nach links zu verlaufen und in Gunnars Geist formte er einen Kreisausschnitt um die Halle herum, durch deren Decke sie gebrochen waren. Doch er konnte sich auch irren. Wieder führte rechts eine schmale Tür nach außen, wieder erwartete sie nach einem kurzen Gang nur ein einsamer Sarkophag mit einem Skelett ohne jede Beigabe.

Wer mochten diese Leute gewesen sein? Dieses Gemäuer konnte kein Hügelgrab sein, dann hätten die Bestatteten irgendwelche Beigaben für ihren Weg ins Jenseits mitbekommen und nicht nur Lumpen.

Und wenn andere es schon geplündert hatten?

Zumindest einige Leute waren ja lebend hier herausgekommen und hatten entweder einen anderen Zugang benutzt, oder aber beide Eingangsluken wieder fest verschlossen. Vielleicht hatten sie alles Wichtige längst herausgeschafft. Jedoch welche Grabbeigaben konnten sie in Sarkophagen erwarten, die keinerlei Inschrift oder Widmung trugen?

Asker stöhnte genervt und vor Schmerzen. Vielleicht waren diese anderen Söldner aber auch nur genau solche ahnungslosen Pechvögel wie sie und dieses verfluchte Gemäuer war gar kein Grab, sondern eine grausame Falle! Wütend trat er gegen die nächste Säule und schickte ein wallendes Echo durch den finsteren Tunnel, das sich vielfach brach und überschlug, bis es in den Schatten verebbte. Die drei Kämpfer wanderten weiter durch die düsteren Gänge und fanden weitere Türen in der gleichen Anordnung. Jedes Mal ohne irgendeine Markierung. Die scheinbar endlose Stille und Düsternis zehrte an ihren Nerven. Manchmal hörten sie wieder ein Rascheln in den Wänden, manchmal ein Wispern im Dunkel. Doch als Gunnar so war, als höre er Yvannas zauberhaftes Lachen, tat er die gespenstischen Geräusche endgültig als Humbug ab. Er fasste die Fackel fester und konzentrierte sich auf jede Tür und Biegung. Er musste klar bleiben!

Auch wenn sie weder Wasser noch Nahrung bei sich hatten, mussten sie irgendwann eine Rast einlegen. Erschöpfung und die nagende Verzweiflung zehrten an ihnen und so ließen sie sich in einer der zahllosen Grabkammern nieder. Nach Reden war ihnen nicht zumute. Schweigend kehrten sie genug Schutt und Staub zusammen, um damit ihre Fackel zu bedecken und nur noch schwelen zu lassen. Die trügerische Wärme des verbleibenden Dämmerlichtes legte sich wie Balsam auf ihre Gemüter und an den großen, kalten Steinsarg gelehnt, schliefen sie schnell ein. Herfried hielt Wache, spähte aufmerksam ins Dunkel und lauschte. Er war noch nie in einer vergleichbaren Lage gewesen, doch er hatte noch genug Kraft, um weiterzumachen. Er gab nicht auf.

Gunnar fand sich in unruhigen Träumen wieder. Szenen ihrer unterirdischen Suche mischten sich mit den Erinnerungen an seine Flucht vor den plündernden Horden, die ihn aus seiner Heimat in die Fremde getrieben hatten.

Überall gab es Ungeheuer, von hasserfüllten Menschen, die auf andere Menschen losgingen bis hin zu brutalen Bestien, die nur fürs Fressen und Fortpflanzen lebten. Und immer wieder die Rache der verschiedenen Seiten aneinander.

Seufzend wandt und warf er sich hin und her, bis Herfried ihn zur nächsten Wache weckte. Etwas erfrischt, doch desorientiert brauchte er einen Moment, ehe ihm wieder all die Schrecken einfielen, die sie hierher gebracht hatten.

Das scheinbar endlose Gewölbe unter dem Sumpf, Kjell und Bjarke waren tot, Petur ein Monster. Sie suchten einen Weg zu dem Eingangstunnel oder einen anderen Weg hinaus. Er sog schwer die klamme, rauchige Luft ein und roch das Blut ihrer Wunden. Mit kurzen Blicken auf den tief schlafenden Asker verständigten sich die beiden Männer, ihn noch etwas ruhen zu lassen und auch dem Anführer eine Mütze voll Schlaf zu gönnen.

Gunnar atmete durch und begann seine Wache im düsteren Zwielicht der Grabkammer. Er achtete auf jedes Glimmen im Dunkeln, fürchtete die grünen Augen der Ratten, doch jedes Mal war es nur das orangene Glänzen der schwelenden Fackel am Rande seines Sichtfeldes.

Er lauschte auf jedes Geräusch. Die Schreie seiner Träume hallten überlaut durch seine Gedanken und zogen ihn mehr und mehr hinab in seine Erinnerungen.

Geh zurück, hatte sein Vater gesagt, als der junge Gunnar ihm helfen wollte, die Räuber zu vertreiben.

Zurück! Den irrwitzigen Versuch hätte er fast mit dem Leben bezahlt.

Komm zurück!, hatte ihn seine Mutter an- gefleht, als er den hungrigen Bären vertreiben wollte, der eines Winters in ihre Vorratskammer eingebrochen war.

Zurück. Ihr Nachbar hatte Gunnar gerettet und dabei einen Arm verloren.

Heute konnte Gunnar kämpfen und fürchtete weder Räuber noch Bestien, genauso hätten sie auf ihrem Weg hierher dem,

Bleibt zurück!, der Köhlersfrau mehr Beachtung schenken sollen, dann wären drei von ihnen noch am Leben.

Zurück! Warum nur gaben sie niemals auf? Das sonst so edle Söldner – Credo hatte die Reiþulfar diesmal in eine Lage gebracht, aus der es vielleicht kein Entkommen gab.

Bring ihn zurück!, hallte es wieder durch seine Gedanken.

Moment! Er stutzte. Was sollte er zurückbringen? Er hatte in seinem Leben nur Essen gestohlen, auf seiner Flucht und meist mit einer Tracht Prügel bezahlt. Was war das für eine Erinnerung?

Der Stein ist der Schlüssel!, fauchte es wie Windböen zwischen seinen Schläfen.

Er kniff vor Schmerzen die Augen zusammen. Das war keine Erinnerung! Was war das? Er fuhr herum. Hinter seinen schlafenden Gefährten sah Gunnar nur dichte Schatten.

Wir sind die Wächter! Wächter dieser Stätte, der ewigen Wacht!, hallte es wie ein Echo ohne Ursprung durch das Dunkel der Grabkammer und seiner Gedanken.

Gunnar rutschte das Herz in die Hose. Das war keine Einbildung. Irgendetwas sprach zu ihm! Die Schatten wurden immer dichter und dunkler, wurden zu Schemen und scheinbaren Gestalten. Er griff sein Schwert. Wozu? Gegen Geister half kein Stahl. Ein Schauer überkam ihn. Wann nahm dieser Alptraum ein Ende?

Der Stein wurde gestohlen, bringt ihn zurück!

„Bitte“, brachte Gunnar unter Aufwand all seines Mutes und Höflichkeit hervor. „Wir wollen nur noch hier raus. Wir wollten eure Ruhe nicht stören.“

Du lügst!, wehte es von allen Seiten durch die Finsternis. *Ihr wollt stehlen, plündern ohne zu wissen, was ihr damit freisetzt! Ihr könnt nicht gehen!*

Mit einem Blick auf seine Gefährten erkannte Gunnar, dass sie immer noch schliefen. Nur er hörte diese Stimmen. Verlor er jetzt den Verstand?

Die Fackel glomm und schwelte, fast verlöschend wie sein letzter Mut. Dann verblassten die Stimmen in den Schatten und hinter dem Atmen seiner Gefährten. Er hörte kaum noch das düstere Wispern, bis da nur noch drückende Stille war.

Kurz darauf erhoben sich die Stimmen zu neuer Kraft, überschlugen sich in einem hallenden Crescendo.

Es ist der Stein ist der Schlüssel ist der Stein! Bring ihn zurück!

Gunnar verzog das Gesicht, die Stimmen fühlten sich in seinem Kopf an wie Übelkeit. Sie konnten nur den Smaragd meinen, den Herfried mitgenommen hatte, doch sollte der zurück zu dem Rattennest? Gunnar versuchte, zu verstehen. Sein von Hunger und Schrecken heimgesuchter Geist konnte sich keinen Reim auf die Worte aus dem Dunkel machen.

Nicht ins Nest, nicht zu den anderen Dieben! Die Ratten haben den Stein befreit und mussten dafür zahlen. Wir hielten sie hier. Ihr nahmt ihnen das Leben, so ist es gut und so soll es auch euch ergehen!

Je mehr sie mit ihm sprachen, desto mehr hatte Gunnar das Gefühl, es mit echten Menschen zu tun zu haben. Er konnte sie nur nicht sehen. Das war eben so. Er stellte sich vor, sie würden einfach nur im Dunkel stehen.

„Aber das ist ungerecht!", konnte er endlich das Wort an sie richten. „Wir haben den Rattenkönig für euch getötet! Wir haben uns die Freiheit verdient!"

Rasendes Lachen hallte durch die Kammer und brach sich an den Wänden und in Gunnars Geist.

Für uns? Ein Dieb hat nur den anderen getötet!

Gunnars Mut sank ins Bodenlose. Ja, sie waren Diebe.

Runar hatte sie hergeschickt, um Schätze zu holen, das Grab zu plündern.

Es ist kein Grab, hallten die Stimmen im Dunkel. *Früher wurde in den Nischen gebetet, bis zum Tod und darüber hinaus! Gegen den Herrn der Fleischhölle jenseits der Welten.*

Gunnar verstand nicht, doch ehe er seine Verwirrung in Worte fassen konnte, überschlugen sich die Stimmen.

Dafür sind wir gestorben, um euch zu schützen!
Gunnar hatte Mühe, sich zu konzentrieren. Doch im letzten Teil fiel der Kanon zu einem Satz in sich zusammen:
Der Stein darf nicht entkommen!
Gunnar schob sein Schwert zurück in die Scheide. Er wappnete sich. Die Stimmen waren entweder wirklich nur in seinem Kopf oder schienen zum Reden bereit. Beides war besser, als sich nach Monstern und wandelnden Leichen auch noch mit Gespenstern herumschlagen zu müssen.

„Ihr seid für uns gestorben?"

Körper sterben, geben Seele und Kraft für die ewige Wacht, hallte es aus dem Dunkel.

Doch andere Stimmen schnitten sich wie Messer durch die Schatten.

Eure geliebten Algaldur töten einfache Leute! Das war auch ungerecht!

Gunnar schluckte. Die Algaldur? Das war ein hoher Rat aus den fähigsten Magiern und Schamanen aller Stämme und Länder, der unterstützt vom Adelsstand über Menschen und unmenschliche Wesen gleichermaßen wachte und ein Wiederaufflammen der alten Streitigkeiten verhinderte. Dass dieser Orden unschuldige Menschen töten sollte, konnte er sich nicht vorstellen. Doch er versuchte, sich auf die ruhigeren Stimmen zu konzentrieren.

Wir haben unseren Zorn lange abgelegt. Die Apokalypse des Fleischgottes aufzuhalten, ist jedes Opfer wert. Unser Tod bewahrt so viele Leben. Diese Ehre wird auch euch zuteil.

Gunnar dachte nicht daran, diese EHRE anzunehmen. Vielmehr wollte er Zeit schinden, um mehr zu erfahren und vielleicht doch noch einen Ausweg zu finden.

„Was für einen Gott meint ihr? Und was ist das für ein Stein?"

Schon der Blick auf den Gott des Fleisches raubt den Verstand, sät seinen Wahn. Doch der Stein kann bekämpft werden!

Er ist kein Smaragd, er ist nichts wirklich. Die Ältesten des Zwergenvolkes selbst haben ihn geschaffen, kristallisiert aus den Essenzen von Dämonen, die anders nicht sterben konnten.

Gunnar hatte noch nie mit Dämonen zu tun gehabt und erst ein einziges Mal im Leben mit Zwergen. Er musste an Petur denken. Er war ein Monster geworden. Und auch er war keiner Verletzung erlegen.

Er ist einer wie sie geworden, aber nur einer. Früher viele, gab es viele wie ihn! Tränke aus dem Fleisch gräulicher Ygglinge ließen sie zu dem werden, was dein Freund nun ist, was dein Freund nun wird.

„Was sind Ygglinge? Wie kann aus einem Menschen so etwas werden?"

Es ist der Stein ist der Schlüssel ist der Stein!, wehte es immer eindringlicher durchs Dunkel. *Er vergiftet alles Leben, stürzt es aus dem Gleichgewicht ins Chaos. Du hast es gesehen! Das Teil wird zum Ganzen!*

Wogende Aufregung glitt durch die Schatten, sie wurden lauter und eindringlicher. Fast glaubte er, flirrende Schemen im Dunkel zu erkennen. Mannshohe Gestalten. Viele. Er drückte sich noch etwas näher an den glimmenden Schein der Fackel. Ja, er hat es gesehen!

Ygglinge sind fleischgewordene Alpträume! Gesundes wird abartig gestärkt, Krankes verdreht und Gestorbenes erhebt sich zu einem Unleben! Ygg nimmt die Fähigkeit zu sterben.

Ein kaltes Grauen überkam Gunnar. Er verstand nicht alles, was die Geister sagten. Doch Petur war kein einfacher Wiedergänger wie in manchen Legenden, er war irgendetwas anderes.

Und das war erst der Anfang! Unser Tod gab den Symbolen Kraft, niemand kam heraus! Doch seit die Algaldur nicht mehr kommen, verfällt das Gemäuer, erstarken Ungeheuer und neuer Schutz wird teuer!

Die Stimmen hallten jetzt von überall her auf Gunnar ein, fast glaubte er, sie in sich selbst zu hören. Doch er erinnerte sich an den merkwürdigen Geruch im oberen Tunnel – nach Kalk und Sand, statt Wasser und Moder. Der Sumpf schien sich tatsächlich erst ausgebreitet zu haben, nachdem die Natur dem verzehrenden Einfluss dessen erlegen war, das hier unten eingesperrt wurde. Das ganze Gewölbe war älter … mit all seinen Kerzen, den Räucherschalen und Kristallen, den Gebetsnischen und seltsamen Zeichen.

Er dachte an die gewundenen Gänge und die Anordnung der Sarkophage.

War dies alles ein riesiger Tempel?

Auch wenn ihn die Atmosphäre solcher Stätten stets fasziniert hatte, war er noch nie an so einem Ort gewesen. Wäre es doch nur so geblieben.

Es ist ein Schrein! Die Muster unserer Gräber zeichnen ein Gefängnis, das niemals brechen darf! Eindringlinge werden zu Bestien verdreht, ehe sie weiterkommen, und wir halten sie dann hier. Die Brüder haben sich bereits erhoben und wandern ebenso ziellos wie der erste.

Gunnars Miene zitterte.

Also waren Kjell und Bjarke nun auch Monster. Ob sie einander noch kannten? Wenn er an Peturs Wahn dachte, zweifelte er daran.

Sie kommen nicht mehr weg, fuhren die Geister fort. *Nur die Ratten fraßen sich durch Gehölz und Gebein und befreiten den Stein. Doch solange er hier in den Grenzen unseres Musters bleibt, bleibt er ruhig, bleibt die Oberwelt sicher.*

Hier sah Gunnar seine Chance, eine Verhandlungsbasis.

„Und wir haben ihn getötet, ehe er das Grauen zurück an die Oberwelt bringt."

Nein, mit den Tieren kommen wir klar. Der König hat das Juwel eifersüchtig gegen alle Diebe und Neider verteidigt. Er war ein unfreiwilliger Wächter, wie wir.

Gunnar nestelte ohne Ziel und Hoffnung an seinem Schwert herum. Er kämpfte mit sich, gegen Verstörung, Erschöpfung, Verzweiflung.

„Hätten wir das gewusst ...“

Es ist geschehen! Der Stein muss nun zurück!

„Und wir bringen ihn zurück, erneuern die Zauber, wir tun alles, damit dieser Schrecken niemals ausbricht. Glaubt mir, das wollen wir auch! Aber dann, bitte, zeigt uns den Weg hier heraus! Wir werden auch dafür sorgen, dass nie jemand mehr hierherkommt!“

Es ist beschlossen!, rollte es durch die drückenden, treibenden Schatten.

Die Schemen loderten wie schwarze Flammen in der Finsternis, und fast glaubte Gunnar, einzelne Gestalten unterscheiden zu können. Sie wandten sich um, ob zu ihm hin oder von ihm weg, konnte er nicht erkennen. Doch sie winkten ihm. Hoffnung keimte in ihm auf. Das erste Mal in diesem verfluchten Gemäuer. Unsicher, ob er seine Gefährten hier zurücklassen, aufwecken oder den Gespenstern gar nicht erst folgen sollte, zögerte er. Doch die Aussicht auf Freiheit war verlockender als jeder Zweifel, so machte er einen Schritt in die Richtung des schwarzen Schemens. Mit einem Mal fühlte er sich durch die Gänge rasen, weg von seinen Freunden und vorbei an Säulen, Gräbern, Türen und hinab durch Luken und Treppen hinunter bis zu einer kleinen Kammer in der düsteren Tiefe des Erdreichs. Dort stand ein Felsenaltar. Eine undeutliche menschliche Gestalt saß darauf und hielt den Smaragd auf dem Schoß, versunken in todesähnlicher Meditation.

„Hey!“

Nein ... Die Gestalt war nicht in Trance. Sie war tot. Sie hielt mit ihren starren Händen den Kristall nicht nur gefangen, sondern auf diesem Altar mit seinen Reihen an Kristallen auch ebenso reglos.

„Wach auf!“

Gunnar glaubte, die Gestalt zu kennen. Ihre breite Statur war ihm nicht fremd.

„Toller Wächter", lachte Asker wenig erfreut und stieß Gunnar an.

Ohne Vorwarnung riss er die Augen auf und fand sich bei seinen Freunden wieder. Herfried hatte die Fackel auflodern lassen, deren warmer Schein übers Askers mürrische Miene flackerte. Gunnar blinzelte irritiert.

„Wie ...?"

„Du bist eingeschlafen, Herr Nachtwächter", erklärte ihm Asker das Offensichtliche. Seine Wunden hatten die Verbände durchgenässt, doch der kräftige Kämpfer war nicht so leicht unterzukriegen.

„Was ...? Verdammt. Ich dachte, ich wäre unten bei dem Altar, wir hätten mit den Geistern die Muster wieder hergestellt und das ganze Chaos hier beendet."

Asker starrte ihn verständnislos an. Gunnar selbst fühlte sich wie ein Kind, das Traum und Wirklichkeit nicht mehr unterscheiden konnte. Nur Herfried schürzte nachdenklich die Lippen. Gunnar wuchtete sich auf die Beine, fand zu seiner Erleichterung alles in Ordnung, soweit er die düstere, leere Grabkammer so bezeichnen konnte, und fluchte leise. Toller Nachtwächter! Er war eingeschlafen! Und scheinbar dabei, den Verstand zu verlieren. Geister und Altäre! Er rieb sich das Gesicht, und sehnte sich nach einem Schluck Wasser. Herfried sah ihm in die Augen. Er wirkte nach der Pause erholt und kräftig, jedoch noch in sich gekehrter als sonst. Er musterte Gunnar genau.

„Erzähl schon."

„Was?"

Gunnar hatte keine Entschuldigung für seine Nachlässigkeit.

„Ich hab noch nie erlebt, dass du auf einer Wache einfach einschläfst. Vor allem nicht hier unten. Also. Was ist los?"

Gunnar konnte sich ein dankbares Lächeln nicht verkneifen. Der alte Herfried war derselbe gütige, doch gerissene Anführer wie immer. Ein Segen in einer ausweglosen Lage wie dieser.

Wobei, wirklich ausweglos?

Er fasste sich ein Herz und berichtete den beiden von seinen Träumen, von den Geistern und ihrer Wache.

Asker hustete Blut, doch verdrehte nicht nur wegen der Schmerzen die Augen.

„Erst schlafen und dann spinnen. Tut mir Leid, aber ich seh hier keine Geister und ich bin denen näher als du!"

Herfrieds Reaktion überraschte sie beide. Er hörte nachdenklich zu, ließ ihn ausreden und hakte vor allem an den Stellen nach, an denen die Geister die Ygglinge und den Fleischgott erwähnt hatten. Nun im Rückblick fiel ihnen die Ähnlichkeit auf, Tentakel aus Peturs Leib und Schlangensymbole auf den Grabsockeln. Bestien mit grünen Augen und ein Smaragd. Als Gunnar geendet hatte, holte ihr Anführer den Stein aus der Tasche hervor. Groß und schwer lag er in seiner sehnigen Hand, der Schein des Feuers ließ seine grünlichen Tiefen noch düsterer wirken.

„Ich glaube nicht", setzte er langsam an, „dass die Geister lügen oder du dich irrst."

Die beiden Männer sahen ihn fragend an.

„Von solchen Kreaturen hab ich schon gehört", knurrte Herfried.

Dunkle Erinnerungen warfen Schatten auf die Furchen und Falten seiner Miene.

„Jahre her", begann er. „Mit den Algaldur ging's nicht nur gegen Sklavenjäger. Zusammen mit ihrer Speerspitze haben wir auch falschen Propheten und dunklen Kulten das Handwerk gelegt. Und dabei ..."

„Du?", fragte Asker ungläubig.

„Von allem Magischen lässt du doch die Finger."

„Seither, ja", gab Herfried zurück.

„Bis wir aufgerieben wurden. Einer nach dem anderen zerfressen von lebenden Schatten und Irren, deren Wahn ich nicht beschreiben kann. Gut verdrängt!", hustete er mit einem bitteren Lachen.

„Da waren auch solche Dinger dabei, wie Petur. Ranken und Zähne und Schleim und was weiß ich. Hakon hat uns trotzdem in einen Sieg geführt. Mit einer Niederlage könnte der nicht leben! Er hat uns Geld, Ehre und alles angeboten, damit wir weitermachen, aber ich bin gegangen. Nie wieder Monster!"

Verbissen kämpfte der sonst so gefasste Söldnerführer mit seinen Gedanken. Angst und Erinnerungen schaukelten sich gegenseitig hoch und fraßen an seiner Verfassung.

Stille machte sich breit. Der Schein der Fackel lieferte sich einen beständigen Kampf gegen die dichten Schatten der kleinen Kammer, und bildete eine tröstliche Insel in einem Meer aus Einsamkeit und Grauen. Die drei Männer schauten sich an, ohne einander zu sehen. Sie alle dachten an den alten Mystiker, der sie hierher geschickt hatte. Sollte er von all dem nichts gewusst haben?

„Also ist es wahr", atmete Gunnar schwer ein. „Hier unten ist etwas. Aber was? Gegen was seid ihr ins Feld gezogen? Was ist das alles hier?"

„Die Algaldur haben uns nur das Nötigste gesagt", gab Herfried zu. „Aber das passiert nicht das erste Mal. Vor fast hundert Jahren hat es einen aus meinem Clan erwischt, einen Jäger. Nahm kein gutes Ende, daher hab ich dann unsere Bande aufgestellt. Keine Monster, keine Magie. Aber ..."

Er brach ab und rang nach Worten.

„Seit ich den Stein trage, wird mir das Ding immer unheimlicher. Ich hab sonst keine Ahnung von Magie und solchen Artefakten, aber dieser Kristall hier ... ist böse. Nicht einfach nur selbstsüchtig und rücksichtslos wie dieser Runar. Nein, tiefer. Er greift tiefer. Ich habe schon mit dem Gedanken gespielt, ihn hierzulassen, ehe dir die Geister erschienen sind, Gunnar."

Asker brummte verdrießlich. Er glaubte nichts davon, doch letzten Endes vertraute er seinen Freunden.

„Kann das Ding", würgte er widerstrebend, „mich wieder zusammenflicken?"

Darauf wussten weder Gunnar noch Herfried eine Antwort. Doch sie wollten auch kein Risiko eingehen, also behielt Herfried den Stein weiterhin in seiner Tasche.

„Du hast den Weg gesehen? Führe uns", wies er seinen Waldläufer an.

Etwas unsicher worauf er sich einließ, trat Gunnar aus der Grabkammer und erreichte durch den kurzen Zwischenkorridor den Hauptgang. Diesem folgte er mit Herfried und Asker im Schlepptau bis zu einer Gabelung. Von links kamen sie, dort lag die Hauptkammer, durch deren Decke sie hereingestürzt waren. Er dachte zurück an seinen Traum, wandt sich nach rechts und folgte diesem Gang. Immer noch Nischen und Alkoven im Gemäuer, Gerüche von Steinen und Ruß in der Luft. Doch wie erhofft verdeckten die nächsten Säulen eine schmale Tür im Winkel einer breiten Ausbuchtung. Es gab keine Klinke oder Knauf. Er atmete kurz ein, dann legte er seine Hand an das Holz und drückte.

Erst tat sich nichts, dann gab sie mit knarrendem Rucken nach. Morsches Holz und Staub bröckelten zu Boden, bis sie den Blick freigab auf einen düsteren Tunnel.

Gunnar lauschte. Er gab Asker ein Zeichen und hielt die Fackel hinein. Der Gang verlief eng am bisherigen Korridor entlang und verschwand dann im Dunkel. Sie tauschten kurze Blicke und schlüpften dann einer nach dem anderen durch die enge Pforte.

Wieder nur das gleiche, düstere Gemäuer, Säulen und Nischen. Doch hier zweigten mehrere Türen ab. Gunnar folgte jeder, wie er es im Traum gesehen hatte.

„Verfluchtes Labyrinth", knurrte Asker in seinen Bart.

„Das ist ein Tempel", entgegnete Gunnar konzentriert.

„Es gibt eine Ordnung hier."

An einer Weggabelung überlegte er kurz, entschied sich dann und führte sie weiter. Der Boden ging leicht abwärts.

„Die Korridore bilden ein riesiges Muster. Die Halle der Särge liegt bestimmt in der Mitte und der Altarraum direkt darunter. Ich glaube, die Geister wollten mir einen Nebeneingang zeigen."

Asker atmete schwer ein.

„Vorbei an den ganzen Kristallen, Kerzen, Gebetsnischen und Särgen."

Herfried konnte ein schleimiges Husten nicht unterdrücken, dann keuchte er: „Der Bau hier spannt einen riesigen Bannkreis auf!"

Gunnar mahlte mit den Zähnen und versuchte, sich an jede Biegung, jede Tür zu erinnern, die er im Traum passiert hatte.

„Und der erste Gang, oben wo Petur und Bjarke liegen, war vielleicht nur einer von den Arbeitern", überlegte Asker. „Um Bauschutt wegzuschaffen oder so."

„Hätten sie ihn nur zugeschüttet", seufzte Gunnar, während er mit seinem Dolch eine Tür aus ihren Angeln hebelte, die von Rost und Staub vollkommen verklebt waren.

Sie wanderten durch den engen Korridor und verstummten wieder. Einmal stolperte Herfried und verschluckte sich am allumgebenden Staub. Er riss sich zusammen und sie setzten ihren Weg durch das dunkle Gemäuer fort.

Wenn nur alles klappen würde!

Sie vermissten Dinge, die ihnen früher so selbstverständlich gewesen waren, dass sie nie wirklich darauf geachtet hatten. Dinge wie die Wärme der Sonne, die Frische des Windes, das Rascheln von Laub und das Glitzern der Gräser.

Sie mussten eine weitere Tür aufbrechen, doch das morsche Holz war kein Hindernis.

Wieder würgte es Herfried, doch er trieb sie an, weiterzugehen. Gunnar hoffte, dass sein Anführer wirklich in so guter Verfassung war, wie er wirkte. Herfrieds Kondition erstaunte ihn hier nicht zum ersten Mal, schon früher hatte der alte Kämpfer eine beachtliche Zähigkeit an den Tag gelegt. Zur Sicherheit hielt er die Fackel etwas höher, um ihm wenigstens den Rauch zu ersparen.

Endlich kamen sie zu der Kammer, deren steinerner Sarkophag außer der Borte auf dem Sockel, auch auf der Steinplatte ein Symbol aufwies. Zwei sich kreuzende Schlangen.

Das Symbol des Ygg, glaubte Gunnar in den Schatten zu hören.

Die Geister waren also noch bei ihnen und sie ließen sich nur von ihm hören. Was hatte er an sich, das ihn in ihren Augen würdig machte? Oder das ihn Stimmen hören ließ. Er hoffte, dass er nicht einfach nur den Verstand verlor und seine Freunde in den Tod führte. Auf ewig hier unten eingesperrt zu sein. Er sehnte sich nach Sonne. Nach Wind. Nach Yvanna.

Gemeinsam mit Herfried packte er die steinerne Deckplatte, doch ehe er einen festen Stand einnehmen konnte, hatte sein Anführer die Platte schon mit einem Ruck von dem Sockel geschoben. Mit berstendem Krachen polterte sie auf den Boden.

„Beeilung", knurrte Herfried nervös.

„Wenn wir dafür freikommen, will ich die Wächter nicht noch warten lassen!"

Er schnappte sich Gunnars Fackel und spähte in den Sarg. Wieder lag ein ganzes Skelett darin und wie seine Blicke es trafen, musste Gunnar an die düsteren Schemen denken.

Wessen Überreste hatten sie diesmal gefunden?

Außer den leeren Augenhöhlen starrte ihnen unter den Knochen eine massive, gusseiserne Luke entgegen, mit geschmiedeten Symbolen und beschlagen mit Metallen, für die sie keine Namen wussten.

Herfried schob die Gebeine zur Seite und ließ Gunnar den Griff packen, doch sie war zu schwer. Er zog fester, stöhnte. Erst als Herfried mit anpackte, gelang es den Männern, den Schacht zu öffnen. In seinem Traum hatte sich die Luke ganz einfach öffnen lassen. Er hoffte, dass sie immer noch auf dem richtigen Weg waren.

Tief ins Dunkel führte der Schacht, aus dem Sarg heraus mehrere Klafter in die Tiefe, wo kein Licht hinabreichte. Mit seinem Schwert schnitzte Herfried einen dicken Span von seiner Fackel ab, entzündete ihn und warf ihn in das Loch. Tiefer und tiefer fiel die flatternde Flamme durch die Schatten, vorbei an glattem, rissigem Mauerwerk und heraufziehender Feuchtigkeit. Die Luft, die ihnen langsam entgegen schwappte, war merklich kühler und feuchter. Endlich schlug der Span auf. Fast hundert Schritte mochte der Schacht tief sein. An drei Seiten glänzten Wände im Schein des Flämmchens, die vierte war so finster wie die Kammer oben, in der die drei Männer standen. Dort musste ein weiterer Tunnel sein, der Letzte, wie sie hofften. Allerdings hatten sie keine Leiter. Gunnar und Herfried schauten sich an. Wenn sie sich mit Rücken und Füßen an die Wände stützten, würden sie hinabsteigen und den Auftrag der Geister erfüllen können. Aber Asker?

„Was?", fragte der. „Was schaut ihr mich so an? Ich komme mit!"

„Überleg dir das", setzte Herfried an. „Wir wissen nicht, was uns da unten erwartet. Der Abstieg wird weder leicht noch angenehm, falls wir nicht gleich abstürzen."

„Ich bleibe hier nicht allein zurück!"

Seine Augen wurden panisch angesichts dieser Vorstellung. Er war nicht in der Verfassung, zu kämpfen.

„Wir brauchen einen, der hier Schmiere steht. Du musst uns warnen, wenn sich irgendwas nähert."

Asker lachte hustend, hielt sich den Bauch.

„Wenn hier irgendwas kommt, war's das so oder so für mich. Mit euch zusammen kann ich vielleicht noch was reißen. Gedeckt, aus dem Hinterhalt. Aber allein kannste mich vergessen."

Gunnar mahlte mit den Zähnen, doch er respektierte Herfrieds Entscheidung, als er widerstrebend einlenkte.

Zusammen machten sie sich an den Abstieg.

Herfried ging voran. Mit vorsichtigen Griffen brachte er sich in Position, stieg in das Loch und verankerte seinen Leib zwischen den gegenüberliegenden Wänden. Langsam ließ er sich ins Dunkel gleiten. Dabei hielt er die Fackel eng an die Mauer, so, dass er die anderen weder blendete, noch versengte. Gunnar folgte ihm dichtauf und stützte Asker, der sich ächzend und zitternd ebenfalls hinabließ.

Der Schacht führte sie senkrecht hinab in die Finsternis und sie sahen, wie das Mauerwerk in nackten Fels überging.

Herfried kratzte mit dem Nagel an dem dichten, grauen Gestein und brummte etwas wie: „Uralte Schichten."

Gunnar musste all seine Kraft und Konzentration zusammennehmen, um gleichzeitig sich und seinen verletzten Gefährten zu sichern.

Als der Span tief unter ihnen endlich verglomm, starrten sie unter sich nur noch in ein dichtes, lichtloses Dunkel. Nach ein paar Klaftern erkannten sie Löcher im Gestein, die von alten Bohlen oder Fackelhaltern stammen mochten. Jetzt gaben sie gute Griffe ab, dank denen die Söldner rascher vorankamen.

Als sie unten anlangten, trieb Herfried sie auch schon in den Gang. Immer wieder musste er ein Husten unterdrücken. Er schob es auf den Staub und die feuchte Luft in dem Stollen. Es wurde kalt. Tau glitzerte auf dem Gestein, rann in dünnen Spuren hinab und bildete seichte Schlammlachen in dem von Staub und breitgetretenem Geröll krümeligen Boden. Ihr Atem wehte in fahlen Wolken vor ihren Mündern und mischte sich mit dem klammen Dunst, der hier herrschte und im Schein ihrer Fackel wie ein feuriges Nordlicht glomm. Eigentlich ein faszinierender Anblick.

Gunnar hatte jeden Überblick verloren, wie tief sie insgesamt schon unter der Erde waren. Den an frische Luft und weite Sicht gewöhnten Söldner erfreute das gar nicht. Wenn er an die Massen aus Erde und Gestein über sich dachte und den Sumpf, der auch irgendwo über ihm sein musste, beschlich Furcht seine Seele.

„Sind wir hier richtig?", fragte Herfried.

Seine Stimme versagte ihm kurz.

„Denke schon."

Zumindest hoffte Gunnar das.

Er folgte seinem Geistertraum durch diesen Tunnel, der sich grob gehauen durch das Felsgestein zog. Die Luft war schwer von den kalten Dunstschwaden und dem kratzenden Rauch ihrer Fackel. Hier unten stand die Luft. Das erste Mal seit ihrem verhängnisvollen Abstieg in das Gemäuer machten sie sich Sorgen, hier zu ersticken. Die Flamme ihrer Fackel leckte neugierig an dem tiefen Deckengestein und hinterließ samtig schwarze Rußflecken.

Es dauerte nicht lange, da öffnete sich der Gang und gab die Sicht frei auf eine fast kreisrunde Kammer, so groß wie die Grabkammern der gemauerten Bereiche über ihnen, jedoch niedriger.

Dort, wo oben aber steinerne Sarkophage standen, erkannten sie hier einen riesigen Felsenaltar. Edle Kristalle und Phiolen waren in verstrickten Mustern ins Gestein gearbeitet und umsäumten eine flache, zentrale Vertiefung, gerade groß genug für eine Faust oder eben den Smaragd. Herfried trat schwer atmend an den Altar heran, der ihm bis zur Hüfte reichte. Er sah die verschiedenen Steine in den Mustern und trockene Kräuter in den Phiolen. Kurz dachte er dasselbe wie Gunnar, wäre die Situation eine andere, würden sie hier alles plündern.

Kristalle und Juwelen waren Kostbarkeiten an sich. Es gab Mystiker und Magier, die noch mehr Geld für die Phiolen unbekannter Kräuter und die Körperteile der gräulichen Bestien zahlen würden. Allerdings kämpften sie hier um ihr Überleben. Ihre letzte Hoffnung war das Wort der Geister, ihnen anschließend den Weg hinaus zu zeigen. Zumindest wenn sie den dämonisch verseuchten Smaragd wieder an den Ort zurückgebracht hatten, der seinen verderblichen Einfluss eindämmte.

Herfried zog den Stein aus der Tasche. Endlich kam der Stein wieder ans Licht. Hier unten, neben Bannzeichen und Wächtern, war sein giftiges Feuer unübersehbar, das nichts mit dem flackernden Schein der einsamen Fackel zu tun hatte. Der Kristall selbst gab einen fahlen, grünen Schimmer von sich, der auf Felsen und Altar mit dem warmen Feuerschein im Widerstreit lag. Sie waren auf Schatzsuche gewesen und nicht nur Herfried war der Gedanke gekommen, dass Runars Schriften von genau diesem Stein gesprochen hatten. Vielleicht würde er ihnen mehr zahlen, wenn er von ihren Verlusten erfuhr. Aber was würde er mit diesem teuflischen Ding machen? Die Reiþulfar waren Söldner und schreckten weder vor Kämpfen noch Plünderungen zurück, doch diese Schrecken zu bannen, war wichtiger als all ihre Aufträge zuvor. Fest entschlossen platzierte Herfried den Smaragd in der Vertiefung in der Mitte des Altars.

Nichts geschah.

Kein Erdbeben kündigte das Sterben der dämonischen Energien an, kein Schrei zeugte vom Ende der Monster.

Unsicher schauten die Männer einander an. Was stimmte nicht? Gunnar schluckte und setzte an: „In meinem Traum waren wir nicht allein hier. Da saß eine Gestalt auf dem Altar, die den Stein hielt. Ich glaube, sie war nicht mehr am Leben."

„Aber hier ist eine Vertiefung, die genau passt", brachte Asker heraus, der sich hustend heranschleppte.

Trotz der klammen Luft schwitzte er.

„Dein Traum hat uns hierher geführt, also muss was dran sein", beharrte Herfried.

Seine Stimme klang tiefer als sonst und seine Augen waren verkniffen. Er ging um den Altar, untersuchte die Symbole und platzierte den Smaragd immer wieder in der Mulde. Gunnar war ratlos.

Hatten die Geister ihn genarrt? Hatte er sich das alles nur eingebildet?

Asker stöhnte, nicht genervt, sondern gepresst. Ein Zittern überfiel ihn, seine Augen weiteten sich, doch seine Kehle war wie zugeschnürt. Gunnar eilte an seine Seite, versuchte, ihm zu helfen, Askers Hände und Arme krampften so heftig, dass er förmlich versteinerte.

„Herfried!", rief er panisch.

Asker atmete immer hektischer, steifer, flacher, dann wurde er mit einem Mal eiskalt, seine Lippen spröde. Er sah aus wie eine Leiche. Abrupt beruhigte er sich wieder, sein Atem wurde ganz tief und entspannt. Seine irr rasenden Blicke fingen sich in Gunnars Miene, fanden dort Halt. Mit vielfacher Stimme sprach er: „Unser aller Tod war nötig gegen die Kräfte des Fleischgottes. Noch bestehen die Bande, noch bestehen die Muster."

Gunnar erkannte in dem Kanon aus Askers Kehle die Stimmen der Geister wieder und hörte reglos zu.

„Der, der sich am verzweifeltsten ans Leben klammert, soll das seine lassen und damit das stygische Leben weiterhin in Schach halten. Habt Dank, Lebende. Euch ist große Ehre zuteil geworden."

Wieder überfiel ein Zittern seinen bulligen Leib, dann riss er seine Hand hoch.

„Den Stein!", forderten die untoten Wächter.

Askers Mund sprach die Worte, doch er war ohne Leben. Er war wie in Trance. Wie die Gestalt in Gunnars Traumvision.

Herfried holte den Stein vom Altar. Seine Bewegungen waren steif und zittrig, doch er zwang sich zur Ruhe.

„Wenn ich ihn euch gebe, was geschieht dann?"

Ein Beben ging durch den schlaffen Asker.

„Dann ist die Seuche des Ygg wieder gebannt", sprachen die Geister aus seinem Mund.

„Wir können ruhen, bis der nächste Tölpel kommt, um das Verderben zu riskieren!"

„Und unser Freund? Ihr sagtet etwas von Leben geben."

„Den Stein!", wehte es jetzt wie Windböen aus Askers Mund.

Sie hoben seinen Arm und griffen nach dem Kristall in Herfrieds Hand. Im letzten Moment zog der den Smaragd weg.

„Zuerst gebt ihr unseren Freund zurück! Raus aus ihm und seine Verletzungen könnt ihr dabei gleich heilen!"

„Herfried, bist du des Teufels?!", herrschte Gunnar entsetzt, packte den Stein und legte ihn in Askers Hand.

Herfried fluchte. Seine von Schmerzen gepeinigte Miene ließ keinen Zweifel aufkommen. Er hätte Asker zuerst befreit und dann erst den Smaragd übergeben. Ein fahler Schimmer erhob sich in Askers Augen und kroch über seinen gesamten Leib. Ungelenk setzte er sich in Bewegung und kletterte auf den Felsenaltar, den Stein fest umschlossen. In der Mitte angekommen, legte er den Stein erneut in die Mulde. Er setzte sich im Schneidersitz direkt darauf und sank in eben die Haltung, die Gunnar bereits gesehen hatte.

Eine dunkle Ahnung überfiel ihn, als der klamme Schein Askers Hülle verließ und sich auf den Stein und die mystischen Symbole des Altars legte. Wie Wasser in trockene Erde sank es in sie hinein. So wie ein glimmendes Feuer neue Nahrung bekommt, erwachten sie zu einem gleißenden Brennen, das auf dem Felsen knisterte.

Herfried schien unbeeindruckt. Er knirschte mit den Zähnen und knurrte: „Nun? Gebt ihn frei! Oder nehmt mich!"

Die Wächter antworteten nicht. Nur Askers Leib wurde schlaff und sank dann mit einem letzten Schauern in sich zusammen. Gunnar kämpfte mit den Tränen, als er auch den Letzten seiner Freunde sterben sah.

„Leb wohl", brachte er noch hervor.

Die Geister hatten nicht gelogen. Genau das hatten sie gemeint. Askers Leben war das Opfer, das die Bannzeichen wieder erstarken ließ. Herfried würgte ein Stöhnen herunter, stützte sich auf den steinernen Sockel und hustete, an seinen Waldläufer gerichtet: „Und jetzt? Wie kommen wir heraus?"

Die unzähligen Seelen in Askers leblosen Leib erhoben ihre Stimmen zu einem langen, dröhnenden Lachen wie Windheulen im Geäst.

„Ihr kommt nicht mehr frei! Ihr seid nicht mehr rein!", riefen sie immer und immer wieder aus Askers reglosem Mund und trieben kaltes Grausen in Gunnars Herz.

Herfried knirschte mit den Zähnen.

„Ihr habt ... versprochen!", brachte er heraus, hielt sich vor Schmerzen den Bauch.

Er schleppte sich auf Askers besessenen Leichnam zu. Wie Staubwolken stoben die untoten Wächter aus dem Körper des Söldners. Jetzt waren sie keine schwarzen Schemen mehr, sondern glimmende Nebel in zerfließenden Konturen. Und jetzt hörten beide Männer ihre Stimmen.

„Hier kommt nichts heraus! Kein Leben verlässt dieses Gefängnis!"

„Was?", kam es noch aus Gunnars Mund.

Hatten die Geister ihn nur benutzt?

„Ja!", wirbelten die Stimmen. „Es muss ein Leben sein, das den Stein ablegt! Das gegeben wird! Und nur lebende Wesen können den Stein wieder entfernen, also sorgen wir dafür, dass ihr ihn nicht wegnehmen könnt!"

Gunnar hätte fast gelacht, als ob er jetzt noch Interesse an diesem abscheulichen Artefakt haben konnte!

Doch die Wächter machten keine Witze. Sie erfüllten den engen Altarraum, zogen in immer schneller werdenden Kreisen um die letzten beiden Söldner und hoben zu einem aufsteigenden, hohlen Stöhnen an, das Gunnar durch Mark und Bein ging.

„Ihr Verräter!", schrie Herfried plötzlich auf, brüllte wie von Sinnen.

Er schäumte vor Wut. Gunnar fuhr herum und wollte ihn eben noch aufhalten, da riss Herfried sich den Wams auf. Sein ganzer sehniger Leib waberte und wölbte sich wie ein Sack Schlangen, seine Augen glänzten irre.

„Ihr ...", brachte er hervor, dann verstummte er zu einem brodelnden Knurren.

Er schlug um sich, doch wischte durch die Geister einfach hindurch.

„Herfried", Gunnar sah und verstand, doch er konnte, nein er wollte es nicht glauben.

Genauso war es Petur ergangen.

Nun war es Herfried, dessen Miene von Krämpfen förmlich zerrissen wurde, die wie Ameisen über und durch seinen ganzen Körper wanderten, Fleisch wölbten und Gelenke knackten.

„Ihr seid verloren!", fauchten die Wächter. „Yggs Gift nährt bereits die dunkelsten Facetten eures neunfachen Erbes! Zu stark und nah und lange der Stein, zu erschöpft und schwach und ahnungslos ihr Menschen!"

Gunnar hatte keine Zeit mehr, auf die Geister zu hören. Sein alter Anführer verwandelte sich weiter. Ein armstarker Tentakel brach aus seinem Leib, wo sein Darm sein sollte. Seine fahrigen Finger zerrissen Haut und Wams, seine Rippen wölbten sich. Seine Augen verdrehten sich, das grüne Glühen loderte auf, und ein unergründlicher Hass verzerrte seine Miene ins Unkenntliche.

Gunnar wich zurück, aber wohin? Geister, Monster, Felsen! Sein Atem wurde immer schneller, seine Gedanken erlahmten. Das war das Ende. Er hatte lange durchgehalten, doch nicht lange genug. Yvanna!

Herfried erbrach sich, doch nicht Mageninhalt ergoss sich über den Felsboden, sondern Batzen von roten Ranken voller Zähne und Augen. Er würgte, schrie und knurrte geifernd, während seine Finger anschwollen, ihre Gelenke zu Ellbogen wurden und aus den Gliedern neue Finger hervorbrachen. Wie von Sinnen schlug er auf die Felsen ein und zermalmte sie wie Trauben. Scharfe, schwarze Klauen bohrten sich aus dutzenden Fingern seiner sich unaufhörlich verzweigenden Glieder. Seine Stiefel platzten. Zwei irre Augen brannten sich in Gunnar, den letzten Menschen in dem Tempel.

Für ein schnelles Ende aufgeben, oder wenigstens kämpfend untergehen?

Diese Frage hätte Gunnar sich früher gestellt, doch er konnte nicht mehr.

Er wusste, dass er auch zu so einem Monster wurde, wenn nicht vor seinem Tod wie Herfried, dann erst danach wie Petur. Mit zittrigen Fingern zog er sein Messer. Er wollte dieses Grauen wenigstens nicht mitkriegen!

Das Ding, das einmal Herfried gewesen war, überfiel ein Zittern. Er tat einen Schritt auf Gunnar zu, bebte. Zähne bohrten sich aus seinen baumartigen Armen, dann riss es Kopf und alle Arme empor, brüllte einen Sturm aus Blut und Fleisch und ließ Dutzende Klauen in den Felsen krachen. Mit unbändiger Kraft brach und fraß es sich ins Gestein, schmetterte Felsblöcke weg und zermalmte Säulen wie Steine und Balken.

Die Geister erhoben einen heulenden Sturm und drängten auf Herfried ein, wo jedoch das grüne Glühen aufflammte, stoben sie davon. Stattdessen überfielen sie Gunnar in einem tosenden Schwall, redeten zu Dutzenden auf ihn ein und wollten auch ihn in Besitz nehmen.

Ohne Vorwarnung griffen Hände voller Fingern und Zähnen nach Gunnar, rissen ihm das Messer weg und umwickelten ihn. Sie würden ihn einfach zermalmen, ging es Gunnar noch durch den Sinn. Wenigstens ein schneller Tod. Sobald Schädel oder Brustkorb brachen, wäre aller Schrecken vorbei. Er wünschte Yvanna ein langes und glückliches Leben. Vielleicht würden sie sich im Jenseits wiedersehen.

Herfried riss Gunnar aus dem Geistersturm heraus und zerschlug jeden Wächter, der zu nahe kam. Sein Gesicht platzte auf, kleine zappelnde Glieder lösten sich von seinem Schädel und blutiger Geifer sprudelte in seinem Knurren. Unaufhörlich attackierte er die Decke und brach immer mehr Balken aus dem Gestein, schoss neue Pranken vor und zerriss die nächste Decke. In dem ohrenbetäubenden Poltern verging Gunnar Hören und Sehen, eine dumpfe, klamme Finsternis ließ jeden Gedanken erlahmen. Er verlor die Besinnung.

Ungeachtet dessen durchbrach die Bestie immer neue Wände und stieg aus dem Felsenloch heraus ins obere Gemäuer. Ratten flohen voller Panik, als unter Herfried alles in die Kammer stürzte und sie von Gestein und Mauerwerk vollkommen verschüttet wurde.

Immer mehr Arme brachen aus ihm heraus, auch aus dem mächtigen Tentakel seines Gedärms, der ihn unverrückbar im Untergrund verankerte. Doch den leblosen Gunnar hievte er höher, immer höher und schlug weiter alle Geister hinfort. Finger schwollen zu Armen an, deren Händen neue Finger wuchsen und die Wände vor Gunnar zertrümmerten. Herfried schrie vor unbändigem Zorn. Sein brodelndes Brüllen mischte sich in das berstende Poltern von Balken und Gestein.

Auf der sumpfigen Waldlichtung schien die trübe Morgensonne, als ein untergründiges Beben die Nebel erzittern ließ. Der Morast wallte in einem tiefen Dröhnen auf, unzählige Hände stürmten wie jagende Fische an die Oberfläche. Mit sich trugen sie Gunnar, schoben ihn durch allen krautigen Schlamm und trübe Wässer und warfen ihn endlich an eine alte Birke, wo er herunter rutschte und an den Wurzeln reglos liegenblieb.

Dann stürzte das Gemäuer tief unter dem Sumpf vollends ein. In den gewaltigen Massen von Erdreich, Wurzeln und gurgelndem Wasser verloren sich Herfrieds monströse Schreie. Mit allem Mauerwerk, Knochen, Ratten und Ungeheuern versank er im Untergrund.

Stille kehrte ein.

„Dieser dicke Wälzer, war jedes Wort wert gelesen zu werden! Wie toll war das bitte.", rief Lenya begeistert. „Schnell schau nach ob du noch weitere Infos zu dem Autor findest!"

Lucia begann hastig zu blättern und las dann vor: „Bald wird Richards Erstlingswerk das Licht der Welt erblicken und dort wird die gerade gehörte Geschichte und ihre weitere Entwicklung zu lesen sein und eine Vorgeschichte und was weiß ich was noch zu den dunklen Schätzen."

„Wie cool, ich freu mich schon riesig darauf und werde sicher auch dieses Buch für die Bibliothek anfordern.", stellte Lenya enthusiastisch fest.

Lucia musste über die Begeisterung der Schattenelfe lachen. Heute war ein guter Tag. Nicht oft war ihre kriegerische Kollegin so losgelöst.

Kapitel 6

Lenya war gerade dabei die Retourbücher zurückzustellen. Sie schob den kleinen Wagen mit den Büchern vor sich her und blieb am nächsten Regal stehen. Als sie das Buch nehmen wollte, das hier hingehörte, stutzte sie. Gerade lag es noch da. Verdammt nochmal wo war es hingekommen.

„Sag mal Lucia, hast du eines der Bücher hier genommen? Eben war es noch da, aber ich kann es nicht mehr finden."

Die Kleinelfe sah ihre Kollegin irritiert an.

„Nein, ich war es nicht. Außerdem wie hätte ich so schnell wieder auf meinem Platz sein können. Ja, schon klar mit Teleportation, aber du weißt genau, dass die hier in der Nähe der Bibliothek durch die ganzen Weltentore gefährlich ist. Außerdem bin ich nicht wirklich treffsicher und habe Angst in der Antarktis zu landen, oder am Himalaya, oder überhaupt in einer Parallelwelt oder auf einem anderen Mond."

„Schon gut, habe dich verstanden, aber wo ist jetzt dieses Buch wirklich hin gekommen. Egal, es wird schon auftauchen. Also, das nächste muss auch irgendwo hier hin."

Wieder stutzte Lenya.

„Ja gibt's denn sowas. Jetzt ist das nächste Buch weg."

Sie drehte sich weg und schnell wieder hin und sah im letzten Augenblick, wie das Buch, das ganz oben lag, das Cover und den Titel wechselte.

„Aber hallo du freches Ding. Hab ich dich erwischt."

Lenya schnappte sich das Buch und ließ es nicht mehr los, um es ja nicht wieder zu verlieren. Lucia musste lachen, wollte aber ihrer Kollegin helfen.

„Warte, ich suche schnell heraus, welches Buch es tatsäch-lich ist und wo es hin muss. Wir sollten unbedingt eine Beschreibung dranhängen.“

Retour kam nur ein knappes: „Danke!“

Nach einer kleinen Pause sagte Lenya: „Aber irgendwie interessiert mich schon worum es in dem Buch geht und warum es sich immer wieder verkleidet. Lass uns hinein lesen.“

Gesagt, getan begann sie vorzulesen:

Die fünf Schwäne

von Alex C. Weiss

Fünf Schwäne lebten beieinander,
Lange lange Zeit.
Sie schwammen täglich miteinander,
Waren zu teilen bereit.

Doch eines Tages kam ein sechster Schwan
Und erzählte viele Geschichten.
Von weichem Gefieder, von Schönheitswahn,
Von optimierenden Pflichten.

Von nun an putzten sie ihr Gefieder
Jeden Tag, Stund ein, Stund aus,
Und zupften und strichen immer wieder,
Es anzusehen war ein Graus.

Nur einer der Schwäne der machte nicht mit,
Er lebte weiter sein Leben.
Er hielt nicht mit, mit der Schönheit der anderen,
Dachte es würde Wichtigeres geben.

Der sechste Schwan, der zog bald weiter,
Seine Geschichten anderen zu bringen.
Vier der Schwäne waren nicht mehr heiter,
Mussten um Schönheit nun ringen.

Heimlich bewunderten sie den fünften Schwan,
Der gab nichts auf Lug und Trug.
Bis irgendwann die Vernunft gewann,
Und jeder den Wahn begrub.

Nun lebten sie wieder zu fünft im Glück,
Und wollten, dass es so bliebe.
Und käme der Sechste noch einmal zurück,
Bekäme er nun keine Liebe.

„Da ist sie ja wieder. Ein weiteres Gedicht von Alex. Ich wusste überhaupt nicht, dass wir so viel von ihr hier haben. Ich freu mich total darüber.“

Lucia stolperte und konnte gerade noch das Gleichgewicht halten, bevor sie der Länge nach hin fiel. Sie sah nach unten, um zu sehen, worüber sie fast gefallen wäre und sah, dass sich ein Buch zutraulich, wie eine Katze, um ihre Beine schmiegte.

„Wer bist denn du? Das ist aber süß. Du bist ja ein ganz flauschiges Büchlein", stellte Lucia entzückt fest.

„Schau mal Lenya, es hat sogar weiches Fell am Einband. Ob wir es auch füttern sollten?"

Die Kleinelfe nahm das Buch in die Arme, welches sich unverzüglich an sie kuschelte und zu schnurren begann.

„Oh, wie süß!", bemerkte sie hingerissen.

Lenya, die ihr schon die ganze Zeit zugesehen hatte, schüttelte den Kopf und stellte trocken, wieder in ihre Unterlagen vertieft, fest: „Nein, du darfst es nicht mit nach Hause nehmen. Nein, du darfst es nicht füttern. Und nein, wir halten es auch nicht wie ein Haustier. Stell es wieder zurück, sonst kommt es ständig wieder. Gang 7, Regal 4, Reihe 8, Platz 5347. Dorthin gehört es. Es ist ein Buch!"

„Schon gut, schon gut. Aber lesen darf ich es vorher schon, oder?!"

Ohne eine Antwort abzuwarten, setzte sich Lucia, das Buch kraulend, auf die Lesebank, schlug es auf und las laut vor:

Zaubermond

von Francis Marioni

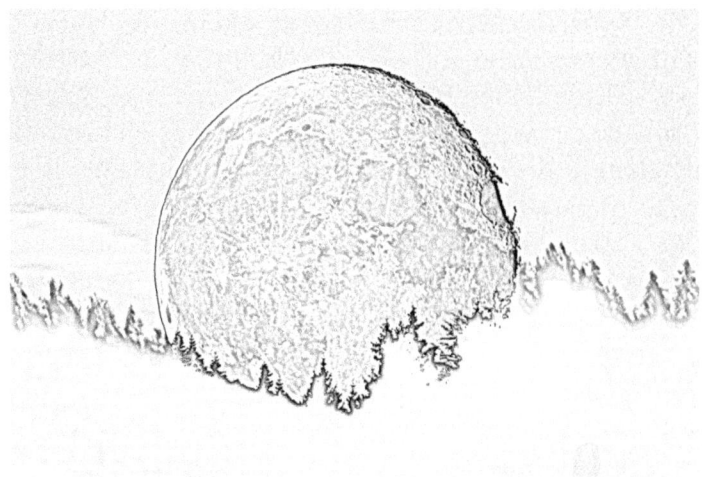

Die Sonne zaubert sich ein farbenprächtiges Nachtgewand am flaschengrünen Abendhimmel. Wiesenduft weht lau ins Zimmer, Frösche stimmen sich ein zum Nachtgesang. Grillen zirpen, während purpurrot, violett und smaragdgrün ein letzter Zipfel Abendpatina vom Samtblau der Nacht umarmt wird. Der Mond ist aufgegangen. Groß und orange leuchtend schwebt er über den Wipfeln in erhabener, dunkelsamten Sternenstaub-gepuderter Ruhe, die nur durchbrochen wird vom Zirpen der Grillen, dem schläfrigen Gurren der Tauben unterm Dach, den tiefen Atemzügen des Universums.

Wie in Trance laufe ich los. Die Verandastufen hinab, über den Hof, über die Wiese hinter dem Haus, den Weg zum nahen Wald einschlagend, hin zum Mond. So weit, so nah.

Der Wald steht als magisch beleuchtete Silhouette vor dem schimmernden, wie mit unzähligen Juwelen besetzten, Baldachin des Universums. Seidig kühl umschmeicheln mich die sanften Schwingen der Nacht, nach einem sonnendurchfluteten, warmen Maientag. Welch ein Vergnügen, so schwerelos, gedankenklar, so frohgemut dahinzulaufen, so weit, so nah.

Ein vorbeihuschendes Käuzchen streift fast mein Haar, berührt meine Seele mit dunklen Schwingen. Vorüber, vergessen. Meine Füße finden den Weg wie von selbst, verschonen die am Wegrand stehenden Blümchen und Kräuter, die Pilze, kleines Getier. Ich folge dem warmen weichen Licht des Mondes mit traumwandlerischer Sicherheit. Eine kleine versteckte Lichtung öffnet sich unverhofft. Die sie umgrenzenden Bäume scheinen zu glühen. Das Silberlicht der Sterne und das weiche Gold des Mondlichts allein brächten diesen Effekt niemals hervor.

Beim Nähertreten sehe ich etwas Faszinierendes.

Rubinrot glühend schwebt eine große Kugel über einem metallisch schimmernden Behältnis. Eine alte, gebeugte Frau macht sich leise ächzend daran zu schaffen, eine schimmernde Hülle umgibt ihre zarte Gestalt. Ihre Hände scheinen über das wabernde, strahlende Rubinglühen zu streichen. Feine silberne oder rotgolden glühende Sternensplitter sprühen aus der Kugel hervor. Die Alte murmelt und singt leise Worte, die ich nicht verstehen kann. Aber in mir ist eine frohe Zuversicht, so als wüsste meine Seele schon ob des gütigen Ausgangs meines Mondscheinabenteuers.

„Töchterchen, sehr gut , dass Du den Weg zu mir gefunden hast!", wendet sich die Alte überraschend an mich und winkt mich mit auffordernden Gesten näher zu sich heran.

Ihre großen blauen Augen lächeln mich an. Ihr Gesicht, von dunklen, langen Locken umrahmt, scheint eher jung und so ähnlich dem Antlitz meiner längst verstorbenen, doch stets mit ihren Sprüchen in meinen Gedanken weilenden Omi Emma.

„Tritt in den Kreis der Ahnen, fühle die Kraft der Frauen Deiner Familie, nimm den Schatz von Generationen und gib ihn weiter, wenn es an der Zeit ist."

Mit diesen Worten führt sie mich mitten auf die Lichtung.

Ein nicht enden wollender Reigen von Frauen in leichten, schimmernden Gewändern beginnt um die immer stärker und heller leuchtende Kugel. Ich bin verwirrt. Wo kommen plötzlich so viele Frauengestalten her in diesem abgelegenen, dichten Wald mitten in der Nacht? Ein Hologramm? Oder ist es eine reale Erscheinung? Eigenartig. Ich stehe als aufmerksamer Beobachter am Rande des Geschehens, aber gleichzeitig fühle ich mich, als wäre ich eine solch lichte Gestalt, die dem Kreise der Ahnen folgt. Als wäre ich das kleine neue Wesen, das von den vielen sanften Frauenhänden getragen im Rund schwebt.

Ich schwebe getragen von den sanften Frauenhänden in diesem Kreis, werde gestützt und gehoben, bin so leicht, so froh und geborgen inmitten meiner Ahnen.

Auf einer mächtigen, sprühenden, funkelnden Fontäne von Licht werde ich sanft und sicher empor getragen.

„Fang Dir einen Stern!", höre ich ihr Lied.

Ein Strom unbändiger Lebenskraft durchströmt mich, gipfelt in einer unglaublichen, alles durchflutenden Lebenslust, in selbstverständlicher naturverbundener Allwissenheit, im Gefühl selbstverständlicher Allmacht.

Hahuuiii ... Wahnsinn!!!

Ein Hauch Unendlichkeit, ein Atemzug des Universums, so allgegenwärtig ewig und schon wieder vorüber. Eine in allen Regenbogenfarben strahlende, heftige Funkenkaskade beendet den Reigen und ich finde mich etwas benommen, aber unversehrt neben der alten Frau wieder. Die warmherzig lächelnde Alte legt mir ein Tuch aus Sternenglitter um Kopf und Schultern, drückt mir etwas in die Hand, küsst meine Stirn und schiebt mich in Richtung Waldweg.

„Geh jetzt! Wir werden bei dir sein, wie wir es schon immer waren, ohne dass du es wusstest. Nutze Deine Fröhlichkeit und Lebenskraft, verzage nie, gib niemals auf. Hüte unsere Gabe, lebe glücklich und gib unseren Schatz weiter, wenn es an der Zeit ist!"

Mit Nachdruck schiebt sie mich nun aus dem Licht zurück in die samtene sternenstaubdurchwobene Dunkelheit der Maiennacht.

Mit schlafwandlerischer Sicherheit laufe ich beglückt nach Hause. In meine Mansardenstube zurückgekehrt, sinke ich in tiefen, erquickenden Schlaf.

Beim ersten Hahnenschrei erwache ich mit einem weichen Lächeln um die Lippen und einem unbändigen Glücksgefühl im Herzen. Was für ein Traum! Ich bin völlig hin und weg. Meine Seele trällert vor Glück.

Die Sonnenstrahlen kitzeln meine Nase, so dass ich niesend endgültig erwache. Neben dem Fenster liegt ein glitzerndes, feines Tuch. Woher ...? Ach ja, ich weiß ...! Der Traum! War es doch kein Traum? Als ich das Tuch um meine Schultern lege, wie um noch einmal dieses riesige Gefühl von Geborgenheit zu spüren, hüpft und rollt eine kleine golden schimmernde Kugel über die Dielen. Eine goldschimmernde Glaskugel aus fernen Kindheitstagen? Goldener Stern, Geschenk meiner Ahnen?

„Wir werden bei dir sein, wie wir es schon immer waren. Nutze deine Fröhlichkeit und Lebenskraft, verzage nie, gib niemals auf. Hüte unsere Gabe, sei glücklich und gib unseren Schatz weiter, wenn es an der Zeit ist!"

Ihre Worte sind plötzlich wieder ganz nah.

„Lebe dein Leben tollkühn und lustvoll!"

Frohgemut beginne ich den Tag, weit öffne ich mein Herz, meinen Verstand, meine wissende Seele, meiner neuen inneren Welt.

Am blauen Firmament begegnen sich, so wie die warmherzig lächelnde Alte und das neue, erstrahlende Wesen, die aufgehende golden erstrahlende Sonne und der sich zur Ruhe bettende, verblassende Silbermond. Ein ewiger Reigen des Lebens, des Universums und ich als winziger Sternensplitter mittendrin.

*M*it versonnenem Blick drückte Lucia das Buch an sich, *als sie fertig gelesen hatte. Stirnrunzelnd sah ihr Lenya dabei zu und fragte zögernd: „Alles ok? Möchtest du eventuell mehr über diese Autorin wissen? Ich mein ja nur. Wär vielleicht auch interessant und da ich ihre Unterlagen schon in der Hand habe, würde es sich anbieten."*

Lucia sah sie kurz verständnislos an, schüttelte sich und rief aufgeregt: „Natürlich will ich mehr über sie wissen. Die Geschichte war so schön. Ich konnte richtig mitfühlen. Lies schon vor!"

„Ja, ja ich fang ja schon an", erwiderte Lenya.

„Als ihre Eltern 1960 einer *Lehrer auf's Land!*- Initiative folgend von Halle an der Saale in eine kleine Gemeinde an der Elster-Elbe-Mündung zogen, wurde bei ihr der Grundstein für ihre Vorliebe zu Umzügen und damit verbundenen Veränderungen gelegt. Als Kind liebte sie die Freiheit des Blickes, die Naturverbundenheit und die herzliche Freundlichkeit der Menschen ihres kleinen Dorfes, in dem sie sich nie als Fremde zu fühlen brauchte. Der Freude auf Neues folgend, erkundete sie ihre Welt wissbegierig in immer größeren Spiralen, verschlang Berge von Büchern, begann zu singen, zu malen und zu schreiben. Lernen und Lehren bereiteten ihr schon als junges Mädchen viel Vergnügen, so dass sie folgerichtig nach dem Abitur ein Studium im Bereich Pädagogik absolvierte und als

Lehrerin für Chemie und Biologie seit 1977 in Berlin an verschiedenen polytechnischen Oberschulen und nach der Wiedervereinigung Deutschlands an verschiedenen Gymnasien drei Jahrzehnte hingebungsvoll und erfolgreich arbeitete. Als ihr Leben zur Achterbahn wurde und sie nur noch aus Fragezeichen bestand, besann sie sich auf ihre Fähigkeiten und Wurzeln, begann wieder mit dem Schreiben und Malen und erfand sich und ihr Leben neu. Das gelang, weil sie niemals aufgeben wird und an die Kraft der Liebe und der Zuversicht glaubt. Davon handeln ihre Geschichten. Fragte man sie, worüber und für wen sie schreibt, würde sie antworten: *Stell dir vor es gäbe ein imaginäres Buch des Universums, in dem die Lebensgeschichten eines jeden Menschen aufbewahrt würden, ich wäre eine faszinierte Leserin.*."*

Als Lenya geendet hatte, sah sie Lucia mit fasziniertem Blick an und sagte: „Unglaublich, die Infos zu Francis lesen sich ja schon fast wie eine eigene Geschichte. Das mag ich. Wie schön!"

Abermals runzelte Lenya die Stirn, schüttelte den Kopf, lächelte aber zustimmend vor sich hin. Selbstverständlich ohne dass Lucia es sah. Mit gespielt gelangweiltem Ton sagte sie nur: „Wie du meinst. Aber können wir nun wieder an die Arbeit gehen. Der Tag hat auch mal ein Ende und wir sollten zumindest unser Soll erledigen."

Lenya horchte auf. Hatte sie gerade Stimmen gehört? Sie blickte hinter den Regalen hervor zum Eingangsbereich, um zu sehen, ob jemand gekommen war. Schließlich waren sie ja eine Bibliothek und in einer Bibliothek konnte man Bücher ausleihen, oder lesen. Sie sah aber niemanden. Lucia kramte lautstark irgendwo weit in den hinteren Teilen der gewaltigen Halle herum. Sie hatte also nicht gesprochen. Lenya widmete sich wieder ihrer Arbeit. Wahrscheinlich hatte sie es sich nur eingebildet.

Kurz darauf horchte sie wieder auf. Schon wieder. Da waren Stimmen! Lenya horchte genauer hin. Irgendwie klangen sie allerdings blechern, wie aus einem Funkgerät.

„Lucia, hast du zufällig eines der Funkgeräte eingeschaltet?", brüllte die Schattenelfe quer durch die Bibliothek, damit ihre Kollegin sie hörte.

„Was? Wie? Wovon sprichst du?", kam von irgendwo ganz weit hinten die Antwort.

Lenya wollte die Frage wiederholen, sagte dann aber nur: „Vergiss es! Alles gut!"

Da waren sie wieder die Stimmen. Die Schattenelfe versuchte sie zu lokalisieren. Zwei Regale weiter in der dritten Reihe von unten auf Platz 3726 fand sie dann den Übeltäter. Nach Funksprüchen klingende Stimmen drangen aus einem eher unscheinbaren Buch mit modernem schlichtem Einband. Neugierig zog Lenya das Buch heraus und ging damit zu Lucia, um gemeinsam mit ihr im Buch zu blättern:

Gegenübertragung

von Alexander Klymchuk

„Die Zeit verwandelt uns nicht, sie entfaltet uns nur."
Max Frisch (1911 - 1991)

„Hier ist ein Herr Mikkael Martinsson, der Herrn
Engström sprechen möchte."

Die junge Frau mit den sorgfältig frisierten blonden Locken,
den penibel manikürten Fingernägeln, dem modernen, andro-
gyn geschnittenen Hosenanzug und dem aufdringlich blumigen
Parfum, berührte den *Remote-Access-Point* ihres BioCom-
Implantats über ihrer rechten Schläfe und lauschte der Antwort
ihres Gesprächspartners.

„Er fragt nach Projekt GAIA und einer Zeitkapsel."

Ihr Blick spiegelte eine nahezu kindlich wirkende Verwirrung wider.

„Ja, eine Zeitkapsel. Ja. Herr Martinsson. Mikkael Martinsson. Ja. Nein, er hat keinen Termin."

„Sagen Sie Herrn Engströms Assistentin, dass ich von den Hekatoncheiren weiß und von der Invasion der Muttermasse."

Die junge Frau nickte, ohne den Blick von dem randlosen Bildschirm abzuwenden, der über ihrem Schreibtisch schwebte. Sie streckte Martinsson den erhobenen Zeigefinger entgegen, um ihm nonverbal zu vermitteln, dass ihre Aufmerksamkeit anderweitig gebunden war, lauschte, gab die Informationen weiter, wartete einen Augenblick mit nachdenklichem Blick, lauschte, blinzelte ein paar Mal hintereinander und beendete das Gespräch durch Antippen ihrer rechten Augenbraue.

„Herr Engström empfängt Sie, Herr Martinsson. Man wird Sie zum ihm geleiten."

Noch bevor sie zu Ende gesprochen hatte, wurde Mikkael Martinsson von zwei schwarz gekleideten Hünen flankiert, die ihn auf dem Weg zum Fahrstuhl, in die zweiundfünfzigste Etage, einen langen, grünen Korridor entlang, an einem interaktiven, pseudobiologischen Serviceterminal vorbei und bis zu Lasse Engströms Büro begleiteten ohne ein einziges Wort von sich zu geben, das man nicht mit einem Knurren hätte verwechseln können. Einer der stiernackigen, wortkargen Sicherheitsbeamten öffnete die blendend hell furnierte Schwingtür in der Mitte. Er wartete geduldig, bis Martinsson den Raum betreten hatte, und verschloss die Tür wieder mit einer flüssigen, routinierten und eleganten Bewegung.

Im Vergleich zum Rest des Gebäudes wirkte das Büro des stellvertretenden Superinstructors der *National Aeronautics and Space Administration* eher minimalistisch. Das Interieur war praktisch nicht vorhanden und klar den architektonischen Dimensionen untergeordnet. Es gab keine Sitzgelegenheiten für

Gäste. Offensichtlich wurde der Raum, in welchem sich nur eine freischwebende Glasplatte und ein ergonomischer Chefsessel dahinter befanden, eher selten von Besuch frequentiert.

Lasse Engström saß hinter der Tischplatte. Er legte einen Papierstapel zur Seite, hob den Kopf und blickte seinen unerwarteten Besucher reserviert mit hochgezogenen Augenbrauen an.

„Darf ich Ihnen etwas anbieten?"

Er machte bereits Anstalten sein *BioCom* zu aktivieren und eine audiovisuelle Kommunikationsverbindung zu seiner Assistentin herzustellen, doch Martinsson winkte ab.

„Danke. Bin wunschlos glücklich."

Engström nickte, als hätte er mit dieser Antwort gerechnet. Er schaute sich auf der Tischplatte um, als suche er etwas, blinzelte und hob wieder den Kopf.

„Kein Freund vieler Worte, was?"

„Sagen wir einfach, die Zeit drängt, Herr Engström."

„Nun gut, Sie wissen also von den Hekatoncheiren. Darf ich Sie fragen, woher?"

„Das ist kompliziert, Herr Engström, aber dies zu erklären ist weder Zweck noch Sinn meines Besuches."

„Also schön. Verraten Sie mir doch erst einmal, was Sie damit meinten, als Sie von der Invasion der Muttermasse sprachen. Das ist ein rein hypothetischer Begriff, der nur dem engsten Kreis des Führungsstabes der GAIA-Mission bekannt ist und sich auf ein nicht eingetretenes Ereignis einer theoretischen, alternativen Raumzeiteventualität bezieht."

„Woher ich meine Informationen habe, spielt keine Rolle. Ich brauche die Zeitkapsel, die Sie aufgrund der im Jahr 2008 gewonnenen Daten bauen konnten, um eine Botschaft zu übermitteln."

„Welche Botschaft? Und an wen ist sie gerichtet?"

„An meinen Urgroßvater und letztendlich an mich selbst."

Er reichte dem pensionierten Astronauten, der in seiner Branche als Veteran galt, einen eng beschriebenen Brief und ein Blatt Papier. Lasse Engström studierte das Blatt gewissenhaft, doch sein Blick zeugte von ehrlicher, unvoreingenommener Ratlosigkeit.

Die Nachricht lautete: 60° 53′ 9″ N, 101° 53′ 40″ O. 16.02.1874. M. 71. 11,15 x 60 R.

Ungeduldig trommelte er mit den Fingern auf der Tischplatte und kaute auf seiner Oberlippe, während er sein Gegenüber akribisch in Augenschein nahm.

„Was soll das sein?"

„Das sind Längengrade, Breitengrade, eine Zeitangabe, ein Gewehrmodell und die Kaliberangabe einer mit der Waffe kompatiblen Munition."

Engström rieb die Handflächen aneinander und blickte sich im Raum um. Anscheinend half ihm der visuelle Input seiner Umgebung, sich kognitiv zu fokussieren.

„Herr Martinsson. Wie soll ich mich ausdrücken? Ist Ihnen klar, dass sich die Kapsel rückwärts durch die Zeit bewegt und gemäß den Anweisungen der Sondendaten erst aktiviert und ausgehändigt werden darf, wenn dies durch ein Codewort verifiziert wurde?"

„Das ist mir klar, Herr Engström. Ich weiß aber auch, dass die Übermittlung meiner Nachricht höchste Priorität haben sollte, weil sich ihre rein hypothetischen Begriffe andernfalls als höchst praktisch und real herausstellen könnten und in ihrer Konsequenz als Katalysator einer Eventualität fungiert haben werden, die Sie zufolge meiner Informationen in Ihren Statuten als *Taktische Präventivintervention Außerweltlicher Invasoren* bezeichnen."

Engström stutzte, als hätte Martinsson ihn geohrfeigt, doch er fing sich sofort wieder.

Er atmete tief durch und richtete sich auf dem Bürostuhl auf, sodass es auf Martinsson den Eindruck machte, als würde er erst ab diesem Zeitpunkt als Gesprächspartner ernst genommen werden. „In Ordnung, Herr Martinsson. Ich nehme an, Sie beziehen sich auf die theoretischen Grundlagen der militärischen Reaktionen auf einen feindlich gesinnten, außerirdischen Erstkontakt."

„So ist es."

„Also gut", fuhr Engström mit herausfordernder Stimme fort. „Wie lautet das Codewort?"

Mikkael Martinsson blinzelte, atmete ein und blickte dem grauhaarigen Wissenschaftler fest in die Augen. Seine Antwort war knapp, sachlich und emotionslos.

„Tunguska."

*

Tag 4496

Camille Saint-Saëns´ „Danse Macabre" strebt mit der Eskalation der immer schriller und aufgeregter klingenden Piccoloflöten und dem Fundament der die Grundtöne untermalenden Oboen seinem ekstatischen Höhepunkt entgegen, als GAIA mit halb zerfetztem Sonnenschild in die Umlaufbahn von Tartaros eintritt.

Der gigantische, extrasolare, terrestrische Planet, der erst Jahrzehnte später von einem niederländischen Astronomen entdeckt und nach dem griechischen Wort für Unterwelt benannt werden würde, verfügt neben der erdähnlichen Ionosphäre über eine magnetische, halbtransparente Stratosphäre aus temporären Hochfrequenzwellen, die in der multidimensionalen Komponente Ausdruck findet. Erebos, der Ozean des Planeten, der über siebzig Prozent der Oberfläche bedeckt, verleiht dem Himmelskörper seine dunkelgrüne Färbung. Die hellrote Landmasse, die Elysium heißen wird, ist deutlich zu erkennen, ihre Küstenränder scharf umrissen. Nimbostrati und Stratokumuli in unterschiedlichen Olivschattierungen beherrschen wuchernd den Himmel. Die wellenförmigen Wolkenschichten wirken wie eine spiegelverkehrte Projektion der Wassermassen unter ihnen. Teile der Außenhülle, des Siliziumkarbitrings und der Großteil der Nutzlast der Weltraumsonde verglühen beim Eintritt in die negativ geladene Atmosphäre und erzeugen einen gleißenden, gelblich glühenden Schweif, der einen dunkelblauen Schleier hinter sich herzieht, als GAIA der Rundung der Planetenkrümmung folgt und eine Narbe aus Licht in den Himmel schneidet. Die gewaltige Gravitation von Tartaros zieht die Sonde in Richtung Zentrum, sodass sie zu sinken beginnt und aus dem Schleier aus Rauch eine abwärts gerichtete Kurve wird. Während der blaue Riese am Horizont untergeht und die Wolkenformationen in gleißende Farben taucht, geht der rote Zwerg auf und färbt den Himmel violett.

Fagotte, Hörner und Posaunen treten in den Vordergrund der Komposition und werden von der großen Trommel übertönt, die die Eskalation des Musikstücks einläutet, während die Solovioline, die ursprünglich eine Gesangsmelodie war, eine Geschichte erzählt, die wortlos vom Vergehen des Lebens und dem Sein in der Nachwelt kündet.

Im Sturz versuchen die Überreste der chemischen Triebwerke der Sonde die Flugbahn zu korrigieren, doch die Leck geschlagenen Treibstofftanks liefern keinen Antrieb mehr.

Die vielarmigen, einäugigen Hekatoncheiren, die die dominante, karnivore Lebensform auf Tartaros bilden, erheben ihre Tentakel, wenden ihre in mehrere Segmente unterteilten Köpfe dem Himmel zu und blicken dem herabfallenden, flammenden Objekt nach, das durch die Atmosphäre rast und mit einem Knall die Schallmauer durchbricht. Ohne Distickstofftetroxid und Methylhydrazin ist es GAIA unmöglich, den drohenden Absturz zu verhindern. Einem Sterbenden gleich, dessen Leben an seinem inneren Auge an ihm vorbei zieht, fassen die investigativen Instrumente der Sonde den sichtbaren Bereich von

Tartaros zusammen zu spektroskopisch, teleskopisch, Castrometrisch und photometrisch erhobenen Daten, die sie zu telemetrischen Datenpaketen komprimiert und mithilfe der Hochgewinn-Phased-Array-Antenne an die Erde zu übermitteln versucht.

Unter ihr schlägt der den Planeten umfassenden Ozean Wellen, als die Sonde immer tiefer sinkt, eine breite Schneise durch das dunkelgrüne Wasser zieht und mit der Kraft von 20 Megatonnen auf der Landmasse des Superkontinentes einschlägt, der die subjektive Nordseite des Exoplaneten bedeckt.

Der Totentanz kulminiert mit Pauken und Trompeten in einer infernalen Progression. Das Finale wird von den scheppernden Klängen eines Beckens begleitet und abrupt von der großen Trommel beendet, sodass die Solostimme einsam und verlassen über die havarierte Landschaft schallt, wie das Echo eines Gedankens, für den es keine Worte gibt.

*

Einen Tag bevor Maximilien de Robispierre auf der Guillotine hingerichtet und die letzten Stunden der Herrschaft der Jakobiner eingeläutet wurden, lag Aaron Martinsson unter den Zweigen einer Fichte und beobachtete das Terrain durch sein Fernglas. Neben ihm lag in einer Senke sein Enkel Geiraldur. Der Junge drückte den Schaft des M.71-Jagdgewehres fest an seine linke Schulter, während seine rechte Hand den hölzernen Lauf umfasste und sein im Erdreich aufgestützter Ellenbogen die Mündung ausbalancierte. Sein Blick erfasste kaum mehr, als den Nebel, der aus dem Unterholz kroch, doch seine Sinne waren hellwach. Er schwitzte.

Die Tarnung aus Erde und Dreck, die sie sich in die Gesichter geschmiert hatten, um ihre helle Hautfarbe zu verdecken, juckte erbärmlich.

„Wie lange noch, Afi?"

Seine Stimme war kaum lauter als das Echo des Windes, der durch die Baumkronen flüsterte, doch sein Großvater konnte seine Worte in der Geräuschkulisse des Waldes und seiner Bewohner problemlos verstehen.

„Bis es Zeit ist, Junge. Und jetzt sei still. Sie können dich hören."

„Wen meinst Du?"

„Alle."

Es knisterte im Unterholz. Irgendwo rief ein Käuzchen. Das Knurren eines Raubtieres ertönte und jagte dem Jungen eine Gänsehaut über den Körper. Ein unvorsichtiges, vorlautes Jungtier bellte eine herausfordernde Antwort und verstummte. Mit majestätischen Schritten erschien vor ihren Augen ein gewaltiger Hirsch auf der Lichtung. Ein stattlicher Zwölfender, der aufgrund seiner Größe mindestens dreihundert Kilogramm wiegen musste.

„Ganz ruhig" flüsterte Aaron seinem Enkel zu. „Denk an deine Atmung."

Geiraldur umfasste das Gewehr fester und blinzelte sich vor Erregung zitternd einen Schweißtropfen aus dem Auge. Er brachte das Tier auf eine Flucht mit Korn und Kimme, atmete tief ein und drückte ab. Der Schuss war ohrenbetäubend. Der aufgescheuchte, unverletzte Hirsch galoppierte durch den Wald davon und war schon bald nicht mehr zu sehen.

„Ich habe geatmet, Afi! Genau, wie du gesagt hast!"

Aaron lächelte, aber sein Blick war müde, sein Gesichtsausdruck ernst. „Geiraldur, du musst dich konzentrieren. Ich habe dir gesagt, du musst einatmen und schießen, während du ausatmest, sonst verlierst du deinen Fokus. Weißt du noch, wodurch?"

„Ja, Afi. Durch meinen Herzschlag."

„Richtig. Dein Puls bringt dich aus dem Takt der Jagd."

„Es tut mir Leid, Afi. Ich mache es besser, das nächste Mal."

„Schon gut, mein Junge. Wir haben noch viel Zeit, um uns bereit zu machen. Und wenn wir deine Atmung im Griff haben, trainieren wir den perfekten Blattschuss."

*

Primärbehörde:
National Aeronautics and Space Administration

Sekundärbehörde:
European Space Agency

Reflexion / Auswertung der empfangenen Datenpakete
Moderation: Dr. phil. Charles Manning
Techniker: Officer Philipp Henderson

Manning: „Am 25.06.2008 erreichte die ESA um 11:10 Uhr das Datenpaket einer unbekannten Sonde. Die Kennzeichnung und algorithmische Verschlüsselung, sowie die übermittelten Dateiformate, lassen nur den Schluss zu, dass es sich dabei um eine Weltraumsonde der NASA handelt. Die bordeigene Atomuhr schien stehen geblieben zu sein, bei einer Anzeige vom achtzehnten Juli 2014. Entweder ist also von einem Defekt der Bordinstrumente auszugehen, oder von der hypothetischen, aber unwahrscheinlichen Prämisse von Daten aus der Zukunft.

Officer Henderson, bitte schildern Sie Ihren Eindruck der Geschehnisse von der Nacht vom fünfundzwanzigsten auf den sechsundzwanzigsten Juni diesen Jahres."

Henderson: „Zu besagter Zeit waren neben mir noch zwei Techniker im Dienst, die administrativen Tätigkeiten nachgingen. Gegen 17:05 Uhr erhielten wir einige Datenpakete via Fatline. Zuerst wirkte es, wie eine Auswertung von Tonaufnahmen und Bildmaterial, das von jeder ordinären Sonde hätte stammen können, aber da war etwas merkwürdig an der Sache."

Manning: „Inwiefern merkwürdig? Präziser, bitte."

Henderson: „Na, zum einen war da, wie Sie ja eingangs erwähnten, die Atomuhr. Den Daten zufolge war sie ja stehen geblieben, im Jahr 2014, also quasi in sechs Jahren. Aber da war noch etwas anderes. Es hatte zu tun mit dem Verschlüsselungscode der Datenpakete. Der Code wies große Ähnlichkeit mit den gängigen Programmierungssequenzen der NASA auf, doch er schien eine Art evolutionär weiter entwickelter Codestrang zu sein. Eine binäre, digitale Form von rudimentärer DNA, wenn Sie so wollen."

Manning: „Aus der Zukunft, also. Ist es das, was Sie damit sagen wollen? Der Code ist von der NASA, aber er wird erst noch geschrieben werden?"

Henderson: „Äh... ja. So was in der Art. Aber, da sind natürlich noch die Daten an sich. Die Bilder. Mein Gott! Die Bilder."

Manning: „Sprechen Sie von den Aufnahmen des unbekannten Exoplaneten, die übermittelt wurden mit einer Sammlung klassischer Musikstücke und den telemetrischen Daten?"

Henderson: „Ja."

Manning: „Was war mit den Bildern?"

Henderson: „Erst einmal waren die Aufnahmen verstörend fremdartig. Ein grünes Meer. Ein roter Kontinent. Am Horizont ein blauer Riese und ganz klar ein aufgehender roter Zwerg. Ein Schnappschuss eines bisher unentdeckten Doppelstern-systems. Die letzte Aufnahme zeigte allerdings mehr als das.

Sie wurde nahe der Oberfläche aufgenommen. Wenn eine Sonde also abgestürzt sein sollte, muss sie die Aufnahmen gemacht, zu einem Datenpaket komprimiert und abgesendet haben, bevor sie auf der Oberfläche aufschlug. Das hätte man mit heutiger Technik nie geschafft."

Manning: „Was war auf der letzten Aufnahme zu sehen?"

Henderson: „Roter Sand. Dunkle, grüne Wassermassen, die an die Küste anbranden. Auf dem Festland sind Gestalten zu erkennen, auf deren Stirn ein dreilappiges Auge zu sehen ist. Arme, die wie Tentakel aussehen und sich der Kamera entgegen strecken. Fremdartige, blasse, nackte Lebewesen. Millionen von ihnen."

Manning: „Aber das war nicht alles, was die Auswertung der dekomprimierten Datenpakete ergab, oder?"

Henderson: „Nein. Außerdem erhielten wir die Anleitungen zum Bau einer Art Konstruktion oder Maschine. Sie enthielten auch dezidierte Anweisungen, wie mit der Gerätschaft umzugehen war und wie sie aufbewahrt werden sollte."

Manning: „Was für eine Maschine war das?"

Henderson: „Sie sah aus wie ein metallener Schuhkarton, der zur Aufbewahrung von Gegenständen dienen sollte. Ich denke, aufgrund ihrer Bestandteile konnte man die Maschine als einen sich temporär entgegengesetzt entwickelnden, synthetischen, pseudobiologischen Organismus bezeichnen. Also eine lebendige Maschine, die rückwärts durch die Zeit reist."

Manning: „Sie meinen also, so etwas wie eine Zeitmaschine?"

Henderson: „Nein, ich meine nicht nur so etwas, sondern genau das. Eine Zeitmaschine. Michael J. Fox wäre stolz auf uns gewesen, von Christopher Lloyd ganz zu schweigen."

Manning: „Ich verstehe nicht."

Henderson: „Ein Insider. Vergessen Sie´s."

Manning: „Und was war nun mit der Maschine?"

Henderson: „Na ja wir bauten sie, sperrten sie weg und bewahrten sie auf."

Manning: „Für wen bewahrten Sie sie auf?"

Henderson: „Ganz ehrlich? Das will ich gar nicht wissen. Ab einem gewissen Punkt habe ich einfach den Überblick verloren und mich einfach auf meinen Teil des Ganzen konzentriert, in der Hoffnung, dass sich irgendwann alles von selbst zusammenfügen und irgendwie einen Sinn ergeben würde."

Manning: „Was meinen Sie damit?"

Henderson: „Na ja, anscheinend werden wir die Antwort einer Frage erhalten haben, die wir irgendwann einmal gestellt haben werden. Oder wir sind in der Position, auf eine Antwort zu reagieren, deren Frage wir durch unser bloßes Vorhandensein provoziert haben werden. Wer da keinen Knoten im Hirn bekommt, gehört eingeliefert, wenn Sie mich fragen."

Manning: „Was meinen Sie damit, wenn Sie sagen, dass Sie gar nicht wissen wollen, für wen Sie die Kapsel aufbewahren?"

Henderson: Vielleicht darf ich es nicht wissen, sonst wüsste ich es ja, oder? Ich meine, es könnte ja mein Sohn sein oder dessen Sohn, für den diese Information bestimmt ist. Und wenn ich Kenntnis davon hätte, würde alleine dieser Umstand vielleicht dafür sorgen, dass das, was eintreten muss, niemals geschieht, also... ich bleibe dabei. Manche Dinge will ich gar nicht wissen.

*

Tag 875

Planmäßig erreicht die Sonde den Orbit des Sonne-Erde-Legrange-Punktes und nimmt Fahrt auf, als die chemischen Triebwerke eine Kurskorrektur vornehmen und die hocheffizienten Solarpaneele aus Dreischicht- Galliumarsenid-Zellen in Optimalausrichtung zur Sonne bringen.

Mit den ausklingenden Tönen der beiden Fagotte endet das Solistenquartett Recordare und das Requiem von Wolfgang Amadeus Mozart geht über in den choralen Teil Confutatis, der die Verbundenheit des Komponisten zur klassischen Kirchenmusik widerspiegelt, die in seinen letzten Lebensmonaten sein künstlerisches Schaffen prägten. Neben den Solostimmen, die hauptsächlich für Arien eingesetzt werden und aufgrund der Haupttonart d-Moll die gewünschten Assoziationen der dunklen Romantik melancholischer Klassik vermitteln, wird die Komposition beherrscht von den beiden Bassetthörnern, die den Fagotten, Trompeten, Posaunen und Pauken gerade genug Raum geben, um ihre Stimmen einer größeren Harmonie unterzuordnen, während die Orgel deutlich die düstere Stimmung unterstreicht.

Die konvexen Sekundärspiegel der Drei-Spiegel-Korsch-Teleskope erfassen den Meteoritenschauer nur wenige Augenblicke, bevor die transneptunischen Gesteinsbrocken die Sonde treffen und den Rumpf durchschlagen. Das Sonnensegel reißt. Trümmerfragmente der Solarpaneele, des aus zwei Laserstrahlen bestehenden Interferometers, der CCD-Detektoren und des größten Teils des Kühlradiators werden ins All geschleudert. Die Kalibrierungsphase, während der die ekliptischen Pole vermessen werden sollten, wird jäh unterbrochen und das Programm des Ecliptic Poles Scan Law-Modus stürzt ab, bevor der Computer in den Nominal Scan Law-Modus wechseln kann. Die kritische Phasenraumdichte wird überschritten und die Atome der Sonde wechseln abrupt in den Bose-Einstein-Kondensat-Zustand, der die objektiven Quanteneigenschaften umkehrt. Raumzeitverzerrungen schlagen vierdimensionale Wellen im Kosmos, die temporär in beide Richtungen fließen, sodass Vergangenheit, Gegenwart und Zukunft für einen flüchtigen Augenblick eins sind und dann auseinanderdriften, wie sich einander abstoßende Magnete gegensätzlicher Polarität. Die bordeigene hochstabile 10-MHz-Rubidium-Atomuhr bleibt stehen bei dem Versuch sowohl vorwärts als auch rückwärts zu laufen.

Das „Mission Operations Centre" des Europäischen Raumflugkontrollzentrums versucht mithilfe des Gary-Whitehead-Manövers die Sonde wieder auf Kurs zu bringen, doch die entgegen der Ursprungsrichtung fließenden Raumzeitpartikel der Sonde reagieren chronometrisch versetzt auf die Befehle des ESTRACK-Netzwerks, sodass sich die Prinzipien von Ursache und Wirkung umkehren.

Ohne den Kurs zu korrigieren, taumelt GAIA hinaus in die unergründlichen Tiefen des Alls, wo sie den gravitätischen Kräften des Kosmos und der darin beheimateten Welten schutzlos ausgeliefert ist, während Agnus die endet, und übergeht in das Sopransolo des Lux aeterna. Einer ungewissen Zukunft entgegentaumelnd, driftet GAIA vom Kurs ab und schlittert in eine ungeplante Flugbahn einlenkend schwerelos durch das All.

*

Am Tag nach Johann Wolfgang von Goethes Tod streifte Geiraldur mit seinem gerade volljährig gewordenen Sohn Petter durch den Vaglaskógur. Das weitläufige Naturschutzgebiet, in dem vorwiegend Tannen und Birken wuchsen und das mit seinen dreihundert Hektar, das zweitgrößte Waldgebiet Islands war, schien in der Morgendämmerung zu atmen. Sie liefen schweigend nebeneinander her. Der ernste Blick seines Vaters, der von seiner Konzentration zeugte, duldete es nicht, dass Petter ihn ansprach, ohne zuvor angesprochen worden zu sein.

„Das war ein guter Schuss" sagte Geiraldur mit versteinerter Miene zu seinem Sohn.

„Ich habe nicht getroffen, Faðir."

„Das macht nichts, du wirst bereit sein, wenn du es musst. Daran habe ich keinen Zweifel. Weißt du, was dein Fehler war, Junge?"

„Die Atmung?"

„Richtig. Du musst erst einatmen und während des Ausatmens schießen, damit deine Hand ruhig bleibt und nicht durch den Rhythmus deines Herzschlags gestört wird."

„Ja, Faðir."

„Weißt du, warum das so ist?"

„Nein, Faðir."

„Weil du im Takt deines Herzens atmest, wenn du nicht darüber nachdenkst, sondern deinen von Gott gegebenen Instinkten vertraust. Wenn dein Körper rein intuitiv handelt, ist das ganze System mit sich im Einklang. Und nichts und niemand kann dich dann davon abhalten, zu tun, was getan werden muss, wenn es um Leben oder Tod geht."

Petter stieg mit vorsichtigen Schritten über ein Stück Totholz, das auf dem Pfad lag, und verlagerte das Gewicht des Gewehrs in seinen Armen. Die Sonne versank mit einem gleißenden Leuchten am Horizont. Wispernd regten sich die nachtaktiven Tiere des Waldes in ihren Höhlen und Nestern, als spürten sie die herannahende Finsternis.

„Und weißt du, wie man seine Beute mit einem einzigen Schuss erlegt?"

Petter dachte nach, bevor er antwortete, obwohl er die Antwort wusste.

„Mit einem Blattschuss, Faðir."

„Richtig. Was unterscheidet einen Blattschuss von einem gewöhnlichen Schuss? Und warum ist er bei der Erlegung der Beute jedem anderen vorzuziehen?"

„Ein Blattschuss", wiederholte Petter die Worte seines Vaters, die sich in sein Gedächtnis gebrannt hatten, „ist ein finaler Schuss. Bei einem indirekten Treffer in die Extremitäten kann das Beutetier sich möglicherweise noch wegschleppen und muss unnötig leiden. Ein Blattschuss dagegen wird direkt zwischen die Augen platziert, um das Tier sofort zu töten, was nicht nur effektiv ist, sondern ... sondern ... ich habe das Wort vergessen, Faðir."

„Human, mein Junge. Es ist human. Man lässt seine Beute nicht leiden, das tun nur Tiere. Hast du das verstanden, Junge?"

„Ja, Faðir."

„Also, was ist dein Ziel, wenn du auf die Jagd gehst?"

„Ein Blattschuss, Faðir."

„Warum?"

„Weil es human ist."

„Warum noch?"

„Es ist effektiv."

„Und warum ist das erstrebenswert, Junge?"

„Weil ein effektiver Blattschuss eine Schlacht beenden kann, bevor sie beginnt. Und eine Schlacht, die nicht stattfindet, ist besser als ein Krieg, den man erst noch gewinnen muss."

*

Tag 0

Exakt um neun Uhr zwölf zünden die Triebwerke der vierstufigen Sojus-ST-Rakete vom „Centre Spatial Guyanais" in Französisch-Guyana und bringen die zweitausendunddreißig Kilogramm schwere Sonde in eine orbitale Umlaufbahn in einer Höhe von einhundertfünfundsiebzig Kilometern. GAIA wird erfolgreich auf eine Transferbahn gebracht, bevor die reibungslose Abtrennung der Fregat-Stufe erfolgt und etwa achtundvierzig Minuten später das Sonnenschild ausgefahren wird. Inmitten des Lärms der Zündraketen geht das Prélude der Suite bergamasque von Claude Debussy unter und auch der als Menuet betitelte zweite Satz verhallt ungehört, doch Clair de Lune, der dritte Satz des Musikstückes, der passenderweise den Glanz des Mondscheins vertont, ist glasklar zu hören. Die Fernsehstationen, die exklusiv dem Start der Sonde beiwohnen, die seit Jahren das priorisierte Projekt der ESA ist, übertragen die beinahe verstörend schöne, hypnotische und ästhetisch fremdartig wirkende Kombination der Ton- und Bildlaufnahmen der die Erdatmosphäre verlassenden Weltraumsonde, deren Aufbruch begleitet wird, von der berühmten in s-Dur gehaltenen Komposition, die Debussy ursprünglich Promenade sentimentale genannt hat.

Das globale Astrometrische Interferometer für die Astrophysik, dessen offizielle im Vorfeld formulierte Missionsziele unter anderem beinhalten, mehr als eine Milliarde Objekte zu vermessen, deren Magnitude und Farbe zu ermitteln und die Radialgeschwindigkeit, Temperatur, Oberflächengravitation und chemische Zusammensetzung von bis zu zweihundert Millionen Sternen zu bestimmen, rast mit einer Durchschnittsgeschwindigkeit von zweiundachtzigtausend Metern in der Sekunde durch das All. Zu den weiteren Missionszielen der Sonde gehört die Erfassung und Sammlung umfassender Daten über Asteroiden, Kometen, Exoplaneten, braunen und weißen Zwergen, Supernova, aktiver Galaxien und Quasaren innerhalb und außerhalb des irdischen Sonnensystems. Darüber hinaus hat GAIA noch einen anderen Daseinszweck, der dem simplen Wunsch nach Verständigung entspringt. Sie sendet eine Botschaft. Eine wortlose Frage wird mittels der universellen Sprache der Mathematik, die durch eigens für die Mission zusammengestellte Kompositionen klassischer Musikstücke in sämtlichen Wellenlängen und Funkebenen übertragen wird, an alle gerichtet, die dazu fähig sind, zuzuhören.

*

Wahrnehmungsbericht - 11.07.1908

Ausführender: **Major Andrey Petrov**
Auskunftgebender: **Kursant Jurij Tabakov**

263

Major Petrov: „Ziel dieser Anhörung ist es, die Ereignisse vom 30.06.1908 auszuwerten, welche sich in der russischen Taiga zugetragen haben. Die Tungsuka-Region wurde nahezu vollständig zerstört. Ursache der Katastrophe war ein extraterrestrischer Himmelskörper, welcher gegen 07:15 Uhr in die Erdatmosphäre eindrang und in einer Höhe von geschätzt 40 Kilometern implodierte. Es wurde berichtet, dass das Phänomen eine Zeit lang andauerte, obwohl andere Quellen davon sprachen, dass es so schnell vorüber war, dass man mit Ausnahme der entstandenen Schäden nicht mit Sicherheit hätte sagen können, dass es überhaupt stattgefunden hatte.

Bis in eine ungefähre Entfernung von 30 Kilometern, ausgehend vom Epizentrum, wurden sämtliche Bäume entwurzelt. Experten schätzen, dass auf einem Gebiet von über 2000 Quadratkilometern ungefähr 60 Millionen Bäume umgeknickt wurden. Noch in über 500 Kilometern Entfernung berichteten Passagiere der Transsibirischen Eisenbahn von einem hellen Feuerschein und der Druckwelle der Detonation. In allen meteorologischen Stationen Europas und Nordamerikas wurde die Erschütterung der Erdrinde registriert, jedoch konnte kein Krater als definitiver Einschlagspunkt eines kosmischen Fremdkörpers identifiziert werden. Der Befragte, Kursant Jurij Tabakov, war diensthabender Wachmann in Außenposten 42, der an die Tunguska-Region angrenzt. Kursant Tabakov, Ihre Aussage erfolgt unter Eid und bei nachgewiesenem Meineid droht Ihnen eine mehrjährige Haftstrafe. Haben Sie das verstanden?"

Kursant Tabakov: „Jawohl, Herr Major."

Major Petrov: „Schildern Sie Ihre Beobachtungen der Ereignisse."

Kursant Tabakov: „Es war ein Tag, wie jeder andere. Am Morgen hielten wir Ausschau nach möglichen Feindbewegungen oder Grenzüberschreitungen. Wilderer schossen ein paar Bären. Ein Wolfsrudel durchquerte die Taiga. Ein Regenschauer zog über das Land. Doch dann erschienen die Lichter am Himmel."

Major Petrov: „Welche Lichter?"

Kursant Tabakov: „Das ist schwer zu sagen, Herr Major. Sie waren riesig und irgendwie violett, aber auch orange und rot und blau. Sie erschienen über den Wolken und wurden immer heller und begannen zu flackern."

Major Petrov: „Die Aufnahmen der Kameras waren nicht zu verwerten?"

Kursant Tabakov: „Leider nicht, Herr Major. Sie schienen sich selbst gelöscht zu haben, als das Objekt explodiert ist."

Major Petrov: „Was ist dann geschehen?"

Kursant Tabakov: „Dann ging eigentlich alles ganz schnell. Es brannte überall, schon bevor der Flammenregen auf die Taiga herniederging. Es war irgendwie so, als ob man sich einen Film rückwärts anschaut. Ich meine, das Feuer war schon da, bevor die Flammen die Erde berührten. Könnte an der Hitze gelegen haben, aber ich hatte das Gefühl, dass etwas an den zeitlichen Abläufen irgendwie... falsch war. Verkehrt. Und dann, kurz bevor der Meteor detonierte und diese... Dinger aus den Trümmern stiegen...""

Major Petrov: „Welche Dinger?"

Kursant Tabakov: „Schwer zu sagen, Herr Major. Sie sahen irgendwie aus wie... Tintenfische. Mit dem Unterschied, dass sie aufrecht gingen. Sie waren etwa 3 Meter groß und schienen mehrere Arme zu haben. Es waren unendlich viele von ihnen. Sie gruben sich in die Erde, wie Maden oder Würmer es tun würden. Mit flatternden Bewegungen. Fremdartig, in jeder Hinsicht."

Major Petrov: „Wie viel Zeit verging, bis das Militär eintraf?"

Kursant Tabakov: „Das ist ebenfalls schwer zu sagen, Herr Major. Mein Zeitgefühl sagt mir, dass es nur wenige Minuten gewesen sein konnten, aber später erfuhr ich, dass das vierte Bataillon erst zwei Stunden nach dem Einschlag des Meteors an Ort und Stelle war."

Major Petrov: „Haben Sie dafür eine Erklärung?"

Kursant Tabakov: „Nein, Herr Major, das habe ich nicht. Aber der Zeitcode der Aufnahmen der Hochfrequenzmikrofone, die erhalten geblieben sind, bestätigten die offizielle Version. Um 13:13 Uhr erreichten die Truppen das havarierte Waldgebiet und die Situation konnte unter Kontrolle gebracht werden. Das heißt, es gab nichts mehr, das man unter Kontrolle hätte bringen müssen, denn es gab keine klassische Feindberührung. Was auch immer für... Kreaturen das waren, die da vom Himmel gefallen sind, sie hatten sich in Luft aufgelöst, als hätte der Erdboden sie verschluckt. Interessant waren allerdings die Tonaufnahmen, die übermittelt wurden, als der Meteor sich noch in der Stratosphäre befand. Es handelte sich um das Lieblingslied meiner Frau, deshalb habe ich es sofort erkannt. Es war *Nocturne Opus 9 Nummer 2* von Frederic Chopin."

*

Als die HMS Challenger als erstes Dampfschiff der Welt den südlichen Polarkreis überquerte, lag Petter Martinsson in der schlammigen Erde der russischen Taiga und beobachtete; mit zusammengekniffenen Augen die Umgebung. Es war bitterkalt. Der Frost der vergangenen Nacht bedeckte den Waldboden und hatte die spärlichen Sträucher mit Raureif überzogen, doch er spürte die Kälte nicht. In ihm loderte das Feuer des Eifers, angefacht von den Geschichten seines Großvaters und genährt durch die Ausbildung, die sein Vater ihm hatte angedeihen lassen. Der Brief mit den Koordinaten und Zeitangaben, der ihn hierhergeführt hatte, in die Region Krasnojarsk, die Steinige Tunguska, wie die Bauern sie nannten, war mittlerweile abgegriffen und fast unleserlich, doch er konnte den Wortlaut mühelos aus dem Gedächtnis rezitieren.

Das Beaumont-Gewehr M. 71, das sich seit Generationen im Besitz seiner Familie befand und stets an den ältesten Sohn weiter gegeben wurde, fühlte sich nach den unzähligen Stunden, in denen er gelernt hatte, zu schießen, die Waffe zu zerlegen, zu reinigen und wieder zusammen zu setzen, mittlerweile für ihn an wie die Verlängerung seines Körpers. Sie setzte um, was er sah, hörte und empfand, als ob zwischen dem, was er dachte und zwischen dem, was seine Hände taten, kein Unterschied bestehen würde. Jeder Punkt in seinem Sichtfeld war ein potentielles Ziel. Nichts und niemand war vor ihm sicher.

Die finstere, dicht bewaldete Ebene lag im Schatten. Er konnte sie ohne Anstrengung von dem Felsvorsprung aus überblicken, auf dem er Stellung bezogen hatte. Nebel kam auf und waberte durch das Unterholz. Es hatte aufgehört zu regnen, und die plötzlich eintretende Stille hatte etwas Atemloses an sich. Ein tiefes Raunen ging durch die Wälder. Vögel flogen aufgeschreckt in Scharen davon und verdunkelten den Himmel. Die Erde bebte.

Die Baumkronen erzitterten, als sich etwas unter ihnen zu regen begann. Der Waldboden brach auf. Die fleischigen, fremdartigen Körper der Hekatoncheiren aus Homers Sagen, deren leichenblasse, nackte Erscheinung Petter vage an aufrecht gehende Tintenfische erinnerte, wühlten sich mit flatternden Bewegungen aus dem Erdreich. Eilig strebten sie einem Zentrum entgegen und verschmolzen zu einer gigantischen Muttermasse. Auf der gewaltigen Stirn erschien ein dreilappiges Facettenauge, das aus unzähligen Pupillen bestand. Das enorme, riesenhafte und geradezu obszön überproportioniert große Auge, das den Großteil des Schädels des titanischen Ungeheuers einnahm, gaffte suchend umher.

Mit einem lauten, durchdringenden Stöhnen, das über die Ebene hallte und Petter an den Brunftschrei eines mächtigen Alphatieres denken ließ, setzte sich das Wesen mit den gemächlichen, schleppenden Bewegungen eines Giganten in Bewegung, während es sich mit wachsenden und sich stetig vervielfältigenden Gliedmaßen immer weiter über das Waldgebiet erhob und seinen Blick gen Westen richtete, Krasnojarsk entgegen, als würde es die Beute wittern, die es dort schlagen konnte.

Petter wartete geduldig, bis das Monster, dessen Schritte die Erde erbeben ließen, an seinem Felsvorsprung vorbei stapfte. Wie in Zeitlupe öffnete sich das dreilappige Lid der Bestie, und die enorme Kugel des Augapfels drehte sich in Petters Richtung. Das Ungeheuer sah ihn an.

Aushärtende Schuppen einer den Koloss umhüllenden Panzerung wuchsen an seinem Körper empor und wurden starr und undurchdringlich und Petter begriff intuitiv, dass er sich in einem Zeitfenster befand, das sich unaufhaltsam und mit zunehmendem Tempo schloss. Mit ruhiger Hand legte er das Gewehr an, vertraute seinen Instinkten, nahm sein Ziel ins Visier, atmete ein.

„UNFASSBAR! Ich liebe diese Geschichte! Ich les gleich mal nach wer der Autor ist. Er wurde 1979 geboren und lebt in der Nähe von Bad Nauheim. Er ist Vater, Ehemann, Erzieher, Tischler, Musiker, Literaturpreisträger (Gewinner des Literatur.preises der Stadt Taucha 2020/2021, dritter Platz beim Literaturwettbewerb Bruck an der Leitha) und natürlich Autor. Er hat schon vieles veröffentlicht unter anderem Erkerfenster

und Bay Windows. Weiters zahlreiche Geschichten in verschieden Anthologien. Ihr findet ihn auf Instagramm unter alexander_klymchuk_autor", las Lenya die Nase tief in die Unterlagen gesteckt.

Dann aber hielt sie mit fragendem Blick inne.

„Ob es tatsächlich möglich ist, Maschinen zu bauen, mit denen man Zeitreisen kann? Mit Magie ist ja wohl klar, auch wenn es äußerst gefährlich ist, aber mit Maschinen. Ich finde diesen Gedanken äußerst spannend. Vielleicht sollte ich einen Abstecher in die Werkstatt der Bibliothek machen und einen Versuch starten."

Lenya sprach in Gedanken versunken mehr mit sich selbst als mit ihrer Kollegin, die sie wieder zurück in die Realität rief.

„Du hast absolut recht. Die Story war sehr interessant! Allerdings glaube ich nicht, dass wir die Zeit haben uns damit zu beschäftigen wie man eine Zeitmaschine baut. Ich persönlich bleibe lieber bei der Magie. Außerdem kann ich es gar nicht erwarten noch mehr Geschichten zu entdecken!", erwiderte Lucia schmunzelnd auf die lauten Gedanken der Schattenelfin.

Lenya sah sie an und nickte enttäuscht.

„Du hast recht. Das Projekt Zeitmaschine muss wohl auf die Freizeit warten. Lass uns weiter machen."

***

Kapitel 7

„*Also irgendwie fühle ich mich leicht wackelig, wenn ich dieses Buch ansehe. So als hätte ich einen Knick in der Optik. Eigenartig. Sieh mal her Lenya, was stimmt da nicht. Ich fühle mich richtig schwummrig.*"

Lucia schüttelte den Kopf und sah nochmal auf den Einband des Buches in ihren Händen. Lenya kam näher und betrachtete das Buch, drehte sich ohne Wort auf dem Absatz um, ging zum Lichtschalter und drückte ihn. Mit einem Schlag gingen sämtliche Lichter in der Bibliothek aus und es wurde finster.

Ein verstehendes „Ah!", kam von Lucia.

Das Buch in ihren Händen flackerte wie eine defekte Leuchtstoffröhre.

„Deshalb hat es mich so irritiert. Witzig! Ist das Schattenelfenmagie?"

Lenya schaltete das Licht wieder ein und antwortete: „Gute Frage. Ich persönlich kenne sie nicht, glaube aber schon mal davon gehört zu haben, aber nicht im Zusammenhang mit Schattenelfen. Vielleicht hängt es mit etwas völlig anderem zusammen. Eventuell muss es erst lernen richtig zu leuchten. Allerdings würde es mich jetzt brennend interessieren, worum es in dem Buch geht. Lies doch etwas daraus vor."

Lucia tat sofort wie ihr geheißen:

Die Magie des klei-
nen Volkes

von Anna Forest Dweller

Die Magie des kleinen Volkes ist die meine.

Obwohl nicht sichtbar für jeden, war ich mir ihrer schon immer gewahr.

Verborgen tief in mir, mag sie schlafen, doch nicht tief.

Ich fühle bereits, wie ihre Finger langsam beginnen sich zu bewegen.

Die Füße tun es ihnen gleich.

Mit ihr erwacht die friedvolle Kriegerin in mir, um mich stark zu machen.

Stark genug, um meinen inneren Dämonen entgegenzutreten und sie zu Fall zu bringen.

Sanftmut ist mein Schwert, mein Schild ist Empathie.

Ich bin bereit.

Bereit mich wie ein Falke in die Lüfte zu erheben. Meine Schwingen tragen mich gen Osten dem Sonnenaufgang entgegen.

Bereit in der Hitze der Mittagssonne mit den Hirschen nach Süden zu laufen.

Bereit eines Lachses gleich in den Gewässern der Weisheit des Westens zu schwimmen.

Bereit mich in der Kälte des Nordens zur Ruhe zu legen. Gewärmt und beschützt vom Großen Bären der Nacht.

Little Big Ann bin ich.

Die Magie des kleinen Volkes ist die meine.

Ich wachse weiter, auf das sie scheine.

„Sieh an, schon wieder ein bekannter Name!

Und wie aus ihrem Lebenslauf zu lesen ist kann sie tatsächlich Poesie schreiben, was sie hiermit definitiv bewiesen hat. Echt grandios und vielseitig die Dame. Das gefällt mir. Ich finde ja, dass sich ein Autor generell nicht auf nur ein Genre, oder eine Schreibart beschränken sollte. Oft entstehen richtig gute Geschichten und Gedichte, wenn man sich außerhalb seiner Komfortzone zu bewegen beginnt. Also ich persönlich freue mich jetzt noch mehr auf den Poesieband – Gedankentanz. "

„*Verdammt nochmal ist dieses Buch schwer*", stöhnte *Lenya und schleppte einen dicken Schmöker mit schwarzem glänzendem Einband zu ihrem Schreibtisch.*

Lucia tänzelte hinter ihr her und versuchte einen Blick auf den wundervoll glänzenden schwarzen Einband zu erhaschen.

„Woraus ist der Einband? Was ist das? Es glänzt so schön schwarz? Ist das Stein? Vielleicht Turmalin, oder gar Obsdian? Jetzt lass mich doch endlich einen Blick darauf werfen!"

Angestrengt hievte die Schattenelfe das Buch auf den Tisch und gab schwer atmend den Blick darauf frei.

„Sorry, aber es war einfach zu schwer um stehen zu bleiben."

Lucia trat näher und strich andächtig über den schwarzen glänzenden Einband und flüsterte beeindruckt: „Eindeutig Obsidian! Darf ich?"

Lenya nickte und half ihrer kleinen Kollegin den schweren Einband zu öffnen, damit sie gemeinsam einen Blick ins Innere werfen konnten:

Die Farbe von Obsidian

von Nera Nachtkerze

Schwarzseherin - Prolog

Hast du jemals die Leere in den Dingen gesehen? Die Schwärze inmitten der Farbe? Den bodenlosen Abgrund hinter der Festigkeit? Du schaust auf die Fassade und siehst seine schillernde Hülle, doch blickst du tiefer hinein, erkennst du die unendliche Schwärze. Du siehst es nicht? Ich kann es sehen! Die Dunkelheit, die alles durchzieht, spinnwebengleich mit dünnen Fäden, kaum sichtbar und doch immer da. Ich kann es fühlen! Die Endlosigkeit, trostlos und einsam wartend, hinter jedem Gegenstand, jeder Tat, jeder Empfindung. Ich kann es hören! Die Stille, furchteinflößend in ihrem immerwährenden Schweigen und ihrer Verzweiflung, welche ihr lautloser Schrei auslöst. Es begegnet mir Tag für Tag und Nacht für Nacht. Denn ich bin eine Schwarzseherin.

Netz der Dunkelheit

Der Regen plätscherte sanft auf die Erde und die grauen Wolken verschluckten das grelle Tageslicht. Olivia liebte den Regen und lächelte der zierlichen Frau mit dem langen schwarzen Haar in der Pfütze zu. Die dunkelbraunen Augen wirkten im Spiegelbild des Wassers fast gänzlich schwarz. Vergnügt sprang sie in die Pfütze. An Regentagen wie diesem versteckten sich die Menschen unter abweisenden Regenmänteln und großen Schirmen mit ihnen ihre Gefühle und Gedanken. Es fühlte sich alles irgendwie gedämpft an.

Nur an diesen seltenen Tagen verließ Olivia ihre Wohnung. Die Luft war frisch und es lag immer ein Hauch von Freiheit und Abenteuer darin. An diesen Tagen würde sie am liebsten wie ein kleines Kind durch die Pfützen tanzen, barfuß durch den Park laufen und das nasse Gras unter ihren Füßen spüren. Einfach fühlen, wie das Leben durch sie hindurchfloss. Stattdessen floss Olivia nur unauffällig mit der sich immerfort bewegenden Masse die steinernen Fußwege entlang.

Unter ihr zogen sich wie immer dunkle Fäden durch die Steinplatten und darin blitzte die Leere empor. Olivia versuchte, sie so gut wie möglich zu ignorieren und balancierte vorsichtig um sie herum, immer darauf bedacht, nicht versehentlich in eine dieser Spalten des Abgrunds hineinzutreten.

Manchmal blieben diese einfach wie schwarze Spinnweben kleben. Sie hatte schon oft beobachtet, wie Menschen durchtraten und die schwarzen Fäden sich anhefteten. Manche Leute waren schon ganz von ihnen durchzogen. Tausende kleine dunkle Äderchen, die sich wie Säure in die Haut fraßen und alles durchzogen.

Einige sahen niedergeschlagen aus, mit bleicher Haut und dunklen Augenringen, anderen merkte man absolut nichts an. Doch keiner von ihnen schien zu spüren, wie sich die Schwärze in sie hinein fraß. Olivia wandte den Blick ab und lief einfach weiter, bis sich ein Schauer auf ihrer Haut ausbreitete und damit die unheilvolle Vorahnung.

Sie rannte los, obwohl sie wusste, dass sie nicht entkommen konnte. Es griff nach ihr. Als ob es nur gewartet hätte. Tiefstes Schwarz vermischt mit Verzweiflung durchdrang Olivia und ihr Magen verkrampfte sich. So einen starken Sog hatte sie lange nicht mehr gespürt. Nur mühsam konnte sie sich aufrecht halten und versuchte, das Zentrum der Dunkelheit auszumachen. Ihr Blick fiel auf einen unscheinbaren braunhaarigen Mann im grauen Mantel, den Kopf tief gesenkt, stumm vor sich hin auf den Boden starrend und mit entschlossenen Schritt vorwärts marschierend. Nur wenige Zentimeter trennten sie und fast hätten sie sich berührt.

Olivia wich zurück. Ihre Beine verloren an Kraft und ließen sie stolpern. Fast wäre sie in einen der schwarzen Risse hineingefallen. Die schwarzen Adern, welche sich vorher wie kleine dünne Rinnsale durch die Mauern und den Boden gezogen hatten, wuchsen zu großen wilden Strömen, von denen immer wieder neue abzweigten und durch die Oberflächen des Seins wüteten. Panisch wich sie den immer neu entstehenden, dunklen Geflechten aus. Weg, sie musste hier weg. Um den fremden Mann wand sich inzwischen ein reißender Strudel aus wabernder Finsternis, der klebrige Dunkelheit verspritzte.

Überall von den Gesichtern und Händen der Menschen herum tropfte das Schwarz und zog sich in deren Haut, um dort weiter, wilden Tumoren gleich, vor sich hin zu wuchern. Olivia drehte der schrecklichen Szenerie den Rücken zu und versuchte zu flüchten. Ein Riss im Boden vor ihr gewann an Größe,

277

wurde binnen Sekundenbruchteilen zu einem riesigen Schlund und versperrte ihr den Weg.

Reflexartig änderte sie ihre Richtung und sah in den Augenwinkeln, wie der Mann zusammenbrach. Sie wusste, er würde gnadenlos versinken.

„Verdammt lauft!", schrie sie die irritierte Menschenmenge aus Passanten an, schob sie rücksichtslos vorwärts und rannte um ihr Leben.

Um sie herum kochte der Tod aus allen Ritzen des Seins empor.

Die Detonation überwand die Schwerkraft mit Leichtigkeit und Olivia wurde mit vielen anderen von den Füßen gerissen. Wie eine willenlose Puppe trudelte sie hilflos durch die Luft und mit weit aufgerissenen Augen konnte sie nur zuschauen, wie sich die Hauswand vor ihr mit immenser Geschwindigkeit näherte.

Dann durchbohrte Olivia ein tiefer, stechender Schmerz. Dunkelheit riss gnadenlos an ihrem Bewusstsein und versenkte alles in Finsternis.

Das dumpfe Pochen des Schmerzes holte Olivia langsam wieder in die Unerträglichkeit der Realität zurück und ein leises Fiepen und Grunzen ließ gleichzeitig ihre Adern gefrieren. Olivia schauderte und sondierte die Herkunft des leider allzu bekannten Geräusches. Es war nah. Viel zu nah. Entsetzt schlug sie die Augen auf und blickte direkt auf die Verursacher.

Zwei große schweinsähnliche Schattenkreaturen saugten an ihren Füßen und in ihren Schatten loderte der Tanz vieler kleiner wurmförmiger Gestalten. Vielleicht waren es auch eine Art Tentakel. Olivia war nicht besonders erpicht darauf, diesen Umstand genauer zu untersuchen. Eine Sekunde starrte sie auf das Schreckensbild der Schattenschweine, die ihre Schnauzen tief in den schwarzen Adern ihrer Beine versenkt hatten. Während sie genüsslich grunzten, pulsierte die Schwärze und immer neue Adern bahnten sich den Weg durch Olivias Körper.

Einen weiteren kurzen Moment blickte sie mit weit aufgerissenen Augen die furchterregenden Wesen, welche sich mit voller Größe vor ihr aufgebaut hatten, einfach nur an. Das augenlose Gesicht, welches nur aus einem gierigen Schlund und einer riesigen Nase bestand, war ihr vertraut, doch nicht aus dieser Opferperspektive.

Olivia bäumte sich mit der Kraft der Verzweiflung auf, riss sich aus dem Sog der Schattenschweine los und stolperte unkoordiniert vorwärts. Ein Blick über die Schulter zeigte ihr, dass die Monster aus Dunkelheit nicht vorhatten, ihre Beute so leicht gehen zu lassen. Die vorher sanft hin und her wogenden Würmertentakel schlingerten wild auf und ab und rissen ebenfalls ihre kleinen Mäuler auf. Acht lange spinnenartige Beine richteten sich auf, um hinter ihrer Beute herzuhetzen.

Olivia torkelte weiter vorwärts und versuchte, ihr schmerzendes Bein so weit wie möglich zu ignorieren. An dem alten Gemäuer neben ihr Halt suchend, humpelte sie die Gasse entlang, in die sie geschleudert worden war. Jedes Mal, wenn ihr Fuß auf etwas Weiches trat, zuckte sie zusammen.

Ein ekelhaftes Schmatzen kündigte an, dass ihre Verfolger ein neues Opfer gefunden hatten. Was kein Wunder war, denn der ganze Boden um sie herum war überfüllt mit leblosen Körpern und Körperteilen in allen Stückgrößen.

Olivia bemühte sich, den Blick weit nach oben zu richten und nahm die rote Masse zu ihren Füßen, nur undeutlich war. Ab und zu durchbrach ein gequältes Aufstöhnen die schmatzende Stille. Diesmal drehte sich Olivia nicht um, sondern machte stur einen Schritt nach den anderen direkt durch die Szenerie des Grauens. Nur um eine neue noch viel Größere zu erblicken.

Ihr stockte der Atem, als sie aus der Gasse bog. Die mehrspurige Hauptstraße hatte sich in ein Meer aus Blut und Fleischfetzen verwandelt, gespickt mit zertrümmerten Blechstücken, welche vorher einmal glänzend lackierte Autos gewesen waren. Sie musste über steinige Brocken aus den umliegenden jetzigen Häuserruinen klettern.

Der beißend metallische Geruch von Eisen erfüllte die Luft und drang tief in ihre Lungen, zusammen mit dem aufgewirbelten Staub, welcher die klaren Konturen des Schreckens zu einem unwirklichen Alptraum verwischte.

Zentrum dieses Grauens war das riesige schwarze Loch, an der Stelle, an der der Unbekannte im Nichts versunken war. Aus diesem Schlund spann sich ein Netz aus tiefster Dunkelheit, auf welchem in unnatürlich elegantem Tanz die schwarzen Schattenschweine entlang glitten.

Emsig schwangen ihre langen Spinnenbeine hin und her und verwoben die wild wuchernden schwarzen Adern der toten Körper in ihr Netz. Die Tentakelwürmer streckten sich indessen und schlingerten durch die Luft, um die dünnen Fäden des Leidens aus der Luft zu saugen. Das Einzige, was Olivia bei diesem Anblick spürte, war Übelkeit. Dennoch konnte sie den Blick nicht abwenden. Erst als die Schattenschweine, hinter ihr, an ihr vorbei glitten und das Netz mit gesammelter Finsternis versorgten, riss sie sich los. Nach Hause. Einfach nur nach Hause. Sie ignorierte die schreienden Menschen, welche sich am Rand der Katastrophe ansammelten und die Krankenwagen, die jetzt erst am Ort des Geschehens eintrafen. Starr und stumm blickte sie auf den Gehweg vor sich. Nun gab es nur noch das Blut an ihr, welches ab und zu auf dem Boden kleine tropfenförmige Spuren hinterließ. Die große dicke schwarze Ader an ihrem Fuß weiterhin ignorierend, trat Olivia den Rückweg aus der Hölle an. Schritt für Schritt.

Erst als sie die Wohnungstür hinter sich zuschlug, wagte sie, innezuhalten. Erschöpft lehnte sie sich an die dünne Spanplatte und ließ sich langsam auf den Fußboden sinken. Hoffentlich war ihr niemand von den Schattenschweinen gefolgt.

Still lauschte sie. Nur das rhythmische Klopfen der Regentropfen, die emsig gegen die Fenster schlugen, war zu hören.

Einmal war ihr kurz, als würde ein tiefes Schnüffeln im Flur ertönen und direkt vor ihrer Tür halten. Olivia erstarrte.

Nur keine falschen Bewegungen.

Alles könnte unerwünschte Aufmerksamkeit erzeugen. Sie zitterte unkontrolliert. So nah waren ihr diese Ungeheuer noch nie gekommen. Würde die Tür standhalten? Konnte diese Schattenbestien überhaupt irgendetwas etwas aufhalten?

Das seltsame Geräusch entfernte sich langsam wieder und Olivia atmete leise aus. Erst jetzt gestattete sie sich, über das Erlebte nachzudenken und prompt erfasste Olivia das vertraute Zittern einer Panikattacke. Doch ihr Gehirn reagierte sofort und ihr Geist entschwand in der schützenden Dunkelheit des Vergessens.

Als sie die Augen wieder aufschlug, gewahrte sie nur den einsamen Schein der Straßenlaterne direkt vor ihrem Fenster. Einen langen Moment starrte sie desorientiert auf den Boden vor sich, bis sich die Erinnerungen Stück für Stück den Weg zurück in ihr Bewusstsein bahnten. Das Gefühl von Furcht und Grauen eroberte sich seinen Platz zurück und angsterfüllt blickte sich Olivia in ihrer kleinen Einzimmerwohnung um.

Dann richtete sie sich leise auf. Die Möbel warfen im schwachen Licht Schatten in die Schatten. Vorsichtig schlich Olivia durch den Wohnzimmerteil und pirschte sich an eines der Fenster heran. Der Blick hinaus zeigte eine leere Straße, nur erleuchtet durch ein Dutzend Laternen. Das Wohnviertel schien wie ausgestorben zu sein. Ein Blick auf die große Wanduhr zeigte ihr den Grund. 2:44 Uhr morgens. Olivia fühlte sich unendlich verloren und einsam. Über, unter, neben ihr, überall um sie herum waren Menschen und doch war sie allein. Egal zu welcher Tageszeit. Sie wollte einfach fallen.

Das Sofa fing sie auf und die Straßenlaterne antwortete auf ihren sehnsüchtigen Blick mit einem leichten Flackern. Ein Magenknurren zwang sie zum Aufstehen und mühselig schlepp- pte sie sich zum Kühlschrank, nur um von dessen gähnender Leere empfangen zu werden. Stimmt, sie musste einkaufen. Deshalb war sie unterwegs gewesen. Sie musste etwas essen. Sie musste raus. Nun wozu gab es denn 24-Stunden-Läden. Doch zuerst sollte sie noch die blutigen Klamotten loswerden. Ihr Blick fiel auf das nun fast schwarze Bein. Prüfend untersuchte sie ihren Körper im Spiegelbild. Alles war mittlerweile mit schwarzen Adern durchzogen, selbst ihr Gesicht. Sie blickte in ihre eigenen panikerfüllten Augen. Bald würde sie sterben. Sehr bald. Unter der Dusche versuchte Olivia, mit dem Blut auch die Erinnerung an die schrecklichen Ereignisse fort zu waschen. Leider ohne Erfolg.

Schatten in der Nacht

Die Lichter der Stadt leuchteten ihr entgegen, als Olivia mit der ersten Straßenbahn des noch nicht angebrochenen Tages durch die fast ausgestorbenen Straßen fuhr. Im Monitor des Abteils liefen, statt der sonstigen Werbeslogans über Unterwäsche und Parfums, die Nachrichten und informierten über die tragischen Vorkommnisse des letzten Tages.

Ein Selbstmordattentat, zu dem sich bisher noch keine extremistische Gruppe bekannt hatte. Auch der Bombensatz konnte noch nicht gefunden werden, aber dies war laut Experten nur eine Frage der Zeit. Die blonde Nachrichtensprecherin gab die neuesten Schätzungen der Opferzahl bekannt. Erschöpft lehnte Olivia den Kopf gegen das Fenster, ignorierte, soweit es ging, das Plärren des Fernsehers und beobachtete stattdessen das leicht flackernde Licht des Wagons. Geduldig wartete sie auf die Durchsage ihrer Station. Als diese endlich kam, begab sich Olivia mit einem mulmigen Gefühl wieder hinaus in die Schatten der Häuserblöcke und steuerte zielstrebig auf die hell erleuchteten Fenster des Einkaufsladens zu. Im Inneren des Ladens zögerte sie jedoch. Unschlüssig stand sie vor den Regalen. Die Erinnerungen des letzten Tages kamen wieder in ihr hoch und mit einem mal verließ sie ihr Hunger schlagartig. Fast hätte sie den Laden ohne etwas zu kaufen verlassen, als sie ein Sandwich an der Kasse entdeckte.

„Das sollte für erste genügen!", erklärte sie sich gedanklich selbst.

Beim Bezahlen warf Olivia kurz einen Blick auf den Verkäufer und ein unangenehmes Prickeln zog über ihre Haut. Der Mann hinter der Ladentheke hatte sie bisher ebenfalls nicht einmal richtig angesehen. Als er dies jetzt tat, fixierte er sie mit tiefschwarzen Augen, aus denen sich kleine, dunkle Fäden über das ganze Gesicht zogen. Olivia wich zurück und starrte ihr Gegenüber angsterfüllt an.

„Er ist verloren!", war das Einzige, was sie denken konnte.

Sie riss sich von dem Anblick los, knallte das Sandwich unbeachtet auf die Tischfläche und lief geradeheraus auf den Ausgang zu. Sie musste raus aus diesem Laden. Ihre Gedanken zogen gleichzeitig hektisch Kreise. Dieser Mann, wer immer er war, würde sterben. Sie musste ihm helfen. Irgendwie. Sie konnte ihm aber nicht helfen. Und sie wollte auch nicht sehen, wie er starb. Die Glastür schob sich in gewohntem Rhythmus zu beiden Seiten auf und Olivia rannte hindurch, nur um eine sofortige Notbremsung einzulegen, die sie fast das Gleichgewicht gekostet hätte.

Die Dunkelheit, welche außerhalb des Lichtscheins der hell erleuchteten Ladenfassade auf sie wartete, bewegte sich drohend hin und her. Olivia erstarrte und schaute gebannt in die Finsternis. Nun konnte sie auch die Umrisse der Verursacher erkennen. Tausende Schattenschweine krabbelten unruhig umher, stießen sich gegenseitig um und fixierten das Gebäude mit ihren augenlosen Blicken. Das aufgeregte Quieken und Grunzen der Schweine erfüllte die Stille wie ein unheilvoller Vorbote und erzeugte kalte Schauer auf Olivias Haut. Das Geschäft hatte bestimmt noch einen Notausgang. Sie drehte sich um und sah nur noch, wie eine schwarze Flüssigkeit gegen die Scheibe spritzte. Es war zu spät. Olivia konnte nur entsetzt die vielen Flecken beobachten, die in kleinen und größeren Rinnsalen den Weg zum Boden nahmen, um sich dort in einer großen dunklen Lache zu vereinigen. Das Grunzen hinter ihr steigerte sich zu einem erregten Tenor des Grauens und dann waren sie überall. Olivia knallte hart auf den Boden, erdrückt von tausenden Beinen, die über sie hinweg krabbelten und ihr die Luft abschnürten. Verzweifelt versuchte sie, sich der Masse entgegenzustemmen, doch es war aussichtslos. Sie konnte einfach nur liegenbleiben, während die Schwärze sie überrollte. Langsam wandelte sich der stechende Schmerz in eisige Kälte. Olivia zitterte und der Boden unter ihr war mit einem Mal eiskalt, ebenso die Luft. Luft.

Mühsam setzte Olivia sich auf. Sie konnte wieder atmen. Dann schaute sie sich ängstlich um. Die schwarzen Schattenbestien schienen aus irgendeinem Grund einen Bogen, um sie zu machen. Nein keinen Bogen. Einen Kreis. Sie war umringt von lauernden Schatten.

„Verschwindet!", schrie Olivia und richtete sich in voller Größe auf.

Die Schweine wichen zurück, als wäre sie der Tod höchst persönlich und Olivia fragte sich im Stillen, ob dem inzwischen nicht auch genau so war. Frierend verschränkte sie die Arme. Ihr war immer noch bitterkalt. Dann blickte sie sich irritiert um. Mittlerweile konnte sie keine Bewegung mehr ausmachen. Nicht eine einzige. Als würde alles stillstehen. Selbst die Zeit. Hektisch drehte sich Olivia im Kreis. Nichts bewegte sich. Kein Windhauch war zu spüren und kein Laut durchzog die Luft. Die Lichter der Straßenlaternen und der Häuserblocks waren erloschen. Einzig der weit entfernte Vollmond am Himmel sandte sein silbernes Nachtlicht herab.

Alles versank in vollkommener Stille. Dann hörte sie es. Ein dunkles dumpfes und knackendes Knirschen in all seinen

Echos zog sich durch den Boden. Olivia kannte dieses Tonensemble. Es klang wie das Zerbrechen einer dicken Eisschicht. Sie erinnerte sich. Wie damals. Das kleine schwarzhaarige Mädchen auf dem zugefrorenen See. Sie stand da und hörte dieses Geräusch, welches heute immer noch in ihr nachklang. Die Familien, die Kinder, ihre Freunde, alle liefen weg. Nur sie blieb stehen. Und wie damals starrte sie ungläubig auf den trügerisch festen Boden unter sich, nur um zu sehen, wie sich genau von dieser Stelle aus tiefe Risse durch die Oberfläche zogen.

Das kleine Mädchen war aus den Tiefen des Sees gerettet worden, fast erfroren, doch mit einem kleinen Lebensfunken in sich. Aber die heile Welt hatte Risse bekommen und Tod, Leid und Einsamkeit hatten Einzug erhalten.

Die Oberfläche zerplatzte und schollenartige Bruchstücke krachten gegeneinander, zerbrachen, schoben sich übereinander und schwammen im schwarzen Nichts, welches überall hervorquoll. Die gefrorenen im Mondlicht schwarz glänzenden Schweinsgestalten krachten ebenfalls gegeneinander, zersplitterten in Tausende dunkel funkelnde Scherben und sanken langsam zwischen den Schollen der Realität in den Abgrund des Dazwischens. Das kleine Bruchstück, auf welches Olivia sich rettete, sank unaufhaltsam unter der Last. Hektisch trat Olivia an den Rand und setzte zum Sprung an, doch die Scholle kippte und Olivia rutschte ab. Der Sprung misslang und sie knallte unbarmherzig gegen das nächste Bruchstück.

Verzweifelt versuchte sie, sich festzukrallen, doch ihre Hände fanden nirgends Halt. Panik erfasste Olivia. Sie schrie um Hilfe, ruderte dabei wild mit den Armen. Aber nichts konnte ihr Sinken aufhalten und sie entglitt der Welt.

Splitter der Finsternis

Die Spirale wand sich in riesigen Drehungen abwärts und Olivia schlitterte auf der glatten, schwarz glänzenden Oberfläche, wie auf einer nie endenden Rutschbahn, hinab. Ungewollt nahm sie immer mehr an Geschwindigkeit zu. Angstvoll blickte sie in die Tiefe. Sie wollte nicht daran denken, was sie unten erwartete. Falls es überhaupt so etwas wie ein Ende gab. Vielleicht würde sie sich auch, in der Endlosigkeit gefangen, ewig in dieser Spirale, abwärts ins Bodenlose drehen. Resigniert blickte sie auf die dicken schwarzen Adern ihrer Arme.

Jetzt sterbe ich also. Gerade als sie sich ihrem Schicksal ergeben wollte, sah sie unter sich die beleuchtete Plattform in der Mitte. Doch ihre Schlitterbahn zog sich unbarmherzig daran vorbei.

„Ich muss dort hin!", schoss es ihr durch den Kopf.

„Irgendwie!"

Olivia drehte sich um und versuchte verzweifelt, sich an der glatten Oberfläche der Rutsche festzukrallen. Gleichzeitig suchte sie mit ihren Füßen nach Halt. So einfach würde sie nicht aufgeben. Die Plattform rückte immer näher und offenbarte sich als riesige schwarze Eisscholle, beleuchtet von einem einzigen kleinen leuchtenden Splitter. Olivia stieß sich, so fest sie konnte mit den Füßen ab und sprang.

Endlose Sekunden flog sie durch die Dunkelheit, bevor sich die Scholle mit rasender Geschwindigkeit näherte. Der Aufschlag raubte ihr den Atem und erschöpft blieb sie liegen. In ihrem Kopf drehte sich alles und ihr war, als würde die schwarze Glasspirale selbst sich um sie herumdrehen. Müde schloss sie die Augen, doch das helle Licht ließ sie nicht schlafen. Kraftlos richtete sie sich ein wenig auf, kroch zu dem leuchtenden Splitter und berührte ihn zaghaft. Er glomm auf und strahlte sie an.

Im Licht fiel Olivia die pergamentfarbene Schriftrolle auf. Zögerlich nahm sie diese in die Hand. In diesem Moment verflüssigte sich die Finsternis um sie herum. Olivia bekam schon wieder keine Luft mehr. Panisch blickte sie nach oben. Die Bruchstücke der Realität trieben weit entfernt auf der Oberfläche der Dunkelheit und das Licht des Mondes drang durch die entstandenen Wunden der Welt. Einen kurzen Augenblick hielt Olivia inne, um die Schönheit der sich ausbreitenden Strahlen zu bewundern.

Dann nahm sie den leuchtenden Splitter und die Pergamentrolle, stieß sich ab und schwamm. Kämpfte sich durch Kälte, durch Schmerz und Einsamkeit zurück an die Oberfläche.

Meer der Schatten

Ein Dutzend in schwarze Umhänge gehüllte Gestalten blickten zu der Frau, welche sich aus dem Nichts heraus an den Trümmern der Straße und Häuserblocks hochzog und lautstark nach Luft schnappte. An dem langen pechschwarzen Haar rann eine dunkle zähe Masse hinab zum Boden, während sie an der Kleidung und Haut kleben blieb. Der Blick unter die dunklen Kapuzen hätte die Fassungslosigkeit offenbaren können, aber die Gesichter waren in tiefe Schatten gehüllt.

„Sie lebt ja noch!", entfuhr es einer von ihnen.

Die Frau drehte sich erschrocken zu ihnen um und die Schattenumhänge nahmen eine lauernde Haltung an.

Olivia wartete nicht darauf, was die finsteren Gestalten als Nächstes tun würden und rannte. Unerträglicher Schmerz durchzuckte ihre Glieder und ihre Lunge, doch sie lief weiter, sprang über die Trümmerbruchstücke der Straße und über die dunklen Rinnsale dazwischen. Die Welt schien ihre vorherige Festigkeit wiedererlangt zu haben. Vorerst. Ein kurzer Blick nach hinten zeigte ihr, dass eine der Gestalten die Verfolgung aufgenommen hatte.

Olivia bog zielgerichtet in eine Seitengasse ein, kletterte über eine nicht allzu hohe Mauer und zwängte sich durch einen kaum beachteten Durchgang. Sie hoffte, ihren Verfolger damit abzuschütteln. Weitere unzählige Stufen hinauf führten sie zu ihrem geheimen Ort. Eine Art verwilderter Dachgarten, dessen Besitzer scheinbar schon lang nicht mehr dort war. Ab und zu sah Olivia nach den jetzt wild wuchernden Rosen und goss diese mit dem gesammelten Wasser der dort stehenden Regentonnen. Mittelpunkt des Gartens war eine kleine alte Bank, an der schon die Farbe abblätterte. Von dieser aus konnte man einen großen Teil der Stadt überblicken.

Völlig erschöpft ließ sich Olivia darauf nieder. Der Splitterstein und die Schriftrolle fielen ihr wieder ein. Sie hielt beides immer noch fest verkrampft in ihrer Hand. Zuerst untersuchte Olivia den Splitter und stellte enttäuscht fest, dass dieser schwarz geworden war. Seinen eigentümlichen Glanz besaß er aber immer noch. Olivia runzelte die Stirn. Eine eigenartige Kraft schien ihm immer noch innezuwohnen.

Konnte Dunkelheit leuchten? Sie nahm sich als Nächstes die eingerollte Pergamentrolle vor, die unerklärlicherweise keinen Schaden erlitten hatte. Mit einem leichten Knacken durchbrach sie das Siegel, entrollte das Papier und las:

Warnung

Du, welcher diese Schrift in den Händen hältst, entscheide gut,
ob du bereit bist, dich der gnadenlosen Wahrheit zu öffnen,
denn das Geheimnis der Dunkelheit wird enthüllt und es wird
Angst und Schrecken bringen. Nur wenige werden es erkennen,
denn es liegt offensichtlich im Verborgenen und niemand sieht,
was er nicht sehen will. Du kannst und du willst, sonst hättest
du die dunkle Schrift nicht gefunden, doch sei gewarnt, denn
der Abgrund lauert hier.

Olivia schaute nachdenklich hinauf in den dunklen
wolkenlosen Himmel. Der Mond war weitergezogen und
hinterließ nur ein finsteres Sternenmeer. Sie entschied sich,
weiterzulesen. Sie musste es wissen.

Offenbarung

Einst war die Welt erfüllt von gleißendem Licht und grenzenlose Wärme durchflutete das Sein. Doch aus dem Nichts kam die Finsternis und durchzog das Licht mit seinen Schatten. Das Licht zerbarst in tausende und abertausende Scherben, zertrümmert vom Nichts, das nun die Welt leerte. Die Lichterscherben verteilten sich im Nichts. Hilflos trieben sie in der unendlichen Dunkelheit, verloren sich und verteilten sich immer weiter im Nichts. Die Zeit selbst driftete immer weiter mit dem Licht auseinander auf das Ende zu. Nur vereinzelt noch durchbrachen die Strahlen der Lichttrümmer die ewige Nacht. Dunkelheit und eisige Kälte durchzogen nun die gesamte Welt.

Die Lichtschimmer werden mit den Jahrtausenden ganz verschwinden. Manche mögen sich ein letztes Mal aufbäumen und zu neuer Größe anwachsen. Doch letztendlich werden auch diese in alle ihre Strahlen zerrissen und zu Schatten werden. Andere werden widerstandslos vergehen, werden kleiner und kleiner, bis nichts mehr übrig bleibt.

Alles Leben, was geboren wird, hat nur diesen einen Sinn. Zu Vergehen. Schau in den Himmel und preise die ewige Nacht. Denn nur sie wird dir Ruhe und Frieden geben.

Geduldig in ihrer Endlosigkeit harrt die Finsternis, bis auch die letzten Strahlen des Lichts, in der ewige Tiefe der vergangenen Zeiten versunken sein werden.

Denn unendlich ist die Finsternis, unendlich ist die Stille!

Entsetzt rollte Olivia das Papier zusammen, welches sie niemals wieder öffnen würde. Normalerweise hätte sie es einfach abgetan, doch der Ort, an dem sie die Schrift gefunden hatte, sprach Bände. Traurig blickte sie in den klaren Nachthimmel in seiner sternenverhangenen Pracht, sah hinauf zu den vielen Milliarden Sonnen. Doch alle Sonnen zusammen schafften es nicht, das schwarze Meer aus Dunkelheit mit ihrem Licht zu erfüllen. Sie waren nur kleine helle Inseln in der großen Weite der Finsternis. Wie sollte Olivia als kleiner Mensch auf einem kleinen Planeten das bewältigen, was nicht einmal alle Sonnen zusammen schafften? Ratlos blickte sie hinauf in den Himmel, gefangen in der Trostlosigkeit der Wahrheit. Sie hatte es unbedingt herausfinden wollen und nun wünschte sie sich, dass sie niemals davon gewusst hätte.

Was sollte sie damit anfangen, geschweige denn tun? Was konnte sie überhaupt tun?

Alle Gedanken drehten sich immer und immer wieder im Kreis und letztendlich verliefen sich alle ins Nichts. Alles war sinnlos, alles würde vergehen und im ewigen Vergessen versinken. Bald auch sie. Wieder blickte Olivia auf die dunklen Adern auf ihrer Haut. Sie entschloss sich, bei der nächsten Gelegenheit die Schriftrolle wieder in der Dunkelheit zu versenken.

Grauen des Morgens

Ein Geräusch ließ Olivia zusammen zucken und sie drehte sich hektisch zur Seite. Die dunkle Schattengestalt hatte sie gefunden. Erschöpft überlegte sie, einfach sitzen zu bleiben und sich ihrem Schicksal zu ergeben. Doch dann fiel ihr Blick auf den mystischen Splitterstein und die Schriftrolle. Olivia raffte sich auf. Das sollte niemand in die Hände bekommen. Sie griff danach und rannte im Zickzack durch den Garten, an dessen Ende sie mit einem großen Satz auf die Treppe hinab sprang. Diese hatte sich binnen eines Augenblicks in eine eisige schwarze Rutschbahn verwandelt und Olivia schlitterte und schlingerte diese, in rasanter abwärtsfahrt hinunter. Das lautstarke Fluchen hinter ihr kündigte die Nähe ihres Verfolgers an. Ein leichtes Lächeln zog Olivias Mundwinkel nach oben.

„So leicht bekommt ihr mich nicht", flüsterte sie. „Und schon gar nicht die Schriftrolle und den Splitterstein!"

Die Straße, über die sie, unten angekommen, stolperte, war wie ausgestorben. Kein Mensch und kein Auto war zu sehen, eine absolute Seltenheit, vor allem da der rötlich gefärbte Himmel über der Stadt den baldigen Sonnenaufgang ankündigte. Die Fenster blieben dunkel und die Straße war vollkommen leer. Nur schwarzer Asphalt und grauer Beton. Hier stimmte etwas nicht, aber andererseits stimmte seit über einem Tag absolut nichts mehr.

Das dumpfe Knacken unter ihren Füßen hinderte Olivia daran, diese Gedanken weiter zu verfolgen. Diesmal war sie vorbereitet, als der Boden unter ihren Füßen zerbrach. Sie lief, so schnell sie konnte, und hinter ihr zersplitterte die Welt. Ihr Verfolger war ihr immer noch dicht auf den Fersen. Doch während Olivia immer langsamer wurde, lernte die dunkle Gestalt, hinter ihr immer besser über die entstanden Bruchschollen zu klettern. Der Abstand verkleinerte sich zusehends und so sehr Olivia auch wollte, ihr Körper machte nicht mehr mit. Es war einfach alles zu viel. Viel zu viel. Aber sie durfte den Splitter und die Schriftrolle nicht den Fremden überlassen. Sie sollte beides einfach wieder versenken. Doch wer sagte ihr, dass diese nicht einfach wieder an die Oberfläche gespült wurden? Resigniert blickte sie auf ihre inzwischen komplett schwarz gefärbten Hände.

„Ich sterbe sowieso!", durchfuhr es sie und sie blieb einfach stehen.

Der Boden unter ihr knackte bedrohlich, aber Olivia Signorierte das unheimliche Geräusch und blickte sehnsüchtig in den Himmel. Die Sonne hatte fast den Horizont erreicht und in wenigen Augenblicken würde sie die ersten und letzten Lichtstrahlen dieses Tages auf ihrer Haut spüren. Bevor dies geschah, zerbrach die Welt und Olivia fiel. Von oben starrte der Jäger zu ihr herunter. Dann sprang er hinterher.

Schwarzes Glas

Der Fremde landete direkt unter Olivia auf der Spirale und sie krachte Sekunden später mit voller Wucht in ihn hinein. Doch die Schwerkraft zog beide unbeirrt weiter in die Tiefe. Der Jäger erhob die Hand und ein großer länglicher Keil aus grauem Stein mit scharfer Spitze materialisierte sich in seiner Hand.

„Na endlich!", knurrte es aus dem dunklen Umhang.

Olivia zuckte hilflos zusammen, als die Spitze des Keilsteins auf sie zuraste. Mit voller Wucht schlug er direkt neben ihren Kopf in die schwarz-gläserne Spirale ein. Olivia schrie laut auf und ein Schwung Scherben wirbelte um sie herum, als der Stein eine Rinne in die Spirale riss. Augenblicklich wurden sie beide ausgebremst und Olivia bemerkte erst jetzt, dass der Fremde sie mit einem Arm umschlungen hielt. Der entstandene Ruck riss ihm die Kapuze vom Kopf und offenbarte zwei oliv-graue Augen, die sie mit siegessicherem Funkeln fixierten.

Erstaunt stellte Olivia fest, dass diese zu einer Frau gehörten, und bemerkte nun auch die langen, dunkelgrünen Haare, welche, in viele kleine Zöpfe geflochten, sich ebenfalls aus der Kapuze befreit hatten und nun wild umherwirbelten. Das Gesicht war mit dutzenden Ringen aus Metall bestückt. Ein rebellisches Lächeln durchzog es.

„So leicht wirst du mich nicht los, kleiner Obsidian!", triumphierte die Fremde und Olivia wurde sich wieder des Splitters und der Schriftrolle in ihrer Hand bewusst.

Vorsichtig lugte sie an der Frau vorbei hinab in die Tiefe.

„Vergiss es!", unterbrach die Jägerin Olivias Gedanken sofort und herrschte sie wutentbrannt an: „Du wirfst dich nicht weg! Das verhindere ich! Egal wie!"

Olivia stockte kurz, dann fauchte sie zurück: „Lieber lasse ich mich fallen, als dass ihr das hier in die Hände bekommt!"

Die grau-grünen Augen musterten sie daraufhin verwirrt und die Fremde dementierte: „Deinen Stein? Den will ich doch gar nicht! Er ist dein und wird es auch immer sein!"

Aus irgendeinem Grund, den sie sich selbst nicht erklären konnte, glaubte Olivia ihr.

„Und jetzt?", fragte sie etwas kleinlaut.

„Klettern wir wieder hinauf", war die prompte Antwort und die grünhaarige Frau blickte vielsagend auf den in die Spirale geschlagenen Keil.

„Wie Bergsteiger! Ich klettere und du hältst dich an mir fest", bot sie an.

Olivia starrte sehnsuchtsvoll nach oben und seufzte tief.

„Ich glaube nicht, dass ich das schaffe. Ich habe einfach keine Kraft mehr. Nicht mal mehr dazu."

Die Jägerin zog die Augenbrauen nach oben.

„Nun, vielleicht hab ich genau das Richtige für dich. Schau mal in meiner untersten, linken, inneren Manteltasche nach."

Olivia schob ihre Hand wie geheißen unter den Umhang und tastete sich an einer Vielzahl prall gefüllter Taschen entlang.

„Sag mal, wie viele Taschen hast du eigentlich?", fragte sie etwas entnervt.

Die Fremde grinste.

„So von Frau zu Frau. Dir müsste doch klar sein, dass man niemals zu viele Taschen haben kann!"

Dies entlockte Olivia ein Lächeln und endlich hatte sie die letzte untere Innentasche des Mantels gefunden. Als sie den Inhalt erkannte, keuchte sie überrascht auf.

„Für dich!", sagte die Fremde und lächelte.

Olivia starrte währenddessen das Sandwich an, dann wandte sie sich zu der Jägerin um.

„Das habe ich doch gar nicht bezahlt! Ich kann das nicht essen!"

Die fremde Frau lachte laut auf und grinste sie spöttisch an.

„Du hast eine seltsame Prioritätensetzung! Aber greif bitte noch mal in die Tasche. Ich habe mir auch eins für mich mitgenommen. Übrigens ebenfalls nicht bezahlt. Und ich werde es essen und jeden einzelnen Bissen genießen!"

Sie machte eine kurze Pause.

„Könntest du es bitte auspacken und mir in den Mund schieben? Ich hab zufällig die Hände voll."

Olivia tat, wie ihr geheißen und sagte kein Wort, während sie die Fremde beim Kauen beobachtete. Schließlich hielt sie es nicht mehr aus und entpackte ihr Sandwich ebenfalls. Mit vollem Mund rechtfertigte Olivia ihr Tun.

„Nur damit das klar ist. Du hast es geklaut und ich esse es nur."

Die Fremde grinste und wartete, bis Olivia auch den letzten Krümel verputzt hatte. Dann war ihre Geduld aufgebraucht.

„So gern ich hier mit dir abhänge, ich finde, wir sollten jetzt wieder hinauf!"

Olivia nickte nur und zog sich an den Schultern der Jägerin hoch, um sich dort festzuhalten. Dann begannen sie den Aufstieg. Die Fremde hielt sich an den in die Spirale geschlagenen Kerben fest und kletterte, als hätte sie nie etwas anderes getan. Olivia unterdessen, war vollends damit beschäftigt, sich an dem Rücken der Jägerin festzuklammern und sich absolut jämmerlich vorzukommen.

Endlich war das Ende der Spirale in Sicht. Wie lange sie geklettert waren, konnte Olivia nicht abschätzen. Sie hatte jegliches Zeitgefühl verloren. Plötzlich spitzte sie die Ohren und hoffte, sich verhört zu haben, doch das Echo wurde immer lauter. Ein Quieken und Grunzen schallte aus der Tiefe herauf.

Die Jägerin fluchte: „Verdammte Scheiße! Jetzt haben wir diese Drecksviecher auch noch am Hals!"

Sie versuchte schneller zu klettern. Dies hätte beinahe zu einem Absturz geführt.

Das Quieken, vermischt mit vielen trippelnden Schritten, kam indessen immer näher. Die Schattenschweine kamen in Sichtweite und quiekten aufgeregt, als sie die beiden Frauen wahrnahmen.

„Elende Dreckscheiße!", wiederholte sich die Fremde und wandte sich an Olivia. „Du musst sie irgendwie aufhalten. Am besten, du frierst sie wieder ein! So wie vorhin."

„Ich? Aber ich weiß doch nicht wie", flüsterte Olivia verwirrt. Die Fremde atmete tief ein.

„Dann tritt sie einfach, so fest du kannst!"

Olivia blickte entschlossen nach unten. So leicht würde sie nicht aufgeben. Es ging hier nicht mehr nur um sie.

Die Schweine kamen. In schieren Massen krabbelten sie die dunkle Spirale hinauf und das leise Klackern der Füße auf der dunklen Glasspirale ließ Olivia Schauer über die Haut rinnen. Die Bestien schnappten nach ihnen und Olivia trat auf sie ein, so kraftvoll, wie sie nur konnte. Dabei entwich ihr ein Schrei.

„Reiß dich zusammen!", blaffte ihre Retterin sie an.

Entschlossen trat Olivia wieder nach unten und immer und immer wieder. Die Schweine quiekten hysterisch. Mit so viel Widerstand schienen sie nicht gerechnet zu haben. Erfolg hatte Olivia jedoch nur, weil jeder Schatten, den sie berührte, warum auch immer, zu schwarzem Eis erstarrte. Dennoch riss der Strom an Schattenbestien nicht ab, und immer mehr schoben sich die Spirale entlang hinauf. Sie stießen ihre erstarrten Kumpanen einfach zur Seite in die Tiefe hinab. Olivia fror erbärmlich.

„Wie weit ist es noch?", fragte sie und ihre Stimme war kaum mehr als ein Flüstern.

Ein heftiges Fluchen war die Antwort.

„Wir sind da, aber hier geht es nicht weiter", setzte die Jägerin nach und hämmerte wütend auf die Wand über ihnen ein.

Olivia blickte nach oben. Verwirrt streckte sie eine Hand nach der Steindecke aus. Ihre alleinige Berührung reichte aus, um die Oberfläche in Stücke zu reißen. Olivia zog erschrocken die Hand zurück, doch ihre Retterin reagierte sofort. Mit aller Kraft schob sie den Brocken direkt über ihnen zur Seite und zog sich und Olivia hoch in die Realität. Sie liefen los, doch die Schweine waren schneller und umringten sie.

„Verdammte Scheiße! Wir müssen hier weg!", schrie die Jägerin und ihre grünen Zöpfe schwangen hektisch hin und her, als sie einen Ausweg suchte.

Das vertraute Knacken unter ihren Füßen ertönte und Olivia brauchte nicht nach unten zu schauen, um zu wissen, was jetzt kam.

„Lauf!", schrie Olivia die Jägerin an.

„Ich bin nicht mehr zu retten. Rette dich selbst!"

Der Blick der zornigen grünen Augen ließ sie daraufhin zurückweichen.

„Bist du verrückt? Was denkst du dir eigentlich! Ich hole dich doch nicht aus diesem Loch raus, nur um dich wieder fallen zu lassen! Vergiss es!"

Ohne Olivia loszulassen wandte sie sich um und dann fiel ihr Blick auf die Straße.

„Pflastersteine!", rief die Fremde begeistert.

Olivia blickte sie nur verwirrt an. Die Frau schien völlig den Verstand verloren zu haben.

„Grimm! Komm zu mir!", rief die Jägerin.

Das Knacken veränderte sich und wurde zu einem dumpfen Poltern und Grollen.

Die Pflastersteine entrissen sich der Straße, flogen in die Höhe und formten ein neues Gebilde. Olivia starrte auf das Wesen mit den majestätischen Steinschwingen.

„Ist das ein Drache?", fragte sie ehrfürchtig.

Die Schweine ergriffen zeitgleich die Flucht. Die Jägerin grinste triumphierend.

„Nicht ein Drache. Mein Drache! So hab ich ihn mir schon immer vorgestellt."

Dann zog sie Olivia mit sich von der brechenden Oberfläche weg und rannte auf den riesigen Steindrachen zu. Dieser senkte einen seiner Flügel, damit sie hinaufklettern konnten. Gleichzeitig bildeten die Pflastersteine eine Art Treppe für sie. Oben angekommen, setze sich die Jägerin hinter Olivia und schlang einen Arm um sie, während sie mit der anderen Hand die Zügel des Drachens ergriff.

„Ich halt dich besser fest. Du hast eine besorgniserregende Tendenz, zu fallen."

Gegen ihren Willen musste Olivia lachen. Der Drache schlug mit seinen riesigen Schwingen und Olivia beobachtete gebannt, wie sich entgegen aller Regeln der Physik, der riesige Koloss aus Pflastersteinen in die Luft erhob. Kurz darauf flogen sie über die riesigen Schattenwellen aus spinnenbeinigen Tentakelschweinen.

„Wir müssen sie aufhalten!", schrie Olivia panisch. „Sie töten sonst die ganze Stadt!"

Die Jägerin setzte mit dem Steindrachen zum Tiefflug an.

„Das werden wir!", brüllte sie. Dicht gefolgt von einem lauten und viel zu begeistert klingendem: „Attacke!"

Der Drache öffnete zeitgleich sein riesiges Maul und dutzende Pflastersteingeschosse hagelten in vernichtenden Schauern auf die Schattenschweine nieder.

„Verreckt, ihr verdammten Drecksviecher!", schrie die Jägerin.

Im Nu war die zerstörte Straße mit riesen Lachen aus dunklen Schatten übersät, die einst die Form von Schweinen hatten und nun in die Tiefe zurück sickerten. Die restlichen Ungeheuer flohen panisch und verschwanden in dem Loch, aus dem sie gekommen waren, dicht gefolgt vom tödlichen Pflastersteinregen, welcher schließlich auch den Riss in den Abgrund verschloss. Olivia blickte auf die völlig zerstörte

Straße und dachte an den Mann, der sich in die Luft gesprengt hatte. Er war wie sie gewesen, fiel es ihr wie Schuppen von den Augen.

„Wie viele Menschen habe ich umgebracht?", hauchte sie kaum hörbar.

Doch die Jägerin hörte es.

„Niemanden!", antwortete sie etwas selbstgefällig.

„Es gab eine anonyme Bombendrohung, die sehr ernst genommen wurde, nach den Ereignissen des letzten Tages."

Olivia stutzte. War das alles nur einen Tag her? Es kam ihr wie eine Ewigkeit vor. Leise fragte sie.

„Warum hast du mich gerettet und nicht ihn?"

Diesmal war die Antwort sehr viel verhaltener. Die Jägerin seufzte.

„Wir haben ihn nicht gesehen und wussten nicht, dass er überhaupt existiert. Verdammt, es gibt einfach zu wenig Sucher! Wir hätten ihn retten können, wenn wir ihn bemerkt hätten! Und mit ihm viele Menschenleben! Wenn ich eine richtige Jägerin bin, ändere ich das. Ich werde alle finden, selbst die Verlorensten unter den Verlorenen werde ich retten! Genau wie dich."

Olivia hörte das hilflose Zittern der Wut in der Stimme ihrer Retterin und beschloss, das Thema nicht weiter zu vertiefen.

Stattdessen fragte sie: „Was ist ein Sucher?"

Die Jägerin seufzte wieder.

„Das kann dir die Baumwächterin besser erklären. Jetzt bring ich uns erst mal nach Hause."

Olivia war überrascht.

„Du weißt, wo meine Wohnung liegt?"

Sie spürte das Kopfschütteln ihrer Retterin im Nacken.

„Nein. Nicht zu deiner Wohnung. Nach Hause!"

Noch ehe Olivia eine weitere Frage stellen konnte, wurde ihr Blick von dem beeindruckenden Schauspiel direkt vor ihrer Nase gefesselt. Der Drache spuckte einen Pflasterstein nach dem anderen in die Luft. Doch diese formten, anstatt sich der Schwerkraft zu beugen und nach unten zu fallen, einen gewaltigen Kreis und verbanden sich zu einem Tor, in dessen Mitte ein riesiger Baum zu erkennen war. Sie flogen einfach hindurch und Olivia meinte ein schwaches Kribbeln auf ihrer Haut zu spüren.

Bibliothek der Magie

Die Landschaft zog in ihren buntesten und schillerndsten Farben an ihnen vorbei, aber Olivia hatte nur Augen für den gewaltigen Baum, der sich wie eine riesige Insel über allem erhob und dessen Blätterkrone hoch hinauf bis in die flauschigen Wolken des Himmels reichte. Der Drache steuerte genau darauf zu.

„Sie ist wunderschön und das Zentrum unserer Welt", sagte ihre Retterin ehrfurchtsvoll.

„Sie?", erwiderte Olivia fragend.

„Die Baumbibliothek. Das Zentrum des magischen Wissens. Ich stelle dich gleich der Baumwächterin vor. Sie ist die Herrin unserer Welt und wacht über alle magischen Wesen. Also verhalte dich respektvoll!", erklärte die Jägerin und setzte zur Landung an.

Der Drache berührt sanft den Boden am Fuße des Riesenbaums und die Jägerin sprang mit einem großen Satz hinunter. Olivia blieb wie versteinert sitzen.

„Was ist, wenn ich den Boden berühre und damit diese wundervolle Welt zerstöre?", zauderte sie.

Die Jägerin überlegte.

„Jedes Mal, wenn du Angst hast, zerbricht alles um dich herum. Das ist ein Problem."

Schließlich lächelte sie sie zuversichtlich an und streckte ihr die Hand einladend entgegen.

„Spring einfach!", forderte sie Olivia auf.

Olivia schaute sie zuerst fragend an und beschloss dann aber, ihr einfach zu vertrauen. Manchmal musste man einfach Vertrauen haben. Liebevoll tätschelte sie zum Abschied den Kopf des Steindrachens und flüsterte diesem noch ein Dankeschön ins kleine Drachenohr. Dann sprang sie ebenfalls herunter. Kurz bevor ihre Füße den Boden berühren konnten, bildete sich ein Weg aus Steinen unter ihr. Staunend stand sie auf einer kleinen Pflastersteininsel und machte probehalber ein Schritt nach vorn. Blitzschnell bildete sich ein Weg aus Steinen vor ihr. Mit strahlenden Augen lächelte sie die Jägerin an. Diese grinste siegessicher.

„Ich dachte, ich ebne dir mal ein bisschen den Weg."

Olivia lachte erleichtert.

„Jetzt fühle ich mich irgendwie wie Dorothy auf dem Backsteinweg zur Smaragdenstadt."

Sie begannen beide zu lachen, bis ein Räuspern sie unterbrach. Eine elfenhafte Frau mit langem blätterförmigen Haar, deren hölzerne, rindenartige Haut im Widerspruch zu ihrer grazilen Gestalt stand, betrachtete die beiden wohlwollend. Mit einer Stimme, die zugleich Zartheit und die Kraft uralter Weisheit in sich trug, verkündete sie feierlich: „Ich darf euch beiden von Herzen zu eurer bestandenen Abschlussprüfung beglückwünschen! Ihr seid jetzt vollwertige Mitglieder der magischen Gesellschaft."

Die Jägerin verneigte sich ehrfürchtig und grüßte respektvoll: „Ehrenwerte Baumwächterin!"

Olivia tat es ihrer Begleiterin, so schnell sie konnte nach. Die Baumwächterin legte der Jägerin liebevoll die Hand auf die Schulter und sagte: „Grace, ich bin stolz auf dich. Du hast nicht aufgegeben und es nach so vielen Anläufen letztendlich geschafft."

Grace zeigte den spitzen Granitstein, den sie in die dunkle Spirale geschlagen hatte.

„Endlich habe ich meinen eigenen Magiestein!", frohlockte sie.

Dann holte sie eine Pergamentrolle, ähnlich der von Olivia heraus.

„Grimm hat mir außerdem noch das gegeben."

Die Baumwächterin legte sanft ihre Hand auf die Schriftrolle.

„Später. Ich freue mich sehr für dich, aber ich denke, wir sollten uns erst einmal um unseren Neuzugang kümmern."

Grace nickte und blinzelte Olivia verschwörerisch zu. Die Wächterin wandte sich Olivia zu und betrachtete sie prüfend aus ihren holzfarbenen Augen.

„Wie ist dein Name?", fragte sie.

„Olivia", antworte Olivia vorsichtig.

Die Baumwächterin lächelte wieder.

„Nun dann liebe Olivia, auch dir gratulierte ich von Herzen zu deiner bestandenen Prüfung. Aber ich möchte dich bitten, noch bei uns zu verweilen, damit du lernst, richtig mit deinen Kräften umzugehen."

Olivia nickt einfach nur, ohne wirklich zu verstehen, wovon genau die Baumwächterin sprach. Dann fiel ihr aber etwas ein. Eifrig stürmte sie auf die Jägerin zu, zog an deren Mantel und kramte aus einer Innentasche den kleinen schwarzen Splitter und die Schriftrolle heraus. Grace starrte sie nur entgeistert an und empörte sich lautstark: „Du kannst doch deinen Magiestein nicht einfach irgendjemanden in die Tasche stecken!"

Olivia schaute sie irritiert an.

„Doch kann ich!", platzte es aus ihr heraus.

„Du hast es ja nicht einmal bemerkt und ich brauchte meine Hände zufällig, um jemand bestimmten zu füttern!"

Die Jägerin schnaubte unwillig.

„Du bist ganz schön frech dafür, dass du mir dein Leben verdankst!"

Dann zuckte sie mit den Schultern und deklamierte theatralisch: „Undank ist den Welten Lohn!"

Die Baumwächterin lachte und schüttelte leicht den Kopf. Anschließend nickte sie Grace zu und wies Olivia an, ihr zu folgen.

Der Weg führte an den riesigen Baumwurzeln entlang, tief hinab ins dunkle Reich der Erde. Doch die langen Gänge versanken nicht in Dunkelheit, denn sie wurden von Dutzenden Glühwürmchenlichtern in ein sanftes Leuchten getaucht. Überall gab es kleine Nischen, in denen glänzende und im Licht funkelnde Edelsteine und Pergamentrollen lagerten.

Während Olivia staunend auf ihrem eigenen kleinen, fliegenden Weg, durch die geheimnisvollen Gänge schritt, lauschte sie gebannt den Ausführungen der Baumwächterin und ihr offenbarte sich eine völlig neue Welt. Jede der Pergamentrollen beinhaltete das erworbene Wissen eines magischen Wesens über sich selbst, und speiste mit ihren Erkenntnissen die mystische Baumbibliothek, die Hort und zugleich Hüter allen Wissens der Magie war. Hier, tief in der Erde verborgen, lagerten die Schriften der Erdmagier, auch Hexen und Zauberer genannt. Würden sie noch tiefer in die Erde vordringen, kämen sie in den lavadurchströmten Bereich der dämonischen Feuermagier.

An der Oberfläche ergossen sich rund um den Baum große Wasserstellen, in denen das Wissen der Wassermagie verweilte. Olivia war überrascht, zu erfahren, dass es sich bei Wassermagiern um Meerjungfrauen beziehungsweise -männer, Nymphen und andere Zauberwesen handelte. Sowie, dass Elfen und Feen eigentlich schlicht Pflanzenmagier waren. Ihr Wissen wurde im Holz des Baumes selbst gespeichert. Als Olivia gespannt nach der Wesensform des letzten Hauptelements fragte, lächelte die Baumwächterin.

„Du kannst es dir bestimmt schon denken. Engel!"

Mittlerweile hatten sie die gesuchte Nische erreicht und Olivia wurde gewahr, dass im Gegensatz zu den vorherigen, hier nur sehr wenig Pergamentrollen lagerten.

Fragend blickte sie die Baumwächterin an. Diese seufzte und erklärte: „Obsidian ist ein sehr schwieriges Element, da es aus so vielen Gegensätzen besteht. Gefrorenes Feuer. Kristall ohne Kristallstruktur. Fragil und zerbrechlich und trotzdem ein Schutz. Die meisten Obsidianmagier kommen mit ihrem Element nur sehr schwer zurecht und entwickeln sehr selbstzerstörerische Tendenzen. Nur wenige schaffen es überhaupt, ihre Prüfung abzulegen."

Sie blickte Olivia dabei vielsagend an.

„Und vor dir hat auch noch kein Obsidian die Prüfung ohne die nötige Vorbereitung und Ausbildung geschafft!"

Olivia schaute verlegen auf den Boden und bekannte: „Ich hatte ja auch Hilfe. Ohne Grace hätte ich das nie geschafft."

Daraufhin lächelte die Baumwächterin nur geheimnisvoll und nahm Olivia die Schriftrolle aus Hand.

„Ich bin mir sicher, dass es Grace ebenfalls nicht ohne dich geschafft hätte. Nun ja, aller guten Dinge sind schließlich drei."

Olivia schaute die Baumwächterin fragend an.

„Das war ihr dritter Versuch?"

Diese nickte.

„Ihr letzter. Einen weiteren hätte ich, um ihrer Gesundheit willen, nicht verantworten können. Sie wäre zerbrochen."

Dann schwiegen sie eine Weile.

„Was genau ist der Inhalt dieser Prüfung?"

„Nicht mehr und nicht weniger als das Erkennen und Akzeptieren des eigenen Selbst mit allen Talenten und Schwächen. Jeder Magier ist in der Lage, sich gewaltiger Elementarkräfte zu bedienen und trägt daher auch eine immense Verantwortung. Um dieser gerecht zu werden, ist es nötig, sich selbst zu kennen. Zudem kann jeder Magier glücklicherweise das ganze Potential seiner magischen Kräfte erst nach dieser Erkenntnis willentlich nutzen und ausschöpfen."

Olivia stutzte.

„Das heißt, Grace ist mir ohne magische Kräfte einfach hinterher gesprungen? Und den Drachen hat sie zum ersten Mal beschworen?"

Die Baumwächterin nickte zustimmend und schüttelte dann missbilligend den Kopf.

„Ihr Dickkopf wird sie irgendwann noch einmal umbringen! Du warst schon verloren, doch sie wollte dich nicht aufgegeben."

Sie blickte bedeutungsvoll auf Olivias Haut und diese stellte erstaunt fest, dass sich die dicken Adern fast völlig zurückgebildet hatten. Die Wächterin beobachtete sie zufrieden.

„Du siehst es."

Es war eine Feststellung, keine Frage. Olivia schaute sie fragend an.

„Die Dunkelheit, das Leiden und den Tod. Du bist eine Seherin. Hab ich recht?"

Olivia nickte nur. Ohne weiter darauf einzugehen, hielt ihr die Bibliothekswächterin die Schriftrolle hin.

„Bitte versiegle sie!", forderte sie die neue Obsidianmagierin auf.

Intuitiv wusste Olivia, was zu tun war und tippte mit einer leichten Berührung auf das Pergament. Sie verspürte die inzwischen vertraute Kälte in ihren Fingerspitzen und vor ihr gefror aus dem Nichts hinter der Realität ein kleines schwarzglänzendes Siegel. Obsidian.

„Eigentlich bin ich vom Wesen her kein Obsidian", bekannte Olivia zweifelnd.

Die Baumwächterin schaute sie interessiert an. Dann erklärte sie: „Es gibt in der Magie insgesamt drei Bindungsarten mit den Elementen. Die erste und schwächste ist Bewunderung. Die zweite Bindung entsteht aufgrund von ähnlichen

Eigenschaften zwischen Magier und Element. Die dritte und allerstärkste Bindung aber entsteht, wenn jemand die Kraft eines Elementes zutiefst benötigt und dieses durch seinen verzweifelten Hilferuf unwiederbringlich an sich bindet. Dies sind die mächtigsten und zugleich auch gefährlichsten Verbindungen. Und wenn mich nicht alles täuscht, gehörst du zu den Magiern dritter Bindungsstärke."

Sie hielt die Schriftrolle ins Glühwürmchenlicht und begutachtete das Siegel.

„Ich liebe diese Art von Obsidian. Es hat diesen wunderbar farbigen Schimmer", bekannte sie.

Dann lauschte sie und legte die Rolle schnell in die vorgesehene Nische.

„Du wirst erwartet!", sagte sie nur und begleitete Olivia zum Ausgang.

Hauch von Schicksal

Als Olivia aus dem Erdreich emporstieg, erblickte sie sofort die grünhaarige Gestalt auf der Wartebank.

„Was machst du denn hier", fragte sie überrascht.

Ihre ehemalige Jägerin grinste.

„Ich muss doch sehen, wie es meiner Abschlussprüfung so ergeht."

Gleichzeitig blinzelte sie verschwörerisch. Olivia zuckte mit den Schultern.

„Es ist alles sehr verwirrend."

Sie schaute ihre Retterin etwas hilflos an und überlegte, wie sie ihr am besten danken sollte. Dann riss sie die Augen auf, als sie das riesige Geflecht aus schwarzen Adern auf Grace erblickte. Die Worte der Bibliothekswächterin kamen ihr wieder in den Sinn.

„Ihr Dickkopf wird sie irgendwann umbringen", hatte diese prophezeit.

Olivia schüttelte innerlich den Kopf.

„Nein ihr Kopf nicht, aber ihr Herz!"

Olivia beschloss, ihr Geheimnis für sich zu behalten, und schenkte der Sterbenden ihr schönstes Lächeln.

„Danke, dass du mich gerettet hast!"

Doch die Augen der Jägerin blitzten nur spöttisch.

„Nichts zu danken, dass wird mein Job! Und ich habe vor, die Beste darin zu werden."

Olivia erwiderte darauf nichts, denn eine Beobachtung fesselte ihre gesamte Aufmerksamkeit. Gebannt starrte sie auf die dunklen Fäden, die sich Stück für Stück einfach auflösten. Ein kleiner Dank in Form netter Worte hatten ausgereicht, die Dunkelheit zurückzudrängen. Die Erkenntnis durchschlug sie wie ein Donnerschlag und sie wagte einen weiteren Versuch.

„Lass uns Freunde sein", sagte sie etwas plump, doch etwas Besseres fiel ihr auf die Schnelle nicht ein und wenn sie ehrlich war, hatte sie Freundschaften bisher tunlichst vermieden.

Sie schien nicht die Einzige zu sein, die so etwas vermied. Grace grinste nur abschätzig und warf schwungvoll die langen, grünen Haare nach hinten.

„Du kennst mich doch gar nicht. Nicht einmal meinen Namen! Das ist ein bisschen seltsam. Findest du nicht?"

Dabei musterte sie Olivia voller Misstrauen. Doch diese ließ sich von dem abweisenden Ausdruck im Gesicht nicht beirren, sondern beobachtete fasziniert, wie diese einfachen, plumpen Worte das Geflecht immer weiter aufdröselten. Sie lächelte.

„Du bist Grace. Dafür kennst du meine dunkelste Seite und bist noch nicht weggerannt! Wenn das kein Grund ist, dir meine Freundschaft anzubieten, weiß ich auch nicht."

Ein verwirrtes Kopfschütteln war die erste Reaktion.

„Du bist seltsam. Aber was erwarte ich auch von einem Obsidian."

Bevor das Gespräch beendet werden konnte, setzte Olivia gleich mit einer weiteren Frage nach.

„Was ist denn dein Element?"

Wieder sah sie nur den spöttischen Gesichtsausdruck in Graces Gesicht. Olivia runzelte die Stirn. Ohne ihr Wissen um die schwarzen Adern hätte sie an diesem Punkt aufgegeben. Warum war sie auf einmal so abweisend? Als die Stille noch länger andauerte und Olivia keine Anstalten machte, gehen zu wollen, fühlte sich die Jägerin doch, zu einer Antwort bemüßigt.

„Einfach nur schnöder, langweiliger Granit."

Olivia schnaubte und warf einen prüfenden Blick auf Grace. Sie streifte die herausfordernden dunkelgrünen Augen, blieb kurz an den Dutzend Piercings im Gesicht hängen und wanderte über den giftgrün glänzenden Zopf aus langen geflochtenen und in sich gedrehten Haaren hinab zu der über und über mit Tätowierungen bedeckten Haut. Nachdenklich versuchte sie, die Bilder zu erkennen und registrierte dabei die fast perfekt darunter versteckten Narben. Dann wanderte ihr Blick wieder zurück zu den tiefgrünen Augen und fixierte sie.

„Ich denke, du bist alles, nur nicht schnöde und langweilig!"

Grace zuckte mit den Schultern.

„Ich denke, ich zeige dir jetzt erst mal das Lager!"

Sie marschierte sofort los und Olivia hatte Mühe, ihrem schnellen Laufschritt zu folgen.

„Die Wächterin hat gesagt, ich war schon verloren. Warum hast du trotzdem versucht, mich zu retten?", fragte Olivia.

Sie musste es einfach wissen. Grace schnaubte abfällig.

„Märchenprinz mit weißem Pferd war grad aus. Und ich hab es nicht nur versucht, ich habe dich auch gerettet, falls es dir aufgefallen ist!"

Ganz und gar eine starke Kriegerin. Grace wandte sich nach diesen Worten wieder ab und schritt weiter in Richtung Lager.

Olivia schaute nachdenklich auf die schier unendliche Anzahl feiner, dünner Narben, während sie Grace hinterher trottete. Auch von ihnen gingen unzählige kleine schwarze

Adern aus, die sich fast unsichtbar mit den Linien der vielen Tattoos ihrer Haut vermischten. Wen hatte diese starke Frau verloren, dass sie sich selbst in Gefahr brachte, um selbst die aussichtslosesten Fälle zu retten, und gleichzeitig niemanden an sich heranließ?

Olivia nahm sich fest vor, dies herauszufinden und sich nicht abweisen zu lassen. Wilde Entschlossenheit erkämpfte sich einen Platz in ihren Emotionen. Sie sah den Tod, den Hass und die Einsamkeit und doch war sie nicht hilflos ausgeliefert. Sie konnte es ändern und sei es nur durch ein paar wohlgewählte Worte. Sie konnte es ändern! Einfach, weil sie es sah! Probleme mussten schließlich erst erkannt werden, damit man sie lösen konnte.

Ihr Selbst mochte einer dunklen Nacht gleichen, doch es beinhaltete immer noch Milliarden Sternensplitter, die lichterloh glühend darauf warteten, benutzt zu werden! Tief in ihrem Innersten ruhte die Macht, Schicksale zu verändern, und sie würde es tun! Und Grace würde die Erste sein! Olivia hatte sie gefunden, denn sie war eine Sucherin.

Grace stoppte plötzlich und schaute sie an.

„Da fällt mir ein," sie machte eine kurze Pause, „welche Farbe hat dein Obsidian?"

Olivias Gesicht durchzog ein geheimnisvolles Lächeln und mit blitzenden Augen antwortete sie: „Mein Schwarz hat alle Farben."

Regenbogenobsidian – Epilog

Mein Herz so traurig, so unendlich schwarz,
so zerbrechlich wie dünnstes Glas,

doch leuchte und strahle es an
und du siehst Regenbogenobsidian.

Liebe die erfrorenen Flammen des ewig Verzicht.
Liebe die Farben, wenn das Licht zerbricht.

Mondlichte Stille in dunkelster Nacht.
Einsam, verloren und doch zauberhaft.

***

„Ich LIEBE Obsidian! Die Story und den Stein. Schau mal! Schnell! Schau mal! Den hab ich erst seit kurzem.", rief Lucia und zeigte Lenya ihren neuen Anhänger, der aus eben diesem Stein gefertigt war.

„Ja, beruhige dich wieder, ich mag den Stein auch. Und vor allem aber die Geschichte. Wir sollten mal nachsehen wer sie geschrieben hat. Was hälst du davon?", erwiderte Lenya und suchte bereits akribisch in den Unterlagen vor ihr.

„Ah, da ist es ja. Nera Nachtkerze! Sie hat seit frühester Kindheit ihr Herz an Bücher und besonders an welche aus dem magischen Reich der Fantasie, verloren. Unter dem Namen Nachtkerzenschwärmer wandert es unablässig durch die Welt der Geschichten und verfasst den einen oder anderen Reisebericht. Damit ihr flatterhaftes Mottenherz auch ein wenig bei ihr verweilt, schreibt sie nun selbst. Was meiner Meinung nach eine der besten Entscheidungen ist, die sie hatte treffen können. Ich hoffe wir werden noch viel von ihr lesen können."

„Oh ja, ich denke das ist ein neuer Eintrag für unsere Liste, auf der wir neue Veröffentlichungen verfolgen."

Lucia hatte schon wieder ihr Klemmbrett in der Hand und notierte sich den Namen der Autorin.

Als sie fertig war, hielt sie Lenya nochmal voller Freude ihren neuen Anhänger entgegen. Die Schattenelfe verdrehte die

Augen und widmete sich wieder ihrer Arbeit, allerdings nicht ohne verstohlen ihren Drachenanhänger mit dem roten Rubin in die Hand zu nehmen. Sie verstand durchaus, weshalb Lucia so eine Freude hatte mit dem Anhänger, aber eine Schattenelfe konnte doch so etwas nicht offen zeigen.

Lautes Schnarchen schallte durch die riesigen Hallen der Bibliothek. Lucia suchte die Reihen ab, bis sie Lenya auf dem Boden sitzend, sich den Bauch haltend, mit Tränen in den Augen vor Lachen, fand.

„Was ist denn mit dir los? Und woher kommt dieses Schnarchen?"

Die Schattenelfe brachte vor Lachen kein Wort heraus und deutete nur unter das Regal. Lucia bückte sich, um nachzusehen, was ihre Kollegin so amüsierte.

Sie schreckte kurz zurück, als sie ein lautes, ein sehr lautes Schnarchen vernahm. Dann bückte sie sich noch weiter hinunter und sah es. Der Einband des Buches das da lag, blähte sich bei jedem Schnarcher weit auf und fiel dann wieder in sich zusammen.

„Oh, wie niedlich! Sieh an wie es süß daliegt und schläft!"

Die Kleinelfe freute sich über das äußerst laut schnarchende Buch, das mit einem kleinen Deckchen zugedeckt unter dem Regal lag. Sie zog es ganz sanft hervor, um es nicht zu wecken, schlug vorsichtig es auf und begann zu lesen. Allerdings musste sie sehr laut sprechen, um das Schnarchen des Buches zu übertönen, was Lenya natürlich den nächsten Lachflash brachte:

Magikopteryx

von Franziska Bauer

Vögel hatte ich schon immer gemocht, ja geliebt. Hatten sie uns Menschen doch eines voraus: Sie konnten fliegen! Schon als Kind hatte ich ihnen sehnsuchtsvoll nachgeblickt, wenn sie durch die Lüfte schwebten oder pfeilschnell von einem Baum zum anderen flitzten. Ich wollte es ihnen gleichtun und übte das Fliegen hinter dem Haus, verlacht von meinem Vater, indem ich vom Gartenmäuerchen hüpfte und dabei wie wild mit den Armen fuchtelte. Fruchtlos! Es waren eben nur Arme und keine Flügel. Zwar übte ich heimlich noch geraume Zeit weiter, sodass mein Vater mich nicht sah, aber er behielt recht. Ich musste das Fliegen in meine Träume verlegen.

Später unternahm ich Flugreisen. Ja, natürlich, möglichst solche mit Fensterplatz. Aber obwohl sich die Wolken wie Watte vor meinen Augen breiteten und die Erde unter mir wie eine Landkarte herauf grünte, wurde ich das Gefühl nicht los, in einem Autobus zu sitzen. Nein, das war kein unbeschwerter Vogelflug aus eigenem Antrieb, umströmt von blauer Luft, mit freiem Blick in alle Himmelsrichtungen. Das Fliegen im Flugzeug war mir immer nur Menschenwerk gewesen. Auf seine Art zwar imposant wie vieles, was der Mensch erdacht und erfunden hat, aber irgendwie schal, banal, zur technischen Alltäglichkeit geworden.

Da ich also selbst nicht fliegen konnte, umgab ich mich mit Vögelchen. Das winterliche Futterhäuschen war ein Muss. Ich beobachtete die kleinen Wichte beim Körnerpicken, im Vogel-bestimmungsbuch nachschlagend, wer sie seien, damit ich sie auch benennen konnte. Ich hielt Kanarien und Sittiche, machte sie handzahm und trug sie auf meiner Schulter herum. Aus dem Nest gefallene Jungvögel, oft noch nackt und federlos, nahm ich in meine Obhut und zog sie von Hand groß, rund um die Uhr ihre hungrigen Schnäbel stopfend, bis die Küken Federn hatten. Ich, die Flugunfähige, lehrte sie das Fliegen, oder hielt sie vielmehr dazu an, das zu tun, was ihnen in den Genen lag, um sie, wenn sie es konnten, auszuwildern. Mir lachte das Herz, wenn ich sie in die Freiheit entließ und sie sich, ehe sie gen Himmel strebten, mit einem Abschiedszwitschern von mir verabschiedeten. Sie flogen an meiner statt und ich, die nicht fliegen konnte, durfte ihnen immerhin nachsehen.

Eines späten Abends saß ich, auf der kleinen Bank vor meinem Haus nutzte das letzte Licht, um ein Fotoalbum durchzublättern. Ich stieß auf das Kinderfoto, das mich bei meinen vergeblichen Flugversuchen auf dem Gartenmäuerchen zeigte. Jäh und in erstaunlicher Intensität überfiel sie mich wieder, die Sehnsucht fliegen zu können. Da hörte ich mit einem Male über mir ein seltsames Rauschen. Ich blickte auf.

Flügelschlag, Federraschen, ein leuchtendes Blau. Vor mir ließ sich ein prachtvoller Vogel von noch unglaublicher Größe nieder und blickte mich mit stolzen Augen an. Sein Gefieder schillerte in allen Neonfarben, die sich zu einem Blau verbanden, wie ich es noch nie in meinem Leben gesehen hatte. Seinen Kopf zierte ein Federkrönchen, was sage ich, eine mächtige Krone aus smaragdgrünen Federn. Um sie betrachten zu können, musste ich den Kopf in den Nacken legen, denn mein Besucher überragte mich um fast anderthalb Meter. Sein Rumpf hatte gut und gern die Größe eines mächtigen Pferdekörpers, wirkte dabei aber leicht und ephemerisch. Mir blieb vor Verwunderung der Mund offen stehen, als der Vogel auch noch zu sprechen begann: „Ich heiße Magikopteryx und komme aus der Fabelwelt der Phantasie. Du hast mich herbeigewünscht?"

Also sprechen konnte er auch! Er schüttelte den Kopf.

„Nein, es kommt dir nur so vor, als ob ich zu dir spreche, aber das ist nebensächlich. Ich bin auch nur für dich und deinesgleichen sichtbar."

Ich kam aus dem Staunen nicht mehr heraus.

„Ja, du hörst und siehst mich nur, weil deine Sehnsucht nach dem Fliegen so unsagbar groß ist. Du hast mich als dein Wunschbild ein Leben lang herbeiimaginiert. Jetzt ist es so weit. Steig auf und flieg mit mir, das willst du doch?"

Und ob ich wollte! Ich bewegte schleunigst meine altersmüden Knochen, kletterte auf die Bank und erklomm von dort den Rücken des prächtigen Zaubervogels. Er schüttelte sein Gefieder zurecht, drehte den Kopf zu mir zurück, um nachzusehen, ob ich mich auch gut festhielt, duckte sich ein wenig und breitete im Hochspringen seine Schwingen aus, um sich mit erstaunlicher Leichtigkeit in die Luft zu erheben.

Wir flogen im rötlichen Abendlicht der sinkenden Sonne entgegen. Ein leichter Wind strich um meine Wangen und zupfte verspielt an meinen Haaren. Mein Herz begann zu jauchzen. Es klopfte so heftig, dass ich meinte, es werde mir noch aus der Brust springen. Ich platzte schier vor Glück. Ich flog! Endlich, auf meine alten Tage, flog ich! Ich schmiegte mich enger an meinen Magikopteryx und spähte hinunter.

Dunkel dehnte sich das Grün der Wälder, golden leuchtete im letzten Abendglanz der Weizen, grau zogen sich die Asphaltbänder der Straßen durch die Landschaft. In den Dörfern und Städten huben die Straßenlaternen an, pflichtgemäß ihren Dienst zu tun, und säumten Wege und Gassen mit ihren Lichtgirlanden. Es wurde dunkler und dunkler. Wir flogen auf das Hochgebirge zu, an dessen schneebedeckten Gipfeln sich die letzten Sonnenstrahlen brachen. Der Himmel bot ein unglaubliches Farbenspiel aus gebrochenem Orange und dunkel erglühendem Rot, ehe er sich in satte Blautöne hüllte. Hoch und höher flog mein Zaubervogel und wandte sich schließlich mit kräftigen Flügelschlägen nach Süden, dem nahen See entgegen.

Mittlerweile war es Nacht geworden und ein unwirklich groß, ja riesig wirkender Vollmond war aufgegangen, der uns umglänzte und die unter uns hinziehende Nachtlandschaft in ein wundersames Silberlicht tauchte. Unter uns ratterte näherkommend ein Zug die Gleise entlang. Die Scheinwerfer der emsigen Lok bohrten ihre Lichtkegel ins Dunkel und die hell erleuchteten Fenster der Waggons blinzelten uns zu, bevor sie sich in der Weite der Nacht aus unserem Gesichtsfeld verloren. Wir hatten jetzt den Mond im Rücken und auf der der Lichtfülle des Mondes abgekehrten Seite der Himmelswölbung traten hell funkelnd die Sterne hervor. Magikopteryx hatte sich dem See so weit genähert, dass ich den Mond sehen konnte, obwohl ich mit dem Rücken zu ihm saß: Still und klar spiegelte er sich auf der Seeoberfläche in Form einer Scheibe, an die unmittelbar ein langer Lichtstreifen anschloss, der fast bis ans Ufer reichte, dorthin, wo das Schilf sich in der Nachtbrise wiegte. Ich vermeinte kurz, den Geruch des Seewassers bis herauf zu meinem luftigen Sitz zu verspüren.

Wie lange wir schon flogen, konnte ich nicht sagen, hier oben hatte ich jeglichen Sinn für Zeit verloren. Meine anfängliche Aufregung war einem stillen Glücksgefühl gewichen, das mich bis in die letzte Zelle meines alternden Körpers durchdrang. Ich hätte jauchzen mögen vor Freude. Als ob Magikopteryx dies gespürt hätte, tat er an meiner Stelle einen langgezogenen Jubelschrei von erstaunlicher Süße und Melodiösität, der mir tief in die Seele drang und mein Glücksgefühl noch stärker machte. Ich trat aus mir heraus und verschmolz mit der Nacht, mit der Luft, mit dem Mondlicht. Mir schien, als flöge ich selbst.

Magikopteryx ließ mich geraume Zeit vor mich hinschwelgen, bis er schließlich leise kicherte: „Nur nicht größenwahnsinnig werden, ich bin es, der hier fliegt, du bist nur Passagierin!"

Das brachte mich wieder zu mir selbst, und ich spürte, dass ich begann, müde zu werden vor lauter Glück. „Hast du dich für heute also sattgeflogen", meinte Magikopteryx.

Ich hatte gar nicht gemerkt, dass wir uns meinem Haus genähert hatten. Der helle Einband des Fotoalbums, das noch genau so auf der Bank lag, wie ich es hingelegt hatte, leuchtete mir schon von Weitem entgegen. Ein letzter Flügelschlag, und mein gefiederter Freund landete geschmeidig vor der Gartenbank. Umständlich kletterte ich von seinem Rücken auf die Bank und stieg von dort ächzend auf den Boden herunter.

„Seh ich dich wieder, Magikopteryx?"

Seine bernsteinfarbenen Augen funkelten amüsiert, als er meinte: „Wenn deine Sehnsucht nach dem Fliegen groß genug ist, bin ich dir gerne wieder zu Diensten."

Zu meinem großen Erstaunen erhob er sich nicht wieder in die Lüfte, sondern verblasste allmählich vor meinen Augen, mehr und mehr, bis er verschwunden war. Das letzte, was ich von ihm zu sehen geglaubt hatte, war etwas wie ein verstohlenes Abschiedswinken mit dem rechten Flügel gewesen.

★★★

„Interessant. Wer hat dieses Werk geschrieben?", fragte Lenya.

„Warte, ich habe es gleich. Ich bin schon am Suchen", kam die prompte Antwort von Lucia.

„Hab's! Franziska Bauer. Sie wurde 1951 geboren und absolvierte ein Studium in der Russistik und Anglistik in Wien. Sie ist wohnhaft im Burgenland, ist pensionierte Gymnasiallehrerin, Schulbuchautorin, schreibt Lyrik, Essays und Kurzgeschichten für Zeitschriften und Anthologien. Sie hat zwei Lyrikbände beim Apollon Tempel Verlag. Außerdem ist sie Gewinnerin des zehnten Bad Godesberger Literaturpreises. Ihre ganzen Werke kann man unter:
 www.galeriestudio38.at/Franziska-Bauer nachlesen."

„Gratulation an dieser Stelle.

Und sieh an, sie lebt im selben Land wie wir Wortelfen. Vielleicht laufen wir uns eines Tages über den Weg, auch wenn sie am anderen Ende von Österreich wohnt. Ich würde mich sehr darüber freuen."

Lenya verschwand mit diesen Worten und einem Stapel Bücher auf den Armen zwischen den Regalen.

★★★

Kapitel 8

Die Schriftrolle segelte durch die Bibliothek und verstreute überall Sternenstaub.

„Na toll, jetzt müssen wir auch noch alles fegen. Du solltest deine telekinetischen Fähigkeiten wirklich noch dringend trainieren und erweitern", stellte Lucia an Lenya gewandt fest, nachdem diese mit einer unbedachten Handbewegung die Schriftrolle mit den schönen Sternenbildern auf der Rückseite quer durch die Bibliothek geschleudert hatte.

Die Schriftrolle hatte Spaß daran gefunden und flog nun überall herum und verteilte voller Freude Sternenstaub, sodass ein Buch nach dem anderen herumzufliegen begann.

Lenya drehte sich langsam mit dem Besen in der Hand um und sah Lucia ernst an.

„Leider muss ich dir recht geben. Wie aber steht es mit deiner Telepathie? Vorhin mit dem dicken Wälzer wäre es wesentlich einfacher gewesen mit dir zu kommunizieren."

Lucia sah sie verlegen an. Sie hatte diese Fähigkeit eindeutig etwas brach liegen lassen und nicht weiter trainiert.

„Was hältst du von einer Challenge? Wer zuerst die jeweilige Fähigkeit zumindest auf Stufe 7 erweitern kann."

„Gute Idee. Ich bin dabei. Das ist wenigstens ein Ansporn um den inneren Schweinehund zu überwinden. Aber jetzt sollten wir uns um die Schriftrolle kümmern, bevor wir eine Nachtschicht einlegen müssen, weil alles hier in der Bibliothek in der Gegend herum fliegt."

Diesmal holte Lucia mit ihren telekinetischen Kräften die Schriftrolle zurück und rollte sie auf, um sie zu lesen. Zuerst aber musste sie noch eine ganze Schaufel voll Sternenstaub herausschütteln, um überhaupt etwas entziffern zu können.

Während sie las, kehrte Lenya den verstreuten Sternenstaub mithilfe ihres magischen Besens auf:

Sternenstaub

von Alex C. Weiss

In weiter Ferne lebt allein,
Die Prinzessin Mondenschein,
Sternenstaub umgibt ihr Schloss,
Vom Keller bis zum Dachgeschoss.
Der Mond ist ihr geliebter Held,
Im endlos weiten Sternenfeld.
Nur selten kann sie ihn besuchen,
Muss nachts ihn durch die Weite rufen.
Ach Prinzessin Mondenschein,
Muss oft ganz alleine sein.
Die Sterne singen ihr ein Lied,
Wenn sie in ihre Träume flieht.

„*Ach sieh an unser Wiederholungstäter. Nochmal Alex C. Weiss, wie schön! Und natürlich auch diesmal wieder ein wundervolles und gelungenes Gedicht. Es ist wirklich toll, dass wir so viel von ihr hier haben. Und übrigens habe ich noch einige Informationen von ihr gefunden. Es gibt tatsächlich mehrere Veröffentlichungen von ihr unter dem Namen *Leinwandpoesie*. Wir sollten alle Bände für die Bibliothek organisieren.*“

Mit dem Deckel eines Mülleimers und einem Besenstiel bewaffnet stand Lucia in eine Ecke gewandt und brüllte immer wieder: „Aus! Nein! Zurück! Hör auf! Aus! ..."

Mit vor der Brust verschränkten Armen stand Lenya stirnrunzelnd hinter ihr und sah eine Weile zu.

„Aus! Zurück! Hör auf! Nein! Aus! ..."

Langsam schlich sich ein amüsiertes Lächeln auf die Lippen der Schattenelfe.

„Sag mal was genau machst du da eigentlich Lucia? Wirst du nun zum Buchtompteur?"

„Hör auf und hilf mir lieber. Nein! Aus! Es knurrt mich die ganze Zeit an und schnappt nach mir. Zurück! Hör auf! Aus! ..."

Lenya öffnete die Arme, griff über ihre Kollegin nahm ihr den Deckel und den Stil aus der Hand, schob sie sanft hinter sich und kniete sich auf den Boden. Das Buch nur aus den Augenwinkeln beobachtend und ohne es direkt anzusehen, hielt sie ihm die Hand hin. Nach einer schier endlosen Ewigkeit hörte das in die Ecke gekauerte Buch auf zu knurren und kam vorsichtig näher um an der Hand zu schnuppern. Die Schattenelfe sandte beruhigende Gedanken aus und langsam wurde es zutraulicher.

„Siehst du, es hatte einfach nur Angst. Angriff ist die beste Verteidigung. Und manchmal ist es einfach praktisch wenn man Telepathie perfekt beherrt", bemerkte Lenya stichelnd über die Schulter an ihre Kollegin gerichtet.

„Ich erinnere dich an deine Aussage, wenn dir das nächste Buch ins Gesicht knallt, weil du deine Telekinese noch immer nicht geübt hast", murrte die Kleinelfe hinter ihr.

„Touché! Wir sollten wirklich dringend unsere Challenge wie heute schon besprochen angehen. Aber komm, jetzt lässt es sich anfassen. Wir sollten die Gelegenheit nutzen und nachsehen worum es darin geht "

Nickend kniete sich Lucia auch auf den Boden und das Buch öffnete sich nun von selbst, da es Vertrauen zu den beiden gefasst hatte:

Das Ende der Bedrohung
„Auszug aus Phytera"

von Hari Patz

Das Boot näherte sich der Insel von Süden. Der Berghang fiel hier steil ab, eine etwa zehn Längen breite Fläche lag davor. Sie war übersät mit scharfkantigen und teilweise nadelspitzen Lavabrocken, die dicht an dicht lagen. Die galt es zu überwinden. Der Vorteil war, dass die Insel auf dieser Seite nicht bewacht wurde, weil sie als unzugänglich angesehen wurde. Miro konnte sich in aller Ruhe einen Weg durch diese natürlichen Verteidigungsanlagen suchen. Er kam nicht unvorbereitet. Phytera hatte ihn mit Sohlen aus dünnen Sidronzweigen ausgestattet. Diese band er jetzt unter seine Füße, in der Hoffnung, dass sie ihn über die Fläche bringen würden, ohne zu versagen. Ein Sturz konnte verheerende Folgen haben. Miro band den Beutel mit den Kariba an seinen Gürtel, legte sich seine Mataschoi über die Schulter und stieg aus dem Boot.

„Junior? Ich bin fertig. Wir treffen uns gegen Mitternacht an der Westküste. Ich rufe dich, wenn ich vor Ort bin. „Ich wünsche dir und uns allen, dass deiner Mission Erfolg beschieden sein mag, Enata!" Mit langsamen vorsichtigen Bewegungen stieg er über die erste Lava hinweg. Die Sohlen schienen zu halten. Konzentriert setzte er seine weiteren Schritte. Trotz aller Aufmerksamkeit kam er zweimal ins Straucheln und wäre fast gestürzt. Er brauchte eine knappe Mero für das kleine Stück Weg. Endlich stand er am Fuß des Vulkans und schaute an seiner Flanke hoch. In etwa drei Längen Entfernung sah er die Felsnase. Er hatte sich die Topographie des Geländes und des Felshangs genau eingeprägt und jeden Schritt geplant. Phyteras Darstellungen waren dabei sehr hilfreich gewesen. Er nahm seine Mataschoi, ließ die Steine daran wirbeln und warf sie hinauf. Erst nach mehreren Versuchen hatte sie sich so fest um den Felsen gewickelt, dass er sich daran hängen konnte. Nun begann der Aufstieg. Die Sohlen hatte er entfernt, sie hatten ihren Zweck erfüllt. Hand über Hand kletterte er nach oben. Bei der Felsnase angelangt, setzte er sich rittlings darauf und löste die Mataschoi. In diesem Augenblick brach der Vorsprung unter ihm weg.

Er stürzte hinunter und landete auf dem Lavagestein. Bewusstlos blieb er liegen. Es war der Schmerz in seinem rechten Bein, der ihn nach einiger Zeit erwachen ließ. Er hatte am ganzen Körper kleinere Verletzungen, ein Arm hatte eine tiefe Fleischwunde, die stark blutete. Aber der größte Schmerz ging von seinem Unterschenkel aus. Das Bein war eindeutig gebrochen. Er zog das Hosenbein hoch und sah den Knochen hervorstehen. Das war übel, mit dieser Verletzung konnte er unmöglich weiter. War seine Mission schon gescheitert? Dort bleiben konnte er aber nicht, er musste etwas tun. Er riss einen Ärmel von seinem Wams ab und band ihn fest um den Arm. Dann legte er das gebrochene Bein zwischen zwei eng beieinanderstehende Brocken, biss fest die Zähne aufeinander und zog. Ein Schrei löste sich aus seiner Kehle. Er konnte es nicht verhindern, zu stark war der Schmerz. Im nächsten Augenblick war ihm, als ob eine Klappe in seinem Kopf aufging. Sein Verstand wurde mit Informationen geflutet. Schlagartig wusste er genau, was er zu tun hatte.

„Junior! Du Mistkerl! Konntest du mir diese Erkenntnisse nicht vorher geben?", schrie er voller Wut.

Er konzentrierte sich wieder auf sein Bein. Diesmal sah er tiefer, sah den gebrochenen Knochen, das zerfetzte Gewebe und die gerissenen Gefäße. Er stillte die Blutungen, regte die Kallusproduktion an und fügte das zerrissene Fleisch zusammen. Anschließend widmete er sich seinem Arm und den anderen Verletzungen. Nachdem er damit fertig war, nahm er eine Kariba aus dem Beutel und aß sie. Schon kurz darauf durchflutete neue Energie seinen Körper. Jetzt war er in der Lage den Schmerz auszuschalten. Für eine Weile er ruhte, dann versuchte er aufzustehen. Es gelang! Langsam steigerte er wieder sein Schmerzempfinden bis kurz unter normal. Sein rechtes Bein war wieder belastbar. Seine Fleischwunden hatten sich alle geschlossen. Er konnte wieder weiter. Nur wohin? Ohne die Felsnase war ihm hier der Aufstieg unmöglich. Wieder band er die Sohlen um, sammelte seine Mataschoi auf und lief vorsichtig um die Bergflanke herum, eine alternative Aufstiegsmöglichkeit suchend. Da sah er das große Loch in der Felswand. Davon stand nichts in den Aufzeichnungen, es musste neu sein. Der Aufstieg dorthin schien ihm nicht allzu schwierig zu sein. Als er unterhalb des Loches angelangt war, sah er die Enden von zwei Balken, die leicht überstanden.

„Das nenne ich mal eine Einladung", murmelte Miro.

Er warf die Mataschoi. Beim dritten Mal hatte er eines der Enden getroffen.

Er kletterte hinauf und sah vorsichtig über den Rand des Loches. Eine finstere Kaverne, in der alles Mögliche herumlag, war zu sehen. Menschen waren keine zu entdecken. Er zog sich über den Rand und stand in der Höhle. Nun musste er nur noch die Feuergrube finden. Miro schlich weiter voran, bis er einen Ausgang fand, weiter der Hitze folgend, die ihm in dem anschließenden Gang entgegenschlug, immer damit rechnend, dass ihm Soldaten begegneten. So schlich er weiter durch die Gänge, bis er eine Treppe fand, die nach unten führte. Die Hitze und die Gase, die ihm von dort entgegenschlugen, wiesen ihm den richtigen Weg. Bedächtig stieg er Stufe für Stufe hinab. Er kam an einen Grat, der zu einer anderen Höhle führte. Seitlich davon konnte er unter sich die Feuergrube sehen. Er sah das Gestell, in dem der Himmelsstein lag. Er wollte sich einen Weg nach unten suchen, da tauchte ein Mann in einem goldenen Anzug auf. Das musste Kabil sein! Miro beobachtete, wie der Mann die Gerätschaft überprüfte, um dann in einer Nebenhöhle zu verschwinden.

Miro folgte dem Grat, um zu sehen, wo er hinführte. Das einzige vorhandene Licht kam von der Feuergrube, die allem einen rötlichen Schimmer verlieh. Am Ende des Weges kam er erneut in eine Höhle. Er sah undeutlich einige Dinge herumstehen, erst spät entdeckte er den dunklen Schatten eines Durchgangs. Er folgte ihm und kam auf eine Felsgalerie hinaus. Von dort konnte er auf das Gestell mit den Steinen hinabsehen. Dies war ein großartiger Platz, von hier konnte er die Kariba direkt in die Feuergrube werfen. Er musste nur den richtigen Zeitpunkt abwarten. Das könnte schwieriger werden als gedacht. Von dem zweiten Stein hatte niemand etwas gewusst. Wenn Kabil den zweiten Stein direkt hinterher löste und damit die Feuergrube verschloss, blieb ihm nur wenig Zeit die Kariba zu platzieren. Da war es wichtig eine günstige

Position zu haben. Es waren sicher noch einige Meros bis zur großen Konjunktion, er sollte sich einen sicheren Platz suchen, an dem sie ihn nicht entdecken würden. Obwohl er bezweifelte, dass noch jemand hier unten war. Kabil hatte scheinbar alle fortgeschickt, damit niemand ihn stören würde. Das erleichterte Miros Aufgabe. Er setzte sich in eine dunkle Ecke der Höhle und richtete sich auf eine längere Wartezeit ein. Seine Mutter hatte ihm ein Butterbrot mitgegeben, das er nun aß. Er hatte sich lustig darüber gemacht, gemeint er würde schwerlich die Zeit haben, um es zu essen.

Auf einmal hörte er Stimmen. Leise ging er zur Galerie und schaute hinunter. Zwei bullige Wärter mit Schwertern und Peitschen in den Händen, trieben einen Trupp zerlumpter Männer vor sich her. Sie scheuchten sie mit barschen Worten in die Nebenhöhle, in der Kabil vorhin verschwunden war. Miro rätselte, wozu die Männer gebraucht wurden. Aus dieser Perspektive konnte er das Gestell mit den Steinen genauer betrachten. Vor allem der Himmelsstein interessierte ihn. Der lag da in unscheinbarem mattem Grau und nichts deutete auf seine Gefährlichkeit hin. Seine Oberfläche war porös. Tiefe Löcher waren darin. Das brachte ihn auf eine Idee, wie er die Kariba besser platzieren konnte. Er wollte aber warten, ob die Wachen wieder zurückkamen. Miro wartete geduldig. Die Wächter kamen wieder heraus und verließen die Höhle. Das war das Startzeichen für Miro. Er befestigte seine Mataschoi und ließ sich an ihr bis zu dem eisernen Gestell herab. Als er den Himmelsstein erreichte, hielt er sich mit einer Hand am Seil fest, während sein Fuß an dem Gestell einen Halt fand. Mit der freien Hand griff er in den Beutel und holte einige Kariba hervor. Die stopfte er in eines der tiefen Löcher. Es war groß genug, um die Hälfte der Kariba aufzunehmen. Den Rest stopfte er in zwei andere Löcher. Er wickelte den Ärmel, den er als Verband benutzte, ab und verschloss damit das große Loch. Dann wechselte er die Hand und riss den zweiten Ärmel ab, um

328

damit die anderen Löcher zu verschließen. Gerade wollte er sich wieder nach oben hangeln, als er unter sich eine bellende Stimme vernahm.

„Was hast du da zu suchen, verdammter Raio?"

Im ersten Augenblick war Miro wie erstarrt. Sein Instinkt riet ihm, zu flüchten. Doch dann siegte seine Wut, die in ihm aufflammte. Er löste die Mataschoi und ließ sich vom Gestell zu Boden fallen. Mit einer Rolle kam er wieder auf die Füße. Kabil stand auf der anderen Seite der Grube.

„Wer bist du eigentlich? Dich habe ich hier noch nie gesehen."

Miro musterte den Mann, den so viele fürchteten. Diese Maske verhinderte einen Blick auf das Gesicht des Außenweltlers, aber genau das hätte er gerne gesehen.

„Du bist also Kabil, ja? Dann habe ich Neuigkeiten für dich: Deine Zeit ist vorbei! Du wirst unseren Planeten nicht zerstören!", erwiderte Miro provokant.

Kabil brüllte auf und stürmte auf ihn zu. Miro ließ die Mataschoi wirbeln. Sein Gegner war nur drei Längen von ihm entfernt, da wickelte sie sich um seinen Fuß. Mit einem Schrei stürzte der Despot kurz vor Miro zu Boden. Der warf sich sofort auf ihn. Musste aber gleich feststellen, wie widerstandsfähig Kabils Anzug war. Als trainierter Krieger ließ sich Kabil nicht lange überraschen. Er schlug heftig nach dem Kopf seines Angreifers, traf aber nur dessen Schulter. Miro fühlte, wie sein linker Arm fast taub wurde. Er versuchte, mit seiner Rechten die Maske herunterzureißen, doch seine Finger fanden keinen Halt. Ein greller Schmerz durchfuhr erneut seinen linken Arm. Eine lange Klinge war aus Kabils Ärmel geschossen und hatte seinen Oberarm durchbohrt. Miro schaltete sein Schmerzempfinden aus und sprang zurück. Er musste einen Augenblick Zeit gewinnen, bis sein linker Arm wieder einsatzfähig war. Kabil sprang auf die Füße. Ein Gedankenstrahl von Miro traf ihn, prallte aber ab. Sein Anzug schützte ihn anscheinend auch davor. Darauf war Miro nicht vorbereitet. Er war sich sicher gewesen, Kabil damit besiegen zu können. Ihm musste schnell etwas einfallen. Kabil drang weiter auf ihn ein. Miro suchte Deckung hinter dem Eisengestell. Gerade rechtzeitig. Kreischend und funkensprühend fuhr Kabils Klinge daran entlang, Miro nur knapp verfehlend.

Die Mataschoi lag auf dem Boden. Miro wollte zu ihr, als ihn die Klinge in den Oberschenkel traf. Mit einem Aufschrei stürzte er zu Boden. Er bekam noch einen der Steine der Mataschoi zu fassen. Sofort war Kabil über ihn. Er setzte die Klinge zu einem tödlichen Stoß an. Da traf ihn Miros Schlag mit dem Stein seitlich am Kopf. Die Maske löste sich und fiel scheppernd auf den Boden. Miro starrte in das raubtierhafte Gesicht des Außenweltlers. Schon im nächsten Atemzug ließ er einen Gedankenstrahl los. Er legte all seine mentale Kraft hinein. Seines Schutzes beraubt, hatte Kabil dem nichts mehr entgegenzusetzen. Ein ungläubiger Ausdruck trat auf sein Gesicht. Miro stieß ihn mit beiden Händen von sich. Kabil knickten die Beine ein, er fiel zu Boden und rollte mit einem letzten Aufzucken über die Kante der Feuergrube. Für einen Augenblick war sein Körper noch zu sehen, dann versank er langsam in der Glut.

Miro setzte sich auf. Keuchend stieß er den Atem aus. Nur langsam ordneten sich seine Gedanken. Erst jetzt realisierte er, was er getan hatte. Er hatte Kabil besiegt! Das Undenkbare war Wirklichkeit geworden. Dieser Massenmörder war tot! Gut so! Zunächst versorgte er seine Wunden mental. Dann überlegte er einen Augenblick. Mit dem Tod des Tyrannen war die Gefahr eigentlich gebannt. Aber die Quelle der Zerstörung existierte immer noch. Er musterte den Himmelsstein. Es war am besten ihn ein für alle Mal zu vernichten, sodass nie wieder eine Gefahr von ihm ausging. Das Gestell inspizierend, fand er die entsprechenden Hebel. Den ersten davon legte er um und der Himmelsstein fiel in die Glut, um dort rasch zu versinken.

Dann legte er den zweiten Hebel um und der große Felsbrocken fiel hinterher, er versiegelte die Grube. Nun musste er sich beeilen, rechtzeitig wegzukommen. Die Männer in der Nebenhöhle fielen ihm ein. Schnell lief er zum Eingang, sah die Männer drinnen apathisch auf dem Boden hocken. Er rief ihnen zu: „Kabil ist tot! Ihr seid frei! Verschwindet hier, so schnell ihr könnt. Geht nach Norden, der Vulkan explodiert gleich. Lauft um euer Leben!"

Als er sah, dass sich die Männer erhoben, drehte er um und suchte den Ausgang. Er fand ihn und rannte die Gänge entlang, die nach oben führten. Am Eingang standen zwei Soldaten, die Wache hielten. Als sie Miro von hinten ankommen sahen, griffen sie zu ihren Schwertern. Miro sandte einen Befehl in ihre Köpfe: „Lasst die Schwerter stecken, Kabil ist tot! Wollt ihr ihm folgen?"

Völlig verwirrt standen die Männer mit offenem Mund da. Miro ignorierte sie und lief an ihnen vorbei. Ungefähr eine halbe Mero würde es bis zur Explosion dauern, hatte Phytera gesagt. Er rannte, so schnell er konnte, in nordwestliche Richtung. Der Zaun tauchte vor ihm auf, in einiger Entfernung sah er das Tor. Zwei Soldaten bewachten es. Er sandte ihnen im Laufen den gleichen Befehl. Doch diese beiden ließen sich nicht davon beeindrucken, sie zogen ihre Schwerter und erwarteten ihn. Miro seufzte, musste er diese Trottel umbringen? Er schickte ihnen einen gedämpften Gedankenstrahl. Sie griffen sich an ihre Köpfe und brachen zusammen, blieben reglos liegen. Miro wusste nicht, ob sie noch lebten, es war ihm egal. Er schob den Riegel vom Tor beiseite und ließ es offen stehen, dann rannte er weiter. Als er sich der Küste näherte, rief er nach Junior. Keine Antwort. Er blieb stehen, konzentrierte sich und ließ dann einen breit gefächerten Gedankenstrahl in Richtung Meer los. Kurz darauf antwortete ihm Junior: „Ich habe dich geortet, Enata! Bin in wenigen Augenblicken bei dir."

Nachdem er durch die inzwischen verlassenen Elends-
behausungen gerannt war, sah er, wie sich das Boot näherte.

„Lass uns schnell hier verschwinden, die Zeit ist gleich um",
sagte er zu Junior.

Der ließ das Blatt in voller Größe den Wind aufnehmen und
in rascher Fahrt entfernten sie sich von der Insel. Gerade hatten
sie ausreichend Distanz zurückgelegt, da explodierte der
Vulkan in einem grellweißen Feuerring. Eine Hitzewoge schoss
über das Meer und ließ das Boot tanzen. Nur kurz darauf sah
Miro, wie aus dem Vulkan Dremor am anderen Ende der Insel
eine Stichflamme hoch in den Himmel loderte. Dabei ein
silbrig glänzendes Ding in hohem Bogen ins Meer spuckend.
Zeitgleich damit kam aus dem Osten eine Flutwelle, welche die
gesamte Südspitze überflutete und die Feuer erstickte. Eine
gewaltige Dampfwolke stieg von dort auf, wo einst der Vulkan
stand. Jubelgeschrei lenkte Miros Aufmerksamkeit wieder nach
Norden. Von dort kamen die Boote mit den Kämpfern der
Hydronen. Sie kamen längsseits zu Miro und gratulierten ihm,
indem sie ihre Waffen aneinanderschlugen. Er winkte ihnen zu
und sagte zu Junior: „Lass uns bloß schnell von hier
verschwinden, bevor sie sich irgendeinen Unfug einfallen
lassen."

Junior drehte das Boot in den Wind und segelte zurück nach
Kuros.

★★★

„ *as für ein talentierter Autor! Du musst unbedingt
noch andere Geschichten und Bücher von ihm lesen. Teils hat
er einen sehr unkonventionellen aber unglaublich fesselnden
Stil. Das ist nicht das erste das ich von ihm gelesen habe. Aber*

lass uns nachsehen wer er ist: Er lebt in Berlin, wo er 1953 geboren wurde und auch aufgewachsen ist. Hari hat die halbe Welt bereist und rund 50 Länder auf vier Kontinenten besucht. Dabei hat er drei Jahre in Asien und vier Jahre in Brasilien gelebt. Er hat in den unterschiedlichsten Ländern, in über zwanzig verschiedenen Berufen gearbeitet. Darunter waren zwei Jahre bei der Seefahrt. Während dieser Zeit schrieb er immer wieder Kurzgeschichten. Weiters hat er zwei autobiographische Romane (Die Reise des Löwen und Der Weg des Löwen) und einen Fantasy – Roman (Pytera) und zwei Kurzgeschichtenbände veröffentlicht. Außerdem hat er mit seiner Facebookgruppe Edition Autoren für Autoren schon einige Anthologien herausgebracht, die er ganz nebenbei bemerkt auch noch wunderschön mit Bildern illustriert.", berichtete Lenya.

„Ja von ihm möchte ich gerne noch mehr lesen, aber zuerst müssen wir noch sehen welche Geschichten uns hier noch erwarten.", sagte Lucia.

„Ich weiß. Aber wenn ich so seine Lebensgeschichte lese, bekomme ich Fernweh. Denkst du wir können endlich mal wieder auf Reisen gehen und aus fernen Ländern, von weit entfernten Planeten, oder auch Paralleluniversen Geschichten für die Bibliothek sammeln?", fragte Lenya hoffnungsvoll.

Lucia schmunzelte, als sie Lenyas Hundeblick sah. Es wirkte wirklich lustig bei der sonst so ernsten Schattenelfe. Was für ein Tag heute.

„Ja ich denke das lässt sich sicher bald einrichten. So ein Mond zu Mond Gehopse wäre wirklich mal wieder schön."

Lenya blickte plötzlich von ihren Unterlagen auf.

„Da fällt mir etwas ein. Ich habe heute noch keinen Zug gemacht. Bin gleich wieder da."

Mit diesen Worten verschwand sie zwischen den Regalen und man konnte ihre Schritte hören, die sich immer weiter entfernten. Lucia legte den Kopf schräg und überlegte, was ihre Kollegin damit gemeint hatte. Dann kam der Ausdruck der Erkenntnis in ihre Augen. Ach ja, da war was. Die Schattenelfe spielte doch immer Schach mit diesem eigenartigen Buch.

Vor einiger Zeit hatten sie ständig Schachfiguren in der ganzen Bibliothek verteilt gefunden. Die Kleinelfe verzog das Gesicht, als sie sich daran erinnerte wie oft sie mit bloßen Füßen auf die Figuren gestiegen war. Sehr schmerzhaft. Das Buch hatte sie überall fallen lassen und Lenya hatte sie immer wieder in einer Schachtel auf ihrem Schreibtisch gesammelt. Wenn sie morgens wieder in die Bibliothek kamen, war die Schachtel leer und die Figuren wieder verstreut. Irgendwann kam Lenya dann auf die Idee einen kleinen Tisch mit einem Schachbrett Standplatz des Buches aufzustellen. Seit damals sie spielte täglich ein paar Züge mit dem Buch, das damit glücklich war und jetzt brav an seinem Platz blieb.

Hatten sie eigentlich schon einmal in das Buch hinein gelesen? Lucia konnte sich nicht erinnern. Während sie darüber nachdachte, hatte sie sich auch schon auf den Weg zu den Schachspielern begeben und wollte das nun nachholen:

Schachspieler

von Grit Stange

Weit riss er die Augen auf, dann schloss er sie wieder, rieb sie, kniff sich in den Oberarm, schaute wieder aus dem Fenster in den tiefschwarzen Nachthimmel. Nein, er träumte nicht. Es war immer noch da. Für eine Sternschnuppe viel zu langsam, bewegte sich ein riesiger Diskus, metallisch glänzend und in eine Aura aus grünlichem Licht getaucht. Marvin machte schon so lange mit bei SETI, doch tief in seinem Inneren hatte er immer Zweifel, ob es überhaupt möglich war, mit irdischen Mitteln fremde Intelligenzen zu entdecken. War es das, was er vermutete? Hoffte? Nicht zu glauben wagte?

In weniger als einer Minute war er komplett angezogen und saß auf seinem Motorrad. Tausend Gedanken schossen ihm durch den Kopf, während er auf seiner schweren Maschine dahin brauste. Das Raumschiff, was sollte es sonst sein, ging in großen Spiralen tiefer und tiefer. Er musste sich beeilen. Marvin begann unter seinem Motorradhelm zu schwitzen, als er die Absperrung erblickte. Blaulicht, Gitterzäune und jede Menge Militärfahrzeuge machten jeden Gedanken an ein heimliches Durchschlüpfen unmöglich. Verdammter Mist! Bakers Hill, natürlich, warum war ihm das nicht gleich eingefallen! Von dieser Anhöhe aus würde er alles gut überblicken können. Noch bevor ihn irgendjemand entdeckt hatte, bog er ab. Er montierte seine Kamera auf das Stativ und ließ sie laufen. Er hoffte, dass der Film ihm genug Informationen geben würde. Mit einem Fernglas vor den Augen beobachtete er die Landung.

„Wenn Schaben so groß wie Menschen wären, würdet ihr sie dann auch vergasen? Und wären Sie größer, hättet ihr dann Angst?"

Verdammt! Schon wieder so ein blöder Kalenderspruch. Marvin riss das Blatt ab und zerknüllte es, bevor er es in den Papierkorb warf. Er fluchte in nicht druckreifen Worten vor sich hin und schlug mit der Faust auf die Tischplatte. Seine Wasserflasche kippte und ein Schwall Iso Plus ergoss sich auf seine Notizen. Scheiße verdammte! Das war nicht sein Tag heute.

Der Film von der Landung war gestochen scharf, und doch eine einzige Enttäuschung. Sobald das Raumschiff den Boden berührt hatte, wurde von einem kranartigen Gestell eine Art Zelt über das glänzende Metall gestülpt, so dass alles, was nun geschah, seinen Blicken entzogen war. Was ihn aber noch viel mehr frustrierte, war das offensichtliche Desinteresse aller Medien.

Jedes Mal erhielt er dieselben nichtssagenden Antworten. Als wenn er einer dieser UFO-Spinner wäre! Er hatte sich nun schon seit zwei Tagen durch diverse Internetforen geklickt, doch das hatte seinen Frust und seine Wut nur noch vergrößert.

Die netten Postings, wahlweise einen Optiker oder einen Psychiater aufzusuchen, hatten seine Laune auf den absoluten Tiefpunkt stürzen lassen. Der einzige Mensch, der ihm zu glauben schien, war eine Userin namens Starmagic, die beschwor, ihr Astralleib sei schon einmal auf Kassiopeia gewesen ...

Und dann hatte er diese seltsame Mail von einem nicht zu identifizierenden Absender bekommen, in dem: „Jemand, der es gut mit Ihnen meint!", ihm nahegelegt wurde, das Ganze einfach zu vergessen, weil weitere Aktivitäten und Nachforschungen sehr ungesund für ihn sein könnten.

War das nun ein durchgeknallter Spinner oder eine ernst zu nehmende Drohung? Am Schluss der Mail hatte einer dieser Sprüche gestanden, die ihn in den letzten Tagen auch auf seinem Kalender nervten.

„Wären Ameisen so groß wie du, würdest du sie dann auch zertreten? Oder würdest du genauer hinsehen?"

Seine ersten Versuche, den Urheber der Mail ausfindig zu machen, waren fehlgeschlagen. Steven, der einzige, der ihn ernst nahm, hatte gemeint, das alles mache den Eindruck, das Militär stecke dahinter. Wahrscheinlich haben sie bei Nacht und Nebel in aller Heimlichkeit irgendwas getestet, von dem niemand etwas wissen sollte.

Warum sonst gab es keine Fotos und keinerlei Berichte in den Zeitungen, nichts in den Nachrichten. Den Film von der spektakulären Landung des leuchtenden Objekts, dessen Kopie Marvin an alle Fernsehsender geschickt hatte. Niemand hatte ihn gezeigt.

„Wir bitten um Ihr Verständnis, dass wir unverlangt eingesandtes Filmmaterial zunächst auf seine Echtheit prüfen müssen, daher können wir Ihnen auch keinerlei Honorar zusichern", war die lapidare Antwort gewesen.

Wie lächerlich! Natürlich war sein Film echt!

Andauernd zeigten sie auf jedem dieser Sender irgendwelche Pseudo-UFO-Filmchen.

„Denen hat jemand einen Maulkorb verpasst", war Steven überzeugt. „Das kann nur von ganz oben kommen. Also entweder Militär oder Geheimdienst."

Ich frage mich nur, was dieser blöde Spruch bedeuten sollte. Genau wie hier in meinem Abreißkalender. Schau mal, hier, der für nächste Woche.

„Ihr sucht nach außerirdischer Intelligenz, dabei seht ihr nicht, was vor euren Augen liegt, weil euer kleines, begrenztes Hirn es sich nicht vorzustellen vermag."

Darunter, etwas kleiner gedruckt: „Zu Unrecht haltet ihr euch für die Krone der Schöpfung."

„Ich möchte wissen, was dieser Mist soll."

Steven schüttelte den Kopf.

„Keine Ahnung."

Er trat zu Marvins Computer.

„Ich darf doch?"

Marvin nickte.

„Hier, damit du auf andere Gedanken kommst, du bist doch amtierender Juniorenmeister."

Mit ein paar Mausklicks hatte Steven eine Internetseite aufgerufen, die Marvin vorher noch nie aufgefallen war. Ungläubig las er die Einladung zu einem offenen internationalen Schachturnier.

Ein noch nicht namentlich genannter Herausforderer bot an, sich mit jedem zu messen. Er forderte auch die Landesmeister und Weltmeister der vergangenen Jahre heraus. Einzige Teilnahmevoraussetzung war die Anmeldung auf der Seite und die Lösung einer Schachaufgabe, mit der man die Anfänger und Hobbyspieler aussortieren wollte.

Der unbekannte Herausforderer organisierte das internationale Turnier. Er selbst wollte nur gegen die zwanzig besten antreten, die am Ende übrig bleiben würden. Und zwar simultan!

338

Von dieser Entscheidungsrunde würde es eine Live-Übertragung geben.

Marvins Interesse war geweckt.

„Der muss ja mächtig von sich überzeugt sein, wenn er es mit den besten der Welt, und dann auch noch simultan, aufnehmen will."

Er füllte das Anmeldeformular aus und klickte auf den Link zur Schachaufgabe. Eine blecherne Stimme sagte: „Sie haben die schwarzen Steine und sind am Zug. Für die Lösung stehen Ihnen maximal sieben Minuten zur Verfügung."

Dann wurde die Stimme zu einem Flüstern: „Für die Könner, Matt in fünf Zügen ist möglich."

Marvin stutzte. Sein erster Eindruck war, die schwarzen Steine schienen in einer aussichtslosen Position. Wäre das Flüstern nicht gewesen, er hätte es wohl gar nicht weiter versucht. Nun aber war sein Ehrgeiz geweckt. Wenn es eine solche Lösung gab, dann würde er sie finden. Er vergrößerte die Darstellung, so dass das Schachbrett seinen gesamten Bildschirm ausfüllte, und dann vergaß er alles um sich herum. Nach einer gefühlten Ewigkeit hatte er es geschafft. Matt in fünf Zügen. Er zoomte auf normal zurück, so dass die Schachuhr am oberen Bildschirmrand wieder sichtbar war. Er hatte noch fast eine Minute Zeit. Mit einem leisen Pling öffnete sich ein Fenster.

„Glückwunsch, Sie werden am Turnier teilnehmen. Ihre Startnummer ist AY-735. Erwarten Sie meine Mail."

„Mensch, Junge, du hast es geschafft!"

Beeindruckt schlug Steven ihm auf die Schulter.

Sah er jetzt schon Gespenster? Aufmerksam schaute sich Marvin um. Er war sich ganz sicher. Jemand hatte seine Wohnung durchsucht. Auf den ersten Blick schien nichts zu fehlen. Der unbekannte Eindringling hatte sich Mühe gegeben, keine Spuren zu hinterlassen. Wäre nicht das eine Kissen gewesen, dass seine Freundin in Herzform gedrückt hatte, er hätte wohl selbst nichts bemerkt. Was sollte ein Einbrecher bei ihm zu finden hoffen? Er besaß nichts, was sich zu Geld machen ließ, bis auf ... Natürlich! Die Kameras! Eine fehlte. Er wusste schon, bevor er genau hingesehen hatte, dass es die war, die er in jener Nacht bei sich gehabt hatte. Doch warum hatte jemand gerade diese Kamera gestohlen? Den Film hatte er an so viele Sender geschickt – dafür hätte niemand einbrechen müssen. Wollten sie das Original? Das war kein gewöhnlicher Einbruch. Er war sich ganz sicher, dass die Polizei, wenn er sie jetzt rufen würde, keinerlei Spuren finden würde. Das waren Profis. Bald jedoch würden sie merken, dass sie nicht bekommen hatten, was sie wollten. Auf dem Speicher der Kamera war nur ein Video des riesigen zeltähnlichen Gebildes, kurz bevor er sich auf den Rückweg gemacht hatte. Es war ihm in Fleisch und Blut übergegangen, immer eine oder zwei zusätzliche Speicherkarten mitzunehmen, und er hatte sie ausgetauscht, noch bevor er nach Hause gefahren war. Der Film, den die Einbrecher offenbar gesucht hatten, hing sicher verwahrt in einem Adapter an seinem Schlüsselanhänger und den trug er immer bei sich. Wahrscheinlich würde man ihn bald unter irgendeinem nichtigen Vorwand verhaften, ihm dabei alles abnehmen, was er bei sich trug und es durchsuchen. Er musste ein sicheres Versteck finden.

Mit einem Cutter schnitt er vorsichtig eine kleine Öffnung in die Rückwand seines Kalenders, legte die winzige Speicherkarte hinein und verschloss das Ganze mit einem Tropfen Alleskleber, bevor er den Kalender wieder an die Wand hängte. Falls ihn jemand auf den Film ansprechen sollte, würde er sagen, er habe die Speicherkarte an einen der Sender geschickt, damit sie ihm glauben, dass er die Aufnahmen nicht manipuliert hatte. Er spürte ein Kribbeln auf der Haut, das ihm sagte, dass diese Sache noch lange nicht vorbei war. Er war auf etwas gestoßen, von dem jemand wollte, dass es nicht bekannt wurde.

Wahrscheinlich hatte sein Freund Recht. Geheimdienst oder Militär. Oder beides.

Als er seinen Computer einschaltete, erwartete ihn ein großer, orange blinkender Briefumschlag, sobald der Rechner hochgefahren war. Ein Virus? Wollte jemand sich seiner Festplatte bemächtigen? Am unteren Rand des immer noch blinkenden Briefumschlags erschien ein Schriftband.

„Keine Angst, Marvin, ich will nur spielen."

Der Schriftzug war zuerst weiß, dann wurde er dunkler, verfärbte sich zu Gelb, wurde dann auf dem orangefarbenen Hintergrund unsichtbar, leuchtete schließlich in Rot auf, bevor er wieder weiß wurde und alles von vorn begann. Waren diese Leute an seinem Computer? Hatten sie es auf den Inhalt seiner Festplatte abgesehen? Doch dann hätten sie das Ding einfach mitgenommen. Sie hätten alles kopieren können, ohne dass er es gemerkt hätte. Dieser Brief, das war einfach zu niedlich. Er klickte ihn an.

Sofort verwandelte sich der Bildschirm in ein Schachbrett und eine blecherne Stimme erklang: „Hallo Marvin, deine Lösung der Testaufgabe war sehr originell. Kriegst du das hier auch hin?"

Das Schachbrett füllte sich mit einigen Figuren und die Stimme flüsterte: „Du hast die schwarzen Steine."

Gleich, was Marvin auch versuchte, er konnte an seinem Computer nichts anderes tun. Also spielte er Schach. Sein unbekannter Gegner reagierte ungewöhnlich. Nach einigen Minuten war er schon so in das Spiel vertieft, dass er nichts anderes mehr wahrnahm. Es begann ihm Spaß zu machen. Als er nahe daran war, aufzugeben, entdeckte er schließlich noch eine Möglichkeit für ein Remis. „Danke schön, Marvin", tönte es blechern aus dem Lautsprecher und das Schachbrett war ebenso von seinem Bildschirm verschwunden wie der Brief. Er hatte seinen Computer wieder. Alles war genau wie vorher, doch eine Frage ließ ihm keine Ruhe: Wie hatten die das gemacht? Und wer war dieser geniale Schachspieler, der die besten der Welt herausforderte? Spätestens bei der Liveübertragung des Turnierfinales würde er sich zu erkennen geben müssen. War es wirklich nur einer?

„Keine Angst, du weißt, dass ich nur spielen will."

Inzwischen hatte sich Marvin schon fast daran gewöhnt, dass er jedes Mal, wenn er seinen PC hochfuhr, von diesem blinkenden Briefumschlag begrüßt wurde, der ihn zu einer Schachpartie mit seinem unbekannten Gegner nötigte. Wenn er ganz ehrlich war, dann begann die Sache ihm schon richtig Spaß zu machen.

Der Klang der blechernen Stimme verursachte ihm zwar noch manches Mal eine leichte Gänsehaut, doch er hätte nicht sagen können, warum das so war. Auf jeden Fall war es ein sehr gutes Training für das Turnier. Im Vergleich mit seinem unbekannten Trainer waren die Turnierspiele beinahe ein wenig langweilig. Die Aussicht, in die Runde der letzten zwanzig zu gelangen, war nicht schlecht. Er brauchte noch zwei Siege. Wenn er Glück hatte, würden auch ein Sieg und ein Remis reichen.

Die letzten Meter zu seinem Platz legte Marvin wie in Trance zurück. Seine Hände waren feucht, sein Herz raste. Beinahe wäre er über seine eigenen Füße gestolpert. Atmen, ruhig atmen, sagte er sich immer wieder und schaffte es nach einer Weile, seinen Herzschlag zu beruhigen. Endlich hatte er seinen Platz gefunden: AY-735. Wie auf allen anderen zwanzig Plätzen stand auch hier ein geöffneter Laptop. An der Stirnseite des Raumes zeigte eine Projektion zwanzig Schachbretter. Das gleiche Bild würde der Herausforderer sehen, der sich auf der anderen Seite verbarg. Warum kam er nicht heraus, um seine Gegner zu begrüßen? War das Ganze ein groß angelegter Schwindel und es gab diesen einen Herausforderer gar nicht? Würden sie alle gegen eine Maschine spielen? Oder gab es einen ganz anderen Grund, weshalb sich dieser Schachspieler niemandem zeigen wollte? Ein Gong ertönte, eine blecherne Stimme bat um Ruhe. Die Stimme kannte Marvin schon. Es war eine Automatenstimme, da war er sich ganz sicher, aber dennoch hatte sie etwas Vertrautes, das ihn zweifeln ließ, ob tatsächlich nur eine Maschine dahinter steckte.

Konzentration! Das konnte er. All diese Fragen augenblicklich beiseite packen und nur noch an eines denken, das Schachbrett vor ihm auf dem Bildschirm. Per Zufallsgenerator wurde ausgelost, wer die weißen und wer die schwarzen Steine bekam. Die 64 Felder des Schirms leuchteten kurz auf und 24 von ihnen füllten sich mit Figuren. Jetzt erst bemerkte Marvin den kleinen hölzernen Kasten auf dem Tisch. Er schmunzelte. Man hatte doch tatsächlich zwanzig altertümliche Schachuhren aufgetrieben. Er durfte nicht vergessen, nach jedem Zug den Knopf zu drücken.

Alles andere um sich herum vergaß er sofort. Die Begrüßungsrede, die Zuschauermenge, seine Sorgen, die Aufregung, nichts davon war mehr in seinem Kopf. Nur noch das Schachbrett. Das hatte er schon als Kind gekonnt. Alles um sich herum ausblenden.

Er spielte konzentriert und merkte sofort, dass sein Gegner schwer einzuschätzen war. Er tat immer wieder etwas Unvorhergesehenes. Marvin hatte es sich nie so bewusst gemacht wie in diesem Moment. Es war ein Spiel. Ein Kampf, ja, das auch, aber eben auch ein Spiel. Etwas, was Spaß macht. Er konnte es spüren, dem Herausforderer ging es ganz genauso. „Ich will nur spielen." Natürlich, genau dieses Gefühl hatte er bei all den Partien an seinem PC gehabt. Hatte der unbekannte Herausforderer mit ihm trainiert? Warum? Konnte es wirklich so einfach sein? Aus purem Spaß? Oder steckte etwas ganz anderes dahinter?

Läufer von d5 nach f3. Der Gegner zieht als Antwort mit seinem Springer. Auch das hat Marvin nicht erwartet, oder doch? Beinahe launig setzte er seinen Läufer. Er denkt nicht mehr ans Gewinnen, das Spiel hat ihn gepackt. Hatte er da eben ein Lachen gehört, blechern und doch menschlich?

Auf sechzehn Bildschirmen war schon Ruhe eingekehrt, die Partien waren zu Ende. Marvin merkte nicht, wie einige der Zuschauer die verbliebenen Spieler umdrängten. Er hörte nichts und sah nichts außer dem Schachbrett. Er bekam auch nicht mit, dass er schließlich als einziger noch übrig war. Die Schachuhr tickte. Gewinnen konnte er nicht, aber mit einem Mal entdeckte er eine Möglichkeit für ein Remis. Nein, der nächste Zug seines Gegners vereitelte seinen Plan. Schach Matt. Marvin war dennoch in Hochstimmung. Selten hatte ihm eine Partie so viel Spaß gemacht. Es war unglaublich, was der Unbekannte drauf hatte. Zwanzig solche Spiele und das simultan. Wahnsinn! Voller Begeisterung sprang er auf, es war ihm ein Bedürfnis, dem Sieger zu gratulieren. Ohne auf die Absperrung zu achten, stürmte er hinter die Bildschirmwand, um dem Gewinner die Hand zu schütteln. Niemand hielt ihn auf. Mitten in der Bewegung erstarrte er, den Mund geöffnet wie zu einem Schrei, doch ohne einen Ton herauszubringen.

„Marvin, vergiss das Atmen nicht, es wäre schade um dich", hörte er es blechern von hinten klingen, während die Kreatur vor ihm sich langsam zu ihm herumdrehte.

Er hätte jetzt geschockt sein müssen, paralysiert angesichts dieses Wesens, das ihn aus riesigen Facettenaugen musterte und mit ihm sprach in einer Stimme, die nicht seine eigene war.

Alles, was mehr als vier Beine hat, ist Marvin seit jeher unheimlich. Hinter ihm waren einige der vorwitzigen Zuschauer, die sich durchgedrängelt hatten, in Ohnmacht gefallen. Man hörte Schreie und Kreischen. Er hätte nun Angst haben müssen, das Grauen hätte nach seinem Herzen greifen müssen, um es zum Stillstand zu bringen, doch er stand wie angewurzelt. Wie eine ins Riesenhafte vergrößerte Ameise mit sich sanft bewegenden Fühlern sah es aus. Marvin trat noch einen Schritt weiter auf den Turniersieger zu, wollte ihm die

Hand schütteln. Es kostete ihn weit weniger Überwindung, als er sich je hätte vorstellen können, das vielgliedrige Vorderbein, oder sollte er es doch einfach Arm nennen, zu berühren. Er erwartete, dass es ein wenig weh tun würde, doch die Berührung ist sanft, behutsam.

Marvin, sonst nie um Worte verlegen, wusste einfach nicht, was er sagen sollte. Auf eine seltsame Weise wirkte die grausige Kreatur traurig. Vielleicht war es auch der Gegensatz zwischen ihrem Körper und der Automatenstimme, die dieses Gefühl von Bedauern in ihm auslöste. Auch wenn dieser Schachspieler nicht annähernd so aussah, er hat etwas Menschliches an sich, etwas, das ihn tief in seinem Inneren anrührte.

„Gibt es noch mehr von euch?"

Er konnte nicht anders, er musste es wissen.

„Du stellst die richtigen Fra..."

Die Automatenstimme erstarb. Das Wesen aber nickte und bewegte dabei die Vorderbeine. Rang es die Hände? Marvin war hin- und hergerissen zwischen Neugier, Mitleid und Entsetzen. Tausend Fragen schwirrten ihm durch den Kopf, doch er konnte keine einzige mehr stellen. Unsanft wurde er von schwer bewaffneten Sicherheitskräften aus dem Gebäude gebracht.

Der Ameisenstaat ist keine Monarchie, sondern interaktive Selbstverwaltung.

War das noch Zufall? Das abgerissene Kalenderblatt zeigte den 24. Januar. Marvin grübelte.

Gab es wirklich noch mehr solcher Wesen wie den Schachmeister? Waren es Außerirdische? Waren sie die Insassen des Flugobjekts, dessen Existenz jemand mit aller Macht geheimhalten wollte?

Oder das Ergebnis geheimer Experimente? Waren sie ihren Schöpfern entkommen? Warum durfte niemand von ihnen wissen? Wollte man sie womöglich beseitigen? Waren deshalb all diese Bewaffneten im Gebäude nach dem Schachturnier? Brauchten sie vielleicht Hilfe? Seine Hilfe? Was konnte er tun? Ob er über seinen Rechner und das Schachprogramm Kontakt aufnehmen konnte?

Der blinkende Briefumschlag beim Hochfahren seines Rechners fehlte ihm. Der Unbekannte hatte sich nicht wieder gemeldet. Hatte man ihn vielleicht gefangen genommen? Oder gar getötet? Hatte man sich etwas ganz anderes erhofft und nun richtete sich die Kreatur gegen die, die sie erschaffen hatten? Marvin war kein Freund von Verschwörungstheorien. Es musste eine vernünftige Erklärung geben. Eine logische. Und er würde sie finden. Und dann wird er wieder mit dem Meister Schach spielen.

*„*K*annst du eigentlich Schach spielen?", fragte Lenya.*

„Mein Opa hat es mir mal gezeigt, aber ich bin mehr für Mühle zu haben", antwortete Lucia. „Und du?"

„Na ja, bedingt. Mein Bruder hat versucht es mir beizubringen als ich noch relativ jung war. Damals hab ich das Spiel zwar verstanden, aber er war natürlich immer besser als ich. Deshalb hab ich schnell die Lust daran verloren, aber jetzt spiele ich es schon gerne wieder öfter. Vielleicht findet sich ja mal jemand, außer einem Buch, der gegen mich antritt und es mir neu beibringt", sinnierte Lenya.

„Wer weiß, aber viel wichtiger ist nun, dass wir nachsehen, wer sich diese Geschichte ausgedacht hat. Ich hab sie auch schon gefunden. Grit Stange, Jahrgang 1964, verbrachte ihre Kindheit und Jugend in Thüringen. Sie studierte in Erfurt und Kaluga Deutsch und Russisch und lebt seit nunmehr über 30

Jahren als Wahl – Mecklenburgerin in Neubrandenburg. Vom Schreiben war sie schon immer fasziniert, genau wie vom Lesen, doch erst seit ihre beiden Kinder erwachsen sind, findet sie genug Zeit, um ihrem Hobby intensiver nachzugehen und all die ungeschriebenen Geschichten zu Papier zu bringen, sofern nicht die Katze auf der Tastatur liegt", endete Lucia lachend.

„Wie sehr ich ihr nachfühlen kann. Wenn die Katze wo liegt, bewegt man sich nicht mehr. Und wenn die Katze beschließt, du darfst jetzt nicht mit der Tastatur arbeiten, dann darfst du mit der Tastatur nicht arbeiten. Meine ist genauso."

Lenya stimmte in Lucias Lachen mit ein.

„Ganz genau. Katzen eben. Ich glaube die sind alle gleich. Meine hilft auch gerne beim NICHT arbeiten."

Kapitel 9

*W*ährend Lucia hochgestreckt an einem Regal stand, weil sie eben ein Buch zurückstellte, konnte sie ein Stupsen an ihrem Bein fühlen.

„Oh, was trägst du denn da mit dir herum?"

Sie wollte dem Buch die Rolle die es zwischen den Seiten trug abnehmen, doch das Buch hüpfte vor ihr her zu ihrem Schreibtisch.

„Lenya, sieh mal was uns das Buch da bringt. Ist das eine Schriftrolle? Ob die wichtig ist?"

Die Schattenelfe hob den Kopf, um zu sehen, wovon die Kleinelfe sprach. Tatsächlich apportierte ein Buch eine Schriftrolle zwischen den eigenen Seiten.

Beim Schreibtisch von Lucia angekommen blieb es stehen und übergab sie ihr brav. Lucia nahm sie an sich und entrollte sie.

„Scheint Schicksal zu sein, dass das Buch sie gefunden hat. Hör mal, ich lese sie dir vor."

Noch immer fasziniert davon, dass das Buch überhaupt etwas tragen konnte, nickte Lenya und wartete auf den Text, den ihr Lucia vortrug:

Schicksal

von A. Elfe D.

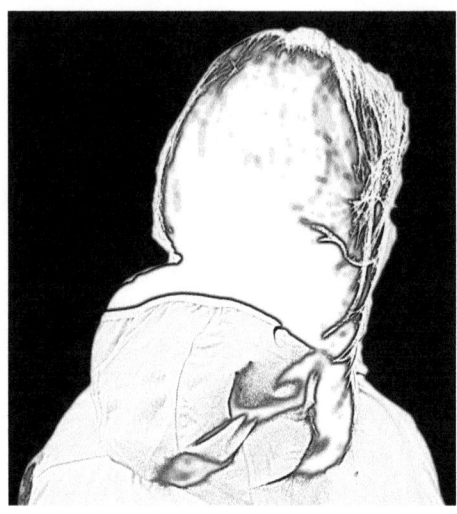

Ein trauriges Lächeln umspielte die elfischen Lippen,
Das Leben trieb zwischen schier unüberwindbare Klippen.
Vielleicht gab es da draußen einen Weg zurück,
Einen Weg der in diesem Leben führte zu gemeinsamem Glück.

Doch glaubte wohl keiner der beiden mehr daran,
Die Weite der restlichen Welt zog sie nun in ihren Bann.
Jeder sollte seine wahre Liebe auch in diesem Leben finden,
Glücklich sein und tanzen unter alten Linden.

Die Wege der beiden begannen sich zu trennen,
Sie wünschten sich Glück, mögen ihre Herzen für Neues brennen.

Doch die Freundschaft würde auf ewig halten,
In diesem, in den nächsten Leben, so wie stets in vorhergegangenen Alten.

Das Schicksal würde sie wieder zueinanderführen,
Die Magie ein Band zwischen ihren Wegen schnüren.
Vielleicht Seite an Seite auf dem Schlachtfeld mit dem Schwert in der Hand,
Vielleicht in diesem, einem fremden oder unbekannten Land.

In jedem Leben gingen sie ein Stück gemeinsam ihren Weg,
Manchmal in Liebe, doch meist in Freundschaft betraten sie den Lebenssteg.
Nun war es wieder an der Zeit sich zu trennen,
Wie immer, war es schön gewesen, sich zu kennen.

Ein Lebewohl für immer kann es nicht bleiben,
Eine neue Geschichte von ihnen würde die Lebensfeder schreiben.
Ein trauriges Lächeln umspielte die elfischen Lippen,
Noch einmal drehte sie sich um und sah zurück zu den fernen Klippen.

Ein altes, überliefertes, elfisches Lied
aus der Zeit vor den großen Elfenkriegen
zwischen Licht- und Schattenelfen
in Krigir.

„Ja sieh mal an, sie kann auch Poesie! Fanclub ich sags ja!"

Lucia war schon wieder am begeistert herumspringen.

„Und ich sagte schon vorhin, als wir die Kurzgeschichte gelesen haben, dass du auf dem Teppich bleiben sollst.", erwiderte Lenya zuerst sichtlich genervt.

Dann aber musste sie doch lachen, als sie Lucia ausgelassen umherhüpfen sah. Sie hatte ja recht, aber mitspringen würde Lenya sicher nicht.

Lenya dachte noch immer, von der Schriftrolle inspiriert über ihr Schicksal nach, bis ihr plötzlich auffiel, dass sie gar nicht wusste, wie sie überhaupt zu der Schriftrolle gekommen waren. Da war doch irgendetwas, das sie gebracht hatte.

„Sag mal Lucia. Woher kam eigentlich die Schriftrolle so plötzlich?"

Die Kleinelfe sah sie verständlichlos an, bis ihr etwas einfiel.

„Stimmt die wurde uns doch gebracht. Jetzt wo ich näher darüber nachdenke fällt mir ein, dass ich beim Regal da hinten angestupst wurde. Da war doch ein Buch. Aber welches war es? Kannst du dich erinnern? Und vor allem wo ist es?"

„Keine Ahnung", überlegte die Schattenelfe und blickte dann vor den Schreibtisch ihrer Kollegin.

Dort lag versteckt ein Buch am Boden.

„Ah schau mal ... Äh, was wollte ich gerade sagen? Sorry hab es vergessen."

„Kein Ding. Wenn es wichtig war, fällt es dir schon wieder ein. Sag mal worüber haben wir eigentlich gerade gesprochen?"

Lenya zuckte mit den Schultern, um zu zeigen, dass sie auch keine Ahnung mehr hatte.

Einige Zeit später sah Lucia von ihrer Arbeit auf und fragte Lenya: „Sag mal Lenya, weißt du noch woher wir die Schriftrolle über das Schicksal hatten? Hat die nicht ein Buch gebracht."

„Stimmt da war was, aber ich kann mich nicht mehr so genau daran erinnern."

Wiederum einige Zeit später blickte Lenya Lucia an und begann zu sprechen: „Lucia, ich muss dich etwas fragen. Weißt du noch woher die Schriftrolle vorhin kam? Ich bin mir nicht mehr sicher."

Nun doch etwas stutzig antwortete die Kleinelfe: „Moment haben wir dieses Gespräch nicht schon mal geführt. Und ich glaube nicht nur einmal. Warte! Stopp! Ich spreche einen Antivergessenszauber ... "

In die Augen der beiden Bibliothekarinnen kam die Erkenntnis und sie fanden sofort den Übeltäter vor Lucias Schreibtisch am Boden liegend.

„Na warte du Frechdachs. Jetzt musst du uns aber schon näher in dich hinein lesen lassen", lachten die beiden, nachdem ihnen ihre Gespräche in der letzten halben Stunde wieder einfielen:

Fluss des Vergessens

von Nicole Kunkel

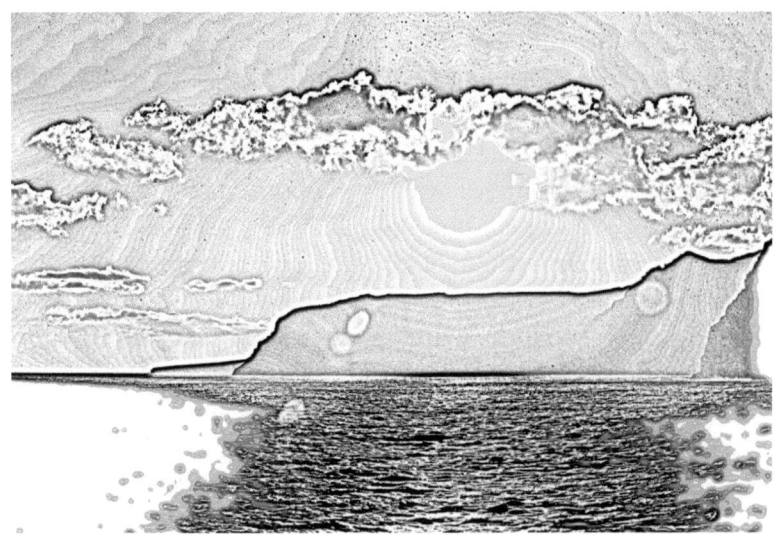

ANA RHYNN – Fluss des Vergessens

*erzählt von „Nana" Helen Alva aus dem Buch „WYRD –
Fäden des Schicksals"*

Das ist die Geschichte von Ana Rhynn, dem Fluss des
Vergessens und seinem Wächter Ona Søl, besser bekannt als
der einsame Fährmann. Jeder war schon einmal an diesem
Fluss, ist durch die schwerelose Tiefe geschwommen, um am
Ufer unserer Welt in einem neuen Leben aufzutauchen. Doch
niemand erinnert sich, denn Ana Rhynn ist die Hüterin des

Vergessens. Ihr Wasser umspült und vereint Tod und Leben, trennt und verbindet unsere Welt, die genau in der Mitte aller liegt, mit den Anderswelten. Die unteren, die oberen und alle Zwischenwelten enden und beginnen an ihrem Flusslauf, der sich wie eine riesige Schlange durch die Ewigkeit windet. Auf ihrem Wasser rudert und herrscht Ona Sôl, der einsame Fährmann, an dem keine noch so willensstarke Seele vorbeikommt, ohne von Ana Rhynns Vergessen getrunken zu haben. Alle Wesen fürchten ihn und die, deren Schicksal durch schreckliche Qualen mit seinem verbunden ist, werden seiner Gestalt in ihren Albträumen immer wieder begegnen, selbst wenn sie mit Gier vom Vergessen getrunken haben. Manche Spuren lassen sich nicht auslöschen, auch nicht mit dem reinen Wasser Ana Rhynns.

Doch diese umspülten Erinnerungen sind tückisch. Abgetrennt vom Selbst liegen sie unter der Oberfläche. Schwer zu greifen und verzerrt brechen sie manchmal aus dem Unterbewusstsein hervor und ziehen alles in ihren Strudel.

Ich war neun Jahre alt, als meine Bestimmung mich rief. Es war unter der alten Weide am Moselufer, wo ich zu dieser Zeit jeden freien Nachmittag verbrachte und mich meinen Tagträumen ohne Tadel und Strafe hingeben konnte. Die Stimme berührte jede Faser meines Körpers, weil ich sie nicht mit den Ohren hörte. Es war eher wie ein Gefühl. Ein sehr altes und äußerst starkes Gefühl, das mich packte und seither nie mehr losgelassen hat. Die Stimme war so sanft wie das beruhigende Säuseln eines Waldbaches in zu heißen Sommernächten. Ich wusste weder, wer sie war, noch woher sie kam, aber ihre Melodie verdrängte meinen Schmerz, erfüllte mich mit Hoffnung und mir war, als würde ich sie schon ewig kennen. Sogar den Wundschmerz auf meinem Rücken zauberte sie weg, obwohl die Striemen diesmal wirklich tief waren. Bruder Hans hatte am Vorabend ganze Arbeit mit der Dornenpeitsche geleistet. Die Strafe fürs Tagträumen während des Gottesdienstes betrug zu dieser Zeit neun Hiebe, aber da ich zum dritten Mal in Folge in der Kirche geistig abwesend gewesen war, erhielt ich die dreifache Anzahl mit doppelter Wucht.

„Mögen die Dämonen dich nun endlich verlassen", hatte Bruder Hans gesagt und um auf Nummer sicherzugehen, „weihte" er meinen geschundenen Körper anschließend noch mit seinem „heiligen Samen".

Das Flusswasser der Mosel brannte auf meiner zerschundenen Haut, aber ich musste den Dreck der letzten Nacht loswerden, mich reinwaschen, damit ich wieder richtig atmen konnte. Die Mosel hatte schon so einiges von meinem Körper gespült, aber den Unrat loszuwerden, der meine Seele beschmutzte, bedurfte einem weitaus längeren Ritual, das ich nur in meinen Gedankenreisen unter der alten Weide zustande brachte. Die Sonne stand an diesem Tag tief und heiß am Sommerhimmel, weshalb ich mir keine Sorgen um mein nasses Kleid machte. Es würde schnell trocknen und mich dabei wenigstens ein bisschen kühlen. Bevor ich meine Gedanken auf Reisen schickte, um dort auch die Wunden meiner Seele zu versorgen, setzte ich mich ans Ufer in den Schatten der alten Weide. Es war ein magischer Ort durchtränkt von Geborgenheit und Kräften, die mir guttaten. Ohne dass ich wusste, warum, fühlte ich mich mit dieser Weide verbunden. Ich lehnte mich mit meinem schmerzenden Rücken gegen ihren dicken Stamm, nahm einen tiefen Atemzug ihrer herrlich feuchten Luft und schloss die Augen.

Das Flüstern der Blätter trug mich auf sicheren Schwingen in die Traumwelt hinüber und ich seufzte vor Erleichterung, als ich die Schmerzen nur noch als dumpfes Pochen von weit weg wahrnahm. Das war ein sehr willkommener Nebeneffekt meiner Tagträume. Über die Jahre wurde ich immer besser darin, meinen Geist vom Körper loszulösen und in ferne

Welten einzutauchen. Hin zu mystischen Orten meiner Zuflucht, an denen mich kein Leid plagte.

An diesem Tag brachte mich die Weide an einen neuen, mir unbekannten Ort mit wundersamen Farben und Gerüchen, die meine Sinne betörten. Noch nie hatte ich ein solch intensives Grün gesehen und gerochen. Der Duft dieses Urwaldes war eine Mischung aus frischgemähter Sommerwiese und Tannennadeln, nur tausendmal stärker, als würde ich sein Konzentrat einatmen, während kühles, weiches Moos meine Füße wie auf Wolken trug. Eingebettet in dieses paradiesische Grün ruhte ein gigantischer Fluss, der weder Anfang noch Ende zu besitzen schien. Seine unendliche Tiefe färbte das Wasser an manchen Stellen schwarz und die Strömung war kaum wahrnehmbar, so dass der Flusslauf wie ein riesiger See wirkte, der sich durch die Landschaft schlängelte, als wollte er jede einzelne Pflanze an seinen Ufern miteinander verbinden.

Ich lief zu einer Weide, die aussah, wie die, an der ich meinen Körper zurückgelassen hatte, mit dem Unterschied, dass diese hier um ein Vielfaches größer war. Zwischen ihren Blättern tanzten Leuchtpunkte wie von bunten Glühwürmchen. Beim Betrachten wurde mir ganz schwindelig und ich senkte meinen Blick. Was ich dann sah, erschütterte mich mehr als alles, was Bruder Hans mir bis dahin angetan hatte. In meinen Traumwelten gab es so etwas nur sehr selten. Weder Schmerzen noch Tod oder Traurigkeit, und wenn doch, fand ich immer einen Weg, es zu heilen. Hier gab es nur Happy Ends, kein Drama. Die schönsten Kreaturen bevölkerten diese Welten, die vor Leben nur so sprühten. Besonders liebte ich die bunten Riesenschmetterlinge, die wie Elfen alles in ihren wundersamen Zauber tauchten.

In einem alten Indianerbuch, das ich hinter einem losen Stein im Klostergemäuer meines Zimmers versteckt hielt, hatte ich gelesen, dass Falter die Seelen der Verstorbenen zum Himmel tragen. Noch heute erfüllen sie mich mit Wärme und

Geborgenheit, wenn ich ihnen begegne. Damals schenkten sie mir das Gefühl, meinen Ahnen und meinen Eltern, die ich nie kennenlernen durfte, nahe zu sein. Gerade deshalb zerriss mir dieser Anblick fast das Herz. Am Fuße der Weide lag ein Schmetterling im Moos. Es war der Größte, den ich jemals gesehen hatte. Das blaue Leuchten seiner Flügel pulsierte wie das Licht einer zu schwachen Taschenlampe und erlosch mit jedem verzweifelten Schlag mehr. Ich eilte zu ihm und hob ihn vorsichtig auf. Dazu brauchte ich beide Hände, die seine gigantischen Flügel noch überragten. Behutsam und mehr mit einem Hauch als einem Kuss, berührte ich seinen sterbenden Körper. Auf diese Art konnte ich alles heilen, zumindest in meinen Träumen, in denen bisher immer alles möglich war, was ich mir vorstellen konnte. Diesmal funktionierte es allerdings zum ersten Mal nicht. Das Licht des Schmetterlings erlosch, seine Flügel erschlafften und die schönen Farben verblassten zu einem ausgewaschenen Weiß. Tränen liefen über meine Wangen. Der Schmerz in meinem Inneren kehrte mit einem Schlag zurück und wütete so stark wie nie zuvor. Ich ignorierte ihn. Alles, was für mich in diesem Moment zählte, war der magische Schmetterling. Ich hielt seinen leblosen Körper weiter in meinen zitternden Händen, als läge das Wertvollste aller Welten darin und konzentrierte mich auf meine innere Kraft. Nichts. Verzweiflung schnürte sich um meine Brust.

Wieso kann ich ihn nicht retten? Das ist doch mein Traum und da ist alles möglich. Hier bin ich stark. Hier kann ich alles und jeden heilen. Warum klappt es nicht? Was ist jetzt bloß anders, fragte ich mich. *Warum schaffe ich es nicht?*

Hilfesuchend wandte ich meinen tränenverschleierten Blick nach oben in das Blätterdach der Weide. Das Glühwürmchen-Leuchten war heller als zuvor und sie strahlten dasselbe Licht aus, das den Schmetterling erfüllt hatte, als er noch lebendig war.

Das ist es! Ich muss ihm sein Licht zurückgeben!

Diese Eingebung kam, wie angeflogen und ich wusste, dass es die Richtige war, als sich die Leuchtpunkte zu einem Schwarm versammelten und wie eine lebendige Lichterkette zum Fluss schwebten. Nach und nach tauchten sie ins Wasser und verzauberten die schwarzblaue Tiefe mit ihrem mystischen Schimmer. Wie ferngesteuert trug ich den toten Falter zum Fluss, und als ich ihn ins Wasser tauchte, explodierte ein Feuerwerk aus weißblauem Licht in meinen Händen. Die schlaffen Flügel saugten das Wasser samt Farbe in sich auf und begannen kurz darauf wieder zu schlagen. Ein Jubelschrei der Freude und Erleichterung stolperte aus meinem Mund, als der blaue Falter in voller Pracht von meinen Händen abhob, aus dem Wasser tauchte und flussaufwärts davonflog.

Das war der Moment, indem die Stimme zum ersten Mal nach mir rief.

„Folge mir, mein Kind des Lichts. Vergessen sollst du nichts. Die Welten und der Fährmann brauchen dich", bedeutete ihr Rufen, das ohne Worte in der alten Sprache durch mein Inneres strömte.

Seltsamerweise verstand ich alles, als hätte mein Körper schon immer auf diese Art und Weise kommuniziert.

Erst hatte ich angenommen, die Stimme hätte den Falter gerufen und nicht mich.

Kind des Lichts? Die Welten und der Fährmann brauchen dich?

Damit kann nicht ich gemeint sein, dachte ich. Aber ich irrte mich, denn das Rufen in meinem Inneren wurde immer drängender, obwohl der Schmetterling schon längst hinter dem Horizont verschwunden war. Alles, was ich noch von ihm sah, waren zwei eisblaue Lichtpunkte, die in der Ferne durch den Nebel des Wassers leuchteten wie Augen, die mich fixierten.

Nein, sie leuchten mir den Weg. Da muss ich hin. Diesen Lichtern muss ich folgen.

Das wusste ich intuitiv. Wie viel mehr des alten Wissens noch in mir verborgen lag, und was ich auf dieser Reise alles erfahren würde, ahnte ich da noch nicht. Auch nicht, wem die beiden blauen Augenlichter eigentlich gehörten.

Mit jedem Schritt, mit dem ich dem Leuchten und damit dem Flusslauf folgte, fand ich mehr von einem Wissen, das uralt und tief verborgen direkt vor meiner Nase lag. Es war, als würde dieser Ort Teile in mir erhellen, die bis dahin von Finsternis überschattet waren. Fast so, als hätte ich all das alte Wissen schon immer in mir getragen, nur dass es im Dunkeln lag, mit samt seinem geballten Potenzial.

Je weiter ich dem Fluss folgte und die Ur-Luft einatmete, umso mehr erwachte in mir, während mein bisheriges Selbst mit all seinen Problemen und Lasten sich aufzulösen schien. Mir war beinahe schwerelos ums Herz. Unbekümmert und rein, wie ein Neugeborenes fühlte ich mich. Mit jedem Atemzug und Schritt kam mir alles leichter vor. Und so spürte ich weder Angst noch Zweifel, als ich das vereiste Boot des Fährmanns entdeckte, das genau an der Stelle des Horizonts auftauchte, wo die beiden Lichter mir den Weg gezeigt hatten und den Nebel durchschnitten. Es waren tatsächlich zwei Augen, aber nicht die des Fährmanns, denn der hatte keine. Eine Binde aus Eis-Fäden bedeckte seine leeren, dunklen Augenhöhlen. Einige der Fäden waren so lang, dass sie von Weitem wie ein weißer Bart aussahen, der alles war, was unter der schwarzen Kapuze seines Umhangs zu sehen war. Die Leuchtaugen gehörten dem Totenschädel eines Hirschs, der an der Bugspitze des Bootes aufgespießt war. Knochenstücke zierten auch den Umhang des Fährmanns und aus der Kapuze ragte ein ebenso prachtvolles Geweih wie das des Hirschkopfes am Bug des Schiffes. An allem hingen dünne Fäden aus Eis, die aussahen wie frostummantelte Spinnenweben. Der Fährmann neigte den Kopf und ich spürte eine Welle aus Leid, die mein Inneres flutete. Mein Schmerz, nur tausendfach stärker und so allumfassend, dass er mich in die Knie zwang. Gewaltige, unsichtbare Kräfte tasteten und zerrten an mir und es fühlte sich an, als würde ich jeden Augenblick in tausend Stücke zerreißen. Ich stöhnte und versuchte, mich aufzurappeln, ließ aber dabei den Fährmann nicht aus den Augen. Er machte mir keine Angst, im Gegenteil, sein Anblick beruhigte und tröstete mich. Irgendetwas tief in mir wusste, dass bei ihm meine Bestimmung lag. Die Antworten und das Leben, nach dem ich gesucht hatte. Er konnte meiner verlorenen Seele Heimat geben.

Alles war richtig, obwohl es sich doch hätte falsch anfühlen müssen, weil alles gleichzeitig auch so anders war. Eine große Veränderung stand mir bevor. Das war es, was mir angst machte, nicht der Fährmann und sein Geisterboot.

„Heilung", hauchte die Stimme in dieser uralten, melodischen Sprache, die mehr Fragen als Antworten für mich hatte.

Die Lichteraugen im Hirschschädel leuchteten auf und der Schmerz in meinem Inneren explodierte. Übelkeit überrollte mich. Ich bohrte meine Finger ins feuchte Moos, wimmerte und würgte, bis die Wellen aus Pein nachließen. Dann kroch ich näher zum Wasser und richtete meinen Blick wieder auf den Fährmann, der noch immer auf seinem Boot am Flussufer stand. Ich streckte meine Hand nach ihm aus, aber er wich zurück und hielt seinen Kopf nur noch schiefer, als wäre ich ein unbekanntes Wesen einer ihm fremden Welt. Das stimmte ja irgendwie auch. Das hier war seine Welt. Wo meine war, wusste ich nicht mehr. Sie schien Lichtjahre entfernt. Der mysteriöse Mann war mir alles andere als fremd, aber ich wusste nicht, woher ich ihn kannte.

Ob er mir schon einmal im Traum erschienen ist? Das muss es sein, dachte ich.

Er berührte mich tief in meinem Inneren und löste Emotionen in mir aus, die ich noch nie gefühlt hatte.

Ich war ein sehr neugieriges Kind, wollte immer alles wissen, vor allem über die verbotenen Dinge, die Bruder Hans als Hexen- und Teufelswerke bezeichnete. Für diese Dinge war ich Feuer und Flamme und brachte genau die Begeisterung dafür auf, die Bruder Hans sich im Bibelunterricht bei mir gewünscht hätte. So war es nicht verwunderlich, dass mich der geisterhafte Fährmann anzog wie die Motten das Licht. Es war nicht nur Neugier, oder gar Mitleid, was ich empfand, das weiß ich heute. Dieser ganze Ort, der Fluss, die Magie, all das weckte etwas Großes und sehr Altes in mir auf. Als ich den Fährmann traf, den einsamen Wächter dieser Welt, verlangte dieser neu erweckte Teil in mir nach ihm, als wäre er die Antwort auf meine vielen Fragen. Wie magisch zog es mich zu ihm und deshalb streckte ich ihm weiterhin meine Hand entgegen. Doch er stand nur bewegungslos auf seinem Boot und machte keine Anstalten, sie zu ergreifen.

Die alte Melodie der Stimme, die mich gerufen hatte, ertönte wieder und zeigte mir Bilder des blauen Schmetterlings. Quicklebendig tanzte er durch die Lüfte vor meinem inneren Auge. Meine Schmerzen verebbten und ein wohlig warmes Glücksgefühl durchströmte mich.

„Der Tag ist gekommen, da das Schicksal uns zusammenführt und neue Wege ebnet", sagte die Stimme anscheinend nicht nur in meinem Kopf.

Der Fährmann schien sie auch zu hören, denn er sah sich fragend um.

„Wer ist dieses Kind? Warum hat es keine Angst vor mir?", meldete sich eine andere Stimme in meinen Gedanken.

Sie war nicht so alt wie die, die mich gerufen hatte, sprach aber in derselben Ur-Sprache, die fast nur aus Bildern, Tönen und Zeichen bestand und in meinem Inneren nachhalle. Auch ihre Melodie war anders. Tiefer, düster, irgendwie gebrochen und ich wusste, dass es die des Fährmanns war.

„Nein, ich habe keine Angst vor dir. Ich bin Helen, Helen Alva."

Noch während ich das zu ihm sagte, sprang er von seinem Boot. Mein Mundwerk und die Tatsache, dass ich ständig alles aussprach, was ich dachte, ohne darüber nachzudenken, hatte mich schon oft in Schwierigkeiten gebracht, aber ich war noch immer unbesorgt.

„Du kannst mich hören?", fragte er in meinem Kopf.

In seiner Stimme schwangen jetzt hohe Töne der Aufregung mit. Ich nickte und tippte gegen meine Schläfe.

„Ja. Hier drin höre ich dich."

Jetzt war es der Fährmann, der in die Knie ging. Er sank direkt vor mir in den Sand. Die Knochen an seinem Umhang klapperten und ein eisiger Hauch wehte von seinem verhüllten Gesicht in meins, als er nach meiner Hand griff. Seine Finger waren lang, dünn und blau angelaufen. Trotzdem fühlten sie sich unerwartet heiß an. Unsere Hände glühten in der Berührung. Die Luft darum dampfte und zischte, aber keiner von uns ließ die Hand des anderen los. Der Fährmann schien das Glühen und die Hitze gar nicht zu bemerken. Er war in meine Gedanken, in meine Welt abgetaucht. Das spürte ich, auch wenn ich nicht wusste, wie er das anstellte. Dann geschah etwas noch Seltsameres. Das blaue Leuchten der Hirschaugen zersprang in tausend kleine Lichtkügelchen, die auf uns zu schwebten. Sie umhüllten mich und den Fährmann wie eine Decke aus Lichtern, die im Takt meines Herzens pulsierten. Für einen Moment, der mir wie eine Ewigkeit vorkam, stand die Zeit still. Es war fast, als würde sie rückwärtslaufen und mir wurde wieder schwindelig.

„Du bist stark. Bleib hier. Sieh mich an", sagte der Fährmann und drückte meine Hand noch fester.

Erst jetzt sah ich, dass er keine Zunge hatte. In seinem Mund klaffte dieselbe Leere wie in seinen Augenhöhlen. Die Schwärze starrte mich zwischen den Eis-Fäden hindurch an. Er bewegte tonlos seine Lippen und doch erreichte jedes Wort von ihm meine Gedanken.

„Armes Kind. Deine Seele ist rastlos, so wie meine. Deshalb bist du hier und kannst mich hören. Nur die, deren Schicksal mit dem meinen eng verbunden sind, vermögen das. Die anderen fürchten mich und meinen Schmerz. Du bist die Erste, die keine Angst hat."

Er hielt inne und ich spürte wieder diese Kraft, die in meinem Inneren herumtastete und zerrte. Den Fährmann schien es enorme Kraft zu kosten, in meinen Gedanken herumzuwandern, denn er stöhnte, ließ meine Hand jedoch nicht los. Die Eis-Fäden, die über seine Augenhöhlen hingen, begannen zu tropfen, aber es war kein Wasser. Blut lief über sein Gesicht, als würde er dunkelrote Tränen weinen. Ich drückte seine Hand, die noch genauso glühte wie meine, aber angefangen hatte zu zittern.

„Was ist mit dir, Fährmann?"

Er japste nach Luft und stieß einen kehligen Seufzer aus.

„Dein Schicksal ist ein schweres, Kind. So qualvoll dein Leben", stöhnte er in meinem Kopf.

Dann rappelte er sich ruckartig auf und zog mich an meiner Hand auf die Füße.

„Komm und trink", bedeutete er mir und zeigte auf den Fluss.

„Das Wasser Ana Rhynns wird deine Schmerzen heilen. Trinke aus dem Quell der großen Göttin, die deine Seele reinwäscht und tauche tief hinein in ihr Vergessen. Erwache auf der anderen Seite in einem neuen Leben."

Ich schüttelte den Kopf.

„Nein. Das geht nicht", sagte ich, aber der Fährmann zog mich ins Wasser.

Ich wehrte mich, wollte mich aus seinem Griff lösen, aber meine Hand klemmte in seiner wie in einem Schraubstock.

„Nein! Lass mich los! Das kann ich nicht. Ich muss in mein altes Leben zurück. Meine kleine Schwester braucht mich. Ich kann Gabi nicht allein im Kloster zurücklassen. Nicht bei Bruder Hans. Was, wenn er ihr wehtut, so wie mir? Nein, das kann ich nicht zulassen", widersprach ich und wehrte mich heftiger gegen seinen Griff.

„Du bist eine Närrin! Nach allem, was ich gesehen habe, verehrt Gabriele diesen Bruder Hans mitsamt seinen verrückten Predigten. Sie ist anders als du. Zu viel Wind beherrscht sie. Nichts Gutes geht aus ihrem Handeln hervor. Dafür bist nicht du verantwortlich. Sie wird ihren Weg gehen, ob mit oder ohne dich."

„Nein. Ich bin alles, was Gabi noch hat. Sie ist nicht böse. Das Kloster ist es und sie braucht mich", sagte ich mit dem trotzigsten Ton, den ich aufbringen konnte, aber es nützte nichts.

Der Fährmann zog mich weiter in die Tiefe und streckte seine freie Hand nach dem langen Knochenstab aus, der dem Boot als Ruder diente. Wie von einem großen Magneten angezogen schwebte der Stab in seine Hand und begann zu leuchten.

„Du musst vergessen. Niemand verlässt die Ufer Ana Rhynns mit Erinnerungen, auch nicht deine störrische Seele", sagte er und tauchte das Ende seines Stabs ins Wasser, das sich daraufhin zu einem Strudel zusammenballte.

Ich starrte auf den Tornado im Wasser, wich aber nicht zurück. Er konnte mir damit keine Angst machen. Das war doch mein Traum und da steuerte ich, was geschah und was nicht. Ich wollte nicht glauben, dass es diesmal anders war. In dieser Welt war mein Wille stark, davon war ich nach wie vor fest überzeugt. Mein Verhalten oder meine Gedanken verwirrten den Fährmann, denn er sah mich mit seinem leeren Blick an, neigte den Kopf und in seinen Worten lag ungeduldiger Zorn.

„Keine Spur von Angst, kein Wunsch, dein Leid zu vergessen. Kein Gehorsam. Wer bist du, Helen Alva, dich dem ewigen Kreislauf und den Regeln der Welten zu widersetzen?"

„Ich bin nur ein Kind. Ich kann und will nichts vergessen. Dafür weiß ich noch zu wenig. Die Regeln sind immer das Problem. Ständig heißt es ,mach dies' und ,lass jenes bleiben'. Aber egal, was ich tue oder nicht, die Strafe kommt sowieso. Deshalb bin ich doch hier. Das ist mein Traum und da bestimme ich die Regeln."

Der Fährmann lachte. Das kitzelte in meinem Kopf, so dass auch ich lachen musste. Schnell schüttelte ich den Kopf und legte wieder die für diese Situation angemessene finstere Miene auf. Wenn ich gekonnt hätte, hätte ich zur Untermalung meines Widerwillens beide Hände in die Hüften gestemmt, aber eine steckte noch immer im festen Griff des Fährmanns und die Geste wirkte nur halb so dramatisch.

„Eine Seele wie die deine ist mir noch nie untergekommen. Sei doch vernünftig. Vergessen ist gut, denn es bedeutet Heilung. Das Ende der Qualen und Neubeginn", sagte er und zog mich zum Strudel, der inzwischen in allen Farben des Regenbogens leuchtete.

Ich versuchte weiter, meine Hand aus seiner zu befreien. Vergeblich. Er war zu stark. Meine Gedanken wirbelten durcheinander, als ich verzweifelt nach einer anderen Taktik in meinem Kopf suchte und der Sog des Wassers meinen Körper bereits zu umklammern begann. Im letzten Moment bekam ich ein Bild zu fassen.

Der Fährmann muss es in meinem Kopf zurückgelassen haben, als er sich darin umgesehen hat, schoss mir durch den Kopf.

Ich griff im Geiste nach dem Bild, um die Szene darin zu betrachten und erstarrte. Ohrenbetäubend laute Schreie der Verzweiflung hallten an mein inneres Ohr und ich hatte das Gefühl, jeden Moment zu ersticken.

Ich sah das blutverschmierte Bild eines jungen Mannes, der gefesselt auf einer Folterbank lag. Sein muskulöser Körper war übersät von tiefroten Kratern, an deren Rändern seine Haut in langen Fetzen herunterhing. Blut lief aus seinen leeren Augenhöhlen, während eine schattenhafte Gestalt in Mönchskutte ihm auch noch die Zunge herausschnitt.

„Damit du nie wieder den Namen des Herren beschmutzt, du Ketzer", sagte der Mönch.

Ich dachte, mein Kopf würde in tausend Stücke zerspringen, als die Schreie, die von hinten kamen und einer Frau gehören mussten, durch die Folterkammer und meinen Kopf hallten.

Der Fährmann ließ meine Hand los, als hätte er sich an mir verbrannt. Das grausame Bild erlosch und die Schreie verstummten. Tränen rannen über mein Gesicht und tropften in den Fluss. Der Strudel verschlang jede Einzelne und trug sie mit in die Tiefe des Vergessens. Zurück blieb ein kaum zu ertragender Schmerz, der in meinem Hals brannte wie ein großes Stück glühender Kohle, das ich nicht hinunterschlucken konnte.

Mit wehendem Umhang, an dem die Knochenstücke aufgeregt klapperten, trat der Fährmann einen Schritt vor und stand nun mitten im Strudel. Aber die Strömung ignorierte ihn. Wie ein Fels stand er da, während sein Umhang die Wasseroberfläche wie einen Knochenteppich bedeckte. Mit gierigen Schlucken trank der Fährmann von dem Wasser, während das Blut aus seinen Augenhöhlen im Strudel verschwand, der nun in den Farben der untergehenden Sonne leuchtete.

Hoffentlich geht jetzt nicht in der wirklichen Welt auch die Sonne unter, dachte ich voller Sorge.

Denn, wenn dem so war und ich noch immer unter der alten Weide an der Mosel hocken würde, anstatt betend auf meinem Zimmer im Kloster, bedeutete das für mich mindestens eine Woche Arrest im Kerker bei Wasser und Brot.

„Ona Ana, ona sôl, ona meya lugna, me hava rhynn, ever rhynn, dyn eyldjer ziten. Rhynń, rhynn, rhynn", zitierte der Fährmann mit melodischer Stimme, die diesmal direkt aus seiner Kehle zu kommen schien.

Ich wunderte mich nicht mehr, dass ich die Bedeutung jedes einzelnen Wortes verstand. Sie bestanden aus purer Magie, der Urkraft des alten Glaubens, den ich, während meiner Reise immer besser zu verstehen gelernt hatte.

„Ohne Ana, ohne Sonne, ohne mein Licht, muss ich vergessen, ewig fließen zwischen alten Zeiten. Vergessen auf dem Fluss des Vergessens, fließen, vergessen", bedeutete dieser Schwur, wobei das Wort *Rhynn* je nach Betonung entweder *Vergessen* oder *Fließen* oder auch *Fluss* heißen konnte.

Wenn man das *N* am Ende mit brummendem Ton in die Länge zog, bedeutete es sogar beides gleichzeitig, so wie im Namen des Flusses *Ana Rhynn - Fluss des Vergessens.*

„Wer ist Ana? Ist das die Frau, die so geschrien hat in der Folterkammer", wollte ich vom Fährmann wissen.

Er trank immer noch vom Flusswasser, als ginge es um sein Leben und reagierte nicht auf meine Fragen. Das machte mich zornig, weil er mich in diesem Moment an Bruder Hans erinnerte, der auf ähnliche Weise literweise Wein in sich hineinschütten konnte, bevor er mein Zimmer aufsuchte. An diesen Abenden war er immer besonders grausam. Also packte ich den Knochenumhang des Fährmanns und zog mit aller Kraft, die ich aufbringen konnte, daran.

„Hör auf damit", schrie ich ihn an.

Er hielt tatsächlich inne und drehte sich nach mir um.

„Du wagst es, mich zu stören? Das heilige Ritual darf niemals unterbrochen werden. Es hat ohnehin bereits an Kraft verloren. Das Vergessen wird immer schwächer. Vergessen ist wichtig. Warum leuchtet dir das nicht ein? Komm her, Kind und trink. Danach wird es dir besser gehen. Für dich reicht die

Kraft vollkommen aus. Sie wird jede Qual in dir auslöschen. Komm her und koste von der heilenden Frische des Vergessens."

Er reichte mir seine Hand, aber ich ergriff sie noch nicht.

„Erst sagst du mir, wer Ana ist."

„Du stehst in ihr, Kind, im Wasser von Ana Rhynn, dem Fluss des Vergessens. Sie ist die große Mutter, die weise Mondin, die alle Schmerzen heilt. Sie ist der Schoß, aus dem wir alle kommen und wieder zurückkehren. Der ewige Kreis beginnt und schließt sich in ihr. Ana war ihr Name als sie noch eine zerbrechliche Menschengestalt besaß. Meine Ana, mein Licht. Zu sanft und zu gut für die Welt, von der du kommst. Einer Welt, die nur Zerstörung kennt. Alles verleiben die Menschen sich dort ein, im Namen eines erfundenen Gottes, mit dem sie ihre Gräueltaten rechtfertigen. Sie werden auch dich zerstören, kleine Helen. Anna Rhynns Wasser vermag dich zu erneuern und ich kann deine Seele in eine andere, bessere Welt schicken. Es gibt noch so viele Welten, die keinen Hass kennen. Dort liegt jede Menge Wissen verborgen, das so ein neugieriges Mädchen, wie du zweifellos eines bist, faszinieren wird."

Er umschloss mit seinen langen, dürren Fingern meine Hand. Ich ließ es geschehen. Sofort begann unsere Berührung wieder zu glühen und auch dieses Mal schien der Fährmann nichts davon zu bemerken.

„Ich bin Ona Søl, der Wächter des Seelenflusses. Du Helen, du solltest dort hingehen, wo deine Reinheit unbefleckt bleiben darf, und zur vollen Kraft reifen kann, so wie es die Natur für dich bestimmt hat. Schließ deine Augen und trink. Stell dir den Ort vor, an dem du wiedergeboren wirst. Zeichne ihn mit all deiner bildgebenden Gedankenkraft so detailliert wie möglich. Ich zeig dir die Welt. Sieh hin mit deinem inneren Auge! Siehst du das frische Grün, die bunten Früchte des alten Waldes?

Riechst du die Vielfalt unserer Natur. Erkennst du ihren unerschöpflichen Reichtum?"

Mir fiel die Kinnlade runter und ich konnte mich gar nicht sattsehen. Vor meinem inneren Auge erstreckte sich die schönste und gleichzeitig unwirklichste Landschaft, die ich jemals gesehen hatte. In einem Moment lag da ein Meer aus schneebedeckten Berggipfeln vor mir, die überhaupt kein Ende zu haben schienen, und mit dem nächsten Wimpernschlag verwandelte sich alles in einen azurblauen Ozean mit Abertausenden Pflanzen aller Farben, feenartigen Nixen und urzeitlichen Meerestieren. Nur einen Augenblick später wuchsen die Wasserpflanzen zu gewaltigen Bäumen in unendliche Höhen und ich stand vor einem Urwald, der selbst meine bisherigen Traumreisen samt Vorstellung vom Paradies in den Schatten stellte.

„Wunderschön, nicht wahr? Das ist eine der oberen Welten. Sie ist den Urkräften am nächsten und hat viele Namen. *Götterwelt, Paradies, Himmel,* sagt man in eurer Welt. Vor gar nicht allzu langer Zeit nannte man sie *Asgard. Der Alte Wald* wurde sie vor 3000 Jahren von den Druiden genannt, aber sie ist noch viele Äonen älter. In der alten Sprache heißt sie *Saydiskøp.* Diese Welt ist der Ursprung des Schicksals aller Welten und nur wenige gelangen an diesen Ort. Die meisten erhaschen noch nicht einmal einen Blick hinein. Deine Seele hat die passenden Schwingungen, für die du bereits teuer bezahlt hast. Dort gehörst du hin. Also trink, vergiss all dein Leid, dein bisheriges Leben und tauche ein in dein neues."

Die Anziehungskraft der Alten Welt, die sich da vor mir ausbreitete, war so mächtig, dass selbst mein starker Wille nicht widerstehen konnte. Vergessen war meine Schwester, die ich ihrem Schicksal überlassen würde. Vergessen war auch die Gefahr, die Bruder Hans für Gabi werden konnte, sollte ich nicht zurückkehren und sie beschützen. Dabei hatte ich doch noch gar nicht vom Wasser des Vergessens getrunken. Ich hatte lediglich einen Blick in eine Welt geworfen, die ich mir selbst in meinen schönsten Träumen nicht ausmalen konnte.

„Muss da hin. Nach Hause", war alles, was meine Gedanken beherrschte, und was ich wie ein Mantra vor mich hinplapperte.

Mit dem Kopf zuerst wollte ich in den Strudel tauchen, Anas Wasser trinken und dieses Paradies betreten, aber der Wirbel stoppte, sobald mein Gesicht das Wasser berührte, als würde es vor mir zurückweichen.

„Nein, Ana! Bitte nimm diese Seele in dein Wasser auf. Saydiskøp ist ihre Bestimmung. Das habe ich gesehen. *Ana Rhynń, rhynn, rhynn. Nymmtejk yr tû eyldjer hû* – *Ana Rhynn, fließe Vergessen, fließe. Nimm und bring sie zu den alten Höhen*", beschwor der Fährmann das Wasser, rührte mit seinem Stab darin und schickte seine Geisterstimme immer und immer wieder in alle Richtungen.

Wie in Trance starrte ich auf die Wasseroberfläche und gleichzeitig ins Nichts, denn das Wasser war wieder schwarz und dachte nicht daran, einen Strudel zu erschaffen. Es kam mir vor, wie eine Ewigkeit, bis der Fluss anfing zu leuchten. Das Echo des Fährmanns wurde lauter.

„Ana Rhynń, rhynn, rhynn. Nymmtek yr tu eyldjer hû", sang der Fährmann erneut und die Stimme, die mich einst hierher gerufen hatte, antwortete: „Nein Ona Sôl. Sie darf nicht vergessen. Unser Kind muss ihre Bestimmung erfüllen, so wie du die deine. Oder hast du in deinem Wahn des Vergessens das Wichtigste hinfort gespült? Die Erinnerung ist der Schlüssel der Bewahrer. Wenn das alte Wissen stirbt, ist dies der Untergang aller Welten. Das darf niemals geschehen."

„Unser Kind?", fragte Ona Søl und wandte seinen Kopf so eindringlich in meine Richtung, dass es mir vorkam, als hätte er sein Augenlicht zurückerhalten.

Aber seine Höhlen waren noch immer leer. Der Fährmann musterte mich mit anderen Augen. Blicke, die ich nicht sehen konnte, ich fühlte sie an mir und auch in mir tasten. Ich spürte Unsicherheit und auch Angst in diesen Blicken.

„Hast du dich so sehr am Vergessen betrunken, dass du dich nicht mehr an mein Licht erinnerst? An deine Kraft des Wassers, unsere Essenzen der Ur-Mächte? Unsere Kinder? Bist du inzwischen sogar blind und taub für das, was direkt vor dir brennt? Erkennst du nicht einmal mehr das Feuer des Ursprungs", fragte die Stimme, über die ich nun zwei Dinge sicher wusste: Sie gehörte Ana Rhynn und sie war meine Mutter.

Ona Søls tastender Blick riss so jäh von mir ab, dass ich fast den Halt verloren hätte. Ich schwankte, fing mich aber wieder. Durch meinen Kopf jagten die eben gehörten Worte wie eine Herde Wildpferde.

Die große Flussgöttin Ana Rhynn ist meine Mutter. Das Glühen und Leuchten an meinen Händen, in mir und um mich herum, ist das Licht vom Ur-Feuer. Anas Feuer. Mein Feuer? Ona Søl ist mein Vater?

Die Welt um mich herum begann sich zu drehen, wurde schwarz und ich spürte, wie ich in einen tiefen Abgrund fiel. Oben war unten und links war plötzlich rechts. Alles fühlte sich verkehrt und richtig zugleich an und ich dachte, ich verliere den Verstand. Vielleicht hatte Bruder Hans recht, und ich war doch von Dämonen besessen, die nun endgültig Besitz von mir ergriffen hatten. Ich riss vor Schreck die Augen auf und blickte in das endlos blaue Himmelsmeer, das mich sofort beruhigte. Ich lag rücklings auf der Oberfläche des Flusses. Beides, dieser atemberaubende Anblick und das schwerelose Gleiten auf dem Wasser, verlieh mir das Gefühl zu schweben. Meine Gedanken kamen zur Ruhe und ich atmete die Luft dieses magischen Ortes ein. Es war ein Moment der tiefen Klarheit und des reinen Glücks, den ich von da an immer wieder gesucht, aber in dieser Reinheit bis heute nicht mehr erlebt habe. Das Schicksal hatte noch so einiges für mich gewebt und ich bin mir sicher, dass ich einfach auf dem heilenden Wasser meiner Mutter liegen geblieben wäre, hätte ich zu diesem Zeitpunkt gewusst, was noch alles auf mich zukommen würde.

„Helen, mein Kind. Bleib ganz ruhig, atme und heile. Verzeih deinem Vater. Verzeih mir. Ich danke dir, dass du gekommen bist. Ich danke den Mächten, dass du mein Rufen erhört hast. Leg all deine Sorgen in meinen nassen Schoß. Ich nehme sie auf und meine Wellen tragen sie davon", sagte Ana Rhynn mit ihren ureigenen Bildern und einer Melodie, die mich schläfrig machte. Wie Traumwolken zogen die Bilder und Worte, die sie mir schickte, an meinem inneren Auge vorbei. Ich sah Ona Søl, sah meine hübsche junge Mutter in Menschengestalt. Beide wurden gefoltert. Im Namen Gottes wurden den beiden unaussprechliche Qualen angetan, die darin gipfelten, dass mein Vater die Verstümmelung und Beschmutzung seiner eigenen Frau mit anhören musste, während er nichts mehr sehen oder sagen konnte. Er konnte seine Liebste nicht verteidigen, und so brannte sie als „Hexenweib des Teufels" an und mit ihrem Mutterbaum. Eine alte Trauerweide, unter der sich die beiden vereinigt hatten und über die Jahre unzähligen Seelen sowohl Leben als auch ihr Licht und ihre Kräfte geschenkt hatten. Kein Wunder, dass mein Vater nur noch vergessen wollte. Meine Brust schnürte sich angesichts dieses unsagbaren Leides zu.

„Atme und schöpfe neue Kraft. Ich gebe sie dir", sang sie, wiegte mich auf einer sanften Welle und mein Körper füllte sich mit wohliger Wärme.

„Das kann nicht sein. Unser Kind? Wie? Wann? Woher? Das darf nicht sein", unterbrach die Stimme meines Vaters diesen langersehnten Moment in der tröstenden Umarmung meiner Mutter und ich richtete mich aus ihrem Wasser auf.

Ona Søl rannte wie von Sinnen am Ufer auf und ab und peitschte seinen Knochenstab durch die Luft. Ich spürte seine

Verzweiflung körperlich. Kälte kroch durch meine Adern und drohte das Feuer in mir zu löschen. Ich musste zu ihm, wusste, dass ich meinem Vater helfen konnte. Ich musste ihm mein Licht bringen, das Feuer seiner geliebten Ana, so wie bei dem Schmetterling, und das möglichst, bevor die Flamme in mir erlosch.

Mit aller Kraft kämpfte ich mich durch das Wasser des Flusses, das mir bis unter die Achselhöhlen reichte und bei jedem Schritt wie eine dicke Mauer gegen meinen Körper drückte.

„Du schaffst es, mein Kind. Du bist stark. Es ist noch nicht zu spät. Beeile dich", rief Ana Rhynn und ich spürte, wie der Druck des Wassers nachließ.

Am Ufer angekommen stürmte ich auf meinen Vater zu und schrie: „Vater, ich bin's, Helen, deine Tochter. Sieh her, ich habe das Licht für dich."

Unmittelbar vor mir blieb er stehen und senkte seinen Stab.

„So ist's gut. Du weißt, was zu tun ist. Benutze diesmal beide Hände. Nimm eine Hand von ihm in deine. Die andere legst du auf seine Brust, direkt über seinem Herzen. Dann küsst du ihn auf die Stirn wie du es bei dem blauen Falter getan hast und lässt dein Licht fließen", flüsterte Ana in meinem Kopf.

„Mach es genau wie bei dem Schmetterling. Du kannst es, mein Kind."

Ich ergriff die eiskalten Finger meines Vaters mit der rechten Hand und legte meine linke auf seine Brust direkt über dem Herzen, wie meine Mutter es mir gesagt hatte. Ona Søl ließ es geschehen. Ich spürte seine Verzweiflung und die Angst, die wie verrückt gegen meine linke Hand pochte.

„Sieh' mich an, Vater. Siehst du Anas Licht. Erkennst du die Kraft des Ur-Feuers? Ich habe es dir mitgebracht. Es kann dich heilen", sagte ich ihm mit Worten und in Gedanken, bevor ich meine Lippen an seine Stirn führte.

Ich legte meine ganze Kraft hinein und hatte das Gefühl, jeden Moment selbst in Flammen aufzugehen, als Ona Søl einen kehligen Seufzer herauspresste und vor mir zusammensackte.

Ich öffnete die Augen, ohne seine Hand loszulassen. Sie glühte in hellgelben Flammen genau wie meine und die Eis-Fäden, die sein Gesicht bedeckt hatten, waren geschmolzen. Aus seinen Augenhöhlen liefen blutige Tränen.

„Unser Kind! Du bist es, du hast ihr Licht, meine geliebte Sonne", schluchzte er und drückte meine Finger so fest, dass es wehtat.

Ich schaute ihn irritiert an, weil ich seine Worte nicht in meinem Kopf, sondern aus seinem Mund gehört hatte, und er streckte mir seine neue Zunge entgegen.

„Du bist meine Tochter, ganz sicher. Du hast meine Kraft der Erneuerung. Vielleicht bist du sogar stärker. Körperteile neu wachsen zu lassen …, um das zu lernen, dafür habe ich damals fast hundert Jahre gebraucht. Aber das war noch in einem anderen Leben, da kannte ich deine Mutter noch nicht", sagte er und lachte.

Er sah jetzt viel jünger aus. Seine Haut war nicht mehr fahl und blau und auch nicht mehr eingefallen. Wir hielten uns an beiden Händen, von denen helle Flammen züngelten und lachten und weinten.

„Das Störrische und Widerspenstige hast du aber von deiner Mutter. Wie konnte ich das nur vergessen? Wie konnte ich dieses Leuchten übersehen", legte mein Vater nach.

Dann wurde er schlagartig ernst.

„Du hast mir mein Licht zurückgebracht, mein verlorenes Kind. Du warst und bist die Hoffnung, die ich und die Welten brauchen. Deine Mutter hat recht gesprochen, als sie sagte, dass du nicht vergessen darfst. Deine Bestimmung ist es, das alte Wissen und unsere Kräfte zu bewahren und zu schützen. Wenn sie verloren gehen, ist das der Tod aller Welten. Dafür musst du dich an alles erinnern und noch sehr viel lernen. Du musst dich frei zwischen den Welten bewegen können und immer stark bleiben, egal was das Schicksal dir noch auferlegt."

Über das Gesicht meines Vaters huschte ein Schmerz, den ich nicht deuten konnte.

„Mach dir keine Sorgen, mein Kind. Du wirst alles schaffen und die Schicksalsweberinnen haben nicht nur Leid für dich ersponnen. Du bist zu Großem bestimmt und wirst die zukünftige Retterin der Welten leiten. Eure Seelenbande wird sehr stark sein. Zusammen wird es euch gelingen, die kranken Welten zu heilen und zu vereinen, sofern ihr die richtigen Wege beschreitet", sagte Ana Rhynn und mein Vater nickte.

„Deine Mutter muss es wissen. Sie irrt niemals", stimmte Ona Søl zu und zog mich in seine Arme, die gar nicht mehr kalt waren.

„Versprich, dass du uns ab und zu besuchst. Du weißt ja jetzt, wo das Weidenportal ist und wie es geht", sprach mein Vater mit ungewohnt hoffnungsvoller Melodie in seiner Stimme.

„Du kannst durch das Wasser zurück tauchen oder durch das Portal der alten Weide. Auf beiden Wegen werden wir und die alten Kräfte dich begleiten und schützen", erklärte die große Mutter, als ich mich schweren Herzens aus der Umarmung meines Vaters löste.

„Ich komme wieder, ganz bald", sagte ich mit Tränen in den Augen und einem Schwarm voller Glück im Bauch, ging ins Wasser und tauchte hinab in die Tiefen Ana Rhynns.

Die Zeit stoppte, lief rückwärts, um dann wieder voranzuschreiten und mich am Ufer der Mosel vor der alten Weide wieder auszuspucken. Es war, als wäre ich nie weggewesen, aber ich war seit diesem Tag eine andere. Ich hatte meinen Ursprung und mein wahres Selbst gefunden und alles war noch da. Nichts ist auf der Reise verlorengegangen, denn ich war der erste Mensch, das erste Kind, das mit allen Erinnerungen die Grenzen der Anderswelten überschreiten konnte.

Ich werde die Geheimnisse schützen und bewahren bis ich sterbe und dafür Sorge tragen, dass das alte Wissen über meinen Tod hinaus bestehen bleibt. Ich werde warten, bis die richtige Zeit gekommen ist, mich jenseits und zwischen allen Zeiten bewegen, so lange, bis mein eigenes Seelenkind bereit ist, mich und das alte Wissen zu suchen und zu finden.

„Da möchte man doch unbedingt gleich mehr lesen! Gibt es überhaupt noch mehr von dieser Autorin?", fragte Lucia.

„Ja, da steht am Ende, dass es weiter gehen wird in, WYRD – Fäden des Schicksals. Aber jetzt mal sehen, was die Autorin sonst noch so macht. Also, Nicole Kunkel wurde im Oktober 1982 in Potsdam geboren. Sie lebt mit Assistenzhündin Lotta und ihren Katzen in Koblenz. Schon früh entdeckte die Autorin das Schreiben als Zuflucht und Ventil für sich und verfasste im Alter von zwölf Jahren ihre ersten Gedichte und Kurzgeschichten. Als gelernte Pharmazeutisch- und Biologisch-technische Assistentin arbeitete sie in Apotheken und der pharmazeutischen Forschung.

Nach mehreren Schicksalsschlägen kämpfte sie sich zurück ins Leben, studierte tibetisch - buddhistische Philosophie und Psychologie am Tibetischen Zentrum Hamburg und absolvierte einen Lehrgang in Belletristik an der Schule des Schreibens in Hamburg. Wenn sie nicht gerade schreibt oder liest, tobt sie sich gerne mit Pinsel und Farben an der Leinwand aus oder streift mit ihrer Hündin durch die Natur, wo sie neue Kraft und Inspiration tankt.

Sie hat mehrere Kurzgeschichten in Anthologien und das Buch *Aus dem Tagebuch eines Assistenzhundes* veröffentlicht. ", berichtete Lenya.

„Interessant. Scheint eine facettenreiche Autorin zu sein. Ich freue mich auf alles was noch von ihr kommt!", meinte Lucia.

„Ganz eindeutig ich auch! Sie ist so vielfältig", gab Lenya ihr Recht.

„Tibetisch - buddhistische Philosophie und Psychologie! Ich will das auch machen. Spannend. Können wir sie einmal zu einem Gespräch einladen? Ich muss unbedingt mehr darüber und über sie wissen."

Diesmal war es an Lucia die Augenbrauen fragend hochzuziehen. Lenya interessiert sich für solche Dinge?! Diese Seite hatte sie von ihrer Kollegin bisher nicht gekannt.

*„**B**oah, wie cool ist das denn!"*, hörte Lenya ihre Kollegin aufrufen.

Neugierig geworden suchte sie sie zwischen den Regalen der Bibliothek, bis sie sie nochmal rufen hörte.

„Wow, stopp, jetzt wird es aber etwas viel. LENYA! Ich glaube ich könnte eventuell deine Hilfe brauchen", klang die Stimme Lucias nun doch etwas nervös.

Die Schattenelfe war der Stimme der Kleinelfe gefolgt und fand sie gleich danach im angrenzenden Gang. Völlig überwuchert mit Wurzeln, die aus einem Buch in den Händen Lucias wuchsen. Diese sah sie verlegen an und meinte nur: *„Tja, diesmal muss ich dir recht geben. Ich sollte die Telepathie tatsächlich besser beherrschen. Ich habe so das Gefühl ich wurde falsch verstanden."*

Lenya lachte und sandte ihre Gedanken an das Buch. Doch nichts passierte, außer, dass die Wurzeln immer mehr wurden und sich langsam auch Richtung Schattenelfe zu strecken begannen.

„Ich glaube da muss ein anderer Zauber ran. Wenn ich da so hineinfühle, denke ich, dass es egal gewesen wäre welchen du benutzt hättest. Es wäre immer das gleiche Ergebnis gewesen."

„Na toll und was tun wir jetzt. Ich will da hinein schmökern. Der Einband ist so schön."

„Das ist gerade unsere geringste Sorge, wie und ob wir das Buch lesen können."

Lucia gab ihr an sich selbst herabblickend recht und grinste verlegen.

„Könntest du mir hier heraus helfen?"

„Gerne, wenn ich wüsste wie. Moment! Jetzt werden die Dinger aber ganz schön schnell."

Lenya sprang zurück außer Reichweite der Wurzeln, die gierig nach ihren Knöcheln griffen. Sie drehte sich um, rannte in den Umkleideraum und holte ihr Schwert, um sie abzu-hacken, aber ein Schrei ihrer kleinen Kollegin hielt sie auf.

„Halt, nicht. Tu dem Buch nicht weh. Das sind doch nur Wurzeln."

„Ja schon, aber was sollen wir dagegen machen. Meine Schattenmagie beeindruckt es nicht gerade."

Sie dachte angestrengt nach.

„Aber hast du nicht unlängst beim alten Graubart einen Kurs über Pflanzenmagie gemacht?"

„Ja stimmt! Du hast recht!", rief Lucia begeistert.

Sie überlegte kurz und begann dann sanft eine Melodie zu singen. Zögerlich zogen sich die Ranken wieder in das Buch zurück und gaben die Bibliothekarin frei, welche beruhigt durchatmete.

„Gut dass du daran gedacht hast. Ich hab den Kurs völlig vergessen. Vielleicht noch die Nachwirkungen von dem Verges-sensbuch vorhin."

„Zum Glück konntest du dich jetzt aber noch daran erinnern, allerdings sollte dein nächster Kurs ein Gesangskurs sein", neckte die Schattenelfe grinsend.

„Was soll das wieder heißen?", rief die Kleinelfe in gespiel-ter Empörung.

Sie mussten nun beide erleichtert lachen und schlugen gemeinsam das Buch in Lucias Händen auf, um zu sehen, worum es in dem rankenden Exemplar ging:

Quellbaum der Nacht

von M. L. von Burgberg

Apûra

Durch die südlichen Lande streifte einst der weiße Wolf mit dem Silberstreifen. Manche sahen ihn als Unheilsboten, andere glaubten, er würde Wunder vollbringen. Es war nicht von Bedeutung, ob man ihm friedlich gestimmt war oder nicht. Ungeachtet dessen bedeutete sein Erscheinen stets einen Wandel der Zeit. Diese Gerüchte erreichten Khodai immer wieder, auf seinem Weg zum Dorf Apûra. Der volle Mond schien hell hinab und so konnte er sich in dieser Nacht besser im Wald zurechtfinden, als die Nächte davor.

Sein Herz begann bei diesem Gedanken direkt wieder zu rasen. Er, ein Mischlingswesen zwischen den gefürchteten Vampiren und der egoistischen Gattung Mensch. Wer jetzt glaubt, Khodai würde die besten Fähigkeiten jeder Rasse vorweisen, der irrt. Er vertrug weder Sonnenlicht, noch konnte er gut in der Nacht sehen. Seine Kräfte waren menschlicher Natur und die Nacht machte ihn depressiv. Er brauchte Sonnenlicht, wie ihm immer wieder schmerzlich bewusst wurde, nicht nur, um sein Gemüt aufzuheitern.

Bei diesen Gedanken schnaufte er und folgte dem plattgetretenen Pfad, der ihn aus dem Wald und entlang am Fuße des Berges führte. Weniger als eine halbe Tagesreise versprach man ihm, dann würde er in Apûra ankommen. Ein Dorf so entlegen, des es selbst dem König am Allerwertesten vorbeiging. Genau das wollte er. Nicht gesehen werden.

Kurz vor Mitternacht überquerte er eine Brücke, die zum Rand des Dorfes führte. Öllaternen brannten in einigen Fenstern. Khodai dachte, es wäre klein, doch die Häuser erstreckten sich weit am Fluss entlang. Der Duft köstlichen Schweinebratens lockte ihn in eine kleine Taverne, die zwischen den anderen Gasthäusern deplatziert wirkte. Ehe er durch die Tür trat, hörte er bereits von den Gerüchten des weißen Wolfes und verdrehte die Augen. Er roch diese Tiere weit gegen den Wind und hier waren schon lange keine Wölfe mehr in der Gegend. Seine besten Fähigkeiten hatte Khodai zwar verloren, aber sein gutes Gehör und der ausgeprägte Geruchsinn waren ihm geblieben. Erschöpft setzte er sich an die Theke und bestellte sich Braten und einen Becher Wasser, woraufhin die Wirtin ihn merkwürdig musterte. Er ignorierte ihren Blick. Bier wäre ihm auch lieber, doch Wasser war neben Blut das Einzige, was er überhaupt vertrug, ohne sich den Abend durch den Kopf gehen lassen zu müssen.

Der Schweinebraten schmeckte köstlich. Die Gewürze waren exakt aufeinander abgestimmt und harmonierten vollkommen. Er kaute lange auf diesem Stück, denn runterschlucken durfte er es nicht, sein Magen würde rebellieren, das er wenige Herzschläge später auch tat, als Khodai sich nicht mehr zurückhalten konnte und sich auf einem Abort wiederfand. Seine Kehle krampfte und er fluchte innerlich. Wie sehr er es hasste, nicht mehr er selbst zu sein. Vor nicht allzu langer Zeit spielte es keine Rolle, was er aß oder trank. Aber dafür war Khodai nun frei. Wobei frei ein relativer Begriff war. Gefangen in einem Körper, der nach und nach an Kraft verlor, hatte bei weitem nichts damit zu tun, wie sein Leben hätte aussehen können. Mit fahrigen Bewegungen ging er in den Schankraum zurück, bezahlte seine Zeche und betrat den gepflasterten Weg des Dorfplatzes, um kurz darauf mit den Schatten zu verschmelzen.

An einem Flussufer wusch er sich und spülte den sauren Geschmack aus seinem Mund. Neben ihm trank ein schlaftrunkenes Schaf. Sie beide trennte nur ein notdürftig errichteter Zaun. Mit der Zungenspitze fuhr er sich über die Reißzähne, die kaum von menschlichen Eckzähnen zu unterscheiden waren. Das Tier spannte sich und blickte auf. Mit einem Satz sprang Khodai über den Zaun und folgte dem aufgescheuchten Tier im Zickzackkurs. Eher ungeschickt bekam er es an der Flanke zu fassen und vergrub seine Finger in der dichten Wolle. Sein Mitgefühl erstarb in dem Moment, als es blökte und sein animalischer Instinkt ihn übermannte. Gierig biss er in die Kehle und trank das wertvolle Lebenselixier. Erst, als er erschöpft neben dem toten Tier im Gras lag und zufrieden das sternenbehangene Firmament betrachtete, wurde ihm bewusst, wie ausgehungert er gewesen war. Neue Kraft durchströmte ihn und begleitet von unbändiger Euphorie, stand er auf, warf sich das tote Tier über die Schulter, um es im Wald zu verscharren. Bald würde die Sonne am Horizont aufgehen. Schnell suchte er verschiedene Früchte zusammen und legte sie auf die Veranda des Bauernhofes, von denen er das Tier gerissen hatte.

„Eine kleine Entschädigung, auch wenn sie eure Mägen nicht so füllen."

Er zog sich in sein Zimmer in der Taverne zurück und überprüfte ein letztes Mal den dunklen Stoff am Fenster. In einer ungewohnten Mischung aus Zufriedenheit und Beklommenheit legte er sich unter den dichtgewebten Stoff und versank in einen traumlosen Schlaf.

Alte Legenden

Die Nächte verstrichen nach und nach. Khodai beobachtete in den Abendstunden die Einwohner und hörte ihnen aufmerksam zu. So lernte er ihre Sitten, Gepflogenheiten und was noch viel wichtiger war, erfuhr er einiges über ihre kleinen Wünsche. Bald lösten die Gerüchte über einen Unbekannten, der einigen Einwohnern über Nacht Präsente brachte, die des Wolfes ab. Einheimische wie auch Durchreisende lauschten gespannt.

„Weißt du noch wie wir gestern Abend darüber sprachen, dass ich gerne aus den Äpfeln am Nordhang wieder einen Kuchen backen würde, mir der Weg aber zu schwergängig ist?", hörte er eine ältere Dame fragen.

„Sag bloß", keuchte ihre Freundin überrascht.

„Ja", antworte die alte Dame euphorisch.

„Heute fand ich vor meiner Haustür einen vollen Korb, mit denen ich mehr als nur einen Kuchen backen kann. Für unser Fest habe ich bereits fünf gebacken und den Rest als Muß eingekocht", sprach sie so schnell, dass Khodai ihr kaum folgen konnte.

Ein Lächeln umspielte seine Lippen. Diese kleinen Freuden machte er jede Nacht, für jedes Vieh, das er riss.

„Es ist des Teufels Werk", spottete ein Bauer.

Die alte Dame fuhr auf.

„Du und dein Missgram, gönnst einem wirklich nichts", schimpfte sie und verzog empört das Gesicht.

Der Mann in mittleren Jahren knallte seine Hände auf den Tisch.

„Dein Sohn musste eines der Schweine umbringen, weil er es völlig kräfteentzerrt im Stall lag, mit Bissspuren am Hals. Es ist des Teufels Handwerk, sag ich dir Lise! Er ist unter uns!", spie er und spuckte auf den Boden.

„Hubert, es reicht", schnatterte die Wirtin und schmiss ihm ein Feudeltuch hin.

„Deinen Mist machst du gefälligst selber weg."

„Lise, stimmt das? Ist euer Schwein tot?"

Die alte Dame nickte gekränkt.

„Es war ein altes Tier und für die Schlachtung nicht mehr gut genug."

Auch daran erinnerte sich Khodai gut, deswegen war seine Wahl auf dieses Tier gefallen. Der Bauer stellte sich in die Mitte des Raumes.

„Ihr äußert eure Wünsche und lockt den Fürst der Unterwelt damit an. Ihr Undankbaren bringt Verderben vor unsere Haustür", schrie er die letzten Worte.

„Hubert", wisperte die alte Dame.

Mit vor Wut verzerrtem Gesicht blickte er in die Runde. Niemand schloss sich seiner Rede an.

„Soll er euch holen, mich kriegt er nicht!"

Mit ausfallenden Schritten verließ er die Taverne und knallte die Tür zu. Khodai sah ihm mit gehobener Augenbraue hinter her.

Eine merkwürdige Stille trat ein, als der Bauer verschwand. Einige rührten ihr Essen für eine Weile nicht an und schienen mit sich und ihren eigenen Gedanken beschäftigt zu sein. Was Khodai tat, war nicht recht, das wusste er. Doch anders würde er nicht überleben können. Ihn als den Teufel persönlich zu deklarieren, schmerzte ihn und er fühlte sich, trotz all der Menschen um ihn herum, einsam. Für ihn war es schlicht nicht möglich, des Nachts im Wald zu jagen. Er war zu langsam und sah zu schlecht. Die Wildtiere zeigten einen deutlich ausgeprägteren Instinkt und witterten seinen Angriff, kaum das er ihren Geruch aufnahm und verschwanden im Dickicht. Er betrachtete seine Hände. Nutzlos. Vollkommen nutzlos. Was hatten sie bis jetzt, in seinen zwanzig Sommern, die er angeblich zählte, erschaffen? Seit er aus den Katakomben der Lehrstadt geflohen war, hatte er nur gestohlen. Die Münzen, mit denen er das Essen, welches er nicht vertrug, zahlte, stammte aus der Börse eines Händlers, der einen anderen betrogen hatte. Auch wenn dieser Mann ein Unmensch war, war Khodais Handeln nicht rechtens.

Eine kleine, sonnengebräunte Hand legte sich auf seine. Er blickte in die warmherzigen, tiefblauen Augen der Wirtin.

„Ihr seht immer so traurig aus", sagte sie sanft und strich über seinen Handrücken.

Ihr Blick schien bis auf den Grund seiner Seele zu reichen. Überfordert mit den Emotionen, die sie in ihm weckte, presste er die Lippen aufeinander und zog die Hände zurück, doch sie hielt seine Hand fest umschlossen.

„Neuer", flüsterte sie. „Jeder von uns hat seine Geschichte. Die wenigsten sind hier geboren. Nicht umsonst ist Apûra das Dorf der Verlorenen und Heimat derer, die, aus welchen Gründen auch immer, ein neues Zuhause suchen."

Diese Worte erreichten ihn so tief, dass ein Beben seinen Körper erfüllte.

„Bleibe oder verweile eine Zeitlang. Gehe weg, komme wieder, wie es dir gefällt. Aber schenke Hubert kein Gehör, ja?"

Unentschlossen, was er sagen sollte, legte er seine freie Hand auf ihre und lächelte verlegen.

„Ich versuche es", antwortete er mit zittriger Stimme.

386

„Er sieht in allen Dingen nur das Schlechte. Selbst seine Frau hat er fortgejagt, weil sie ihn zu Hause freudestrahlend empfangen hat."

Irritiert sah er sie an. Sie beugte sich weiter zu ihm.

„Er war der Meinung, sie hätte ihn betrogen weil sie so glücklich wie nie aussah. Dabei freute sie sich einfach, dass er gesund von seiner Reise zurückkehrte."

Es war das erste Mal in seinem Leben, dass Khodai inbrünstig lachte, und erschrak ein wenig, wie sich sein Lachen anhörte. Tränen schossen ihm in die Augen und die Wirtin lachte aus vollem Herzen mit. Diesen Augenblick, so schwor Khodai sich, würde er für immer im Herzen tragen.

Es war zu seiner nächtlichen Routine geworden, gegen Mitternacht durch Apûra zu schlendern. Hinter zugezogenen Vorhängen wurden Gespräche geführt, die eigentlich nicht für andere Ohren bestimmt waren. Für Khodai reichten ein paar Wände und Türen nicht, um sich seinem Gehör zu entziehen. Es war nicht so, dass er direkt lauschte, doch manchmal konnte und wollte er nicht weghören.

Am Rand des Dorfes, wo er seine Runde stets beendete, bevor es in den Wald ging, nahm er die aufgebrachte Stimme der Heilkundigen wahr.

„Es ist mein letzter Vorrat", sagte sie soeben.

„Ich war heute den halben Tag im Wald und habe nach Lasanienkraut gesucht, doch es gibt weit und breit keines mehr."

Er trat an das Fenster und nahm den Geruch verschiedener Kräuter und Öle war und versuchte zu erkennen, um welches es sich handelte. Khodai hatte den Duft von allen hier, auch im Wald wahrgenommen. Eine junge Frau strich ihrem Jungen mit Tränen in den Augen über die Stirn.

„Er wird seinem Fieber erliegen", sprach sie mit gebrochener Stimme.

Die Heilkundige legte eine Hand auf ihre Schulter.

„Morgen früh, sobald die ersten Sonnenstrahlen Apûra küssen, mache ich mich auf den Weg in die Schlucht."

„Und wenn du dort keines findest?"

„Wir haben noch ein wenig Zeit", wisperte die Heilkundige.

Mit einem Mal sah die Heilkundige auf, direkt in seine Augen. Sie konnte ihn unmöglich sehen, dennoch schrak er zurück und rannte in den Wald. Er glaubte zu wissen, wo sich dieses Kraut befand. Ein Geruch war in diesem Haus, den er nicht im direkten Waldgebiet am Dorf, sondern auf seinem Weg am Bergfuß aufgeschnappt hatte.

Er musste sich beeilen, damit er vor Sonnenaufgang zurück war. Seine gängigsten Wege hatte er sich eingeprägt und kam trotz des wolkenverhangenen Mondes zügig voran, bis das Hungergefühl seine Sinne trübte und er keuchend blieb stehen. Sein Magen zog sich zusammen und ihm wurde schlecht. Der Geruch des Krautes lag in der Luft, wurde jedoch von dem Duft eines Hirsches in den hintersten Winkel von Khodais Gedanken gedrängt. Ein Glück für ihn, dass der Wind zu seinen Gunsten stand. Wieder flutete ihn dieses animalische Gefühl, welches er so sehr verachtete. Der Hirsch war nah. Sehr nah. Entschlossenheit und ein gewisses Maß an Aggression nahmen von Khodai Besitz und mit der Eleganz eines Raubtieres, huschte er fast lautlos über den Waldboden. Trotz der Dunkelheit konnte er die Schemen seiner Beute ausmachen. Den Mund geöffnet, bereit zum Beißen hechtete er auf das Tier zu und verfehlte es nur knapp. Von Hunger getrieben setzte er ihm nach, stolperte über eine Wurzel und knallte mit dem Gesicht gegen einen Baum. Benommen sank er zu Boden, spuckte Blut und erbrach Galle. Erschöpft rollte er sich auf den Rücken und schloss für einen Moment die Augen.

„Verdammt nochmal", fluchte er in Gedanken.

„Fast hätte ich ihn erwischt."

Als der Rausch abnahm, bemerkte Khodai, dass sein rechter Reißzahn abgebrochen war.

„Prima, Khodai. Echt prima."

Nur noch die verblassten Spuren des Hirsches drangen an seine Nase.

„Du bist wegen den Kräutern hier, reiß dich zusammen", mahnte er sich und setzte sich auf.

Ein kehliges Lachen kam über seine Lippen. Die Kräuter wuchsen fast vor seiner Nase.

Vorsichtig schritt er über den Waldboden, stets darauf bedacht, nicht wieder über eine Wurzel zu stolpern. Er pflückte so viel, wie in sein kleines Bündel passte und wollte, sich gerade auf den Rückweg machen, als ein heller Schemen durch die Bäume auf ihn zukam. Es hatte den Umriss eines Wolfes, doch roch er ihn nicht, sondern nur frisches Blut. Wie versteinert blieb Khodai stehen und hielt die Luft an. Dieses Tier war weit aus größer, als es einem Wolf entsprach und für einen Bären war es zu schmal.

„Was bist du?", fragte er leise.

Seine Nackenhaare stellten sich auf, als es in einigen Schritt Entfernung stehen blieb und etwas fallen ließ.

„*Trink, mein Freund*", hallte eine tiefe, knurrende Stimme in seinen Gedanken wider.

Der weiße Wolf ging ein wenig zurück, behielt Khodai jedoch fest im Blick.

„Hast du zu mir gesprochen?", fragte er erschrocken und hätte fast das Kraut fallen gelassen.

„*Siehst du hier sonst jemand?*"

Es war Khodai, als hätte der Wolf gelacht.

„Nein, ich sehe generell schlecht", dachte Khodai spöttisch.

Der Wolf legte seinen Kopf schief.

„*Ich kann deine Gedanken nicht lesen*", knurrte es angenehm sachlich in seinem Kopf.

„Oh. Ähm. Spreche ich gerade echt mit einem Wolf?"

Eine Welle der Ungeduld traf ihn. Er fühlte sich wie ein kleiner Junge.

„Du, du bist der Wolf aus der Legende, oder?"

„So wie du derjenige bist, der das Vieh anderer reißt und denkt, mit kleinen Geschenken wäre dem Genüge getan."

„Ich... weiß das es falsch ist", stotterte er mit gesenktem Haupt.

„Gut. Jetzt trink mein Freund, die Sonne geht bald auf."

„Du weißt was ich bin?"

„Du riechst nach Mensch, doch die unverkennbare Note der Unterweltler haftet an dir."

Khodai ging auf den Hirsch zu und kniete sich neben ihm hin. Er trieb seinen verbliebenen Reißzahn in das Fleisch und trank gierig dessen Blut. Es war anstrengend und ein nervtötendes Pfeifen, kommend vom abgebrochenen Reißzahn, begleitete seine Tortur. Als er fertig war, machte sich der Wolf daran, das Fleisch zu verzehren.

„Danke", flüsterte Khodai und beobachtete den Wolf.

Es sah aus, als würde dieser eine Kette um den Hals tragen, dessen obsidianfarbener Anhänger bei jedem Bissen wippte.

„Gern geschehen."

„Warum hilfst du mir?"

„Ich habe dich beobachtet, Khodai, seit du die Lehrstadt verlassen hast."

In die knurrende Stimme drangen schmatzenden Geräusche und er schüttelte irritiert den Kopf.

„Also bist du mir gefolgt. Deswegen sind überall die Gerüchte über dein Erscheinen. Und, warum ich höre ich in meinem Kopf wie du frisst?"

Vom Wolf ging ein merkwürdiger, halberstickter Würgelaut aus, sein Brustkorb bebte stark. Khodai sprang auf.

„Was hast du? Bekommst du keine Luft?"

Er tastete den Brustkorb ab und lauschte, ob er eine Atmung hören konnte.

„Ich habe nur gelacht."

„Nicht im Ernst."

„Du klingst auch nicht gerade besser."

Es entstand eine kurze Pause.

„Dein Fell ist sehr ..."

„Borstig. Ich weiß. "

„Dabei schimmert es so samtig."

„Ich weiß! ", knurrte es bedrohlich in Khodais Gedanken.

„Warum bist du mir gefolgt?"

Der Wolf antwortete nicht, sondern fraß in aller Ruhe zu Ende.

„Verrätst du mir wenigstens deinen Namen?", fragte Khodai ungeduldig nach.

„Ivorel."

„Ivorel", wiederholte er und ließ sich den Namen auf der Zunge zergehen. „Ein sehr schöner Name."

Der Wolf bleckte die Zähne und Khodai fragte sich, ob es ein Lächeln sein sollte. Ivorel schritt leichtfüßig um das tote Tier und setzte sich vor Khodai hin. Seine dunklen Augen ruhten fest auf denen des Vampirs.

„Ich habe dich beobachtet, weil ich deine Hilfe brauche, Khodai. "

Dieser lachte verhalten auf. Ratlos und ungläubig schüttelte er den Kopf. Er senkte den Kopf und sah auf seine Hände, die er unruhig im Schoß knetete.

„Ich bin zu nichts zu gebrauchen", wisperte er kaum hörbar.

Die kalte Schnauze Ivorels berührte seine Stirn.

„Du bist, wer du sein willst", knurrte es sanft in Khodais Gedanken.

„Du verstehst das nicht."

Leichte Verzweiflung schwand in der Stimme des Vampirs mit.

„Das mag sein. Doch alleine dein Willen hat dich aus den Katakomben befreit. Welcher Gedanke war es, der dir Kraft gab, zu fliehen und deinem Schicksal zu entkommen? "

„Sie ...", begann Khodai erstickt.

Mit hängenden Schultern sah er zum Wolf auf.

„Ihr Experiment scheiterte an mir", flüsterte er.

Die Erinnerungen an den muffigen Gestank, dass künstliche Sonnenlicht durch Magie erzeugt, durchzuckten ihn.

Die Schmerzen, als das Elixier mit Hilfe von Magie in ihn eingewoben wurde, und die enttäuschten Rufe hallten in ihm nach. Er ballte die Fäuste.

„Ich werde nie vergessen", sagte er mit Tränen in den Augen, „als ich den ersten Sonnenaufgang in meinem Leben sah. Es war so wunderschön. Es fühlte sich nach Freiheit an. Doch nun, nun werde ich nie wieder diese warmen Strahlen auf meiner Haut spüren, sondern stets die Kälte bei mir tragen."

„*Was gaben sie dir?*"

Er zuckte mit den Schultern.

„Sie redeten von einem Nachtschattengewächs, welches verändernd auf den Organismus wirkt. Erst probierten sie es an kleineren Tieren aus, später an den Verurteilten, mit sehr guten Ergebnissen. Da ich der einzige war, der das Sonnenlicht vertrug, war ich der nächste an der Reihe. Und sie scheiterten."

Er presste die Lippen aufeinander.

„Du fragtest nach dem entscheidenden Gedanken. Leben, Ivorel. Ich wollte ein Chance. Durch Zufall bekam ich mit, dass sie mich bei lebendigem Leib aufschneiden und meine Organe untersuchen wollten."

Ivorel knurrte und sein Gesicht verzog sich zu einer bedrohlichen Fratze.

„*Ja, mir sind diese Praktiken bekannt.*"

Der Wolf schüttelte den Kopf.

„Du weißt davon?", stöhnte Khodai und rutschte unwillkürlich ein Stück zurück.

Ivorel nickte. Seine Betrübtheit drang zu Khodai durch.

„Warum tust du nichts dagegen?"

Seine Stimme drohte zu versiegen, als sich seine Kehle zuschnürte.

„Sie sagen, du vollbringst Wunder."

„Deswegen war ich dort. Eigentlich. Doch auch meine Fähigkeiten sind begrenzt."

Ivorel kam ihm wieder näher und schnüffelte an Khodai.

„Sie gaben dir eine verunreinigte Substanz. Dein Körper wehrt es ab, aber sie haben es mit Magie an dich gebunden."

„Woher weißt du das?"

„Weil ich aus diesem Grund hier bin. Du riechst nach dem Quellbaum, der nur in der Unterwelt gedeiht. Ich brauche deine Hilfe, ihn zu vernichten."

Plötzlich hob der Wolf den Kopf und sah gen Osten. Khodai blickte in dieselbe Richtung, die ersten Vögel zwitscherten. Mit einem Ruck sprang Khodai auf und rannte Richtung Dorf, Ivorel blieb dicht an seiner Seite. Die blanke Panik ergriff ihn. Ivorel sagte etwas zu ihm, das er nicht wahrnahm, und rannte so schnell wie nie in seinem Leben.

„Wurzel!", schrie es plötzlich in seinen Gedanken und er sprang in die Luft.

Ivorel geleitete seinen Weg und warnte ihn unentwegt, bis Khodai sich auf vertrautem Grund wiederfand. Am Horizont hellte sich das mitternachtsblaue Firmament deutlich auf.

„Beeil dich!"

Khodai nickte und schlug einen Haken in die Richtung der Hütte der Heilkundigen. Im Vorbeirennen ließ er das Kraut vor der Tür fallen und sprintete weiter zu Taverne. Im Laufen warf er sich die dunkle Kapuze über. Der erste Sonnenstrahl berührte seine Hand und stechender Schmerz durchzog ihn. Keuchend stieß er die Tür auf, machte einen großen Schritt hinein und schmiss sie so heftig hinter sich zu, dass die Angeln knarzten. Zwei Stufen auf einmal nehmend erklomm er die Treppe und fiel schweratmend in seinem Zimmer auf das Bett. Seine Lunge brannte und das Blut rauschte in seinen Adern. Er hatte es geschafft.

Khodai schloss die Augen und nahm mehrere, tiefe Atemzüge, bis sich seine Atmung beruhigte.

„Morgen Nacht, am Waldrand", hörte er Ivorel sagen, dessen Stimme sich zu entfernen schien.

„Danke", wisperte Khodai, doch der Wolf antwortete nicht mehr.

Nach einem Moment der Ruhe setzte er sich wieder auf und schälte sich aus seiner Kleidung. Seine Hand quittierte jede Bewegung mit einem betörenden Schmerz, als würde sich Säure einbrennen. Er brauchte kein Licht, um die Verletzung zu sehen. Ein purpurnes Geflecht zog sich leicht glimmend über die Stelle und angewidert streckte er die Hand von sich weg. Es war das gleiche fluoreszierende Licht wie der Pflanzen, deren Substanz die Wissenschaftler extrahierten, das ihn vergiftete.

Ob Ivorel ihm helfen könnte, seine Fähigkeiten wieder herzustellen?

Der Abstieg

Den halben Tag über fand Khodai keinen Schlaf. Die Gedanken um den weißen Wolf ließen ihn nicht zur Ruhe kommen. Er wusste nicht, wie er Ivorel behilflich sein sollte. Als er zur Abenddämmerung aufstand, schmerzten seine Glieder und seine Beine fühlten sich kraftlos. Doch das war es nicht, was ihn beunruhigte, sondern seine Hand. Das fluoreszierende Netz hatte sich über den Tag bis zu seinem Ellbogen ausgebreitet. Er ging zu dem kleinen Tisch in der Ecke und entzündete mit einem Streichholz die Kerze, um sich die Verletzung näher anzusehen. Augenblicklich verschwand das Glimmen und es offenbarte sich das Ausmaß der Wunde.

Er würgte, als er das offenliegende Fleisch sah. Der Geschmack von Galle breitete sich in seinem Mund aus. Er schloss die Augen und konzentrierte sich auf seine Atmung.

„Es ist nicht so schlimm, wie es aussieht", sprach er sich in Gedanken Mut zu, die sofort von wilden Flüchen abgelöst wurden.

Nachdem er sich beruhigt hatte, kramte er aus seinem Bündel ein langarmiges Leinenhemd und zog sich mit verzerrtem Gesicht, Handschuhe über die Hände.

Ein merkwürdige Stille ging vom Schankraum aus, kaum das er ihn betrat. Alle Blicke richteten sich auf ihn. Die Wirtin schmiss ihr Feudeltuch weg und kam um die Theke, als der griesgrämige Bauer bereits aufsprang und drohend auf ihn zu ging.

„Du", blaffte er und zeigte auf Khodai.

„Lass ihn in Ruhe", schnauzte sie und stellte sich schützend zwischen ihn und den Bauern.

Auch die anderen Männer erhoben sich langsam von den Tischen.

„Sieh doch, ihm klebt noch Blut am Kinn", blökte der Bauer anklagend.

Instinktiv griff er sich an das Kinn. Er war so in seinen Gedanken versunken gewesen, dass er nicht daran gedacht hatte, sich zu waschen.

„*Verschwinde* ", hörte er Ivorel in seinem Kopf sagen.

„Erst kam der Wolf in unsere Gegend, das hätte uns Warnung genug sein müssen. Dann dieser Unterweltler, der die Nachtschattenkreaturen auf uns hetzt. Wieviele Beweise wollt ihr noch?"

Auch die Wirtin sah ihn jetzt aus traurigen Augen an.

„Oh Khodai", wisperte sie.

„Was hast du getan?"

„Tötet ihn!", schrie der Bauer und löste ein Messer von seinem Gürtel.

„*Verschwinde* ", knurrte der Wolf nun lauter. „*Khodai!* "

In diesem Moment zerbrach alle Hoffnung in ihm.

„Ich sterbe", sagte er zu Ivorel.

„Es ist egal", hauchte er resigniert.

„Nein Khodai, ich kann dir helfen. Vertrau mir", hallte die Stimme des Wolfes durch seinen Kopf. Laut antwortete jedoch der Bauer mit einer grausamen Schärfe in seiner Stimme *auf die Worte Khodais:* „Das wirst du, schneller als du denkst."

Die Männer stimmten mit ein und hechteten auf ihn zu.

„Khodai", schrie es in seinem Kopf. *„Lebe!"*

Ein Rucken ging durch seinen Körper und riss ihn aus seiner Trance. Er würde noch ein einziges Mal den Sonnenaufgang sehen! Schneller, als er es für möglich hielt, spurtete er rücklings aus der Taverne auf den Dorfplatz.

„Haltet ihn auf!", riefen die Männer hinter ihm.

Irritiert sahen die Ersten auf und stellten sich ihm in den Weg.

„Nach rechts, zur Heilkundigen."

Ein bösartiges Aufheulen ließ die Männer zur entgegengesetzten Richtung schauen. Khodai nutzte die Chance und dankte still Ivorel für die Ablenkung.

„Rechterhand kommt eine Gasse. Du kannst durchrennen, nichts steht im Weg. Halte die Arme dicht am Körper."

Ivorel klang außer Atem, doch dafür hatte Khodai keine Zeit.

„Jetzt!"

Er machte einen Satz in den dunklen Schatten und hechtete durch die Gasse.

„Gleich durchquerst du einen Bach. Geh langsam, damit sie dich nicht hören."

Khodai roch das Wasser und konnte relativ gut abschätzen, wo das leichte Gefälle anfing. Für Menschen war es nicht möglich, das leise Rauschen der Strömung zu hören, doch er nahm sie wahr und umging die Findlinge geschickt. Vorsichtig erklomm er die andere Uferseite und betrat den Wald.

„Halte dich etwas mehr links."

Ein Schmerzenslaut entwich Khodai, als er mit seinem linken Oberarm einen tiefhängenden Ast streifte.

„Entschuldige, mein Fehler", knurrte der Wolf ungeduldig.

„Das andere Links."

„Was?", flüsterte Khodai verwirrt.

„Na Rechts. Jetzt gerade aus. Gleich kommt eine Wurzel. Spring."

Auf diese Weise rannte Khodai noch eine gefühlte Ewigkeit durch den Wald, bis er den Wolf an einer Schlucht entdecken konnte. Nach Luft japsend fiel er vor Ivorel auf die Knie.

„Was ...", keuchte er. „War das?"

„Trink", befahl der Wolf und stupste mit seiner Nase gegen ein totes Lamm.

Das ließ er sich nicht zweimal sagen. Mühselig saugte Khodai es bis auf den letzten Tropfen aus. Augenblicklich schoss Leben in seinen müden Körper.

„Sie durchkämmen den Wald", sagte Khodai und wischte sich mit der linken Hand das Blut vom Mund.

„Ich höre nichts."

„Aber ich! Wir haben noch ein wenig Zeit. Also sag mir, was ist passiert?"

„Wir sollten weitergehen."

„Nein! Erst will ich Antworten."

Der Wolf gab ein merkwürdiges Knurren von sich.

„Letzte Nacht waren die gewandelten Müye im Dorf und haben die Schafsherde fast komplett gerissen. Nicht aus Hunger, sondern aus Freude. Es tut mir leid, Khodai. Die Dorfbewohner geben dir die Schuld. Die Mutter des kranken Kindes hat dich in der Morgendämmerung gesehen."

„Aber", er stockte.

„Ihr Sohn starb, nicht lange bevor du aufgewacht bist und sie hat dich als Sündenbock hingestellt."

„Ich wollte doch nur ..."

Ein Beben erfasste ihn. Es war, als würde er in einem Abgrund versinken.

„Es ist nicht deine Schuld. Sein Herz war krank. Nichts hätte ihn retten können."

Ivorel schritt lautlos auf ihn zu und schmiegte seinen Kopf an Khodais Brust, der in die Leere starrte.

„Dies ist einer der Gründe, warum ich nie lange an einem Ort bleibe", brummte Ivorel. *„Sie verstehen nicht, was sie nicht sehen. Ich weiß, wie es ist, der Gejagte zu sein."*

Khodai vergrub seine Nase an Ivorels Stirn.

„Es tut so weh", wimmerte Khodai in das zottelige Fell.

„Ich weiß. Doch sie wissen es nicht besser. Glaube mir. Sie fürchten, was sie nicht verstehen. Die Menschen haben nur diesen mickrig kleinen Horizont in ihrem Schädel. Sie können nicht anders."

Unwillkürlich lachte Khodai verzweifelt auf.

„Ich weiß nicht, warum mein Wunsch nach Leben so groß war."

„Du hast es bisher nur von der Schattenseite kennengelernt. Das Gute wird überwiegen, du wirst sehen."

„Mhm", stöhnte er und hob den Kopf.

Die erst wohltuende Nähe war ihm mit einem Mal zu viel.

„Den Sonnenaufgang, den werde ich noch einmal sehen", sagte er verträumt.

„Mehr Zeit bleibt mir nicht. Ich kann dir nicht helfen."

„Rede nicht so einen Unsinn."

Khodai schüttelte den Kopf und schob den Ärmel seines Hemdes vorsichtig hoch. Das Brennen war bereits an seiner Schulter angekommen. Das wabernde Leuchten ummantelte seinen ganzen Unterarm.

„Es frisst mich auf."

Ivorel richtete sich auf und begutachtete eingehend die Wunde. Er sagte nichts. So viele Fragen, die er Ivorel gerne noch stellen würde. So viele Dinge, die er von der Welt gerne gesehen hätte. Ein Kloß lag ihm im Hals, als er den Wolf ansprach.

„Würdest du bei mir bleiben, bis ... Bis ich nicht mehr da bin?"

Mit einem Mal spannte sich Ivorels Körper, sein Silberstreifen stellte sich auf und seine Zähne spiegelten den Mondschein.

„Verstehst du, was gerade mit deinem Körper passiert?"

„Ja", schnaubte er und eben so wütend antwortete er. „Ich sterbe, das passiert!"

„Nein", knurrte Ivorel. *„Du hast nicht deine Fähigkeiten verloren. Es ist die verunreinigte Substanz, die auf das Sonnenlicht reagiert und sich wie einen Brand durch deinen Körper zieht. Es ist heilbar."*

„Was?"

„Wir nennen ihn den Quellbaum der Nacht. Er entzieht dem Boden in der Unterwelt die Nährstoffe. Sobald aus ihm ein ausgereifter Baum wird, verändern sich die Wesen, die von seinem Nektar trinken. Er wird dich heilen."

„Ich brauche nicht noch eine Veränderung", sagte er und schüttelte entschieden den Kopf.

„Vertrau mir, Khodai. Dort unten wartet die Heilung auf dich."

„Und wie soll ich dir helfen?"

„Indem du mit mir den Quellbaum vernichtest."

„Du willst mich mit einem Baum, der wie Unkraut klingt, heilen und ihn zerstören, weil er ... Ich versteh es nicht."

Khodai zuckte mit den Schultern und sah Ivorel fragend an.

„Wir müssen den Quellbaum zerstören, damit nicht mehr Kreaturen wie die Müye entstehen und in die obere Welt eindringen. Da du zur Hälfte ein Unterweltler bist, wird seine reine, unveränderte Substanz dich heilen."

„Und wenn ich *ausarte*?"

„Dann werde ich dich heilen."

„Warum tust du es dann nicht gleich?"

„Erst der Baum. "

Entsetzt sah Khodai dem Wolf in die Augen.

„Ist das dein Ernst?"

„Ja. "

„ Weißt du eigentlich, was für höllische Schmerzen das sind, wenn sich die Haut wegätzt?"

„Nein. "

„ Wie nein?"

„Weiß ich nicht. Aber vielleicht bringt es dich dazu, etwas schneller zu handeln, anstelle in philosophischem Geschwafel einem Sonnenaufgang hinterher zu träumen, den du noch hunderte Male erleben kannst. "

Ivorel drehte sich zu der Schlucht vor ihnen. Das Gelände war nur leicht abschüssig und er machte sich an den Abstieg.

„Machst du dich gerade über mich lustig?", schnaubte er und stand auf.

Er funkelte den Wolf wütend an.

„Du willst ein Leben, oder? "

„ Ist das zu viel verlangt?"

Immerhin hatte er nie eines gehabt.

„Dein Weg ist der Tod. Du stirbst, wie du selber erkannt hast. Also komm mit mir und hol es dir zurück. "

Ivorel war bereits außer Sichtweite und Khodai machte sich vorsichtig an den Abstieg.

Er war geneigt, seine Frage an den Wolf zu wiederholen, doch er ahnte die Antwort darauf, warum er ihn nicht gleich heilte. Khodai musste sein Leben verdienen und darum kämpfen.

Die Unterwelt

„Erzähl mir von den Müye", bat Khodai. Mittlerweile waren sie in der Felsspalte angekommen und er sah nichts, außer Ivorels hellen Schemen, an dem er sich orientierte.

„Am besten können sie mit den Raubkatzen in der Oberwelt verglichen werden. Viele Kräutertrolle halten sie als Nutztiere. Sehr verschmuste Tiere, sofern sie satt sind. Sie haben ein ausgeprägtes Gespür, die Sprösslinge des Quellbaumes zu finden, wie andere unliebsame Kräuter."

„Sind das nicht Fleischfresser?"

„Das ist in der Unterwelt auch so, ja."

„Wie helfen sie dann?"

Es kam ein halberstickter Laut von Ivorel, den Khodai mittlerweile als Lachen verstand.

„Sobald sie in der Nähe eines Sprösslings sind, schütteln sie sich, als wären sie nass geworden und niesen ganz putzig. Die entscheidende Frage ist, wie kamen sie dazu, den Nektar zu trinken und sich zu monströsen, kampfeslustigen Wesen zu entwickeln."

„Du machst mir Mut", schnaufte Khodai.

Mit zusammengekniffenen Augen sah er zu seinem Gefährten.

„Es geht nicht nur um den Baum, oder?"

„Nein. Sie haben ihre Befugnisse überschritten", knurrte Ivorel und Wut loderte in seinen Worten mit.

„Wer?"

„Die Akademiker der Lehrstadt."

Er fletschte die Zähne und blieb stehen. Khodai tat es ihm gleich.

„Sie hätten dich nicht erschaffen dürfen."

Ivorel machte einen Satz und stieß Khodai in ein abgrundtiefes Loch. Schreiend wirbelte er mit den Armen, während er ins Nichts stürzte. Seine Stimme versiegte erst, als er hart aufschlug. Rubinfarbende Sterne tanzten am Firmament, als er die Augen öffnete, verbunden durch ein goldenes Band.

Falken, schwarz wie die Nacht selbst, zeichneten sie sich am grünlich schimmernden Himmel ab. Hellbraune Augen sahen im entgegen.

„Du hast mich umgebracht", stöhnte Khodai und richtete sich auf.

„Bin ich im Totenreich?"

„Ich dachte, es wäre einfacher, dich durch das Portal zu stoßen anstelle ewig zu diskutieren. Willkommen in der Unterwelt. Ins Totenreich dagegen gelangt man nur auf dem klassischen Weg", knurrte Ivorel sanft und zwinkerte Khodai zu.

Hier unten war es erstaunlich hell und er konnte zum ersten Mal, seit er Ivorel begegnet war, in seiner ganzen, wenn auch etwas zotteliger, Pracht sehen. Seine Augen waren warmherzig braun und feine, goldene Sprenkel zierten sein Fell unterhalb der Augenpartie, liefen am Nasenrücken entlang, bis zur Schnauze und erinnerten ihn an zwei Sternschnuppen, die sich trafen. Am Kinn trug er eine kleine Narbe, die weitestgehend von Fell bedeckt wurde. Der breite Körperbau ließ erahnen, welche kräftigen Muskeln ihn formten.

„Was sie dir und deines Gleichen angetan haben, hätte nicht geschehen dürfen, Khodai. Dennoch bin ich froh, dich an meiner Seite zu wissen."

Der Vampir richtete sich auf und trat neben den Wolf.

„Niemand verdient das."

Augenpaare blickten ihnen aus den Schatten des Gerölls entgegen. Einst mussten hier viele Pflanzen geblüht haben, doch nur noch vertrocknete Halme zeugten von der Vielfalt, die hier einst geherrscht hatte. Als würde Ivorel nun doch seine Gedanken lesen, antwortete er.

„Die Unterwelt trägt den Ruf, dunkel und düster zu sein. Doch gebietet hier eine Farbenpracht, die die der oberen Welt in den Schatten stellt. Zumindest war es so, als ich das letzte Mal hier war."

Seine Niedergeschlagenheit ergriff Khodai und er wandelte sie in Entschlossenheit um.

„Dann lass uns gehen, der Morgen bricht bald an."

Ivorel nickte und führte Khodai über einen ausgetretenen Pfad.

Ein gellender Schrei hallte durch das Tal und er zuckte zusammen.

„*Das sind die Müye. Sie begeben sich auf die Jagd*", knurrte der Wolf.

Ein schimmerndes, basaltblaues Band aus Wasser floss von einem Geröllhang, mündete in einen Teich und umfloss eine kleine Insel, auf der ein in purpur glimmernder Baum stand. Sein Stamm war abgrundtief schwarz, ebenso die Kreaturen, die sich an seinem Fuße langsam regten. Schlitzförmige, stechend grüne Augen richteten sich auf Khodai und Ivorel.

„Du hast den Quellbaum der Nacht also gefunden", erklang die weiche Stimme einer Frau, die in goldene Gewänder gekleidet war.

Ihre Ärmel zierten silberne Falkenfedern, ummantelt von den Glyphen der Alten. Das Wappen der Lehrstadt. Ehe er reagieren konnte, biss Ivorel ihm in die verletzte Hand. Das Blut rann in einem dicken Schwall und tropfte auf den ausgetrockneten Boden. Khodai, von blanker Wut ergriffen, schlug nach dem Wolf. Er jaulte auf.

„*Versuche so tief wie möglich in das Herz des Quellbaumes zu kommen. Dein Blut wird in vergiften. Ich werde gleich nachkommen*", knurrte er entschieden.

„Du hättest mich vorwarnen können", raunte Khodai und fokussierte sich auf die Müye.

Ivorel nahm Anlauf und sprintete auf die Frau los. Eine Handbewegung von ihr und die dunklen Raubtiere attackierten kreischend den Wolf. Khodai löste sein Messer aus dem Stiefel und visierte den Baum an. Eines der Müye kam fauchend auf ihn zu. Dieses Wesen vor ihm hatte kaum etwas mit diesen schönen, grazilen Raubtieren der oberen Welt gemein, außer die Bewegung. Beulen verunstalteten das Gesicht und sein Fell schien an mehreren Stellen ausgerissen oder gar nicht erst gewachsen zu sein. Khodai wartete ab und beobachtete den Schwanz, der ruhig hin und her pendelte. Es fuhr die Krallen aus und sprang ihn an. Es war nicht darauf vorbereitet, dass Khodai ebenfalls einen Satz in seine Richtung machte. Mit aller Kraft zog er die Klinge durch das Maul. Von Schmerz gepeinigt schlug es auf dem Boden auf. Er setzte nach und erlöste das Wesen. Weitere Schmerzenlaute drangen von dem Pulk, der sich um Ivorel gruppierte.

„Labt euch an ihren Eingeweiden", befahl die Frau und streckte die Arme zur Seite.

Blut tränkte das weiße Fell des Wolfes.

Dieser Anblick löste Khodai aus seiner Starre und er rannte auf den Quellbaum zu.

„Halte durch", rief er Ivorel zu.

Dieser jaulte auf und löste sich in Rauch auf, als ein Müye nach seiner Kehle schnappte. Doch Khodai blieb keine Zeit, diese Verwandlung weiter zu beobachten, und drängte seine Begeisterung in den Hintergrund. Der einzigartige Geruch des Quellbaumes war nicht annähernd so schäbig, wie die Substanz, die ihm eingeflößt worden war. Es roch rein und eine schwere Süße haftete ihm an. Im Augenwinkel nahm er wahr, wie einige Müye sich von Ivorel abwandten, der erneut in seiner Wolfgestalt kämpfte. Khodai fokussierte den Stamm des Baumes an. An einer Stelle, direkt unter dem verzweigten Ast, verdichtete sich der Geruch der reinen Quelle und im Sprinten rammte er seine Faust dort hinein. Bis zu seiner Schulter versank er im purpurnen Leuchten. Schmerz schoss durch seinen rechten Arm und ließ ihn aufschreien. Die Ohnmacht drohte ihn zu übermannen, als scharfe Krallen sich in seinen Rücken bohrten. Er wurde ein Stück zurückgerissen, als Ivorel den Müye von Khodai riss und es knackte in seiner Schulter.

Seine Beine drohten nachzugeben. Er ließ das Messer aus der linken Hand fallen und klammerte sich schweratmend an einem dünnen Ast.

„*Trink den Nektar*", stöhnte Ivorel.

„Ihr habte keine Chance."

Die Fremde lachte.

Mit filigranen Handbewegungen zeichnete sie blutrote, sich umeinander schlingende Glyphen in die Luft. Wie aus einem Rattennest aufgescheucht verdichtete sich der schwarze Teppich der entarteten Raubtiere. Wie eine breiige Maße bewegten sie sich auf ihre Gegner zu. Unzählbar viele grüne Augen blickten auf ihr Ziel. Khodai trieb seinen Reißzahn in eine fluoreszierende Ader und trank den himmlisch süßen Nektar, der Erinnerungen von so vielen Lebewesen in sich trug und sie alle mit Khodai teilte.

„*Khodai!*"

Die Adern des Baumes pulsierten, die Äste bäumten sich auf, als würden sie Schmerzen erleiden. Die Fremde stellte die Glyphe fertig. In ihrem Inneren bildete sich ein Kegel aus Feuer, den sie wie einen Pfeil auf Khodai abschoss. Ein ohrenbetäubendes Jaulen ließ ihn erzittern. Ivorel wurde gegen einen Ast geschleudert und fiel zu Boden.

„Nein", keuchte Khodai. „Steh auf, steh auf mein Freund!", flehte er den Wolf an.

Er versuchte, seinen Arm aus der Quelle zu ziehen, doch der Baum gab ihn nicht frei, sondern zog ihn weiter in sich. Wütend und von seinen Instinkten getrieben, biss er in eine Ader und die Äste bäumten sich auf. Wie vom Wahn befallen, entriss Khodai ihm mit jedem Zug, noch das kleinste Fünkchen Macht. Während er den süßen Nektar hinunterschlang, verderbte sein vergiftetes Blut den Quellbaum. Dann, mit einem Mal war es zu Ende. Khodai fiel vorne über, durch ein Meer violetter Sterne und landete im verdorrten Gras. Weit entfernt hörte er das panische Kreischen der Fremden.

„Ivorel", stöhnte Khodai und seine eigene Stimme hörte sich fremd an.

Auf allen vieren mühte er sich über den Boden in seine Richtung. Der Brustkorb des Wolfes hob sich kaum merkbar.

„Du hast es geschafft", erklang Ivorels Stimme stockend in seinem Kopf.

„Halt durch", wisperte Khodai.

Bei ihm angekommen, setzte er sich neben Ivorel und strich ihm sanft über den Kopf. Eine riesige Wunde klaffte an dessen Bauch.

„Heile dich", flehte er Ivorel an und berührte mit seiner Stirn die von seinem Freund.

Die Lider des Wolfes senkten sich, während die Natur, um sie herum zu heilen und zu blühen begann. Die Müye verwandelten sich in ihre ursprüngliche Gestalt und flohen in die Weiten der Unterwelt.

„Nimm mein Amulett des Wandelns. Es gehört nun dir", hörte Khodai nun nur noch ein leises Flüstern in seinem Kopf. Zögernd streifte er die Kette vom Hals des Wolfes und umschloss den Anhänger, während seine Tränen das Fell tränkten.

Der Rabe

Lässig lehnte der Mann an einer Eiche, die Kapuze seines Umhangs leicht ins Gesicht gezogen. Ein Bein angewinkelt und den Stiefel an der Rinde abgestützt, die Daumen locker am Gürtel eingehakt. Als er den Raben, mit einem obsidianfarbenen Amulett um den Hals, in der Luft erblickte, streckte er einen Arm aus, auf dem dieser geübt landete. Sommersprossen tanzten auf dem Gesicht des Mannes, an das Khodai immer noch nicht gewöhnt war, als er lächelte.

„Schade, dass du deine Fähigkeit, in der Sonne zu wandeln nicht direkt zurück erhalten hast", sagte dieser.

„*Dafür hast du sie jetzt*", antwortete Khodai in Ivorels Gedanken. „*Was wirst du mit deinem neuen Leben machen?*"

Davon erzähle ich dir ein anderes Mal.

„*Na komm schon*", setzte Khodai nach und pickte leicht mit seinem Schnabel gegen Ivorels Wange.

„Nach unserer Mission", antwortete Ivorel entschieden.

Khodai entging nicht das amüsierte Funkeln in seinen braunen Augen.

„*Bis dorthin ist es noch ein weiter Weg.*"

Ivorel grinste breit.

„Erst die Lehrstadt."

„*Was ziehst du denn jetzt für ein Gesicht?*", fragte *Lenya Lucia, die ganz bedröppelt in der Ecke stand.*

„*Naja ich bin ein bisschen traurig, weil es die letzte Geschichte war. Sie war wieder so wundervoll, aber eben die Letzte*", sagte Lucia traurig.

„*Ach Lucia, wir kommen doch morgen wieder und werden weitere tolle Geschichten entdecken. Aber freu dich erstmal auf den Feierabend. Zuhause kannst du wenigstens noch in Ruhe weiter lesen, was du willst. Aber nun lass uns zuerst noch schauen was wir über diese tolle Autorin finden: Ende der 80er Jahre wurde sie in Sachsen geboren. Die Autorin lebt heute mit ihrer Familie und zwei Kaninchen in einer kleinen Provinz im niedersächsischen Tal. Dort arbeitet sie hauptberuflich als Physiotherapeutin und widmet sich in den Morgenstunden der Schöpfung magischer Welten. Ihr High - Fantasy Debüt - Roman *Ragdim – Das Geheimnis der Wächter* erschien im*

Frühjahr 2022, vereint mit seinen Brüdern und Schwestern unter dem Banner des *Legionarrion-Verlags*.

Übrigens weiß ich, dass diese Geschichte auch nicht alleine bleiben wird und letztendlich ein ganzes Buch werden wird", versuchte Lenya ihre Kollegin zu trösten und abzulenken.

Epilog

„**N**un komm schon, lass uns die Bibliothek nachtfertig machen und abschließen", sagte Lenya sanft zu der geknickten Kleinelfin.

„Du hast ja recht. Schön das wir so viele Geschichten und die tollen Menschen dahinter entdecken durften", sagte Lucia.

„Das stimmt allerdings. Außerdem wird es doch weiter gehen. Morgen sollten wir unbedingt damit beginnen unsere Reise „Von Mond zu Mond" zu planen. Seit der Gedanke aufgekommen ist, bin ich schon ganz hibbelig und freu mich darauf, mehr entdecken zu dürfen. Ich bin mir sicher, wir finden auf dieser Reise wieder jede Menge neue spannende und faszinierende Wesen und Welten."

Diese Worte Lenyas zauberten nun doch wieder ein Lächeln in Lucias Gesicht und so konnten sie einen weiteren wundersamen und spannenden Tag in „Der zauberhaften Bibliothek" beenden.

„Schau da hinten trabt auch schon unser vierbeiniger Herr Kollege ausgeschlafen herein. Aber Azrael bitte lass diesmal die Bücher in Ruhe. Auch wenn du sie nicht magst, darfst du sie nicht einfach zerstören. Apropos hast du das Buch wieder zusammengeflickt? Ich hab völlig darauf vergessen, weil die Geschichten so spannend waren ..."

Lucia plapperte noch weiter, während die beiden Bibliothekarinnen durch ihre Portale zu ihren Behausungen traten. Wahrscheinlich erzählte sie ihrem Einhorn, das sicher schon auf sie wartete, von diesem aufregenden Tag. Lenya hörte ihre Kollegin noch leise sprechen, als sie sanft lächelnd die Tür hinter sich schloss.

„Wir freuen uns auf euren nächsten Besuch in unserer
Zauberhaften Bibliothek. Vielleicht möchtet ihr uns aber
auch auf unserem Weg *Von Mond zu Mond* begleiten.

Außerdem findet ihr uns auf Facebook und Instagram.
Natürlich wäre es schön euch dort zahlreich zu treffen und
mit euch zu schreiben.

Auf ein baldiges Wiedersehen!“

Eure Wortelfen

ENDE

***